ro
ro
ro

rororo

Hinter dem Pseudonym Alice Braga verbirgt sich eine sehr erfolgreiche deutsche Autorin historischer Romane. Dieser Band ist der Auftakt zu einer mehrteiligen Werwolf-Saga, die sich über die Jahrhunderte erstreckt.

Alice Braga

Die Chronik der Wölfe

Das Dorf der Unsterblichen

Historischer Roman

Rowohlt Taschenbuch Verlag

Originalausgabe
Veröffentlicht im Rowohlt Taschenbuch Verlag,
Reinbek bei Hamburg, September 2008

Umschlaggestaltung any.way,
Barbara Hanke / Cordula Schmidt
(Illustration: National Gallery London,
The Bridgeman Art Library;
Joseph S. Martin / Artothek)
Satz ITC Galliard PostScript (PageOne) bei
hanseatenSatz-bremen, Bremen
Druck und Bindung CPI – Clausen & Bosse, Leck
Printed in Germany
ISBN 978 3 499 24729 3

I.

Mond über den Bergen

I.

Ungeduldig schob Alessandro Varese die Vorhänge des Reisewagens beiseite und blickte hinaus. Den Augen des jungen Geistlichen bot sich das öde Bild eines sommerlich trockenen Flusslaufes. Nur mehr das leere Schotterbett des Baches wand sich durch das gelbbraun verdorrte Wiesenband, über das sich hier und da die Arme eines einsamen Olivenbaumes oder einer Pinie spannten, um Schatten zu bieten für die verstreuten Flecken einer Schafherde. An den Hängen breitete sich dagegen ein üppiges Grün aus: Der Wald war immer noch saftig und dicht gewachsen, mehr Wald, als Alessandro seit langem gesehen hatte. Er sah aus, als könnten Hitze und Zeit ihm nichts anhaben.

Fasziniert lauschte Alessandro dem Rauschen des Windes in den Wipfeln, über denen die zarte Kontur eines Tagmondes stand, der beinahe voll war. Vereinzelt sangen Vögel, und manchmal erklangen die Rufe unbekannter Tiere in der müden Mittagsluft.

Wie anders es hier war als in den kühlen, marmorgeschmückten Gängen des Kardinalspalastes, in dem er die letzten Monate verbracht hatte. Noch immer betrachtete er den mit einer seidenen Borte gesäumten Mantel ein wenig ungläubig, den er nun trug. Dann fiel sein Blick auf den Ring an seinem Finger, aus dessen Smaragd die Sonne grüne Blitze schlug, die inmitten der staubigen Öde um sie herum beinahe unwirklich wirkten. Die mit Heiligenfiguren bemalte Decke des Reisewagens, die mit Obstschalen und Lämmern bestickten Kissen, die noblen Decken, die Schnallenschuhe, in denen seine eigenen Füße steckten – all das schien nicht hierher zu gehören.

«Anhalten! Ich muss mal.»

Alessandro verzog das Gesicht, als er die Stimme seines Reisebegleiters vernahm, der sich beim Kutscher zudem durch derbes Klopfen an die Holzwand bemerkbar machte. Aber er wandte den Kopf ab, um es sich nicht zu sehr anmerken zu lassen. Mattia Pasquale war ihm von seinem neuen Gönner, dem Kardinal Sforza, als treuer und zuverlässiger Berater mitgegeben worden. Ausgerechnet dieser grobe, ungebildete Mensch! Alessandro runzelte seine hohe Gelehrtenstirn, als er darüber nachdachte. Er zweifelte keinesfalls daran, dass Pasquale vor allem ein Aufpasser war, der seine ersten Schritte auf dem schlüpfrigen Parkett der Kirchenpolitik kritisch beobachten und dem Kardinal detailliert berichten würde, wie der frischernannte Inquisitor sich denn so schlug. In dem Lächeln, mit dem der Mann sein Wissen quittierte, lag einerseits Verachtung, andererseits eine gewisse Ratlosigkeit.

Was, überlegte Alessandro, konnte eine Persönlichkeit wie der Kardinal nur an diesem Menschen finden, der in seinem Leben kaum drei Bücher in Händen gehalten haben mochte, in Händen, die allerdings, das musste er zugeben, in der Lage gewesen wären, einem Ochsen das Genick zu brechen.

Alessandro betrachtete jetzt wieder seine eigenen, langfingrigen Hände, denen man ansah, dass sie oft die Schreibfeder hielten. Einst hatte er damit auch Phiolen, Messer und

Pinzetten geführt, um die Geheimnisse des menschlichen Körpers zu erforschen. Bis der Prior des abgelegenen Klosters, in dem er erzogen worden war, ihm gebot, sich mehr um die Geheimnisse der menschlichen Seele zu kümmern. «Deine Beine wirst du nicht besser laufen machen», hatte der alte Mann gesagt, «aber deinem Geist vermagst du dennoch Flügel zu verleihen.» Alessandros graue Augen verdunkelten sich, wie stets, wenn er daran dachte. War nun die Zeit gekommen, seine Flügel zu entfalten und in eine neue Zukunft aufzubrechen? Noch wusste er es nicht.

Er ballte die Hände zu Fäusten und hieb sich damit gegen das linke Bein, das vom langen Sitzen beinahe taub geworden war. Auch ohne die Torturen einer solchen Reise hinkte er ein wenig.

Unbehaglich schaute er jetzt zu, wie Pasquale sich aus dem Wagen schälte, ungeniert die mächtigen Glieder räkelte, sich umsah, um dann an einen Felsen heranzutreten und sich laut vernehmlich zu erleichtern. Kein Zweifel, er war ein Mann, der sich seiner körperlichen Wirkung gewiss war.

Alessandro ließ seinen Blick verdrossen schweifen und entdeckte schließlich eine Eidechse, die mit pulsierendem Hals auf einem Stein hockte, aber blitzschnell verschwand, als etwas im Gras raschelte. Er blickte auf und erstarrte. Für einen Moment sprangen ihn nur einzelne Bilder an: leuchtend grüne Augen in einem schmutzigen Gesicht, lange fettige Zotteln, mehr Fell als Haupthaar eines Menschen, eine nackte Schulter, die sich aus einem Hemd schob, und – lasziv übereinandergeschlagen – Bocksbeine. Ein Faun!

Der junge Inquisitor blinzelte. Zur Beruhigung legte er sich die Hand auf sein schnell pochendes Herz.

Die Gestalt grinste und schlug beneidenswert gesunde Zähne in einen Apfel. «Bon dia», grüßte sie im Dialekt der Berge.

Alessandro kam zu sich und grüßte zurück. Die Hitze und die Monotonie der Reise hatten ihn genarrt, aber nur für Momente. Ein Hirtenknabe hockte auf einem Stein am Wegrand, nichts weiter, ein beklagenswert schmuddeliger Junge mit Hosen aus Ziegenfell, die ihm für einen Augenblick das Aussehen eines Fauns gegeben hatten. Ungeniert ließ er seinen Blick über den Wagen und den Reisenden darin gleiten, während er auf etwas kaute und die Füße baumeln ließ, die sensationell schmutzig waren, aber darüber hinaus so menschlich wie Alessandros eigene.

Pasquale kehrte zurück und schüttelte die Soutane zurecht. «Was glotzt du so?», fuhr er den Jungen an, der sich davon jedoch nicht beeindrucken ließ.

Jetzt erst bemerkte Alessandro auch die Herde, die ihren Hirten in weitem, losem Kreis umspielte, gelbgrau wie die umherliegenden Steine und von diesen kaum zu unterscheiden. Einen Hund konnte er nicht ausmachen. Und die Ziegen schienen ihm unstatthaft weit fort von jeder menschlichen Behausung zu sein. «Pass auf», sprach er, halb tadelnd, halb wohlwollend, «dass der Wolf die Tiere nicht holt.»

Der Junge schüttelte den Kopf. «Die holt kein Wolf», erklärte er in einem lässigen Kauderwelsch, das Alessandro nur mühsam verstand.

«Ach ja?», schnaufte Pasquale, der sich wieder in das Gefährt hievte und ein Taschentuch zückte, um den Staub von seinen Lederstiefeln zu wischen. Er gab dem Kutscher Zeichen, loszufahren.

Das Lachen des Hirtenjungen mischte sich in das Knarren der Räder. «Ja», rief er ihnen nach, «denn wenn er kommt, dann beiß ich ihn.» Er winkte ihnen mit dem Apfel hinterher und entblößte seine weißen, großen Zähne, deren Anblick sich dem jungen Inquisitor tief ins Gedächtnis grub, er wusste selbst nicht, warum.

Alessandro Varese lehnte sich zurück und wischte sich den Schweiß von der Stirn. Sein Begleiter lachte, als er es sah. «Heidnisches Pack. Lebt seit Unzeiten hier», erklärte er und wies mit der Hand nach draußen auf die nun wieder langsam vorbeiholpernde Landschaft. «Kein Wunder, sogar die Straße, auf der wir fahren, ist noch aus römischer Zeit. Habt ihr die Grabmale gesehen?»

«Nein», bekannte Alessandro und neigte sich noch einmal vor. Gerade in diesem Moment zog eine Stele an ihnen vorbei, an deren Seite er mit Mühe einen Fries ausmachen konnte: flach, verwaschen vom Regen und verwittert vom Vergehen der Zeit. Die Gestalt eines liegenden Menschen war dort auszumachen, und Alessandro glaubte ein Lager, Weintrauben und Buchstaben erahnen zu können.

«Die stehen hier überall», fuhr Pasquale fort und wurde ein wenig lebhafter. «Und oben im Wald, der Vorsprung kommt gleich, gibt es immer noch die Reste eines Tempels. Säulenstümpfe, fast verschluckt vom Dickicht. Vor Jahren waren wir dort oben und haben zerstört, was immer ein Gesicht aufwies, und den Rest mit Weihwasser besprengt.»

«Eine löbliche Tat», stimmte Varese zu und fragte sich mit stillem Bedauern, welch wertvolle Statuen oder Inschriften der Wissenschaft dabei verlorengegangen sein mochten.

«Gewiss», bestätigte sein Gegenüber. «Eine Frauengestalt war auch dabei, die haben wir in die Kirche nach Vallepiu gebracht, wo sie heute gute Dienste als Maria leistet.»

«Vallepiu», griff Varese das Stichwort auf, als er den Namen ihres Zielortes hörte. «Ist es noch weit?»

«Da. Da oben.» Pasquale neigte sich hinaus und wies auf die Hügel.

Alessandro, der glaubte, es wäre von dem Städtchen die Rede, kniff die Augen zusammen, konnte aber nichts anderes erkennen als Wald. Der Wagen folgte einer Talschleife, und langsam kam eine Felsnadel in Sicht. Man musste lange hinsehen, um die Säule auf ihrer Terrasse zu erkennen. Jetzt hatte auch Alessandro sie entdeckt und vermochte den Blick kaum mehr davon zu lösen. Zart und schlank erhob sie sich im blauen Dunst. Und für einen Moment schien es ihm, als ruhe der Tagmond direkt über ihrer Spitze und sende ihr einen blassen Gruß.

Er hob den Arm. «Dort steigt Rauch auf.»

«Ja», stimmte Pasquale zu. «Da oben liegt ein gottverlorenes Dorf. Ascolte.»

«Ascolte», überlegte Alessandro und begann, nach seinen Unterlagen zu kramen. «Stammt von da nicht unsere Angeklagte?» Er zog die Akte heraus und las die Anzeige gegen eine junge Frau, die der Hexerei bezichtigt war. Ihretwegen hatten sie die Reise unternommen. «Alissa aus Ascolte.» Der Name ließ sein Herz aus irgendeinem Grund schneller schlagen.

Pasquale zuckte mit den Schultern. «Wundert es einen?», fragte er und schloss seine großen, braunen Augen. Seine schweren Lider zuckten noch ein paarmal, dann war er eingeschlafen. Er schnarchte bereits, als Alessandro Heulen vernahm. Nun hatte er niemanden mehr, den er fragen konnte, ob er recht gehört hatte.

Ob es die Stimme eines Wolfes gewesen war, am helllichten Tage?, überlegte Alessandro, während sein Blick besorgt über die Landschaft glitt. Nein, nicht hier, nicht so dicht an der Straße, nicht in Sichtweite der ersten vereinzelten Weingärten, die das Näherrücken Vallepius ankündigten. Einen Hund musste er gehört haben, der über seine Kette klagte, nichts weiter. Etwas anderes konnte es nicht gewesen sein. Nicht unter diesem kraftlosen Mond. Nicht in dieser Hitze, die jetzt die Gänsehaut auf seinen Armen zu verhöhnen schien. Doch aus einem unerklärlichen Impuls dachte Alessandro wieder an das Gelächter des Hirtenjungen und das Glitzern seiner kraftvollen Zähne.

Mit einem energischen Ruck schloss der Inquisitor die Vorhänge und versenkte sich in die gewundene Argumentation seiner Klageschrift.

2.

Alissa», entfuhr es Alessandro, als sie am späten Nachmittag vor der Angeklagten standen. Es war ein Fehler, er spürte es, noch ehe er das empörte Hüsteln des Abtes vernahm und das plötzliche Kleiderrascheln, das um sie herum aufkam, als hätte der Wind unter die Soutanen gefegt und sie in Bewegung versetzt. Es war ein Fehler gewesen, denn es machte die Angeklagte zu einem Menschen. Alessandro bemerkte in diesem Moment, dass es besser für ihn wäre, er würde das Mädchen nicht als Mensch sehen. Aber er konnte nicht anders.

In der Anklage hatte sich das alles klar und eindeutig gelesen: Alissa aus Ascolte war der Hexerei beschuldigt. Sie soll gesehen worden sein, wie sie sich nachts im Wald an verrufenen Plätzen herumtrieb, soll dort getanzt und verdächtige Kräuter gepflückt und mit ihrem Sud den Tod eines Mannes verursacht haben. Danach soll sie seine Herde verhext und das Vieh zum Krepieren gebracht haben. Es stand alles da, in der klaren, gestochenen Handschrift eines Kanzlisten.

Doch jetzt stand sie vor ihm, Alissa. Jemand hatte ihr Haar, das wohl ursprünglich hellbraun und lockig gewesen war, mit wenigen groben Schnitten geschoren, sodass es sich nun dicht an ihrem Kopf kringelte. In dem grauen, weiten Hemd, das ihr auf die bloßen Füße fiel, sah sie ein wenig wie eine Novizin aus. Oder wie ein verirrtes Kind, das nachts aus dem Bett geklettert und ins Freie gelaufen war und nun nicht mehr zurückfand. Nur dass ihre Hände gefesselt waren und zwei Mann sie stützen mussten, damit sie auf den Beinen blieb. Als sie den Kopf hob, um Alessandro anzuschauen, weiteten sich ihre großen, überraschend veilchenblauen Augen. Für einen Moment starrte sie ihn an wie eine Erscheinung.

Alessandro war diese Reaktion von Frauen gewohnt, wenn er sie auch nie richtig deutete. Sie machte ihn nervös, brachte ihn dazu, den Blick abzuwenden und sich mit der für ihn typischen Geste die glatten Haare aus der Stirn zu streichen, die doch sofort wieder zurückfielen. Nie wurde er den Verdacht los, dass die Frauen, noch ehe er sich bewegte, die Schwäche seines behinderten Beines bemerkt hatten, oder schlimmer noch: die Schwäche seines suchenden, unsicheren Geistes.

Er hielt mit beiden Händen das Pergament fest und heftete den Blick auf die Zeilen des Textes, um sich zu sammeln. Dann blickte er wieder auf. «Alissa aus Ascolte», wiederholte er, seinen kritischen Zuhörern zum Trotz. Er hoffte, in seiner Stimme läge nun genügend Strenge.

Die Angeklagte lächelte schwach, ihr Blick löste sich von ihm und wanderte von allem fort, was sich in der kalten Halle befand. Sie schwankte leise.

Alessandro trat einen Schritt näher. Jetzt erst bemerkte er ihre gekreuzten Hände unter den Stricken. Sie waren schwarz, als gehörten sie nicht zum Rest des blassen Mädchenkörpers. Die Finger, die kraftlos und mehrfach gebrochen herabhingen, wiesen keine Nägel mehr auf. Das Fleisch war aufgedunsen und sah aus, als würde es beginnen zu verwesen. Es waren die Hände eines Dämons, nicht eines Mädchens. Alessandro biss sich auf die Lippen. «Ihr habt sie bereits gefoltert?», erkundigte er sich beim Abt.

Der nickte zufrieden. «Wir konnten mit der Befragung unmöglich länger warten», erklärte er. «Ich begreife ohnehin nicht, warum der Kardinal es für nötig hielt, extra jemanden ...»

Alessandro hob die Hand, und der Mann verstummte beleidigt. «Irgendwelche Ergebnisse?», erkundigte er sich.

Der Geistliche verzog kleinlaut die Miene, dann holte er Atem, um seiner Empörung Luft zu machen. «Ein verstockteres Wesen ist mir noch nicht vorgekommen», begann er und steigerte sich zu immer größerer Lautstärke. «Man könnte glauben, sie wäre unempfindlich gegen Schmerz. Sogar die Maske hat sie ertragen, ohne einen Laut von sich zu geben, dieser Wechselbalg, diese Ausgeburt des Satans!»

Alessandro neigte den Kopf zur Seite und nahm nun selbst die verschorften Stellen wahr, wo die Holznägel der Maske, wie das Folterinstrument genannt wurde, sich tief in die Wangen des Mädchens gebohrt haben mussten. Rings um die Wunden waren grüne und blaue Höfe aus Blutergüssen zu sehen, die allerdings bereits verblassten. Alessandro hatte Gesichtszüge gesehen, die von derselben Behandlung völlig zerstört worden waren, durchtrennte Nerven, herabhängende Lider, haltlos zuckende Mundwinkel, Fratzen eines fürs Leben gefrorenen Entsetzens.

Es schüttelte ihn innerlich, wenn er zurückdachte an die Einführung in sein berufliches Metier, die Pasquale ihm in den Kerkern des Kardinals mit sichtlichem Behagen gegeben hatte. Er hatte sich noch am selben Abend in seinem Kabinett eingesperrt und sich in die Lektüre der Kirchenväter gestürzt, um sich zu versichern, welche Gefahr doch den Seelen der Rechtgläubigen vom Satan und seinen Dienern drohte, und wie wichtig seine Arbeit für das Wohl der Allgemeinheit war. Seine Aufgabe war zu bedeutend, um sie Mitgefühl und schwachen Nerven zu opfern. Der Himmel war schon wieder hell geworden und das Kerzenlicht verblasst, als er noch immer blätterte und las. Seine Hände, die die Bücher hielten, waren steif und eisig gewesen. In seinem Geist hatten die tröstenden Worte seiner Lektüre nachgehallt. Doch vor seinen brennenden Augen blitzten noch immer und blitzten bis heute die geschundenen Leiber der Gefangenen auf.

Alissa aber wirkte wie ein Kind, das Schläge erhalten hatte. Ihr Blick schien noch vage erstaunt über die Züchtigung. Ihr Geist allerdings, bemerkte Alessandro, ihr Geist hatte sich vor der Tortur geflüchtet. Wohin, war ihm noch nicht klar. Doch eine wahnwitzige Hoffnung packte ihn, dass er diesen Geist finden und in den allesheilenden Schoß Gottes zurückführen könnte. Da war etwas an diesem Mädchen, das ihn berührte und ihm sagte, alles könnte noch gut werden. Er betrachtete ihr stupsnasiges Profil.

Das Mädchen schaute aus dem Fenster, und ihr Blick verlor sich in dem blauen Himmel, den sie in ihrer Zelle unter dem Rathaus seit Wochen nicht mehr gesehen haben mochte. Möglicherweise war sie schon halbblind. Dennoch schien sie etwas wahrzunehmen, was eine Fülle von Gefühlen in ihr auslöste. Alessandro sah Freude, ja Leidenschaft, Sehnsucht, aber auch Verzweiflung und Rausch in wirrer Abfolge über ihre Züge gleiten wie Wolkenschatten über die Wälder. Sie schien anwesend und fern zugleich, und doch: Dass ihr Blick nach oben ging, dem Himmlischen und nicht dem Irdischen entgegen, gab ihm Anlass zur Hoffnung.

Er fasste das Mädchen am Kinn, was ein erneutes Seufzen des Entsetzens bei den anderen Anwesenden hervorrief.

Langsam wandte Alissa ihm den Kopf zu. Ihr Blick löste sich nur schwer von dem Fenster, in dem das erste Abendrot in Schlieren vor einem grünlichen Himmel schwamm wie Blut in Wasser. Und wo im schwächer werdenden Licht der Sonne das filigrane Segel des Mondes, gebläht und beinahe rund, beinahe vollendet, wie ein Schiff vorüberzog.

Alissas Mund öffnete sich. Ihr Ausdruck verzerrte sich zu einem Lächeln, dessen Verzweiflung Alessandro unwillkürlich ans Herz griff. Erschrocken zog er seine Hand zurück. Da blickte sie ihn an. «Ihr werdet es tun, nicht wahr?», fragte sie ihn. Ihre Stimme war leise und melodisch.

Alessandro runzelte fragend die Stirn.

«Ihr seid derjenige, der mich töten wird?»

«Mein gutes Kind ...» Noch ehe Alessandro seinem Befremden Ausdruck verleihen konnte, war die Delinquentin auf die Knie gesunken und hob ihm die verstümmelten Hände entgegen, von denen er sich unwillkürlich abwandte.

«Aber ich bitte Euch ja darum», fuhr sie fort. «Ich flehe Euch um den Tod an, den schnellen, erlösenden Tod. Ich will auch alles dafür tun.»

«Mein Kind!», wiederholte Alessandro laut. Sein Herz klopfte heftig. Das war wahrhaftig mehr, als er zu hoffen gewagt hatte. «Du brauchst nichts zu tun, als deine Sünden zu bekennen und zu bereuen, aufrichtig zu bereuen.» Er machte einen weiteren Schritt auf sie zu und stand nun so dicht über ihr, dass er sehen konnte, wie sich die misshandelten Locken auf ihrem Kopf kräuselten. Ein Lamm, dachte er, ein verirrtes Lamm. Und ich habe die Möglichkeit, es in Gottes Licht zurückzuführen, die wunderbare Gelegenheit! Dankbarkeit begann ihn heiß zu erfüllen, zugleich prickelnde Spannung. Dies hier war es, was er sich erhofft hatte, das Wunder der Gnade, die Versöhnung und nicht der Hass und Schmerz, der nur ein Weg war zur großen Glückseligkeit.

«Alissa!» Seine Stimme war jetzt rau vor Erregung wie die eines Liebhabers. Er musste an sich halten, um nicht ihre

Hände zu umfassen und seinerseits vor ihr zu knien. Dann wallte ein Gefühl in ihm auf. Warum nicht, dachte er. Sollen sie die Stirnen runzeln, sollen sie stöhnen. Mit einem leisen Ächzen ging er in die Knie. «Alissa, bekennst du, was du getan hast?»

Einen atemlosen Augenblick musste er auf ihre Antwort warten.

«Ja, ich bekenne.» Da war sie, die ersehnte Antwort, leise, melodisch, doch voller Hoffnung. Alessandro jubelte innerlich.

«Und bekennst du, dass es nur einen Gott gibt, in dessen Obhut wir alle stehen?»

«Ich bekenne.» Obwohl Alissa ihren Kopf gesenkt hielt, befand sich Alessandro in einem anschwellenden Rausch des Glücks.

«Und entsagst du dem Satan und seinen Verführungen?»

«Ich entsage.»

So ging es in einem fort. Traumwandlerisch, so schien es dem jungen Varese, vollzogen sie die lange Litanei, ein Paar, getragen von der Melodie eines Liedes, sicher geführt bei jedem Schritt von einem alten Ritus, von der magischen Bedeutung eines jeden Wortes. Er tat es, wahrhaftig, er führte eine junge Seele zurück zum Licht.

Die Schatten in den Ecken des Raumes wuchsen. Niemand rief nach den Fackeln. Langsam versanken die knienden Gestalten des Mannes und der Frau in der Finsternis. Mehr als einmal war es Alessandro, als öffneten sich drohende Schattenmäuler dort in den Nischen, als kratzten bösartige Krallen über den Stein und als glühten durch die Mauerritzen scharlachfarbene Schlünde für Sekundenbruchteile auf. Er war sich gewiss, dass um sie herum die Hölle sich zu öffnen suchte. So wenig, wie er an der Rettung zweifelte, der sie entgegenschritten.

Die Dunkelheit wuchs, mit ihr die Stille. Bald goss nur noch der Mond sein silbernes Licht über die beiden knienden Gestalten. Dann war alles gesagt.

«Kienspane!», verlangte der Abt und atmete tief durch, als ein paar Männer die Lichtquellen entzündeten. Pasquale griff nach einem Taschentuch. Seine großen feuchten Augen leuchteten im flackernden Licht auf, als er Alessandro die Hand hinstreckte, um ihm aufzuhelfen. Befremdet wich der junge Inquisitor zurück. Noch immer war er vollkommen berührt von dem Geschehen, für einen Moment hatte er geglaubt, die ganze Welt müsste sich verwandelt haben. Pasquales profanes Antlitz, sein kumpelhaftes Zwinkern und der Schulterschlag, mit dem dieser ihn zurück in der Wirklichkeit empfing, berührten ihn unangenehm.

«Also, ich muss sagen», begann der Abt, fuhr dann aber nicht fort. In seiner Miene wie der seiner Untergebenen mischte sich Bewunderung mit Staunen und einem leichten Unbehagen.

Es war die junge Frau selbst, die als Nächste sprach.

«Darf ich jetzt sterben?», fragte sie.

Alessandro legte ihr die Hand auf den nach wie vor gesenkten Kopf. «Ja, Alissa», sagte er warm. «Du darfst deinem Vater begegnen.»

«Morgen schon? Vor dem Vollmond?»

Fast musste er lächeln über den Eifer in ihrer Stimme, die naive Erwartung, die ihren Körper beben ließ. Wie sehr sie sich nach der Erlösung sehnte. Wie ein Kind, das seinem Geburtstag entgegenfiebert.

«Ja, morgen», versprach er väterlich. Und fügte leise hinzu: «Und sei sicher, er wird dir vergeben, wie ich dir vergeben habe.»

Sie verbarg das Gesicht in den Händen. Ein Schluchzen schüttelte ihre abgemagerten Schultern.

Alessandro räusperte sich, um seine Rührung zu überspielen. Noch ganz gefangen in seinem Hochgefühl, nahm er die Einladung des Abtes zum Abendessen an. Triumph beflügelte seine Schritte, sodass er für einen Augenblick beinahe selbst sein Hinken vergaß. Als er auf die erleuchtete Tür zuschritt, wandte sich ein junger Pater an ihn und wagte in vorsichtigen Worten seine Bewunderung für sein Vorgehen auszudrücken. Pasquale lachte laut auf und verkündete, dass er jetzt begreife, was der Kardinal an ihm gefunden hätte. «Wenn die Frauen schon bereit sind zu sterben für Euer römisches Profil, dann ist es sicher am besten, sie tun das zum Wohl ihres eigenen Seelenheils», witzelte er. Alessandro, durch die jüngste Erfahrung milde gestimmt, lächelte nur.

«Es gibt Fasan und junge Milchziegen», verkündete der Abt, «geschlachtet, nachdem sie das erste Mal bei der Mutter tranken. Mein Koch versteht sich ganz hervorragend auf ihre Zubereitung. Ihr müsst das Fleisch kosten, es duftet nach Rosmarin und einem Hauch Pfeffer.» Langsam verhallten ihre Stimmen, und die hölzernen Türflügel schlossen sich hinter ihnen.

Zurück blieb die zusammengekauerte Gestalt der jungen Frau, deren Schluchzen erst jetzt, da sie mit dem Mondlicht alleine war, lauter wurde.

3.

Das Feuer zischte, als es Alissas Fleisch erreichte. Die anwesenden Geistlichen hielten sich Taschentücher vor ihre Nasen und verzogen die Gesichter. Die Einwohner von Vallepiu waren weniger empfindsam. Als die Flammen nach der Gestalt auf dem Scheiterhaufen griffen, kam Bewegung in die Menge. Eifrig drängten sich alle näher, um nichts zu versäumen. Vor ihren Augen starb ein Mensch.

Alessandro hatte noch am Morgen lange mit dem Abt gestritten, ob der Angeklagten die Gnade der Strangulation gewährt werden solle. Der Abt war dagegen gewesen und hatte auf die nochmalige Gelegenheit zur Reue verwiesen, die der Delinquentin durch die Schmerzen gegeben würden. Der Prozess sei ja so schnell vorangetrieben worden, aber leidend käme sie nur umso gewisser in den Himmel. Alessandro, mit Argumenten unterlegen, hatte sich am Ende nur unter Berufung auf den Kardinal selbst und seine Befugnisse durchgesetzt. Und so war nach den öffentlichen Gebeten der Scharfrichter hinter die an einen Pfahl auf dem Scheiterhaufen Gebundene getreten und hatte den Strick um ihren Hals gelegt, bis ihr Kopf zur Seite sackte.

So stand sie jetzt da, als die Flammen bereits an ihr leckten und die Glut zu sirren begann. Die zierlichen Füße des Mädchens schwärzten sich langsam, die Haut warf Blasen und platzte auf. Das Blut zischte im Feuer.

«Alissa!», rief es da mit einem Mal aus der Menge. Die Umstehenden hielten den Atem an. «Alissa, wir sind bei dir!»

«Wer war das?», rief der Abt. Unter den Geistlichen kam Unruhe auf. Alle blickten um sich, um den kühnen Sprecher auszumachen. Dann folgte ein allgemeiner Aufschrei, als plötzlich Leben in die Totgeglaubte vorne auf dem Scheiterhaufen kam. Ihr Fleisch rauchte bereits, fetter schwarzer Rauch hüllte sie ein. Dennoch geschah das Unfassbare: Alissa hob den Kopf.

Auch Varese entfuhr ein Schrei, als er es sah. Wie konnte nach all dem noch ein Funken Lebenskraft in ihr sein? Sie sah doch kaum mehr menschlich aus. Es war gespenstisch!

«Arbeitet so Euer Henker?», fuhr er den Abt an.

Pasquale beugte sich über seine Schulter und flüsterte: «Nicht wahr, es ist eine Sache, eine Seele in den Himmel zu schicken, eine andere ist es, dem Körper dabei zuzusehen.»

Alessandro knetete sein Taschentuch; es würgte ihn.

«Alissa, tu es! Jetzt!» Es war dieselbe männliche Stimme, die nun erneut in dem Tumult erklang, laut, drängend und gebieterisch.

Alle Köpfe fuhren herum. Der Abt geriet in helle Aufregung und rief nach den Wachen. «Bringt ihn mir», forderte er kreischend. «Verhaftet den Sprecher. Sofort.» Doch da war niemand. Die Herkunft der Stimme war inmitten der wogenden, erhitzten Gesichter nicht auszumachen. «Da ist der Ketzer!», riefen manche. «Dort!», schrien andere. Aber die Soldaten kamen nicht durch die zähe Menge, denn keiner der Schaulustigen wollte sich auch nur einen Schritt wegtreiben lassen, um nicht zu verpassen, wie der Körper des

Mädchens langsam zu Ruß wurde. Alessandro hatte Mühe, auf den Beinen zu bleiben.

«Alissa!» Diesmal war es eine Frauenstimme, die über den Aufruhr emporstieg. Sie klang hoch und verzweifelt.

Angespannt schaute Alessandro sich um. Pasquale war auf den Sockel eines Denkmals gestiegen, um bessere Sicht zu haben, aber auch er schüttelte den Kopf. Fluchend hieb er die Faust gegen den Stein. Der junge Inquisitor wandte sich gerade von ihm ab, da erblickte er noch einmal Alissa. Ihr Kleid brannte lichterloh, die Haarbüschel auf ihrem Kopf verschmorten. Für einen schrecklichen Moment glaubte er das Knistern ihrer Locken aus dem Fauchen des Holzes herauszuhören. Ihr Mund öffnete sich, er öffnete sich weiter, als es einem menschlichen Mund möglich schien. Alessandro wusste nicht, ob es der Schmerz war oder das Schmelzen ihrer Muskeln im Feuer, das die Bewegung vollbrachte. Doch sie erinnerte ihn an die Bilder aus seiner alten Pfarrkirche, an die Szenen auf dem Fresko, das den schriftunkundigen Gläubigen den Höllensturz vor Augen führte. Fast glaubte er, dort aus dem Rachen der Verurteilten einen Dämon entschlüpfen zu sehen, der flügelschlagend emporstieg. Ihn schauderte. Dann hüllte Rauch Alissas zuckende Überreste gnädig ein.

Es ist vorbei, dachte Alessandro, mit Schweiß auf der Stirn, Gott sei Dank. Er atmete tief durch. Es dauerte eine Weile, bis er begriff, dass das Geräusch, das er nun vernahm, Alissas Stimme war, die Klage, die sich über das Geschehen auf dem Platz erhob, über das Fauchen der Flammen, das Stöhnen der Menschen und die aufgeregten Befehle der Soldaten. Es war ein anhaltender, körperloser und nicht mehr menschlicher Laut, und doch klang ihre Stimme melodiös.

Erst als der Ton abbrach, merkte Alessandro, dass er den Atem angehalten hatte. Ihn durchfuhr es, und er schluckte hart. «Geh heim, Alissa», flüsterte er dann und führte das

Kreuzzeichen in ihre Richtung aus. Da spürte er einen harten Schlag gegen seinen Kopf. Er taumelte und stieß gegen den Sockel, auf dem Pasquale stand. Instinktiv umklammerte er dessen Knie, um nicht zu stürzen. Ihm flirrte es vor Augen, er keuchte und spürte, dass Spucke und Blut aus seinem geöffneten Mund tropften. Noch ehe er sich wieder aufrichten konnte, vernahm er ein Zischen an seinem Ohr: «Sie war immer zu Hause.»

Mit letzter Kraft hob Alessandro den Kopf. Er glaubte, ein grünes Augenpaar zu sehen und ein Grinsen, das ihn ansprang. Aber dann klärte sich sein Blick, und die Vision, wenn es denn eine gewesen war, verschwand.

Alessandro blickte sich um und sah plötzlich in so viele Gesichter, viele Augen, viele Münder, die vor Geilheit offen standen. Verwirrt schüttelte er den Kopf. «Habt Ihr ... Habt Ihr das gehört?», stammelte er, als Pasquale ihn ärgerlich von sich stieß, um von dem Denkmal herabzusteigen und seine Kleider zu ordnen.

«Was ist denn in Euch gefahren?», fragte er unwirsch. Da erst bemerkte er das Blut in Vareses Gesicht. Wortlos reichte er ihm sein Taschentuch.

Der Abt trat zu ihnen. Auf seiner Stirn war der verwischte Strich einer Rußflocke zu sehen. «Also, das ist ja wirklich ...», stammelte er aufgeregt. «Ich weiß gar nicht ... Verwirrung, ja, verirrte Schafe sicherlich. Ich bitte, nicht misszuverstehen, der Kardinal wird gewiss ...» Dann blickte er Alessandro an und hielt inne. «Was habt Ihr da?»

«Nichts», erwiderte dieser knapp und lächelte verbindlich, während er Pasquale sein Tuch zurückreichte.

«Tja, nun, ich weiß nicht, was ich davon halten soll.» Der Abt überlegte. Dann hellte sich seine Miene auf. «Vielleicht möchtet Ihr, ehe Ihr heute abreist, von dem Spanferkel kosten, das mein Koch zubereitet hat. Die Tiere sind den ganzen Sommer über draußen. Sie fressen Eicheln, Kastanien und Wildkräuter. Es ist also nicht einmal nötig, sie zu würzen, so vollgesogen ist ihr Fleisch mit den Aromen der Macchia.» Er rieb die Fingerspitzen aneinander, während er schwärmte und Alessandro auffordernd ansah.

«Gerne nehme ich Eure Einladung an.» Bei diesen Worten des Inquisitors lächelte der Abt erleichtert. «Allerdings», fuhr Alessandro fort, «werde ich heute noch nicht abreisen. Ich weiß», er machte eine abwehrende Handbewegung. «Es war anders geplant, allerdings sind in der Zwischenzeit zu viele Fragen entstanden, Fragen, die ich dem Kardinal nicht mit gutem Gewissen beantworten könnte. Und Ihr wisst, ich bin ihm verantwortlich.» Der Abt nickte, aber die Kopfbewegung erfolgte wie unter Zwang, denn eigentlich verstand er kein Wort. «Daher würde ich gerne Eure Gastfreundschaft weiter in Anspruch nehmen, sowie die Eures Klosterbibliothekars und Eurer Archivare. Ich möchte mich zudem ein wenig umhören und werde demnächst von hier aus eine kleine Expedition starten.»

«Und wo soll die hinführen?», fragte der Abt und blickte nervös zu Pasquale hinüber, der allerdings nur mit den Schultern zuckte und die Daumen in den Gürtel steckte. Er betrachtete Alessandro mit dem Blick eines Lehrers, der neugierig verfolgte, wie sich einer seiner Schüler, der sich mit seinen Thesen weit vorgewagt hatte, nun vor den Augen der Kollegen schlug.

«Ja, wohin wohl?», fragte Alessandro freundlich zurück. Der Abt blinzelte nervös.

«Ascolte? Seid Ihr sicher?», fragte Pasquale, als er nach den Abendgebeten mit langen Schritten versuchte, Alessandro auf dem Weg zum Gästehaus des Klosters einzuholen. Die Klänge der Glocke waren verhallt, die Gesänge der Mönche verstummt, die Kerzen erloschen. Aus den Gärten schwebte der Duft der Kräuter herüber. Zwischen den schwarzen Zypressen stand ein runder, gelber Mond, und das Zirpen der Zikaden ließ die Dunkelheit vibrieren.

Alessandro blieb abrupt stehen. Die beiden Männer standen im Schutz einiger überhängender Reben, zwei Schatten in der Nacht.

«Sicher», erklärte der junge Inquisitor. «Warum sollte ich nicht sicher sein? Die Vorgänge waren doch mehr als bedenklich. Jemand hat mich geschlagen, und es gab diese rätselhaften Stimmen.»

«Nun», erwiderte Pasquale gönnerhaft und gab zu bedenken, dass der Abt für all dies eine durchaus harmlose Erklärung gehabt hatte. «Die allgemeine Erregung, nicht ungewöhnlich bei öffentlichen Hinrichtungen.» Er selbst hatte schon erlebt, dass sich Schaulustige um Reste des Scheiterhaufens prügelten. Und der Ausruf des Namens ‹Alissa› alleine schien kein wirkliches Rätsel zu sein. «Ich meine ja nur, Ihr hattet einen Auftrag, nicht wahr? Der lautete Alissa, und Ihr habt ihn beispielhaft erfüllt. Der Kardinal wird zufrieden sein, mehr als das. Daran solltet ihr denken, wenn Ihr nun neue Fragen aufwerft. Und Ihr wisst nicht, wie er sich zu neuen Aufträgen stellt, geschweige denn, wie Ihr Euch schlagen werdet. Was, wenn es nötig ist, mehr Blut zu vergießen? Sehnt Ihr Euch so sehr danach?»

Alessandro runzelte die Stirn. Der Satz vom Blutvergießen gefiel ihm nicht. Er brachte ihm die Gerüche des Tages zurück, die noch immer in seinen Kleidern und in seinem Kopf hafteten und sich als dünne Spur selbst in diesen friedlichen Abend schlichen. Er wollte sich lieber als Alissas Retter verstehen.

Pasquale lachte, als hätte er trotz der Dunkelheit das Unbehagen seines Gegenübers bemerkt. Versöhnlich klopfte er ihm auf die Schulter. «Versteht mich nicht falsch, meinethalben stöbert Ihr so viele Ketzer auf, wie Ihr wollt. Aber wenn Ihr sie dann liquidieren müsst, achtet darauf, dass Ihr eine gute Figur macht dabei. Ich sage das nur um Euretwillen.» Damit verabschiedete er sich gutgelaunt. Seine Schritte knirschten über den Kies.

Alessandro schnitt ihm Grimassen nach, die zum Glück, wie er selbst zugeben musste, niemand sehen konnte. Nach einer Weile erst setzte er sich selbst in Bewegung, steuerte eine Steinbank an, deren Umrisse er in der Dunkelheit erkannte, und ließ sich darauf nieder, um tief durchzuatmen. Der Stein unter seinen Fingern war kalt und porös. In den gemeißelten Furchen irgendeines Zierbildes, die er gedankenverloren nachfuhr, hatte sich Moos abgesetzt. Allmählich gelang es ihm, seine Umwelt wahrzunehmen. Vor ihm über dem Tal hing der Mond so dicht am Horizont, dass er unwirklich groß erschien. Ein Flirren lag über seiner schimmernden Oberfläche und den rätselhaften Mustern, die sich darauf zeigten wie auf der menschlichen Iris. Alessandro fühlte sich von diesem fremden Auge unangenehm beobachtet und spürte seinen beschleunigten Herzschlag. Das Pochen schien mit dem Zirpen der Insekten zusammenzufließen und auf unangenehme Weise die Grenzen seines Körpers aufzulösen, als würde er mit der Finsternis verschmelzen, die ihn umgab. Vergebens versuchte er, sich die doch vertrauten Düfte von Rosmarin, Thymian und Zitronenmelisse bewusst zu machen, die eben noch in der Luft gelegen hatten. Doch vergebens benannte er die nun bedrohlich wachsenden Schattenrisse um sich herum: Pinie, Waldrebe, Erdbeerbaum. Die Begriffe bannten sie nicht mehr. Er versuchte, die taumelnden Wesen in der Luft bei ihrem Namen zu rufen: Nachtfalter, Eintagsfliege, Motte und Zikade. Die Klänge brachten seinen armen Kopf nun mit unermüdlicher Hartnäckigkeit zum Vibrieren, bis er glaubte, in der Luft zu zerbersten. Aber sosehr er um Fassung rang, alles wurde ungewiss, jedes Knistern, jedes Geräusch. War das, was er dort hörte, das Gackern eines verträumten Huhns? Ein fernes Lachen? Das Klirren von Gläsern? Ein bellender Hund, der seine Artgenossen ruft? Das Rascheln einer Maus?

Der Mond hatte den Saum der Wälder berührt. Plötzlich raschelte es erneut hinter Alessandro im Gebüsch. Dort bewegte sich etwas, das größer war als eine Maus.

Alessandro sprang auf. Ruhig, ermahnte er sich, ganz ruhig bleiben. Hier sind feste Mauern, die mich umgeben, und die Klostertore sind geschlossen. Niemand kann hier eindringen, niemand und nichts. Was sollte es schon sein? Er fuhr herum und starrte auf eine dunkle Masse, die sich unter seinem schreckstarren Blick erst in ein Ungeheuer und dann langsam in eine Efeuranke verwandelte. Die Blätter bewegten sich sacht. Alessandros aufgeschreckte Nerven zuckten. War dort doch noch etwas anderes? War dort jemand hinter dieser Blätterwand? «Wer ist da?», fragte er und trat einen Schritt zurück. Es knackte. Der Laut jagte ihm einen Schauer über die Haut. «Wer ist da?» Er starrte in die Dunkelheit, bis es vor seinen Augen zu flirren begann. Langsam ging er rückwärts, setzte einen Schritt nach dem anderen, dann noch einen und noch einen. Da schlug etwas hart in seine Kniekehlen. Alessandro warf die Arme hoch und griff in die Luft – vergeblich. Er stürzte mit einem Schrei zu Boden und prallte schmerzhaft auf Stein. Seine hilflos umhertastenden Hände bekamen etwas zu fassen und packten zu. Dann blickte er in zwei Augen, sah scharfe Zähne vor sich aufblitzen und eine spitze Schnauze, die vom Dampf ihres eigenen höllischen Atems feucht zu sein schien. Noch einmal schrie Alessandro auf.

4.

Alessandro blickte in die Fratze eines Tieres, das sein Maul dicht vor ihm aufriss. Es war das Marmorbild neben der Steinbank, auf der er eben noch gesessen hatte.

Dennoch sprang er auf, wie von Furien gehetzt, rannte, so rasch er konnte, ohne Rücksicht auf Hecken und Beete und kam erst zum Stehen, als er die Hände auf die Pforte des Gästehauses legen konnte. Während sein Herzschlag sich beruhigte, kam er langsam wieder zu Sinnen. Für einen Moment legte er seine erhitzte Stirn an den kühlen Stein der Mauer.

An sein Ohr drang ein Lied, das einer der Pilger, die im ersten Stock logierten, sang. Der Mann saß im Fensterrahmen und zupfte die Laute, seine Gestalt war eingefangen vom milden Lichtkreis der Lampen und umhüllt von menschlichen Stimmen. Alessandro starrte mit bebenden Händen in den Garten zurück, als könnte er mit bloßer Willenskraft die Dunkelheit durchdringen.

Sei kein Narr, beschwor er sich selbst. Es war eine Statuette gewesen, nichts weiter. Nichts? Noch immer konnte er den Blick nicht von der Finsternis lösen, und seine Haare stellten sich auf. Er wusste einfach, dass dort noch etwas anderes gewesen war. Außer ihm hatte noch jemand in diesem Garten ausgeharrt, kein Trugbild, kein Marmorstein, Nein, ein lebendiger Schatten, der auf diese Steinbank gefallen war und ihn erreicht hätte, wäre er nicht so schnell geflüchtet. Wieder ging sein Atem rascher. Vergeblich schimpfte er sich einen Feigling und Träumer. Doch er wurde das Bild nicht los von einer unheimlichen Gestalt, die irgendwo dort zwischen den Büschen stand und stumme Zwiesprache mit der Dämonenfratze und dem Mond hielt. Die Worte fielen ihm ein, die der Unbekannte ihm heute zugeraunt hatte. Ein Flüstern nur, aber es hatte sich in seinem Gedächtnis eingebrannt, unauslöschlich, und er konnte diese Worte noch immer hören, es war, als seien sie ihm in den Schädel tätowiert worden, ein Fluch, eine Entweihung seines Körpers: *Sie war immer schon zu Hause.*

Alessandro schüttelte sich. Wie konnte man in dieser Welt überhaupt je zu Hause sein? Er bekreuzigte sich, trat schnell über die Schwelle des Hauses und schlug die Tür hinter sich zu. Ein Geruch nach Schweiß, Suppe und Weihrauch umfing ihn, und er seufzte erleichtert.

Als sie beinahe drei Wochen später in Ascolte einfuhren, quietschten die Räder des Karrens unheilverkündend laut in Alessandros Ohren. Er blickte hinaus auf das friedliche, verschlafene Dorf und fragte sich, warum er das Geräusch nicht schon früher auf ihrer Reise wahrgenommen hatte. Schließlich kam er zu dem Schluss, dass es an der Stille liegen musste, der seltsamen Stille, die dieses Dorf umgab.

Nicht ein einziger Bewohner ließ sich blicken, als wäre es die Zeit der lähmenden Mittagshitze. Die Läden waren geschlossen, und in den offenen Türen der Hütten spielte der Wind mit den Vorhängen, doch niemand spähte hindurch, als der Wagen durch die schmalen Gassen rumpelte. Niemand arbeitete in den Gärten, der Brunnen stand verwaist. Auch auf den Bänken am Dorfplatz hockten keine alten Männer im Schatten der Eichen. Es gab nicht ein einziges Kind, das zwischen den Hütten gespielt hätte. Alessandro überlegte: Noch in jedem Weiler, den sie passiert hatten, waren ihnen die Kleinen johlend nachgelaufen. Aber hier war niemand zu sehen. Nicht einmal ein Hund lag irgendwo im Mauerschatten, um den Kopf zu heben und ihnen entgegenzuknurren.

Pasquale hatte dasselbe bemerkt. «Nicht mal ein Katzenschwanz lässt sich blicken», kommentierte er die Stille und spuckte in den Straßenstaub, ehe er sich daranmachte, seinen mächtigen Körper aus dem Gefährt zu hieven. Alessandro folgte ihm mit einer wesentlich eleganteren Bewegung und ging kurz nach vorne, wo der Knecht die nervösen Pferde zu beruhigen suchte. Schnaubend warfen die Tiere die Köpfe zurück und standen nur mit Mühe still. Noch immer wollte sich kein neugieriges Gesicht zeigen.

Hier also war Alissas Heimat gewesen, dachte Alessandro. Hier irgendwo lebte der Bruder, von dem die Akten sprachen. Von hier war sie regelmäßig aufgebrochen, um in Vallepiu Bergkräuter und Gewürze zu verkaufen. Alessandro musterte die Fassaden der Behausungen und suchte zu erraten, welche der schlichten, ein wenig vernachlässigt wirkenden Hütten die ihre gewesen sein mochte. Sein Blick fiel auf eine kleine Kirche, und er beschloss, dort den Anfang zu machen.

Die Holztür öffnete sich knarrend, auf seinen Ruf hin allerdings meldete sich auch hier kein Mensch. Alessandro trat ein und ließ die Tür offen, um im staubigen Strahlenschleier des hereindringenden Sonnenlichts etwas erkennen zu können. Der Raum war klein und dunkel. Auf dem Steinboden erkannte er ein Mosaik, das zu seiner Überraschung aus Marmor gefertigt war. Es war alt und so glatt poliert von den Schritten der Gläubigen, dass es matt schimmerte. Er glaubte ein Labyrinth zu erkennen, wie er es in vielen Kirchen gesehen hatte, allerdings kam ihm irgendetwas an diesem Motiv fremdartig und irritierend vor. Sicher war es weit älter als die schlichten Mauern, die es umgaben. Er setzte seinen Fuß darauf und beschloss, die kunstgeschichtliche Untersuchung auf später zu verschieben. «Ist denn da niemand?», wiederholte er seine Frage.

Da knarzte eine kleine Nebenpforte. «Im Namen Jesu Christo», hörte er endlich eine Stimme murmeln, danach folgte etwas Unverständliches.

«Wer da?», rief Alessandro, erhielt aber keine Antwort. Da fiel die Kirchentür in seinem Rücken mit einem lauten, endgültigen Klacken ins Schloss. Für einen Moment war es stockfinster. Alessandro wagte nicht zu atmen. Das Murmeln war noch immer zu hören, auch das knirschende Schlurfen von Schritten, die langsam näher kamen.

Er räusperte sich. «Mein Name ist Alessandro Varese. Ich bin hier im Auftrag des Kardinals Ascanio Sforza.» Alessandro hatte den Eindruck, dass die Dunkelheit seine Worte verschluckte. Doch langsam gewöhnten sich die Augen des jungen Inquisitors an die Schwärze. Er bemerkte auf einem Nebenaltar eine Kerze, denn ein matter, braunroter Lichthof begann sich jetzt links von ihm abzuzeichnen. In dem schwachen Lichtschein glaubte er eine Wand und die Kante eines Tisches zu erkennen. Allmählich trennten sich die Schatten voneinander, die ihn umlagerten. Alessandro seufzte erleichtert. Jetzt konnte er sogar die Umrisse der Gestalt ausmachen, die sich in unveränderter Langsamkeit auf ihn zubewegte. Sie schien groß und unförmig zu sein, dachte Alessandro mit erneut steigender Erregung, größer und seltsamer, als es für einen Menschen üblich war. Angestrengt starrte er dem Schatten entgegen, der unaufhaltsam auf ihn zuwankte. Er überragte ihn zweifellos um einiges, und ein Kopf – Alessandro schluckte –, ein Kopf war nicht auszumachen. Nur ein mächtiger Leib und dieses hypnotische, unaufhaltsame Schwanken. Plötzlich erfasste ihn die schmerzhafte Erkenntnis, dass dies kein Mensch war. Und noch immer näherte sich das Wesen unbeirrt Schritt um Schritt. Das Geräusch, das es dabei erzeugte, zerrte an Alessandros Nerven. Er bebte vor Spannung, dennoch stand er wie angewurzelt da. Im letzten Moment packte er das Kreuz, das um seinen Hals hing, riss es empor und rief: «Im Namen Jesu Christi!»

Zu spät fiel ihm ein, dass er damit genau die Worte wiederholte, die er eben selbst gehört hatte. Ein Fehler!, hallte es in seinem Kopf, und er fragte sich, ob sich so der letzte Gedanke anfühlte, den man dachte.

Da hielt die Gestalt inne. Ein Stöhnen war zu hören, dann ein dumpfer Knall. Alessandro fühlte den Boden unter seinen Füßen beben, Staub flog auf. Schließlich ertönte ein zweiter Knall, gefolgt von einem Scheppern. Alessandro sah, wie Arme emporgereckt wurden. Er murmelte ein Gebet und schloss die Augen.

«Gelobt sei Gott der Herr.» Die Stimme, die ihm dergestalt antwortete, klang gepresst und müde. Als er die Augen öffnete, starrte Alessandro in das ausgemergelte Gesicht eines Mannes, der soeben die hohe Kapuze seines Umhangs zurückgeschlagen hatte und nun laut stöhnte. Er klopfte sich den Staub von den Schultern, die eben noch schwere Mörtelsäcke getragen hatten. Seine Knochen knackten hörbar, als er sich räkelte. «Ich bin zu alt für solche Arbeiten in meiner Gemeinde.»

Der Mann mochte siebzig sein oder dreißig. Es war schwer zu sagen in dem düsteren Licht. Seine tiefliegenden Augen warfen große Schatten über die Hakennase. Sein langes Haar war strähnig, genau wie sein Bart. Die Hand, die er nun hob, um Alessandros noch immer ausgestreckte Rechte mit dem Kreuz zu erfassen und zu sich hinabzuziehen, war langfingrig und knochig wie eine Klaue.

Verlegen wollte Alessandro seine Hand zurückziehen, aber der Mann nahm sie und drückte ihm – ehe er es verhindern konnte – einen ehrerbietigen Kuss auf seinen Handrücken. Alessandro musste sie ihm beinahe mit Gewalt entreißen. «Warum helfen Eure Pfarrkinder Euch nicht dabei?», fragte er dann aus Unsicherheit, während der Pfarrer zu dem Seitenaltar schlurfte, um weitere Kerzen zu entzünden. In ihrem Licht fand Alessandro sich wieder zurecht und wandte sich dem Eingang zu. «Wäre das nicht die Aufgabe für ein paar kräftige junge Burschen?» Er öffnete die Holztür und hob schützend die Hand, weil das grelle Tageslicht in seinen Augen schmerzte. «Ah!» Erneut war er blind.

Neben sich hörte er ein Schnaufen. «Es sind alles gute Menschen, gute Menschen. Alles gute Kinder Gottes», entschuldigte der Pfarrer seine Dorfbewohner. «Sie arbeiten alle auf dem Feld.» Er hob die Hand und wies mit seinem langen Finger auf eine Reihe Bäume, hinter denen Alessandro, der sich noch immer die Augen rieb, tatsächlich Stimmen zu hören glaubte. Erleichtert, der engen Kirche und ihrer beklemmenden Atmosphäre zu entkommen, trat er über die Schwelle und setzte sich in Bewegung. Der Pfarrer folgte ihm.

«Ein interessantes Gotteshaus habt Ihr da.» Alessandro bemühte sich um ein lockeres Gespräch, während sie über den lehmigen Boden schritten. «Sehr alt, nicht wahr?»

«Hm, hm.» Mehr war von der Stimme hinter ihm nicht zu hören, und dann, als er schon fast die Hoffnung aufgegeben hatte, folgte doch noch eine Erklärung. «Es ist alles alt hier, die Bäume, die Wege und jeder Stein, der aus der Erde ragt. Auch ich selbst.» Er klang belustigt. «Manchmal glaube ich, die Welt ist hier älter als anderswo.»

«Nun, sie ist überall so alt, wie Gott sie geschaffen hat, denke ich.» Alessandro wandte sich um und entdeckte in den Zügen des Priesters eine traurige Müdigkeit, die unter seinem forschenden Blick langsam einem Lächeln wich. «Ihr habt vermutlich recht», sagte der alte Mann und streckte ihm die Hand hin. «Virgilio», sagte er. «Virgilio Settoni.»

«Virgilio», wiederholte Alessandro und schüttelte die angebotene Rechte. «Selbst Euer Name ist –»

«Varese! Kommt her! Das müsst Ihr sehen.» Pasquale klang aufgeregt, und Alessandro ging ihm schnell entgegen.

Das müde Lächeln auf dem Gesicht des Pfarrers erstarb, als er ihm eilig folgte zu einer Gruppe Menschen, die sich um etwas scharte. Er drängte sich durch und erblickte einen Mann, der die Ärmel hochgekrempelt hatte und eifrig damit beschäftigt war, etwas mit der Schaufel freizulegen. Der Bauer, dem er das Gerät entrissen hatte, stand mit hängenden Armen daneben.

Hier sind also alle Dorfbewohner, dachte Alessandro flüchtig, hatte jedoch keine Zeit, die Gesichter der Umstehenden zu mustern. Denn was Mattia Pasquale da ausgrub, fesselte seine ganze Aufmerksamkeit. Zunächst war nur ein aus Stein gehauenes Bein zu erkennen, aus hellem Material, sehnig und kraftvoll. Wie echt die Pfoten und Krallen aussehen, bewunderte Alessandro die Arbeit, und wie naturgetreu die Muskeln. Jetzt trat auch das sanft gelockte Fell zutage, ein kraftvoller Rücken, dann der Kopf mit den Reißzähnen und großen, weißen Augen, die seltsam menschlich zu ihnen aufblickten.

«Es ist ein Wolf!» Niemand außer Alessandro sprach ein Wort. Es war nichts zu hören als das Keuchen von Pasquale und die kratzenden Geräusche der Schaufel, wenn sie ins Erdreich stieß. Schließlich kniete Pasquale sich hin und legte die letzten Umrisse mit den Händen frei. «Die römische Wölfin», bestätigte er, als das Tier vor ihnen auf der Seite lag wie ein geschossenes Wild. Nur dass es den Kopf zur Seite gewandt hielt und sie anzublicken schien, als wollte es sie fragen, warum sie seinen jahrtausendalten Schlaf gestört hatten. «Habe ich es Euch nicht gesagt, Varese?» Er klopfte sich die Erde von den Händen. «Alles voll heidnischer Relikte hier.»

Alessandro vermochte nur zu nicken. Wie schön die Arbeit des Steinmetzes war, wie lebensecht. Er war kein Fachmann, aber er sah sofort, dass hier ein Meister seiner Zunft am Werke gewesen sein musste. Trotz der langen Zeit im Boden glitzerte der Marmor an manchen Stellen feinkörnig im Licht. Dies war zweifellos eine bemerkenswerte Leistung. Ob der Kardinal es wohl erwägen würde, die Statue in einem seiner Gärten aufzustellen, wenn er sie ihm als Geschenk mitbrächte?

«Götzenbild!» Die abfällige Bemerkung Pasquales riss ihn aus seinen Überlegungen.

«Zweifellos», begann er, «aber ...» Und er hob die Hand, als Pasquale zur Schaufel griff, um dem heidnischen Bildwerk den Garaus zu machen. «Nicht!»

«Was ist?» Pasquale hielt inne und wischte sich den Schweiß von der Stirn. «Möchtet Ihr den Stein zuerst noch weihen?», fragte er spöttisch. Dann wandte er sich an den Pfarrer, der wie alle anderen schweigend dastand und auf den Boden starrte. «Also, alter Mann», forderte Pasquale ihn auf, «sprecht ein Gebet und schlagt das Kreuz, damit der böse Bann gebrochen wird.»

«Ich, ich ...», stammelte Virgilio.

Alessandro schaute erst den Geistlichen an, dann die anderen Dorfbewohner, die um das Loch im Boden standen. Es ging etwas Seltsames von ihnen aus, eine stille Feindseligkeit, die mit Händen zu greifen war, ohne dass sich jemand gegen die Besucher gewandt hätte, ohne dass ein Wort des

Protestes gefallen wäre. Keines der Gesichter zeigte Missfallen. Allerdings wurde sein Blick auch nicht erwidert, jeder Einzelne wich ihm aus und hielt die Augen gesenkt. Träge blickten sie, die Einwohner von Ascolte. Oder nicht doch vielmehr trotzig?, überlegte Alessandro, während er noch immer nach den richtigen Worten für das suchte, was er spürte. Diese Menschen waren anders als die Zuschauermengen, die er kannte. Sie waren nicht aufgebracht oder auch nur neugierig. Keiner murmelte etwas oder kaute an seinen Nägeln, kicherte oder schnäuzte sich. Niemand hatte seinem Nachbarn etwas mitzuteilen. Seltsam ruhig standen sie da. Ihre Ruhe war jedoch nicht starr, sie wirkten viel eher gelassen, als seien sie mit dem Boden verwachsen und als könnten sie hundert Jahre so dastehen. In der Tat waren sie alle, mit Ausnahme des Pfarrers, aufrechte, schöne Menschen, die sich zu halten wussten. Keiner war buckelig oder von der harten Arbeit eingefallen, wie Alessandro es schon häufig bei Bauern gesehen hatte. Nein, diese Menschen waren anders.

Sie ähnelten einander, überlegte er, korrigierte sich dann aber, nein, wenn man sie genau betrachtete, sahen sie einander sogar überhaupt nicht ähnlich, jedenfalls weniger, als Bauern dies sonst taten. Meist pflegte er sie nur als Angehörige ihres Standes wahrzunehmen, denen Arbeit, Sitte und Gewohnheit ihr prägendes Siegel aufdrückte. Der großgewachsene Mann dort hinten mit den bräunlich roten Kraushaaren und der breiten Stirn hatte nichts zu tun mit dem Jungen hier vorne, der schmal und beweglich wirkte und dessen Augen so schwarz wie seine Haare glänzten. Die schlanke Frau mit den grünen Augen, die seinem Blick nun für einen Moment begegnete, hatte eine Haut wie Elfenbein und prachtvolle Hüften, die nicht zu vergleichen waren mit denen ihrer kerzengeraden, sonnenverbrannten Nachbarin mit dem stolzen Raubvogelgesicht.

Und dennoch schienen diese Menschen hier eine Einheit zu bilden. Als wären sie eine Familie. Als wären Worte für sie nicht notwendig, um genau zu wissen, was die anderen dachten. Als ginge sogar jetzt, wo alles still war und stumm, etwas zwischen ihnen vor, wovon er, Alessandro, nicht das Geringste ahnte. Ihm war, als starrte er auf die stille Oberfläche eines Teiches, in dessen Tiefen sich stumme, unsichtbare Dramen abspielten.

Nun, beschwichtigte Alessandro sich, weil er fürchtete, in eine Art ungesunde Schwärmerei zu geraten, sie bilden eine Dorfgemeinschaft, weitab vom Treiben der Welt. Sie kennen einander ihr Leben lang, teilen ihren einförmigen Alltag, heiraten untereinander. Und wir dringen von außen hier ein und drängen uns ihnen auf. Es ist kein Wunder, dass sie sich gegen uns verbünden.

«Ich ...», hörte er den alten Priester noch einmal stammeln.

«Amen», unterbrach Pasquale energisch das lange Zögern, hob die Schaufel, und ehe Alessandro etwas sagen konnte, fuhr sie wieder herab. Mit einem lauten Klirren traf Metall auf Stein. Splitter flogen umher. Alessandro wandte sich schützend ab und kniff die Augen zusammen. Als er sie wieder öffnete, war der Kopf der Wölfin vom Rumpf getrennt. Erneut hob Pasquale die Schaufel.

«Kommt», sagte Alessandro und zog den Pfarrer mit sich, der verwirrt dreinschaute. «Ich bin hier, um mit Euch über etwas zu reden. Über eines Eurer Pfarrkinder. Alissa.»

Bei der Erwähnung des Namens war ihm, als ginge eine Woge durch die kleine Menschengruppe. Er konnte es förmlich spüren, obwohl keine Bewegung wahrzunehmen war und nicht einmal ein Seufzer an seine Ohren drang. Nur die Frau mit den intensiven grünen Augen hob noch einmal ihren Blick, aber so kurz, dass Alessandro sich nicht sicher war, ob er sich nicht vielleicht getäuscht hatte. Die Erinnerung an diese Augen würde ihn noch lange verfolgen, bis tief in den Schlaf hinein, an diesem Tag und an den nächsten, die er im Dorf verbrachte.

«Alles gute Menschen ...» Der Pfarrer wankte an seiner Seite auf dem Weg zurück zum Dorfplatz von Ascolte. «Alles gute Kinder Gottes.»

Sie waren die Einzigen, die aufbrachen. Umgeben vom Rest der Dorfbewohner stand Pasquale, flankiert von den Pferdeknechten, da und hieb auf die Statue ein, immer wieder, bis nur noch weiße, unkenntliche Splitter den Boden bedeckten, wie geborstene Knochen.

5.

Es war und blieb seltsam, dieses Ascolte. Vier Tage lief Alessandro nun schon herum, ohne es zu begreifen. Pasquale, der nach seinen üblichen Bemühungen bei sämtlichen jungen Bauerndirnen abgeblitzt war, drängte ihn zur Abfahrt. Der Priester, der alte Virgilio, wagte kein Wort, aber Alessandro spürte die unausgesprochene Frage: Was willst du noch hier? Warum lässt du uns nicht in Ruhe? Er hätte sie selbst nicht beantworten können.

Über Alissa hatte er mittlerweile alles erfahren. Ihr Bruder lebte nicht mehr im Dorf, die Trauer über den Tod der Schwester hatte ihn wohl auf Wanderschaft getrieben. Man erzählte sich, dass er seine Kräuter jetzt auf den Landstraßen verkaufte. Die anderen Bewohner beantworteten bei den Verhören, die er ansetzte, zwar seine Fragen, aber nur, weil sie sonst Bestrafung befürchteten. Den Rest der Zeit ignorierten sie ihn. Alessandro, der Missgunst, Scheu oder ehrfürchtige Gafferei, in jedem Fall aber ein hohes Maß an Aufmerksamkeit für seine Arbeit als Inquisitor gewohnt war, kam sich bald vor, als wäre er unsichtbar. Mittlerweile hatte er sogar das Gefühl, als wandelte er in einem Traum herum.

Und wie im Traum kam ihm auch dieses Ascolte vor. Noch nie hatte er ein saubereres Dorf gesehen. Sicher, manches schien ein wenig verwildert, die Mauern wurden von Efeu überzogen, die Gärten wirkten verwunschen, die Scheunen alt und die Birnbäume, die sich neben den dicken Hüttenmauern unter der Last ihrer Früchte bogen, krüppelig wie alte Weiber. Und doch war es nirgends verschmutzt, verkommen oder verwahrlost. Immer wieder taten sich ihm kleine Anblicke von großer Schönheit auf. Sei es ein bemalter Topf Rosmarin neben einem Fensterkreuz, der silberne Schimmer alten Holzes am Tor eines Schuppens, Wicken, die einen Zaun üppig leuchtend umrankten, oder ein halbgeflochtener Blumenkranz, den jemand auf einem Tisch im hohen Gras zurückgelassen hatte. Und manchmal erblickte er sie.

Ihr Haar unter dem Kopftuch war so leuchtend kupferfarben, wie ihre grünen Augen es hatten erwarten lassen, dachte Alessandro und errötete. Ihr Nacken war wie Milch, schimmernder als der zerstörte Marmor der Statue. Ihr Name war Valeria, Virgilio hatte es ihm verraten, und er hatte diesen Namen seither oft vor sich hin geflüstert. Aber Alessandro war kein Vorwand eingefallen, unter dem er sie hätte vorladen können. Beim Gottesdienst kniete sie in der hintersten Reihe. Ein paarmal verdrehte er den Kopf nach ihr. Ihre Schenkel zeichneten sich beim Knien unter dem Gewand so deutlich ab, dass er sich rasch wieder abwandte. Danach hatte er sie gesucht und gemieden zugleich.

Er wusste, Pasquale hätte nicht gezögert, und viele seiner Amtsgenossen hätten es ihm gleichgetan. Sie nahmen es mit dem Zölibat alles andere als genau. Alessandro jedoch hatte schon vor langer Zeit beschlossen, dass er dem Gelübde Folge leisten würde. Er würde es anders machen. Und er hatte sich vor dem Tag gefürchtet, an dem die Versuchung zu ihm käme. Nicht, dass sie ihn bislang je gestreift hätte, nein, seine Seele war ruhig gewesen und ungefährdet, was die Frauen betraf. Dennoch hatte er stets die vage Angst gespürt, er würde eines Tages der Versuchung begegnen, einer Frau, die ihn wahrhaftig auf die Probe stellen würde. Oder war es eine Hoffnung gewesen?

Von Virgilios Gottesdienst hatte er kein Wort mehr mitbekommen. Alessandro spürte die Hitze in seine Wangen steigen, als er jetzt daran dachte. Er hob den Kopf, um die Vorstellung abzuschütteln, und musste feststellen, dass er vor Valerias Hütte stand.

Das niedrige Tor stand offen, dahinter erblickte er einen kleinen Teich voller Röhricht und einen vergessenen, märchenblauen Topf neben dem Weg, aus dem bereits blühendes Kraut kroch. Schritt für Schritt ging er über die moosumrahmten Platten des Gartenwegs auf die Behausung zu. Er wurde langsamer und langsamer. Dann hielt er inne.

Als hätte sie sein Kommen erraten, tauchte Valeria plötzlich in der Tür auf. Sie sagte nichts und fragte nichts, hob nur den Arm und lehnte sich gegen den Rahmen. So blickte sie ihm entgegen, stand einfach nur da, provozierend ruhig. Und er wurde das Gefühl nicht los, dass sie alles wusste, selbst das, was er nicht einmal zu denken wagte. Zwei, drei Atemzüge lang stand Alessandro ihr gegenüber, dann machte er kehrt und flüchtete hinkend wie nie in die Kirche, wo er sich vor den Altar kniete und betete, bis sein Herz wieder langsamer schlug.

Als er schließlich heraustrat, dämmerte es bereits. Auf den Stufen vor der kleinen Kirche hockte ein Kind, ein junges Mädchen.

Alessandro lächelte der Kleinen zerstreut zu und hob die Hand, um ihr im Vorbeigehen über den Scheitel zu streichen. Dann hielt er inne. Dies war das erste Kind, das ihm in Ascolte begegnete. Er ging in die Knie und schaute dem Mädchen ins Gesicht.

«Hallo», sagte er behutsam. «Ich heiße Alessandro.»

Die Kleine neigte den Kopf, ihre zu Schaukeln gewundenen Zöpfe baumelten ihr gegen den Nacken. Aber sie blieb stumm.

«Und wie heißt du?», hakte Alessandro nach.

Ihre weitaufgerissenen Augen fixierten ihn, obwohl sie stumm blieb. Ihre Pupillen, klein wie Nadelköpfe, schienen sich förmlich an Alessandro festzusaugen. Die Iris war so blass, dass er nicht sagen konnte, ob sie grün oder blau war. Unwillkürlich wich er ein Stück zurück. Er überlegte schon, ob sie wohl schwachsinnig wäre, als sie endlich den Mund öffnete.

«Wie?», fragte der Inquisitor, der nicht verstanden hatte.

«Sie heißt Moira», antwortete jemand an ihrer Stelle. Es war Pasquale, der gerade herangeschlendert kam und sich am Kopf kratzte, während sein Blick auf der Suche nach Abwechslung über den leeren Dorfplatz schweifte. «Komischer Name, nicht wahr? Ist auch ein komisches Ding. Sie läuft die halbe Nacht in der Gegend herum, ich habe sie durch die Gärten streifen sehen wie einen Geist. Sie tanzt und hüpft und fuchtelt mit den Händen durch die Luft. Etwa so.» Er machte es vor und lachte. «Dabei singt sie fast die ganze Zeit. Nur jetzt vor dem Inquisitor», wandte sich Pasquale plötzlich direkt an das Kind, «bist du stumm, was?» Er streckte die Hand aus, um sie in grobem Spott an ihren Zöpfen zu ziehen.

Moira stieß einen Schreckensschrei aus und sprang auf. Sie schlug nach ihm und wollte weglaufen. Doch schon nach ein paar Schritten wandte sie sich um.

Sie will nach ihrem Verfolger sehen, dachte Alessandro und hob schon die Hände, um sie zu beruhigen und ihr zuzurufen, dass sie sich nicht zu fürchten brauche. Da bemerkte er, dass die Kleine taumelte. Noch einmal drehte sie sich, bevor ihre Knie einbrachen und sie auf den Boden sank, wo sie mit zuckenden Gliedern liegen blieb. Aus ihrem offenen Mund drangen unartikulierte Laute. Und obwohl ihre Augen offen standen, schien sie die Männer nicht wahrzunehmen, die sich jetzt über sie neigten.

«Sie ist besessen!», rief Pasquale aus.

«Sie hat einen epileptischen Anfall», widersprach Alessandro. «Schnell, helft mir.» Er packte die strampelnden Beine des Mädchens und wies Pasquale an, die Hände zu bändigen. Gemeinsam schleppten sie den sich windenden Körper, der ständig gurgelnde Laute ausstieß, in die Kirche. Alessandro trat die Tür mit dem Fuß hinter sich zu. Er wollte nicht, dass jemand diesen Vorgang sah. Laut rief er dabei nach Virgilio.

Pasquale stand der Schweiß auf der Stirn. «Heiliger, sie hat Schaum vor dem Mund, ich sage Euch, das ist ein Dämon!»

«Ist es nicht. Näher an die Kerzen mit ihr», kommandierte Alessandro, der heftig mit dem um sich tretenden Mädchen kämpfte. «Gebt Acht, dass sie sich den Kopf nicht stößt.»

Aber Pasquale hatte bereits losgelassen und war mehrere Schritte zurückgetreten, um sich zu bekreuzigen und das Schauspiel mit fasziniertem Grauen aus einiger Entfernung zu betrachten.

«Virgilio!», brüllte Alessandro voller Ungeduld. Er setzte sich auf die Beine des Mädchens und versuchte, ihre flatternden Hände einzufangen, ohne zu sehr auf ihren Unterleib zu achten, der sich ihm unter dem hochrutschenden Kleid obszön entgegenwölbte. «Mattia, der Kopf! In diesem Zustand kann sie sich selbst den Schädel einschlagen!»

Nur zögernd trat der massige Mann näher. Aber gerade

als er sich hinkniete, um sich über das Mädchen zu neigen, spritzte etwas in sein Gesicht, sodass er mit einem Aufschrei wieder zurücksprang.

«Was in drei Teufels Namen ...», begann er und fuhr sich übers Gesicht. «Blut!», stieß er dann hervor, als er seine rotverfärbten Finger sah. Entsetzt ließ er sich nach hinten fallen und robbte auf dem Hintern von dem Kind weg, dem in kleinen Fontänen das pulsierende Blut aus dem Mund schoss.

«O Gott, sie hat sich auf die Zunge gebissen. Schnell, Ihr müsst ihr etwas zwischen die Zähne schieben. Pasquale, rasch doch!»

«Ihr meint, ich soll ihr in den ...? Ich werd' dem kleinen Biest doch nicht in den Mund fassen! Wer weiß, was dort lauert. Nein!» Heftig schüttelte Pasquale den Kopf.

Alessandro fluchte und stemmte sich hoch. Er versuchte, an Moiras Gesicht zu kommen, ohne ihre Beine loszulassen. Hilflos schaute er sich nach etwas um, was er ihr zwischen die Kiefer schieben könnte. Er haschte nach der kleinen Glocke, die auf dem Altar stand. Ihr hölzerner Griff würde für den Moment genügen. Da endlich, wie aufs Glockenzeichen, erschien der alte Priester. Zu Alessandros Erleichterung erfasste er mit einem Blick die Situation.

«Kommt her und haltet die Kleine fest», rief Alessandro, «während ich ...» Und er machte bereits Anstalten, ihr die Kiefer auseinanderzustemmen. «Keine Angst, das ist notwendig, damit sie sich nicht weiter verletzt!»

Aber Virgilio unterbrach ihn mit einem Schrei des Entsetzens. «Nein! Nicht!», rief er und stieß Alessandro so heftig vor die Brust, dass er mit scheppernder Glocke nach hinten fiel.

«Ich tue es bestimmt nicht!», fiel Pasquale ein.

Virgilio fuhr herum mit einer Gelenkigkeit, die sie seinen Jahren nicht zugetraut hätten. «Ihr gewiss nicht!», fauchte er. «Ihr am allerwenigsten! Niemals! Aber auch Ihr nicht ...» Mit einem entschuldigenden Kopfschütteln wandte er sich wieder Alessandro zu. «Ich werde es tun.»

Dann neigte er sich über das Kind und versuchte die fest zusammengebissenen Zähne Moiras zu lösen. Bei dem knackenden Geräusch, mit dem es ihm schließlich gelang, erschauderten die beiden Beobachter. Und erst recht bei dem kurz darauf folgenden Schmerzensschrei des Priesters.

«Sie hat ihn gebissen.» Pasquale sprang auf.

Auch Alessandro kam wieder auf die Beine. «Ich helfe ihnen.»

«Nicht!» In Virgilios Stimme lag eine Schärfe, die sie beide zurückzucken ließ. Fassungslos sahen sie zu, wie er mit verzerrtem Gesicht seine Finger langsam aus der Umklammerung befreite. Er wickelte sie sofort in ein Taschentuch ein und weigerte sich, Alessandro die Verletzung untersuchen zu lassen.

«Seht lieber nach ihr», verlangte er und wies mit dem Kinn auf Moira, die noch immer von Krämpfen geschüttelt wurde. Als ihr Mund sich jetzt öffnete, trat roter Schaum heraus. Der Strom floss ihr über Hals und Brust und färbte ihr Kleidchen dunkelrot.

«Sie blutet noch immer sehr stark», stellte Alessandro nervös fest. «Wie kommt es, dass die Blutung so heftig ist? Ich kann sie nicht stillen.»

«Das war immer schon so bei ihr.» Virgilio ließ sich erschöpft auf einem Schemel nieder, die verletzte Hand im Schoß. «Schon immer wollte das Blut selbst bei kleinen Wunden nicht aufhören zu fließen. Wir dachten, das Leben hier könnte ihr helfen, aber ...»

«Ich sage es ja, sie ist verflucht.» Pasquale blieb dabei.

Doch Virgilio schüttelte traurig den Kopf und starrte vor sich hin. «Ich habe sie selbst getauft», sagte er leise.

Wenige Minuten später fiel Moiras Kopf zur Seite und entließ einen letzten, glänzend roten Blutschwall, der sich über den Marmorboden ergoss.

«Sie ist tot», erklärte Alessandro. Niemand reagierte auf diese Feststellung. Seufzend stand er auf, erschöpft, enttäuscht. Auch kämpfte er gegen ein vages Schuldbewusstsein an. Wenn sie das Mädchen in Ruhe gelassen hätten, wäre dies vielleicht alles nicht geschehen. Mit langsamen Schritten ging er zur Kirchentür und öffnete sie, um die Abendluft hereinzulassen. Vielleicht würde sie die Atmosphäre aus Staub, Schweiß und Blut in der Kirche mit sich fortwehen. Aber was er draußen sah, ließ ihn abrupt zurückprallen: Die gesamten Einwohner Ascoltes standen auf dem Platz vor der Tür. Die ersten drängten bereits die Stufen herauf und traten ihm entschlossen entgegen, allen voran der große Braunhaarige, der so starr zu ihm aufblickte, dass seine verdrehten Augen noch furchterregender wirkten.

Erschrocken wich Alessandro zurück. «Nein», stammelte er und hob die Hände, während er rückwärts ging. «Ich wollte ihr nur helfen. Ich bin auch Arzt, ich habe gesehen ... Ich wollte nicht ...» Er blieb stehen und reckte das Kinn. «Ich wollte ihr nur helfen! Wirklich!», wiederholte er fester.

Aber da war der erste Bewohner auch schon bei ihm. Sein Blick glitt von Alessandro ab und an ihm vorbei. Der Mann betrat die Kirche, ohne ihm auch nur ein Wort zu gönnen. Auch die Folgenden drängten ihn ohne weiteres beiseite, um hineinzugehen.

«Sie ist ... Es war ...» Alessandro rang um Fassung. «Sie hatte einen Anfall. Aber ich konnte ihr nicht helfen.»

Keiner schien ihn zu hören. Einer nach dem anderen traten sie ein, und einer nach dem anderen kamen sie wieder heraus, das tote Mädchen auf ihren Schultern. Die Zöpfe der

Kleinen schaukelten gegen ihren blutbefleckten Hals. Ihre Augen spiegelten das Rot des Abendhimmels.

Die versammelten Bewohner trugen den kleinen Leichnam aus der Kirche. Als Letzte kam sie.

«Valeria!» In seiner Aufregung entfuhr Alessandro ihr Name. Ohne dass er vor sich darüber Rechenschaft ablegte, kam ihm der unerträgliche Gedanke, dass auch sie ihn für einen Übeltäter, einen Kindermörder halten musste. Diese Erkenntnis traf ihn besonders hart. Es drängte ihn, ihr alles zu erklären, damit sie verstand, damit sie nicht schlecht von ihm dachte. Er öffnete den Mund. Doch mehr als ihren Namen brachte er nicht heraus. «Valeria.»

Als sie an ihm vorbeischritt, verengten ihre Augen sich bei dem bebenden Klang ihres Namens. Und Alessandro war, als durchführe ihn ein Blitz. Er fühlte, wie sich seine Nackenhaare aufrichteten. Wie rätselhaft sie ihn anblickte! Ihm schwindelte. Lächelte sie etwa? Aber da hatte sie bereits die Augen niedergeschlagen, die gefalteten Hände vor der Brust erhoben und den Kopf gesenkt.

«Segnet mich, Vater», murmelte sie.

Verdutzt und beschämt hob Alessandro die Rechte zum Kreuzzeichen. Er sah ihren Scheitel, ihre milchweiße Stirn, das Schimmern ihres orangenfarbenen Mundes. «Im Namen des Vaters», begann er unsicher, «und des Sohnes ...» Er stockte. Und als er in der vertikalen Bewegung innehielt, hob sie den Kopf und sah ihn unvermittelt an.

Alessandro erbebte. Er bemerkte erst, dass sie seine Hand ergriffen und sich darübergeneigt hatte, als er schon beinahe ihre Lippen berührte. Valeria öffnete den Mund.

«Moira war mir anvertraut», hauchte sie, und ihre Stimme war fast zu tief für eine Frau, rauer, als Alessandro es erwartet hatte. Es war, als führe man ihm mit den Fingernägeln über den Nacken.

«Es tut mir leid», begann er. Dann schnappte er nach Luft, und seine Augen wurden groß.

Aber da hatten ihre Lippen bereits sein Fleisch umschlossen, und in die weiche Stelle zwischen Daumen und Zeigefinger senkten sich ihre Zähne. Fassungslos keuchte Alessandro auf und erwartete jeden Moment seinen eigenen Schrei zu hören. Aber noch vor dem Schmerz durchfuhr ihn ein Schauder. Gänsehaut kroch über seinen ganzen Körper, dann folgte ein Brennen. Es raste seinen Arm hinauf, durch alle Adern und jeden Winkel seines Körpers. Er fühlte ihre Lippen, das Saugen ihres Mundes und wusste nicht, war es Lust, was er fühlte, oder Schmerz? Seine Knie wurden weich, er zitterte, sein Blick trübte sich. Lachte sie etwa? Sagte sie etwas? In seinen Ohren hörte er nur das Brausen des eigenen Blutes.

6.

Als er wieder zu sich kam, saß Alessandro in der Sakristei auf einem Schemel. Virgilio war bei ihm und versorgte seine Wunde. Der alte Priester sagte kein Wort, sein Gesicht aber war zerfurcht von Sorge, und er sah um viele Jahre gealtert aus.

Verwundert, als sähe er sie zum ersten Mal, hob Alessandro seine Hand. «Sie hat mich gebissen», stellte er ungläubig fest. «Sie hat mich tatsächlich gebissen.» Unsicher schaute er Virgilio an, der seinem Blick auswich und ungeschickt versuchte, ein Stück Stoff um die verletzte Hand zu wickeln. Seine Finger zitterten dabei so sehr, dass der junge Inquisitor ihm die Binde schließlich abnahm und sie sich selbst umschlang, wobei er die Zähne zu Hilfe nahm.

«Ich glaube es nicht», nuschelte er dabei vor sich hin. «Das kann doch alles nur ein böser Traum sein.»

«Wahrhaftig.» Das war alles, was der Pfarrer dazu sagte.

Alessandro schaute auf. Ein Gedanke war ihm gekommen. «Ist Moira etwa ihr eigenes Kind gewesen?», fragte er. Es war der einzige Umstand, der ihm das Geschehen ein wenig verständlich machen würde. Trauernde Mütter, das hatte er bereits erlebt, waren zu allem fähig.

Virgilio schüttelte den Kopf. «Moira war ...» Er zögerte. «Nun, wir haben sie gefunden», fuhr er dann fort. «Im Wald. Ihre wahren Eltern hatten sie wohl ausgesetzt. Vermutlich wegen ihrer ...» Der Geistliche machte eine Pause. «Wegen ihrer Krankheiten. Wir dachten, wir könnten sie pflegen, aber ...»

«Aber da bin ich vorbeigekommen», vollendete Alessandro resigniert den Satz.

Virgilio schüttelte erneut den Kopf. «Es war nur eine Frage der Zeit», sagte er tonlos. «Wir alle wussten das.»

«Wenn auch Valeria es wusste», begehrte Alessandro auf, wobei er anklagend seine Finger hob und sie probeweise in der Luft bewegte. Es tat höllisch weh. «Warum hasst sie mich dann so? Sie hat sich benommen wie ein Tier. Au, Herrgott nochmal!» Erschrocken über seinen eigenen Fluch, wollte er sich bekreuzigen. Doch es war seine Rechte, die im Verband steckte, also hielt er ratlos inne.

Virgilio senkte den Kopf. In der Stille glaubte Alessandro, ferne Gesänge zu hören. Und ihm war, als kämen diese Stimmen nicht vom Dorf.

«Wo bringen sie sie hin?», fragte er und stand auf. Da war etwas, das an die Tür seines Gedächtnisses pochte, etwas, das er bemerkt und doch nicht bemerkt hatte. Er versuchte sich vor Augen zu führen, was in der Richtung lag, aus der die Stimmen erklangen. Was nur irritierte ihn so? Dann fiel es ihm ein, und er wandte sich abrupt zu Virgilio um.

«Ihr habt hier in Ascolte keinen Friedhof!», rief er aus. Die Erkenntnis war ihm in diesem Moment gekommen. Wahrhaftig, es gab keinen Gottesacker in diesem Dorf, das doch so abgeschnitten von der Außenwelt war. Wie war das möglich? Und wie hatte es ihm bisher entgehen können? «Virgilio?», fragte er verwundert. «Wie kann das sein?»

«Wir ... Wir bringen unsere Toten nach Vallepiu», stammelte der Priester und beugte sich über die Reste des Verbandes.

«Das ist nicht wahr!» Alessandros Stimme wurde laut vor Aufregung. Er hatte den Friedhof gesehen, die Grabsteine, die Inschriften. Und er kannte die Akten der Kirche. Er hatte genug Zeit in Vallepiu verbracht, um zu wissen, dass niemand aus Ascolte dort begraben lag. Mit neuer Energie wandte er sich an den Alten. «Es liegt niemand aus Ascolte dort unten. Wie auch, bei der Länge des Weges? Nein, Virgilio, ihr schleppt eure Toten nicht durch den Wald.» Ein schrecklicher Verdacht stieg in ihm auf. Die heidnischen Tempel, dachte er, die Statuen, die Gräber ... Waren sie hier oben in Ascolte etwa Götzenanbeter? War das etwa ihr schreckliches Geheimnis?

Fordernd baute er sich vor dem Priester auf. Seine Stimme bebte vor Aufregung. «Wo begrabt ihr die Toten? Wo bringt ihr sie hin? Sprich! Wo sind die Kirchenbücher?», forderte er, als Virgilio stumm und mit gesenktem Kopf vor ihm stehen blieb. Auch auf seine befehlende ausgestreckte Hand reagierte der Geistliche nicht.

Alessandro blickte sich irritiert um. Die Einrichtung des kleinen Raumes war kärglich, eine Truhe, ein Wandregal. Es gab nicht viele Orte, wo versteckt sein könnte, was er suchte. Mit entschlossenem Schritt ging er zu der Truhe und hob den knarrenden Deckel.

«Nicht!» Endlich kam Leben in Virgilio. Aber Alessandro ließ sich nicht aufhalten. Er schob den Alten beiseite und wühlte, ohne auf sein Flehen zu achten, in dem Haufen staubiger Altartücher. Endlich fand er, was er so dringend suchte, eine Schatulle mit Schreibutensilien und einen zerfledderten Band. Er musste den Schmutz abstreichen, als er ihn ans Licht hob.

«Das dürft Ihr nicht tun», wandte Virgilio mit klagender Stimme ein und streckte die Hände aus, um ihm das Konvolut zu entreißen.

Doch Alessandro stieß ihn mit dem Ellenbogen beiseite, schnappte sich einen Leuchter und legte das Buch auf den geschlossenen Truhendeckel. Im flackernden Schein der Kerze schlug er es auf. Die Seiten waren mit den Jahren steif geworden und rochen muffig. Dennoch erkannte er die Eintragungen auf einen Blick. Sie waren in unterschiedlicher Tinte geschrieben, zu verschiedenen Zeiten. Offenbar war es trotz der äußeren Vernachlässigung gewissenhaft geführt worden.

«Dann wollen wir doch mal sehen», murmelte Alessandro, befeuchtete sich den Finger zum Umblättern und vertiefte sich in die Lektüre. Der jüngste Eintrag war der von Alissa, mit dem Datum des letzten Monats. Durch Feuer, stand dort, wo stets die Todesart angegeben wurde. Und es versetzte Alessandro einen Stich. Dann fuhr er mit dem Finger über die Zeilen nach oben.

Nach einer Weile schaute er auf. «Ihr habt seit zehn Jahren keinen Toten mehr gehabt?», fragte er ungläubig.

Virgilio antwortete mit gesenktem Kopf. «Giovane. Er wurde beim Kräutersuchen von einem herabstürzenden Fels erschlagen. Sein Kopf war ganz zerschmettert. Grauenhaft.»

Alessandro nickte ungeduldig und blätterte. «Und davor keinen weiteren Toten seit ...» Ungläubig schlug er die Seiten um. «Seit hundert Jahren?» Alessandro hatte seine letzten Worte geflüstert. Nun hob er entsetzt den Kopf.

Virgilio antwortete nicht.

Keine alten Menschen! In diesem Moment wurde es Alessandro klar. Er hatte nicht nur keine Kinder gesehen in Ascolte, es gab auch keine alten Menschen. Warum nur war ihm das bisher nicht aufgefallen? Er hatte wohl gedacht, sie säßen in den Häusern, an den Kaminen, oder waren bettlägerig und wurden gepflegt von den Ihren. Vielleicht hatte er auch einfach zu viel an Valeria gedacht? Nein, er hatte gar nicht gedacht. Aber nun bekam all das einen seltsamen, beängstigenden Sinn. Keine Toten, keine Alten ...

Ein seltsames Gefühl griff nach Alessandros Eingeweiden. Er lachte ungläubig, und sein Blättern in dem Buch wurde hektischer. Aber schließlich gab es keinen Zweifel mehr. Seine Hände sanken herab und gaben die widerspenstigen, alterssteifen Seiten frei.

«Und keine Geburten ...» Es war nur mehr ein Flüstern. Da stach ihm noch etwas anderes ins Auge. Kraftlos ließ Alessandro die raschelnden Seiten unter seinem Daumen durchrauschen.

Es war eindeutig, unbezweifelbar, nicht zu glauben. Die Tinte wechselte wohl von Eintrag zu Eintrag, wie es zu erwarten war bei einem Dokument, das über einen so langen Zeitraum hinweg geführt wurde. Aber von Anfang bis Ende, von dem allerersten, ältesten Eintrag, der noch dreistellig war, bis zu dem Datum vor zehn Jahren waren sie alle in derselben sorgsamen Handschrift vorgenommen worden.

Wieder und wieder blinzelte Alessandro und verglich die Buchstaben. Aber es gab keinen Zweifel. Und nur eine Erklärung, die doch unmöglich war.

Alessandro brachte kein Wort heraus. Er hob den Kopf und starrte Virgilio an. Das Gesicht des Geistlichen war von tiefen Schatten verzerrt. Mehr denn je wusste Alessandro nicht zu sagen, ob dieser Mann dreißig war und einfach nur verhärmt oder – Alessandro schluckte bei dem Verdacht – um viele, viele Jahre älter. Im Dunkel der Sakristei waren nur seine tiefliegenden Augen zu erkennen, die den jungen Inquisitor jetzt durchdringend anstarrten, bis dieser die Lider senkte.

Das Singen draußen wurde lauter und lauter und steigerte sich zu einem Ton, den Alessandro bereits kannte, den er schon in den Wäldern um Vallepiu gehört hatte und der ihm auch hier, in den schützenden Mauern der Kirche, im heimeligen Licht der Kerzen, eine Gänsehaut über seinen Körper jagte.

«Wo haben sie sie hingebracht?» Seine Stimme versagte fast. Er glaubte, ohnmächtig werden zu müssen.

Mit einem schweren Seufzen stand Virgilio schließlich auf und schlurfte zu dem einzigen schmalen Fenster des Raumes, das mit einem Ledervorhang verhängt war. Er zog ihn beiseite und betrachtete den Himmel, an dem sich ein tiefhängender, fast runder Mond abzeichnete wie eine gleißende, verlockende Frucht. Lange stand er so da und schaute hinauf.

Alessandro war hinter ihn getreten. «Ich werde das nicht auf sich beruhen lassen», sagte er scharf. «Hört Ihr? So einfach werdet Ihr mich nicht los. Ich werde nicht fortgehen, bis diese Ereignisse geklärt sind!» Er ballte die Fäuste und marschierte in dem Zimmer auf und ab, um seiner Erregung Herr zu werden. Vor dem aufgeschlagenen Buch blieb er erneut hilflos stehen. Er spürte seine Finger unter dem Verband, die Wunde schmerzte. Alessandro fühlte Wut in sich aufsteigen, Wut und noch etwas anderes.

Virgilio seufzte, ohne den Blick vom Mond zu wenden. Er sah müde aus. «Natürlich nicht», sagte er nur.

Dann ging er zu Alessandro hinüber und legte ihm die Hand auf die Schulter.

Der junge Inquisitor schloss die Augen. «Betet», hörte er den Pfarrer sagen. Und in seinem Kopf wirbelten die unfassbaren Gedanken wild durcheinander. Alissa in den Flammen des Scheiterhaufens, Valerias Augen, der Blick des Braunhaarigen, der Rosmarintopf am Fenster, die Wölfin aus

Marmor ... Alles blitzte vor ihm auf und verschwand genauso schnell wieder, sinnlos, zusammenhanglos. Er begriff nicht, wollte es nicht begreifen, konnte es nicht glauben. Weil es nicht möglich war. Weil es nicht wahr war. Weil es so etwas nicht gab. Gott! Barmherziger Gott! Spät fiel er Alessandro ein. Aber zu beten, das spürte er voller Schrecken, war ihm unmöglich in diesem Moment.

«Warum ...?», stieß er endlich hervor. Doch als er die Augen öffnete, war er allein.

7.

Ich weiß nicht, was hier los ist.» Die Stimme Mattia Pasquales klang zum ersten Mal, seit Alessandro ihn kannte, angespannt. «Aber wir sollten verschwinden und mit einer Eskorte wiederkommen. Mit einem Auftrag des Kardinals und seinen Männern.» Er rieb sich die Hände und warf besorgte Blicke nach rechts und links.

Der Dorfplatz lag an diesem späten Vormittag so still da wie eh und je. Keine alten Männer saßen auf der Bank unter den Bäumen, und keine Kinder spielten um den Brunnen herum. Nicht einmal, Alessandro lächelte bitter und rieb sich die verbundene Hand, nicht einmal ein paar Hunde lagen im Häuserschatten und hoben den Kopf. Das einzige Geräusch war das Wiehern der Pferde.

«Ich habe bereits anspannen lassen», erläuterte Pasquale. «Kommt», fügte er hinzu. «Man muss klug vorgehen.»

Aber Alessandro schüttelte den Kopf. «Nein», sagte er. «Ich bleibe, bis ich verstanden habe, was hier vor sich geht.» Er schaute zur Kirche hinüber, die heute verschlossen war. Jetzt, im warmen Tageslicht, kamen ihm die gestrigen Vorfälle wie ein Traum vor. Die Beklemmung, die Angst und die seltsamen Verdächtigungen am Vortag, sie hatten viel von ihrem Schrecken verloren. Das alles war gar nicht möglich, hatte Alessandro die ganze Nacht über gedacht. Und dieser Gedanke gewann nun mit dem Strahlen der Sonne immer mehr an Kraft. Er musste sich getäuscht haben. Für alles würde es eine vernünftige, befriedigende Erklärung geben. Und er würde nicht eher abreisen, bis er sie gefunden hatte.

Pasquale kniff die Augen zusammen, als er dem Blick des jungen Inquisitors folgte. «Ich glaube nicht, dass wir im Moment hier allzu willkommen sind», sagte er.

Alessandro zuckte mit den Schultern. Waren sie das je gewesen? Wieder verzog er den Mund zur Grimasse eines Lächelns. «Sie tun uns nichts», erklärte er und fragte sich selbst, woher er diese Gewissheit nahm. «Sie hätten uns letzte Nacht angreifen können, als ihr Zorn noch frisch war, aber sie haben es nicht getan, nicht wahr?»

«Vielleicht brauchen sie ein wenig, bis sie sich trauen?», hielt Pasquale dagegen und machte einen auffordernden Schritt hin zum Reisewagen. «Seid kein heldenhafter Narr.»

«Nein.» Alessandro war bereits auf dem Weg zu Virgilio. Er hatte eine Nacht Zeit gehabt, darüber nachzudenken. Der Priester war der Schlüssel. Und er würde ihn dazu bringen, mit ihm zu reden. «Reist Ihr ruhig ab, wenn Ihr wollt», rief er über die Schulter.

Pasquale stand breitbeinig da, die Hände in die Hüften gestemmt, und blickte ihm nach. «Vielleicht mache ich das», rief er Alessandro hinterher, doch der hob nur die Hand zu einer vagen Geste, ohne sich noch einmal umzuwenden.

Die Kirchentür gab seinem Rütteln nicht nach, wie Alessandro es bereits vermutet hatte. Langsam ging er um den achteckigen Bau herum, der so errichtet war wie einige der alten Kirchen, die er kannte. An ihrer Rückseite entdeckte er eine Unregelmäßigkeit, eine Tür, die nachträglich in die

Mauer geschlagen schien. An ihrer Stelle waren die ursprünglichen Steine durch Lehmziegel ersetzt worden, aber auch sie wiesen bereits deutliche Spuren der Verwitterung auf. Die Pforte war leicht zu übersehen, so dicht schmiegte sich der Holunder an das Gemäuer heran und war doch selbst schon im Würgegriff eines dunkelgrünen Efeus, der den gesamten Boden bedeckte. Aber einige bloßgelegte, nackte Wurzeln und die gutgeölten Angeln der Tür verrieten, dass hier regelmäßig jemand ein und aus ging. Dieser versteckte Zugang zur Kirche war also in Gebrauch.

Alessandro hob die Füße und stieg über das Laub. Er legte die Hände auf den Türknauf und rüttelte. Nichts tat sich, das Holz gab kein Stück nach. Er klopfte. Die Tür schien überaus dick zu sein, eiserne Nägel und Bänder gaben ihr zusätzlichen Halt. Am Rahmen in Kniehöhe entdeckte Alessandro außerdem tiefe Furchen im Holz, als hätte hier jemand mit einem Messer immer wieder und sehr lange geschabt. Die Spuren wirkten alt. Wer immer hier vor langer Zeit beharrlich gearbeitet hatte, er hatte es vergebens getan.

«Virgilio», rief Alessandro und richtete sich wieder auf. Er legte den Kopf in den Nacken und ließ seine Stimme die Mauer hinaufschallen, in der Hoffnung, der alte Pfarrer würde ihn hören. «Virgilio, ich weiß, dass Ihr da drin seid.» Er legte die Hände vor den Mund und formte einen Trichter. «Wir müssen reden, wir beide. Ihr wisst das.»

Er wollte die Hoffnung schon aufgeben, als plötzlich ein Quietschen ertönte. In der Holztür öffnete sich ein kleines, viereckiges Fenster, das fest vergittert war. Alessandro reckte sich und entdeckte das Gesicht des Pfarrers hinter den Stäben. Es war seltsam verzerrt.

«Virgilio, was ist mit Euch?», fragte Alessandro erschrocken.

«Nichts, ich habe nichts.» Die Stimme des Priesters klang

gehetzt, und Alessandro bemerkte seine Hand, die bereits im Begriff war, die kleine Fensterklappe wieder zu verschließen. Hastig kam er ihm zuvor und steckte seine verletzte Hand zwischen den Stäben hindurch. Virgilio wich zurück, als fürchtete er, geschlagen zu werden.

«Virgilio, ich möchte doch nur ...»

«Reist ab!» Der Pfarrer heulte seine Worte beinahe. «Reist ab, noch heute, noch an diesem Tag. Vielleicht wird ... Betet, dass Gott ein Einsehen hat.»

«Aber Ihr wisst doch genauso gut wie ich, dass ich nicht gehen werde. Ihr habt es selbst gesagt. Natürlich nicht, habt Ihr gesagt. Und jetzt will ich wissen ...», begann Alessandro erneut.

«Ich war ein Narr!», schrie Virgilio auf. «Oh ... In nomine patris et filii et spiritus sancti.» Er bekreuzigte sich hastig mehrere Male, ohne davon ruhiger zu werden. Irgendetwas schien ihn heftig zu quälen, sodass er kaum stillhalten konnte.

Alessandro spürte, wie der Geistliche sich wand. Dicht vor seinen Augen verzog sich das Gesicht des Alten immer wieder, als würden heftige Schmerzen ihn durchfahren. Bisweilen erschienen ihm seine Züge nahezu entstellt.

«Aber ...», wollte er erneut einhaken.

«Ein Fels», jammerte der Alte. «Stürzt Euch hinab oder lasst Euch von ihm begraben. Springt von einer Brücke. Alles, nur nicht dies.»

«Und verliere damit mein Seelenheil?», fragte Alessandro entgeistert. «Ihr seid verwirrt, Virgilio. Ihr ratet einem Menschen zum Selbstmord, Ihr, ein Priester? Ihr wisst nicht, was Ihr redet!» Der Alte musste wahrhaftig krank sein. Oder der Kummer um das Kind hatte ihn wahnsinnig werden lassen. «Kommt heraus da», fuhr Alessandro milder und mit werbender Stimme fort. «Ich habe eine Flasche Wein im Wagen, die werden wir trinken. Das wird Euch stärken und guttun. Und dann besprechen wir, wie zu verfahren ist.» Er blickte dem Priester tief in die Augen. «Ihr schuldet mir noch eine Erklärung, Virgilio.»

«Ach, es gibt keine Rettung, es gibt keine, außer im Schmerz.» Mit diesen Worten wandte der Priester sich ab.

Alessandro reckte sich noch ein wenig höher und umklammerte mit beiden Händen die Gitterstäbe, um einen Blick ins Innere zu werfen. Aber es war vollkommen dunkel. Nur ein durchdringender Geruch nach feuchtem Stroh und Verwesung drang daraus hervor. Und ein scharfes Aroma, so als hielte der Alte dort drinnen ein Tier.

Alessandro verzog das Gesicht. «Virgilio!», rief er in die Dunkelheit. Er glaubte, vage die Gestalt des Priesters zu erkennen, der auf den Knien lag und sich an den eigenen Haaren riss. «Seid doch vernünftig!»

Ein verzweifeltes Lachen antwortete ihm von drinnen. «Keine Rettung! ... Kein Heil! ... Flieht!»

Diese abgerissenen Rufe waren das Einzige, was er noch aus der von Krämpfen geschüttelten Gestalt am Boden herausbekam. Bis der Alte auf einmal aufsprang, mit einer Behändigkeit, die Alessandro nicht für möglich gehalten hätte. Unwillkürlich wich er zurück, aber nicht schnell genug, und seine Finger gerieten zwischen die Stäbe und den hölzernen Laden, den Virgilio jetzt unerbittlich zuklappte. Alessandro ließ überrascht los, fiel in den Efeu und wollte schon schreien. Anklagend hob er seine Hände, in der Erwartung, Blut aus den gequetschten Fingerspitzen tropfen zu sehen. Zu seinem Erstaunen jedoch erblickte er nichts weiter als seine von dem verkrampften Griff ganz weißen Kuppen, die sich bereits langsam wieder rosig färbten. Er wandte sie hin und her: keine Wunde, keine Quetschung. Und erst jetzt bemerkte er erstaunt, dass er nicht den geringsten Schmerz fühlte.

Einer Eingebung folgend nestelte er den Knoten seines

Verbandes auf und wickelte ihn hastig ab. Bald lag seine verwundete Hand bloß. Aber nur getrocknete, bräunliche Blutspuren erinnerten noch an den Biss. Die Schwellung war fast vollständig zurückgegangen. Die befürchtete Entzündung schien auszubleiben. Und selbst die Löcher, die Valerias Zähne hinterlassen hatten – Alessandro schauderte bei dem Gedanken selbst im hellen Sonnenlicht noch einmal –, sie waren beinahe verheilt. Fort war der Schorf, fort das Blut. Nur ein paar silbrige Spuren, wie Narben, ließen erahnen, wo sie zugebissen hatte.

Narben?, dachte Alessandro verwundert und bewegte die Hand vor seinen Augen. Von gestern auf heute? Und nicht mehr der geringste Schmerz?

Hinter der Tür vernahm er Virgilios verzweifeltes Lachen. Ertappt sprang er auf. Er war erschrocken, nein, wütend. Weitere rätselhafte Vorgänge würde er sich nicht bieten lassen! Er war der Inquisitor, er war der Mann des Kardinals, und er würde diese Bauern auf den richtigen Weg zurückbringen.

Während er entschlossenen Schrittes und mit fliegendem Gewand auf die Hütten zuging, rief er herrisch nach Pasquale und den Rossknechten, damit sie ihm folgten. Die Zeiten des höflichen Fragens waren vorbei. Nun würde er Fakten schaffen, er suchte klare Antworten.

Ohne zu zögern, schritt Alessandro durch das erstbeste Gartentor, kickte den Topf beiseite, der ihm im Weg stand, und ließ erschrockene Vögel von den Fensterbänken aufflattern. Er klopfte nicht an, sondern stürmte direkt ins Haus.

Pasquale und die beiden Männer hatten ihn eingeholt, als er bereits wieder herauskam. «Es ist niemand zu Hause», stieß Alessandro zwischen den zusammengebissenen Zähnen hervor. «Himmel!»

So erging es ihnen in einer Behausung nach der anderen. Die Gärten lagen verträumt da, die Türen standen weit offen.

Aber drinnen waren nur dämmrige Flure, erkaltete Herdfeuer und leere Schlafstellen, deren selbstgewebte Decken keine Falten aufwiesen. Auf den Borden stapelten sich unbenutzte Teller. Aber es waren keine Menschen zu sehen.

Alessandro gab nicht auf, ehe nicht die letzte Hütte, der letzte Verschlag durchsucht war. In den Ställen meckerten ihnen Ziegen entgegen, geblendet vom Licht, das durch die aufgestoßenen Türen fiel. Ihr Geruch stach Alessandro fast unerträglich in die Nase, sein Magen begann zu knurren. Er verdrängte das Hungergefühl, das ihm sagte, dass es bereits weit nach Mittag sein musste. Irgendjemanden würden sie schon noch auftreiben!

Blinzelnd hob er die Hand vor die Augen und durchforschte das Dunkel der Scheunen. Groteske Schatten empfingen sie, um sich dann bei näherem Hinsehen in harmlose Strohballen, Heugabeln oder einen auf einem Haken vergessenen Hut zu verwandeln. Es blieb dabei: Das Dorf war menschenleer.

Pasquale wollte etwas sagen, aber Alessandro hob nur die Hand und stürmte weiter, über den Platz, dem Acker zu, auf den Virgilio sie am ersten Tag geführt hatte. Auch dort war niemand. In den Furchen hockten die Vögel und pickten die letzten Körner auf. Selbst die Scherben der Wölfin waren verschwunden. Nur eine entdeckte Alessandro noch, hob sie auf und schloss seine Faust darum, bis der Stein warm wurde. Er fühlte sich lebendig an in seiner Hand. Da warf er ihn voller Wut von sich.

«Sie stecken in den Wäldern.» Das war Pasquale, der jetzt hinter ihn trat. Sein Blick glitt über den nahen Waldrand, von dem die Rufe eines Vogels herüberdrangen. Ein Windstoß ließ die Wipfel der Eichen flirren. «Ich schwör's, wir werden beobachtet.»

«Unfug», zischte Alessandro, aber ohne rechte Überzeugung. Der Anblick des Waldes versetzte ihn in eine unbestimmte Erregung. Er spürte ein Ziehen in all seinen Gliedern, das fast einem Schmerz gleichkam, und ein kalter Schauer überzog seine Haut. Fast glaubte er im Rauschen der Blätter Stimmen zu vernehmen, als stecke der Wald voller Faune und Nymphen, die ihn verlachten. Der Hirtenjunge fiel ihm ein mit seinen blendenden Zähnen. Unwillkürlich presste Alessandro seine eigenen aufeinander.

Langsam kroch in ihm Unbehagen hoch, und er und seine verängstigten Begleiter waren allesamt dankbar, als der vertraute Dorfplatz wieder vor ihnen lag. Der Karren stand noch da, ebenso die beiden starken Pferde, ein Anblick, der alle vier beruhigte.

«Steigen wir jetzt ein?», fragte Pasquale und seufzte, als er sah, wie Alessandro erneut zu einer der Scheunen ging und mit einer Axt wiederkam. «In Vallepiu waren Eure Methoden feiner», bemerkte er.

Doch Alessandro ignorierte ihn und mühte sich stattdessen, das ungewohnte Werkzeug zu führen. Donnernd schlug er gegen die Kirchentür. Immer wieder.

Pasquale spuckte aus und blickte sich um. Aber selbst der Lärm schien keine Menschenseele auf den Plan zu rufen. Eine Weile schaute er Alessandros Bemühungen zu, dann schob er ihn beiseite, nahm die Axt, spuckte in die Hände und erledigte das Schloss mit einem Schlag.

«Bitte.» Die Türflügel sprangen auf.

Ohne Dank glitt Alessandro hinein. Er ging von Altar zu Altar, von Bank zu Bank. Jeden Leuchter, den er fand, entzündete er, und er gab nicht eher Ruhe, bis er das gesamte Innere des Raumes erleuchtet hatte. Stumm standen sie beide da und blickten sich um.

Ich hatte recht, dachte Alessandro, der Boden war alt. Aber nicht nur der Boden.

Sie standen vor Fresken, die kein Maler christlicher Zeiten geschaffen hatte. Abgeblättert, verblasst und verrußt waren sie. Aber noch immer konnte man die Gärten erkennen, die sie darstellten, die Zitrusbäume mit ihren leuchtenden Früchten, die blühenden Büsche, die Pfauen und Tauben. Dazwischen entdeckten sie die schimmernden Leiber der Frauen, umhüllt nur sporadisch von schöngefältelten Tüchern und bekränzt wie die Männer, deren braune Haut ab der Hüfte in Felle gewickelt war. Einer spielte die Flöte, ein anderer lachte.

Wenn er kommt, dann beiß ich ihn ... Alessandro hörte die fröhliche Stimme des Jungen noch in seinen Ohren und schmeckte beinahe den Apfel in seinem eigenen Mund.

«Heilige Mutter Gottes ...», flüsterte Pasquale hinter ihm.

«Ja», antwortete Alessandro bitter. «Aber dies ist nicht ihr Ort.»

Er ging zum Altar und starrte ihn lange an. Dann riss er in einem Anfall von Wut das Tuch herunter, das den Tisch des Herrn bedeckte. Was er sah, ließ ihn aufstöhnen. Keine hölzerne Tischplatte erwartete ihn, sondern eine Marmortafel auf soliden Steinfüßen. Kurvenreiche Ornamente und Masken waren darauf abgebildet, und in ihrer Mitte prangte eine Gestalt mit seltsam menschlichen Augen. Alessandro fuhr mit den Fingern darüber.

«Was ist? Was habt Ihr entdeckt?» Mit knirschenden Schritten kam Pasquale näher.

«Nichts», erwiderte Alessandro und legte das zerknüllte Tuch auf das Relief. «Ich werde mir noch einmal die Kirchenbücher vornehmen. Gebt Ihr Acht, dass ich ungestört bleibe.»

8.

Alessandro Varese hob den Kopf, als er seinen Namen rufen hörte. In den schmalen Fenstern der Sakristei stand das Abendrot. Verwundert starrte er es an. Er musste Stunden hier verbracht haben. «Hier bin ich», antwortete er zerstreut. «Ich ...»

Ein wenig benommen senkte er den Kopf auf das Buch in seinen Händen, das ihm auch beim zweiten Mal keine andere Geschichte erzählen wollte. Die Einwohnerschaft von Ascolte schien aus Menschen zu bestehen, die nie geboren worden waren, und nur äußerst selten starb einer von ihnen. Die wenigen Toten erlagen Unfällen, die ihre Körper mit einem Schlag vollständig zerstörten, wie durch zerschmetterte Felsen oder außer Kontrolle geratene Sensen oder – wie in Alissas Fall – durch das Feuer.

Alessandro verzog das Gesicht, als er roch, wie ein Nachtfalter mit den Flügeln in eine Kerzenflamme geriet und knisternd starb. Der Tod dieses kleinen Wesens, wie der des Mädchens, berührte ihn mit einer leisen Erschütterung, die sich für ihn selbst seltsam fremd anfühlte.

Einmal hatte er versucht zu zählen, wie alt Virgilio diesen

Niederschriften zufolge sein musste. Aber die Zahlen gerieten ihm immer wieder durcheinander. Sie waren so unwahrscheinlich, so absurd, dass sie vor seinen Augen zu tanzen begannen. Schweiß tropfte Alessandro von der Stirn, fiel auf das Pergament und drohte die Schrift zu verwischen. Seine Hand, mit der er die Seiten umblätterte, zitterte derart, dass es ihn schmerzte, sie ruhig zu halten.

Mir ist so heiß, dachte Alessandro. Nein, präzisierte er, meine Haut ist heiß. Innerlich spürte er nämlich eine ungeheure Kälte und Schwäche. Ob er wohl krank wurde?

Mit einem Seufzen richtete der junge Inquisitor sich auf. Wie lange mochte er in dieser Haltung verharrt haben? Seine Knochen fühlten sich an, als knirschten sie unter großem Druck. Seine Muskeln waren verhärtet. Er suchte sich mit einer Hand den Nacken zu kneten und schrie beinahe auf. Jede Faser seines Körpers protestierte gegen die Berührung. Er hob die Hand und betrachtete sie, um nach Spuren einer möglichen Gelenkentzündung zu forschen. Doch was er sah, ließ ihn schwindeln. Und plötzlich verschwamm alles vor seinem Blick. Alessandro blinzelte verwirrt. Die Finger schienen sich in die Länge zu ziehen, und dunkle Schatten tauchten auf seiner Haut auf. Abwehrend schüttelte er den Kopf. Er durfte jetzt nicht ins Fieber abgleiten, er brauchte all seine Kräfte.

«Varese?», hörte er es wieder aus dem Kirchenraum. Und nun vernahm er auch Pasquales energische Schritte, die sich näherten. Alessandro klappte das Kirchenbuch zu und hielt es sich vor die Brust. Noch war er nicht bereit, seine Vermutungen mit anderen zu teilen. Er würde dies hier für sich behalten und in Rom überlegen, wie er es dem Kardinal vortragen sollte.

Abwehrend hob er den Kopf, um Pasquale zu begegnen, der nun geschäftig in der Tür erschien.

«Wenn wir nicht in völliger Finsternis aufbrechen wollen ...», begann sein Begleiter, hielt dann aber abrupt inne. Alessandro sah, wie sich auf dem Gesicht seines Gegenübers Erstaunen ausbreitete, völlige Verblüffung und schließlich etwas, was er bei diesem robusten Mann noch nie gesehen hatte: Furcht.

«Was ist?», fragte er und bemühte sich, sachlich zu klingen. Er wollte aufstehen, aber der Schmerz ließ ihn aufschreien und zwang ihn, sich zu krümmen. Alessandro verzerrte den Mund zu einem entschuldigenden Lächeln. Wie er es hasste, vor Pasquale schwach zu erscheinen! «So wie es aussieht, habe ich mir ein leichtes rheumatisches Fieber zugezogen», begann er und bemerkte im selben Moment, dass der Schweiß in dicken Tropfen über sein Gesicht lief. Unwillkürlich streckte er die Zunge heraus, um ihn sich von den Lippen und der Nase zu lecken.

Pasquale schrie auf. Und Alessandro konnte seine Angst mit einem Mal riechen. Es war ein stechendes Aroma, das ihn aufwühlte. Schweiß lag darin, aber noch etwas anderes, Fremderes. Auch konnte er mit einem Mal das Schlagen von Pasquales aufgeregtem Herzen hören und das Brausen des Blutes in seinen Adern. Es klang laut und seltsam verführerisch. Alessandro hörte jetzt die eiligen Füße einer Maus, empfing die schwache Spur ihres Geruchs. Er nahm ferner den Staub, den Holzduft, die erkalteten Spuren von Virgilio und die Asche des Weihrauches wahr, die überall am aromatischen Stein klebte. Witternd hob Alessandro den Kopf.

Pasquale trat stolpernd zurück und riss schützend den Arm hoch. Mit dem Rücken zur Wand stand er da und starrte den jungen Inquisitor entsetzt an.

Doch Alessandro war wie in einem Rausch. Was der Abendwind nicht alles hereintrug! Die Namen Dutzender Blüten umflatterten sein Bewusstsein wie Schmetterlinge, als ihr Duft in seine Nase drang. Tiergerüche ließen seinen

Speichel fließen, und er unterschied die einzelnen Moschusschleier ihrer Wolle, die warmen Säfte des Fleisches, des Dunges. Er tauchte in die ruhigen Dünste des Stalles ein wie in Teiche, verfolgte die aufgeregt tänzelnden Wölkchen von Hühnern, die zu ihm drangen. Da, Wasser! Wie ein kristallener Klang weckte es all seine Sinne. Erde! Aus wie vielfältigen Bestandteilen setzte sie sich zusammen, diese Überwältigung, diese Pracht. Er roch Farben und Klänge zugleich, brauner Akkord, tief und echoreich, unendliche Heimat. Und über allem hörte er den brausenden Chor des Waldes.

«Ahhh!» Alessandro streckte sich. So viel Schönheit, es war geradezu berauschend! Warum hatte er sie nie bemerkt?

Pasquale brachte nur ein paar stammelnde Laute hervor. Ungeduldig wandte Alessandro ihm den Kopf zu und registrierte erstaunt das Grauen in Mattia Pasquales Augen, während er es zugleich mit all seinen Sinnen wahrnahm als einen stechenden Farbwechsel in der warmen Blutaura des Mannes. Ihm war, als könne er seinem Begleiter unter die Haut sehen, und er bleckte seine Zähne in einem beglückten, befreienden Lachen.

Was ist?, wollte er fragen. Was starrt Ihr so? Und das Knurren, das er vernahm, schien ihm die richtige Untermalung dieser Worte zu sein. Ebenso wie das Knacken seiner Knochen, die sich dehnten, streckten, an ihren Platz fügten. Der Schmerz wich von ihm und machte einem Gefühl unbändiger Lebenslust Platz. So ist es richtig, hörte er sich denken, nur so. Jetzt ist alles gut. Er fühlte sich wunderbar. Er hätte tanzen können, umherspringen, sich um sich selbst drehen. Und es drängte ihn, den Mund aufzureißen und laut zu singen, sich dem brausenden Lied des Lebens anzuschließen, das dort draußen sang. Selbst die Steine, die ihn umgaben, trugen ihr kristallenes Flüstern dazu bei. Alessandro öffnete den Mund.

Pasquale bekreuzigte sich. Sein Blick wanderte aufgeregt

im Raum herum. Er griff zu dem Kandelaber, der auf dem Truhendeckel stand.

Alessandro roch mit einem Mal Metall, Holz und salzigen Schweiß, Gerüche, die vor seinen Augen Gestalt annahmen. Er schaute Pasquale an, fand in dessen Augen aber kein Echo seines eigenen Blickes mehr. Der Kontakt zwischen ihnen war abgerissen, jeder glitt in seine Welt. Aber es scherte Alessandro nicht, denn dort draußen wartete etwas anderes auf ihn. Etwas Mächtiges. Er hatte seine Witterung aufgenommen; eine Spur, die durch Zeit und Raum zu führen schien, eine Spur, die wie eine Nabelschnur durch alle Windungen sicher zu ihm führte und an ihm zog, unwiderstehlich. Ihr musste er folgen. Er duckte sich, genoss für einen Augenblick die geschmeidige Stärke seines Körpers und sprang.

«Nicht!», schrie Pasquale. Der kräftige Mann wich entsetzt an die Wand zurück. «Ich ...», würgte Pasquale hervor, als das Wesen, dessen Existenz er noch immer nicht begreifen konnte, ihm für einen Moment die Hände auf beide Schultern legte. Dann schloss er die Augen, um nicht sehen zu müssen, wie die schmalen Gelehrtenhände Alessandro Vareses sich auf unerklärliche Weise mit Haaren bedeckt hatten. Aber seine Nase vermochte er vor der hechelnden Feuchtigkeit von dessen Atem nicht zu verschließen. Er wandte den Kopf ab. Einen Moment lang spürte er das ganze Gewicht der Kreatur auf sich lasten und sandte sein letztes Stoßgebet zu Gott. Dann, mit einem Mal, war er frei.

«Nein», murmelte er, «nein, nein.» Und doch konnte er nicht anders, als sich keuchend am Türrahmen festzuhalten und verständnislos dem Wesen nachzublicken, das eben noch vor seinen eigenen, gesunden Augen Alessandro Varese gewesen war, jener zugleich so ehrgeizige und gehemmte junge Mann, der ein wenig hinkte, aber fliegen wollte, und der bislang wie Wachs in seinen Händen gewesen war. Mit wenigen langgestreckten Sätzen war dieser nun durch den erleuchteten Kirchenraum und hinaus zur Tür verschwunden wie ein flüchtiger Traum. Doch die Schreie der Knechte, die jetzt von draußen in die Sakristei drangen, bestätigten Pasquale, dass er nicht geträumt hatte. Was er gesehen hatte, war die Wirklichkeit.

Pasquale war weder gläubig noch besonders phantasiebegabt. Aber er traute seinen Augen. Und auch der Kraft seiner Hände. Seine Geistesgegenwart wiedergewinnend, packte er den Kandelaber und rannte hinaus. «Wo ist er hin?», brüllte er.

Die beiden Männer standen da wie betäubt, zitternd, mit offenem Mund, aber unfähig, eine Antwort zu geben. Einer von ihnen bekreuzigte sich, wieder und wieder, bis er es endlich schaffte, mit dem Finger in eine Richtung zu weisen.

Das Abendrot war mittlerweile beinahe düster geworden, und die Venus begann bereits am sich verdunkelnden Himmel zu strahlen. Nur einen Umriss konnte Mattia Pasquale noch erhaschen von der Gestalt, die schneller, als ein Sterblicher es für möglich gehalten hätte, zwischen den langen Schatten der Bäume auf den Wald zuglitt. Er kniff die Augen zusammen und hob die Axt zum Wurf. Da ertönte ein Laut, der sie alle erschaudern ließ. Die Erde schien zu zittern.

«Was war das?», stammelte einer der Knechte und schlug erneut das Kreuzzeichen. «Heiliger Jesus Christus, steh uns bei.»

Angstvoll starrten die drei Männer in die wachsende Dunkelheit. Und es dauerte eine Weile, bis Pasquale in der Lage war, eine Antwort zu geben. «Das», brachte er stammelnd hervor und spuckte auf den Boden, unfähig, seinen Gefühlen anders Ausdruck zu verleihen, «war der gottverdammt größte Wolf, den ich je in meinem Leben gesehen habe.» Er kniff die Augen zusammen. «Und bei meiner Seele, ich werde ihn zur Strecke bringen.»

9.

«Nun, Valeria, zufrieden?» Niceros ließ sich mit einer lässigen Bewegung neben der jungen Frau nieder. Selbst im Sitzen überragte er die zierliche Gestalt, die jetzt langsam ins Laub zurücksank und tat, als genieße sie die Lichtflecken der Sonne, die auf ihrer milchweißen Haut vibrierten. Sie hielt die Augen geschlossen, aber Niceros wusste, dass sie so grün waren wie der Farn, der sie in ihrem Versteck umgab. Dennoch erschrak er, als Valeria sie nun aufschlug. Es war, als blickte der ewige Wald selbst ihn an.

Sie lächelte gefährlich. «Was heißt ‹zufrieden›, Niceros?», fragte sie und spielte mit einer Haarsträhne. Die Locken hingen ihr völlig zerzaust über den Rücken hinab, Laub hatte sich darin verfangen und eine Kamillenblüte, die Niceros sich nun anschickte herauszuzupfen. Aber sie wehrte seine ausgestreckte Hand ab, und er fuhr sich stattdessen durch das eigene Kraushaar.

«Oh, mit allem», meinte er vage und machte eine Handbewegung. Dann wurde er ernst. «Du hast uns allesamt in Gefahr gebracht, Valeria, mit deiner – Laune.»

Abrupt richtete sie sich auf. «Laune?», schnappte sie,

«Laune?» Ihre Stimme wurde laut. «Falls du es vergessen hast, falls ihr alle es vergessen habt, Niceros: Er hat Alissa auf dem Gewissen. Er hat sie gefoltert und verbrannt ...» Sie musste innehalten bei dem Wort, das ihr die Kehle zuschnürte. Es war, als läge selbst in der klaren, vom Duft feuchter Erde geschwängerten Waldluft wieder dieser stechende Geruch des Rauches, als wären statt der Vogelstimmen die erwartungsfrohen Rufe des Pöbels zu hören, und die Erinnerung an den Tod der Freundin überwältigte sie. Auch Niceros' Blick wurde für einen Moment weicher. Dann aber fuhr er fort.

«Sie wollte es so, du weißt das.»

«Nein, sie hätte flüchten können.» Mit brennenden Augen starrte Valeria in die Ferne, als könne sie dort noch immer die Gestalt ihrer Gefährtin auf dem Scheiterhaufen sehen, die wogende Menge, die Eiferer und Gaffer. Wieder und wieder hörte sie den Ruf: ‹Alissa, tu es. Tu es jetzt!›

Valeria senkte den Kopf. Ihre Freundin hatte es ihnen erklärt, in hastigen Worten, zugeflüstert durch ihr Zellenfenster, und in ausgetauschten Blicken über die Schultern der Schergen hinweg, schließlich durch ein letztes Kopfschütteln. Sie wollte sich nicht verwandeln, nicht in der Stadt, wo es Zeugen gab und Kleriker, denen man es zutragen würde, und wo unweigerlich Gerüchte beginnen würden zu blühen. Früher oder später würde die Kirche ihren Arm ausstrecken nach Ascolte, das seit so langer Zeit schon ihre Heimat war. Alissa hatte ihr Leben gegeben, damit dies nicht geschah. Aber sie hatte es nicht verhindern können.

Valeria verspürte Gewissensbisse. Ärgerlich warf sie ihr Haar zurück. «Was willst du?», fragte sie und bemühte sich um ein siegessicheres Lächeln. «Er ist jetzt einer von uns. Er kann uns nichts mehr anhaben. Denn er wird sich hüten, auch nur ein Wort zu verlieren. Es war die beste Lösung.»

Niceros wiegte den Kopf. «Aber er ist ein Geistlicher», seufzte er, «ein Mann der Kirche.»

«Eben», bestätigte Valeria mit einer gewissen Verachtung in der Stimme. «Er ist wie Virgilio. Er wird sich verkriechen in einem Loch wie ein Tier, wird jammern und leiden und doch nicht anders können.» Nun lachte sie wirklich. «Armer Virgilio.»

«Und du bist ganz sicher, dass du dies alles nur aus Rache für Alissa getan hast?», fragte Niceros. Der Zweifel in seiner Stimme ließ sie auffahren.

«Für Alissa, ja!», rief sie leidenschaftlich. «Und für Moira.» Bei der Erwähnung des Mädchens schossen ihr die Tränen in die Augen. «Sie haben sie in ihre Kirche geschleppt und geschlachtet!», rief sie klagend und brach in Schluchzen aus.

Niceros schüttelte den Kopf. Es dauerte eine Weile, bis er es wagte, den Arm um Valeria zu legen. Doch zu seiner Freude schmiegte sie sich an ihn und weinte still an seiner Schulter weiter. «Sie wäre niemals alt geworden», flüsterte er leise in ihr Haar, dessen Duft ihm in die Nase stieg. Oh, wie er ihn liebte, diesen Geruch, unter allen Gerüchen der Welt würde er ihn immer herausfiltern können. «Es ist nicht gelungen bei ihr.»

«Aber ich hatte es so sehr gehofft.» Valeria schniefte und richtete sich auf. «Als ich sie fand, war sie beinahe tot, ausgekühlt, halb verhungert und voller Angst, erinnerst du dich? Ich musste sie ins Dorf tragen. Sie konnte nicht laufen, sie konnte nicht einmal sprechen. Aber nach der Verwandlung sang sie wieder, Niceros. Sie sang.» Mit wässrigen Augen schaute sie ihn an. Der große Mann nickte. Auch er musste lächeln bei der Erinnerung an Moira, dieses seltsame kleine Wesen. Wie ein Nachtvogel war sie durch ihre Gärten geflattert.

«Aber sie sprach nicht», warf er so sanft wie möglich ein. «Und mit jedem Mond kamen die Anfälle wieder. Wir hätten so oder so Abschied nehmen müssen von ihr, Valeria.»

«Aber nicht auf diese grausame Weise», begehrte sie noch einmal auf. «Nicht auf diese Weise. Ich konnte sie nicht einmal mehr umarmen.» Sie schaute auf ihre Hände. Niceros folgte ihrem Blick und wollte nach einer Hand greifen. Doch Valeria, die ihre Fassung wiedergewann, entzog sie ihm. Er presste die Lippen zusammen und seufzte. Dann erklärte er: «Man soll sein Herz nicht zu sehr an die Kurzlebigen hängen.»

Misstrauisch schaute sie ihn an. «Wie meinst du das?»

Er wich ihrem Blick aus. «Ich meine nur, dass ich nicht wirklich sicher bin, ob du dies alles nur aus Rache getan hast.»

Valeria sprang auf. «Du hast uns beobachtet.» Jetzt funkelten ihre Augen vor Zorn, und es war etwas darin, das auch einen starken Mann wie Niceros nicht unberührt ließ. Er stand ebenfalls auf, mit einer langsamen, vorsichtigen Bewegung, und hob abwehrend die Hände. «Ihr wart nicht zu übersehen, wie ihr gemeinsam durch das Unterholz gestreift seid.» Er lachte bitter auf. «Vielleicht war es die Nacht seines Lebens, Valeria.»

Sie hob die Hand, als wollte sie ihn schlagen, dann überlegte sie es sich und trat dicht an ihn heran. «Oh ja», zischte sie leise und genoss es sichtlich, dass er wie unter Schmerz die Augen schloss. «Ja, diese Nacht wird ihm immer unvergesslich sein. Und ich will dir auch sagen, warum, Niceros. Weil er ein Geistlicher ist, weil er wie Virgilio ist. Er bereut. Seit die Sonne scheint, liegt er wahrscheinlich schon vor seinem Gott auf den Knien und winselt. Hah!» Sie lachte böse auf. «Er bereut umso mehr, da er so sehr genossen hat. Er hat jetzt sein Seelenheil verloren, Niceros, seine Moral, seine Unbeflecktheit, alles, woran er sich bislang halten konnte. So sehen sie es nämlich.» Ihre Stimme war rau vor Verachtung. «Oh, ich kenne sie. Und glaub mir, da ist nichts in ihm, keine Empfindung, kein Raum, den ich nicht berührt hätte. Er hält sich nun für ein Tier, durch und durch.»

Beunruhigt sah Niceros das Feuer in ihren Augen.

«Er wird leiden, Niceros, er wird so furchtbar leiden, wie die arme Alissa in den Flammen von Vallepiu gelitten hat. Nur dass sein Leid kein Ende finden wird.» Sie gab ihm einen leichten, frivolen Klaps auf die Schulter, und ihre Stimme wurde wieder sachlicher. «Es war effektiver, als ihm an die Kehle zu gehen, glaub mir.»

Niceros starrte sie an, glühend, leidend und hin und her gerissen von Misstrauen und dem Wunsch, sie einfach an sich zu reißen. Er liebte ihre Kraft, ihre Leidenschaft, er liebte jede Facette ihrer Seele, die er nun schon so lange kannte. Und es hatte einmal eine Zeit gegeben, da war er derjenige gewesen, neben dem sie ihren schönen Wolfsleib ausgestreckt hatte. Er konnte noch immer den Geschmack ihrer Haut von seinen Zähnen lecken. «Ich wünschte nur ...», begann er.

«Was?», fragte sie barsch. «Dass ich dich so leidenschaftlich lieben würde, wie ich ihn hasse?» Er zuckte zusammen, als sie den Finger so gnadenlos in seine Wunde legte. Warum musste Valeria so grausam zu ihm sein? Gequält wandte er den Kopf ab. «Ach, Niceros», tadelte sie ihn spöttisch. Dann wurde sie für einen Moment ernst.

«Wir sind nicht für die Liebe gemacht», sagte sie leise.

Er schnaubte abwehrend, aber sie nickte nachdrücklich. «Es gibt keine Liebe, die die Ewigkeit erträgt.» Damit raffte sie ihren Rock und stapfte davon.

Niceros schaute ihr lange nach. Als sie schließlich zwischen den Bäumen verschwand, sagte er leise: «Doch, die gibt es.» Aber er wusste, sie hörte ihn nicht mehr.

10.

Valeria lief durch den Wald, bis ihre Wut verraucht war. Niceros' Sticheleien hatten sie ärgerlich gemacht. Dass er es nicht lassen konnte, sie an die Zeit zu erinnern, als sie noch ein Liebespaar waren! Wie lange war das nun her? Sie blieb stehen, um eine mächtige Eiche zu betrachten, die Hand auf ihre Rinde zu legen und das Aufsteigen der Säfte im Stamm zu erspüren. Ich habe dich gepflanzt, dachte sie, ich steckte die Eichel in die Erde, aus der dieses stumme Wesen wuchs, damals, als die Flamme zwischen Niceros und mir noch heiß brannte. Sie blickte hinauf in die Krone, die weit über die der umstehenden Bäume aufragte, und schmiegte sich an den Stamm wie an einen Liebhaber. Valeria spürte das Leben in ihm und in sich selbst.

Er würde für sie sterben, hatte Niceros damals gesagt. Sie hatte gelacht. «Wenn das alles ist, was dir einfällt», hatte sie ihn geneckt, aber in ihrem Blick war Zorn gewesen. Und er hatte es, da war sie sicher, bis heute nicht verstanden.

Wenn er wüsste, sinnierte sie, und ihr Unmut kehrte zurück, wie oft ich diese Worte schon gehört habe. Wie oft sie schon wahr geworden sind. Wie häufig war schon jemand für mich gestorben! Sie setzte sich auf den Waldboden und umschlang die Knie wie ein junges Mädchen. Jener hübsche junge Zenturio fiel ihr ein, der einst dem Ruf seines Kaisers folgte und mit seinen Männern in den Norden zog, um gegen die Barbaren zu kämpfen. Ihn hatten ihre Arme noch umschlungen, um ihn zu halten, fest und begierig. Aber er kam dem Befehl nach und fiel schließlich in einem Krieg, der für ihn ein unverständliches Chaos gewesen war, für sie dagegen nur eine Momentaufnahme in einer langen Entwicklung, während der die Völker der Steppen nach Westen und Süden drängten. Valeria erkannte das Muster und verkündete es, so vertraut mit der Vergangenheit, dass sie die Gegenwart klarer sah als andere und besser begriff, was die Zukunft brachte. Sie sah seinen Tod, er las es in ihren Augen und ging doch mit einem Schrecken von ihr. Und sie hatte getrauert, damals, obwohl sie wusste, dass die Sterblichen nun einmal sterblich waren.

Er hatte graue Augen gehabt, grau und klar, wie dieser Mönch, dieser Mörder, wie sie ihn bei sich nannte, um die Erinnerung zu verdrängen. Auch er hatte das schmale Gesicht und den kühnen Mund jenes Zenturio. Seine hohe Stirn allerdings und die feinen, langfingrigen Hände, seine bedächtige Art und die gedankenlose Weise, in der er sein Haar zurückstrich, die hatte er von einem anderen.

Valeria schüttelte den Kopf, um das Bild zu verdrängen. Es war kein Wunder, und auch nicht Schicksal, dass ihr die alten Lieben in diesem Mann wiederbegegneten. Wer so lange lebte wie sie, musste der nicht zwangsläufig fürchten, den Doppelgängern seiner früheren Gefährten zu begegnen? Wie viele Gesichter konnte es geben? Sie streckte sich im Laub aus, fuhr aber sofort wieder hoch. Mit Claudio hatte sie zusammengelebt, in seinem Landhaus, nicht weit von Orange. Sie hatten gesehen, wie die großen Städte verfielen, die gotischen Horden ihrer Wege zogen und die Mönche ihre Klöster errichteten, und doch geglaubt, die Welt erreiche sie nicht. Er war Gelehrter gewesen, ein später Schüler der Stoa, und sie hatte ihm lächelnd über den Nacken gestrichen, wenn er über seine Schriftrollen geneigt dasaß und Dialoge aus dem Griechischen übersetzte, deren Wortlaut sie seinerzeit im Original gelauscht hatte. Sie hatte sich manchmal gewünscht, ihm von den langen Nachmittagen im Schatten der Säulenhallen Athens erzählen zu können. Doch er war schon glücklich über ihre stille Anwesenheit und ihr Interesse an seiner Arbeit, wenn er ihr abends, in der Kühle des Innenhofes, untermalt vom Geplätscher des Springbrunnens, aus seinen Texten vorlas und sie ihm lauschte, die Augen auf den jungen Mond geheftet.

Oft hatte er den Blick gehoben und sich gefreut an der jugendlichen Schönheit seiner Frau, die so still und anmutig durch seine Räume ging. Eines Tages allerdings hatte er sie angesehen, und das Grauen war in seine Augen getreten. Er hatte sie gepackt und vor einen Spiegel gezerrt. Die polierte Kupferfläche hatte sie beide unbarmherzig widergespiegelt: Er war ein würdevoller, durchgeistigter, aber unbezweifelbar alter Mann, dessen weiße Haare dünn und dessen Schultern krumm geworden waren, mit Tränensäcken unter den wässrigen Augen und fehlenden Zähnen.

Sie aber war wie damals, als sie sich kennenlernten in der Blüte seiner Jahre: glatthäutig, mit einer kupfernen Haarflut, die auch von der matronenhaften Frisur und dem Schleier nicht verleugnet werden konnten, mit üppigen Hüften, hoher Brust und einem makellosen Antlitz. Sie war wie am ersten Tag.

«Wer bist du?», hatte er gefragt, und Ekel lag in seiner Stimme, ja Entsetzen. Sie hatte die Hand gehoben, um ihm über die Wange zu streichen, er aber hatte sie abgefangen, hatte lange auf ihre elfenbeinweißen Finger in seiner knotigen Greisenhand gestarrt und war dann, ohne ein weiteres Wort, in sein Gemach gegangen. Sie fand ihn am Abend in der Marmorwanne des Baderaumes. Er hatte sich die Pulsadern aufgeschnitten. Und Valeria war weitergezogen.

Und nun bin ich hier bei den anderen, dachte sie, wie lange schon? Wie lange ist es her, dass wir uns fanden, wir in der Zeit Verlorene, und beschlossen, uns eine Heimat zu schaffen, wir, die wir Waisen in der Welt dort draußen waren?

Andere hatten die Hütten gebaut, in die sie einzogen. Menschen, die fortgezogen waren, verschwunden in der Zeit, als die großen Reiche zerbrachen und die Welt wieder kleiner wurde. Andere hatten die Kirche gebaut, in der eines Tages Virgilio auftauchte und sie aufforderte, mit ihm zu beten. Sie machten ihn zu einem der Ihren und folgten doch jeden Sonntag seinem Aufruf, vielleicht, weil es ihnen egal war, wo und wie sie das Leben anbeteten. Vielleicht, weil es sie befriedigte, zusammenzukommen und ihre Gemeinschaft zu feiern.

Valeria seufzte und streckte sich. Wahrhaftig, nichts glich diesem Gefühl, beisammen zu sein, fraglos, bedingungslos, die Energie zu fühlen, die zwischen ihnen allen floss, den Gleichklang zu spüren und jene Nähe, die es ihnen beinahe erlaubte, die Gedanken der anderen zu hören. Jedes Beben zu spüren, jede Beschleunigung des Herzens, jeden zitternden Atemzug, und zu wissen, man war Teil einer einzigen großen Seele.

Sie bauten Getreide an und Gemüse, hielten ein paar Ziegen, die gelernt hatten, sich mit ihrem Raubtierduft abzufinden, und hielten ihre Hütten instand. Sie taten, was Bauern taten, doch es war nur wie ein Traum, und das wussten sie. Sie wandelten durch eine Welt, die lediglich ein Spiegelbild auf dem Wasser zu sein schien, bebend und flüchtig. Denn zu ihrem wahren Leben erwachten sie in den Nächten des Vollmondes – ihnen lebten sie entgegen, ihnen gaben sie sich hin, aus ihnen schöpften sie ihre Kraft. Die Tage dazwischen waren ein ewiger Mittag, die betäubende, schläfrige Stunde des Pan, wenn alles stillstand und nur die Flanken des Viehs sich in stillen Atemzügen hoben und die Flügel der Zikaden vibrierten und die Sinne verwirrten.

Es war ein Paradies gewesen. Bis sie Alissa geholt hatten. Valeria erinnerte sich noch des Nachmittags, als Niceros auf den Dorfplatz stürmte und die schreckliche Botschaft verkündete. Sie hatte dagestanden, still inmitten ihrer aufgebrachten Gefährten, und hatte alles um sich herum beobachtet: die Erschütterung, die Wut, die Furcht. Und sie hatte begriffen. Der Spiegel war zerstört, der Zauber zerbrochen, vernichtet von jenen, die für ihren Gott die Welt in zwei Teile gerissen hatten. Und dieser Riss ging mitten durch Ascolte, mitten durch jeden Einzelnen von ihnen.

Valeria stand auf und klopfte sich die Erde von ihrem Rock. Sie wischte sich über die Augen und blinzelte, bis sie wieder trocken waren. Aber sie hatte sich gerächt und dafür gesorgt, dass der Riss auch durch sein Herz ging. Und wenn ihr eigenes dafür verblutete.

II.

Valeria hatte mit ihren Voraussagen, was Alessandro betraf, beinahe richtiggelegen.

Am frühen Morgen war der junge Inquisitor aus dem Wald gestapft, blinzelnd, zerschrammt und erschlagen von den Anstrengungen der Nacht. Die Bilder seiner Erinnerung jagten ihn mit wachsendem Entsetzen. Wie ein gehetzter Flüchtling wankte er auf das Dorf zu. Und als er endlich an der Kirche ankam, musste er sich am Rahmen der kleinen Pforte festhalten und um Atem ringen, ehe er anklopfte.

«Virgilio!» Mit der Kraft der Verzweiflung trommelten seine Fäuste gegen das Holz. «Virgilio!»

Dieses Mal ließ sich der alte Priester nicht so lange bitten. Die Türe schwang auf.

Eine Zeit lang starrten die beiden Männer einander in die Augen. Endlich atmete Alessandro tief ein. Von seinen Lippen tropfte noch der Speichel, seine Lunge brannte. «Wie», fragte er, «ertragt Ihr das nur?»

Virgilio schwieg, aber in seinem Blick lag ein tiefes Mitgefühl. Er hob die Hand, um Alessandros Schulter zu berühren. «Mein Sohn», brachte er leise heraus.

Alessandro erschauerte bei dem Wort. «Nein!», rief er und schlug die Hand des Alten fort. Er war nicht der Sohn dieses Wesens. Er gehörte nicht hierher, gehörte nicht zu ihnen. «Fasst mich nicht an, Ihr seid unrein, ich bin unrein!» Die Bedeutung seiner eigenen Worte überwältigte ihn und bescherte ihm furchtbare Erinnerungen. Ihm war, als rissen Hände an seinen Eingeweiden und zögen sie ihm aus dem Leib. Er krümmte sich wie unter Schmerzen. «Ich bin unrein!»

Noch einmal versuchte Virgilio, ihn festzuhalten, doch es war vergebens. Alessandro entwand sich und stob in einem Anfall von völliger Verzweiflung an ihm vorbei. Hinkend und taumelnd suchte er sich in das Innere der Kirche zu retten. Doch er stürzte und erreichte die Schwelle nur auf allen vieren kriechend. So näherte er sich dem Altar und warf sich dort mit ausgestreckten Armen und dem Gesicht nach unten zu Boden.

«Herr», begann er seine heiser geflüsterte Zwiesprache. «Herr, ich habe gesündigt. Ich habe Unzucht getrieben. Unaussprechliche Dinge habe ich getan.» Er schluckte mit trockenem Mund, als die Bilder wieder vor seine Augen traten. Sie schienen wieder Besitz von ihm zu ergreifen und brachten seine Konzentration, seinen Geist zum Verschwinden. Wie ein Ertrinkender hob er die Hände. «Herr!» Das war die Rettungsleine. «Herr, ich bin nicht würdig. Alle Sünden habe ich begangen. Wie ein Tier habe ich Tieren beigewohnt.» Es würgte ihn, und er kam hoch auf die Knie, um sich zu übergeben. Doch obwohl es ihn schüttelte und er sich mit beiden Händen den Leib hielt, kam nichts als ein wenig klare Galle.

Keuchend erholte Alessandro sich von der Anstrengung. Er sank vornüber, mit der Stirn auf den kühlenden Stein. Es war jetzt vollkommen still in der leeren Kirche. Gott hörte ihm nicht zu. Und da wurde Alessandro mit aller Wucht klar: Gott würde nie wieder zu ihm sprechen. Er hatte seine unsterbliche Seele verloren. Er war kein Geschöpf des Lichtes mehr. Nein, dem Teufel gehörte er von nun an. Satan hatte geschaffen, was er nun war. Sämtlichen Dämonen bot er nun eine Heimstatt. Wieder erfassten ihn die Krämpfe. Als sie nachließen und er schweratmend auf der Seite lag, griff er den Gedanken wieder auf.

War er nicht immer noch Alessandro? War dies nicht sein Leib, sein schwacher, hinkender Leib, von dem die schreckliche Behaarung nun abgefallen war? Es war doch ein menschlicher, nunmehr nach Menschenart schwitzender, leidender Leib! Er begehrte auf. Waren dies nicht seine Gedanken, seine Stimme, war dies nicht seine Reue, der Rest seiner selbst, der um Gnade flehte? Würde er sich überhaupt nach Erlösung sehnen, wenn er des Satans wäre?

Nein, er war er selbst, er war Alessandro Varese, ein gläubiger Mann aus Rom. Mit zitternden Armen richtete er sich auf. Er musste sich der Verdammnis entreißen. Es musste einen Ausweg geben.

Aber so verzweifelt er auch nachdachte, er ersann keinen. Beim nächsten Vollmond, das wusste er, das spürte er sogar, würde die Verwandlung wieder von ihm Besitz ergreifen. Dann würde dieser Alessandro Varese verschwinden oder doch nur noch auf eine schwer begreifliche Weise vorhanden sein.

Wieder stieg die Erinnerung an die letzte Nacht in ihm auf, wieder ertrug er sie nicht. Mit beiden Händen hielt er seinen Kopf fest, damit er unter dem Ansturm des Undenkbaren nicht einfach in Stücke zersprang. Endlich schaffte er es, ruhiger zu atmen.

Er würde die Verwandlung nicht aufhalten können, das begriff er. Er konnte sich einsperren, wie Virgilio, falls er die unglaubliche Seelenstärke, die dazu nötig war, aufbrächte. Dennoch wäre er nicht mehr er selbst. Nur der Tod könnte ihn von der Metamorphose erlösen. Wie Alissa, wie Moira.

Aber Selbstmord war eine Todsünde und würde ihn der Aussicht auf das Himmelreich mit derselben Sicherheit berauben, wie seine Fortexistenz als Werwolf es täte. Alessandro erkannte den Zwiespalt und begriff erneut das Ausmaß von Virgilios Qualen. Mit welch unmenschlicher Kraft schaffte der Priester es nur, sich Monat für Monat einzusperren, um so nicht dem Fluch, aber doch den unaussprechlichsten Sünden zu entgehen? Nun, da er alles verstand, begriff Alessandro auch, was Virgilio all die Zeit über ertrug. Doch für allzu viel Mitgefühl mit anderen war in seinem eigenen Leiden kein Platz.

Er sprang auf und war entschlossen, fortzulaufen, zu den Soldaten zu gehen, sich in das nächste Gemetzel zu stürzen und zu hoffen, dass eine gnädige Kugel ihn rasch erlösen würde. Aber dann sank er wieder verzagt zusammen. Ahnte er doch, dass er übermenschlich stark sein würde, unverwundbar beinahe und mit einem Lebenswillen ausgestattet, der unwiderstehlich wäre. Und würde Gott den Betrug nicht ohnehin bemerken?

«Herr, wie kann ich dir bloß dienen?», fragte er schließlich verzweifelt. «Was willst du von mir?» Und da endlich kam ihm die rettende Idee. Er sprang auf.

«Jetzt!», rief Pasquale.

12.

Alessandro fuhr herum. Doch noch ehe er den Sprecher ausmachen konnte, spürte er ein Seil, das sich um seine Arme und seinen Brustkorb legte.

«Zuziehen!», ertönte es hinter ihm, und im selben Augenblick bemerkte Alessandro die beiden Pferdeknechte, die mit ängstlichen, blassen, aber entschlossenen Gesichtern aus dem Schatten traten und die Fessel um seinen Oberkörper anzogen. Da begriff er, dass es ihr saurer Schweißgeruch war, den er die ganze Zeit über in der Nase gehabt hatte.

«Hab ich dich!» Alessandro konnte sich gerade noch rechtzeitig zur Seite werfen, um dem Hieb auszuweichen, den Pasquale mit einem Knüppel ausführte und der nur haarscharf an seinem Kopf vorbeisauste. Er zog dabei einen der Knechte mit sich und brachte ihn ins Stolpern. Mit einem tiefen Atemzug weitete er umstandslos die Brustfessel und befreite seine Arme. Er zog an dem einen Ende des Seils, entriss es dem schon am Boden liegenden Mann und ließ es wie eine Peitsche gegen den zweiten zischen. Der Knecht hob schreiend die Hände vors Gesicht und versuchte zu flüchten, wie sein Gefährte, der sich panisch auf allen vieren auf die Tür zubewegte.

«Halt!», rief Alessandro. «Nicht! Mattia, ich bin es doch: Alessandro!»

«Der Teufel weiß, was du bist.» Mattia Pasquale stand breitbeinig da und holte aus. Auch er hatte gesehen, wie mühelos der junge Inquisitor, dieser Schwächling, dieses Hinkebein, sich aus der Falle befreit hatte. Aber er war kein Mann, der so einfach klein beigab. Mit diesem Varese war er doch auch bislang fertiggeworden. Entschlossen holte er Luft und schlug erneut zu.

Diesmal traf der Hieb Alessandros Schulter, und mit Genugtuung bemerkte Pasquale, dass sein Gegner das Gesicht verzog und taumelte.

«Verwundbar bist du also, was?», höhnte er und ließ weitere Schläge auf ihn herunterprasseln. «Dann wirst du auch sterben können, Kreatur.» Schlag für Schlag drängte er ihn in die Enge.

Alessandro beschränkte sich auf die nötigste Gegenwehr. Er schirmte sich mit den Armen ab und wunderte sich nur, dass seine Knochen nicht brachen. Auch der Schmerz ließ ihn seltsam kalt. All seine Anstrengungen waren darauf gerichtet, die rechten Worte zu finden. «Warte, Pasquale», keuchte er und versuchte, den Hieben auszuweichen wie ein verängstigter Hase. «Es ist ein Fluch, der vielleicht aber ein Segen werden kann, verstehst du?»

«Segen? Pah!» Pasquale, der nur jedes vierte Mal traf, geriet ins Schwitzen.

«Ja, ein Segen, wenn wir ihn in den Dienst der Kirche stellen ... Ah!» Ein Schlag gegen seine Schläfe ließ Alessandro taumeln.

«Stöhn du nur!» Sofort setzte Pasquale nach.

«In ihren Dienst, Mattia, in den Dienst der Kirche. Wenn du wüsstest, was ich jetzt weiß, was ich erfahren habe! Es ist ein unschätzbares Wissen, Mattia.»

«Du bist ein Tier.» Pasquale stürmte erneut auf ihn zu. Alessandro war zu abgelenkt von den eigenen Worten und konnte ihm nur noch die Hände entgegenstrecken, um ihn aufzuhalten. Gemeinsam krachten sie gegen den Altartisch, dessen Kante sich in Alessandros Rücken bohrte.

«Aber wenn ich ein Tier bin, Mattia», stieß er zwischen den zusammengebissenen Zähnen hervor, während er sich mühte, dem Druck standzuhalten, der ihm das Rückgrat brechen würde, «warum sprichst du dann mit mir?»

Verblüfft gab Pasquale für einen Moment nach. Alessandro schaffte es, ihn von sich fortzudrücken und sich wieder aufzurichten. «Pass auf», begann er. «Wir werden nach Rom zurückkehren. Dort werde ich anfangen, meine Aufzeichnungen zu machen. Jeden Vollmond werde ich mich einsperren und Selbststudien treiben. Und was dabei herauskommt, wird wertvoll sein, verstehst du, Pasquale?» Er trat einen Schritt nach vorne und hob die Hände. «Wertvoll für die heilige Kirche. Unvergleichlich wertvoll bei der Bekämpfung der Werwölfe. Ich werde euer Führer sein in diesem Krieg gegen das Dunkle.» Begeisterung blitzte in seinen Augen auf. Sein Herz pochte wie wild. Dann senkte er den Kopf. «Und so meine Schuld gegenüber dem Himmel bezahlen. Was sagst du, Pasqu...»

Aber er kam nicht mehr dazu, den Namen zu vollenden. Fassungslos schaute er nach unten und erblickte den Griff des Dolches, der in seiner Seite steckte. Dann richtete er seinen Blick auf und starrte in Pasquales blasses, schweißbedecktes Gesicht, das sich Schritt für Schritt von ihm entfernte. «Was ...?», setzte er an. Er spürte einen metallischen Geschmack im Mund. Langsam ging er in die Knie.

Pasquale wandte sich ab und floh. Er rannte zur Pforte, stieß sie auf und schrie: «Zu den Pferden, rasch!» Doch mitten in der Bewegung stockte er plötzlich. Kutsche und

Knechte waren verschwunden, der Platz menschenleer. Nur ein Häufchen Pferdeäpfel und eine Karrenspur im Staub verriet, dass hier vor kurzem noch ein Gefährt gestanden hatte. Fluchend trat Pasquale vor die Kirche. Diese Feiglinge, diese Mistkerle!

Da vernahm er auf einmal hinter sich Schritte und fuhr erschrocken herum.

Erleichtert bemerkte er, dass es nur die Frau mit den Raubvogelaugen war. Neben ihr ging einer der Dorfburschen. Stumm kamen sie auf ihn zu. Auch von der Seite näherten sich Schritte. Niceros erschien, gefolgt von einigen Nachbarn. Und zwischen den Hütten tauchte jetzt die Frau auf, diese Grünäugige, die ihm von Anfang an so gut gefallen hatte. Sie war umringt von ihren Gefährtinnen, und unwillkürlich lächelte Pasquale sie an. Aber sie alle kamen näher und näher, ohne zu grüßen oder seinen Gruß zu erwidern. Schweigend, wie es ihre Art war, bildeten sie einen Kreis um ihn.

Pasquale, dessen Lächeln nun unsicherer wurde, wischte sich über den Mund. «Gott sei mit euch», verkündete er mit seiner lauten Stimme und verfluchte sich, dass er den Dolch an seinem Platz gelassen hatte. Mit einer Klinge in der Hand hätte er sich wohler gefühlt. Er kniff die Augen zusammen. «Was wollt ihr von mir?»

Statt einer Antwort schloss sich der Kreis enger. Pasquale begann angsterfüllt den Kopf zu drehen, um nach einer Rettung Ausschau zu halten. Doch er ahnte, dass es keine Rettung für ihn geben würde.

«Holt euren Priester!», verlangte er. «Habt ihr nicht gehört? Holt den Pfaffen her. In seiner Kirche befindet sich etwas, das ihn interessieren wird.» Gehetzt suchte er nach einer Lücke zwischen den dichtgeschlossenen Reihen. Er musste die Bewohner ablenken, musste sie verwirren. «Dort drinnen», donnerte er und streckte die Hand in Richtung Kirche. «Dort liegt ein toter Werwolf!»

Es schien zu gelingen, sie wichen für einen Moment zurück. Doch schon spiegelte sich Unglaube in einigen Gesichtern, und sie drangen erneut auf ihn ein. Pasquale schloss die Augen. Er zitterte am ganzen Körper.

«Lasst ihn gehen!», erklang plötzlich eine Stimme. Und tatsächlich, als Pasquale die Augen wieder öffnete, waren seine Widersacher zurückgewichen. Eine Gasse hatte sich geöffnet hin zur Kirchentür. Von dort trat Alessandro näher. Sein Anblick ließ Pasquale noch stärker zittern. Das konnte nicht sein, das war gar nicht möglich. Stammelnd öffnete er den Mund. «Wie ...? Was ...?»

Alessandro Varese legte ihm die rechte Hand auf die Schulter. «Dieser Mann kommt mit mir», sagte er ruhig. In seiner Linken erkannte Pasquale den Dolch, noch immer voller Blut. Auch das Wams des jungen Inquisitors wies dunkelrote Flecken auf. Aber er bewegte sich, als wäre er völlig gesund. Unwillkürlich bekreuzigte sich Pasquale.

Eine andere Stimme erhob sich, es war die Grünäugige. Pasquale, der noch immer nicht ganz bei sich war, fuhr der Gedanke durch den Kopf, dass es das erste Mal war, dass er ihre Stimme hörte, dunkel und ein wenig heiser, ganz wie er sie sich vorgestellt hatte. In einem anderen Leben.

«Und wohin geht ihr?», fragte Valeria.

«Ans Ende der Welt vielleicht.» Alessandro lächelte traurig. «Oder auf eine Insel oder in ein Kloster mit hohen Mauern ...» Er zuckte mit den Schultern.

Auch Valeria verzog den Mund zu einem Lächeln, es lag allerdings ein gewisser Triumph darin. Sie warf Niceros einen raschen Blick zu. ‹Habe ich es nicht gesagt!›, stand darin zu lesen.

«Und wenn er nun lügt?» Die Frau mit den Raubvogelaugen trat einen Schritt vor, sie hielt einen Stein in der Hand. Aber Niceros streckte den Arm aus und hielt sie zurück.

«Du kennst die Regeln», stellte er ruhig fest.

«Ja, aber kennt *er* sie?», begehrte die Schwarzhaarige auf.

«Er soll brennen!», rief plötzlich eine junge, vor Aufregung sich überschlagende Stimme. «Brennen wie Alissa!»

Dicht an Pasquales Kopf flog ein Stein vorbei und machte ihm klar, dass hier nicht nur einer sterben würde, wenn es zum Äußersten kam. Alessandro war mittlerweile bei ihm angekommen, und die beiden Männer drängten sich eng aneinander. In dem Kreis, der sich bereits wieder um sie geschlossen hatte, suchten sie jetzt nach einem Ausweg, nach einem mitfühlenden oder auch nur zögernden Menschen. Doch sie fanden keinen.

13.

Valeria trat vor und blickte Alessandro ins Gesicht. Was sie dort las, verriet sie keinem, doch nach einer Weile schlug sie errötend die Augen nieder. Sie wandte ihm den Rücken zu und sprach zu ihren Leuten: «Lasst ihn. Er brennt bereits.»

Alessandro schloss die Augen und biss die Zähne zusammen. Er musste zu sich selbst finden, sich festhalten, das Chaos besiegen, das in seiner Brust tobte und das er niemandem mitteilen konnte, nicht einmal Gott. Er holte tief Atem und lauschte angestrengt Valerias Worten:

«Wir lassen Euch ziehen. Aber seid gewiss, wir werden uns niemals wiedersehen. Eure Kutsche wartet am Rand des Waldes, weiter sind Eure Knechte nämlich nicht gekommen. Und nun geht.»

Nur widerwillig öffneten die Bewohner den Kreis. Aber sie ließen die beiden ungebetenen Besucher tatsächlich durch, auch wenn ihre zunächst zögerlichen Schritte von einem allgemeinen Murren begleitet wurden. Lange, quälend lange zog die Dorfstraße sich vor ihnen hin. Sie mühten sich, die Angst im Inneren zu unterdrücken und nicht zu rennen. Miteinander sprachen sie kein Wort. Erst als der Reisewagen in Sicht kam, brach der Bann, und die Männer stürzten ohne Scham auf das Gefährt zu.

Die unruhig tänzelnden Pferde ignorierend, warf Alessandro sich in die Kissen. Pasquale sprang hinterher, beschimpfte die Knechte mit allen Flüchen, die er kannte, und befahl den Aufbruch. Er suchte sich seinen Platz so weit von Varese entfernt wie nur möglich.

Der junge Inquisitor starrte aus dem Fenster, vor dem nun, nachdem die Knechte endlich das Gespann beruhigt hatten, zuckend und rumpelnd der Wald vorbeizog. «Ich werde sie niemals wiedersehen», sagte er leise.

«Das hoffe ich doch.» Pasquale spuckte aus. In seinem Gesicht arbeitete es, und er atmete schwer. Dennoch brachte er kein weiteres Wort hervor. Noch immer starrte er sein Gegenüber misstrauisch an.

Alessandro lächelte bitter. «Ihr braucht Euch nicht zu bedanken», sagte er.

Statt einer Antwort schnaubte sein Begleiter. Nach einer Weile fragte er: «Und, glaubt Ihr wirklich auch nur ein Wort von dem, was Ihr vorhin erzählt habt?»

Alessandro wandte erneut den Blick ab und sah hinaus. «Gott ist mein Zeuge», murmelte er.

Pasquale dachte nach. «Wir sollten den Abt des Klosters von Vallepiu konsultieren», meinte er.

«Nun, wenn Ihr wollt, dass der Abt allen Ruhm als Werwolfjäger erntet und nicht der Kardinal ...» Alessandro zuckte mit den Schultern. «Allerdings weiß ich nicht, ob Sforza begeistert wäre, wenn Ihr so etwas Einzigartiges einem anderen überlasst. Einem weniger Würdigen. Einem weniger groß Denkenden.» Er bemühte sich, beiläufig zu klingen.

Pasquale legte den Kopf schief und biss sich auf die Lippen. Schließlich lachte er laut auf. «Der Abt würde Euch grillen wie eines seiner Spanferkel.»

«Und was hättet Ihr davon?» Alessandro vermied es, Pasquale bei diesen Worten anzusehen. Es genügte ihm, dass endlich Stille eintrat, eine Stille, die davon zeugte, dass der grobe Geist seines Bewachers zu arbeiten begonnen hatte und über das nachdachte, was ihm am wichtigsten war, den eigenen Vorteil. «Wir sollten die Stadt so rasch wie möglich hinter uns bringen», stellte er endlich fest. Zu seiner Genugtuung widersprach Pasquale ihm nicht mehr.

Wenige Stunden später blickten der Bürgermeister von Vallepiu und der Abt ihnen voller Erstaunen nach, als sie unmittelbar nach ihrer Ankunft schon wieder aufbrachen.

Pasquale, der die Formalitäten erledigt hatte, ließ sich ächzend in den Wagen sinken. «Wir haben uns hier keine Freunde gemacht», stellte er fest und winkte noch einmal gnädig hinaus. «Vielleicht sollten wir ...»

Alessandro, der mit entschlossener Miene starr geradeaus sah, zischte ihm aus dem Mundwinkel zu: «Ich nehme an, dass Euch vor allem auch etwas daran liegt, Rom noch vor dem nächsten Vollmond zu erreichen, nicht wahr?»

Pasquale antwortete nicht. Stattdessen beobachtete er einen Hund, der um die Füße der Knechte herumgeschnüffelt hatte und sich nun den herabgeklappten Einstiegsstufen des Karrens näherte. Doch mit einem Mal sträubte sich sein Fell, er hob den Kopf und jaulte ohrenbetäubend. Dann hockte er sich hin und ergab sich unter den entsetzten Augen der Umstehenden dem konvulsivischen Zucken, das seinen Körper erschütterte. Als er schließlich den Schwanz einzog und sich wimmernd an den Mauern entlang vom Ort des Geschehens fortschlich, ließ er ein Häufchen Kot zurück.

Alessandro drückte sich zurück gegen die Lehne, damit

man ihn von draußen nicht mehr sah. «Los», murmelte er tonlos.

Pasquale widersprach nicht, sondern hieb mit der Faust gegen die Wand des Gefährtes. «Los!», brüllte er. Und die verschreckten Knechte gehorchten.

Das nächste Wort fiel erst Stunden später an einer Kreuzung, als Alessandro sich aus dem Fenster neigte und verlangte, dass sie von der alten Römerstraße an die Küste abbiegen und auf die Hügel des Vorlandes zuhalten sollten.

«Mein altes Kloster», gab er knapp Auskunft, als Pasquale beunruhigt fragte, was er vorhabe. «Dort in der Bibliothek erhoffe ich mir Aufschluss zu finden.»

«Ich wüsste nicht, was Ihr an einem so abgelegenen Ort zu finden glaubt, das es in Roms Bibliotheken nicht gäbe. Der Kardinal ...»

«Der Kardinal wird dankbar sein für das, was wir ihm bringen», unterbrach Alessandro. «Und Euch behagt vielleicht für heute Nacht die Gesellschaft von ein wenig Geistlichkeit.»

Pasquale verschmähte es, eine Antwort zu geben. Aber tatsächlich graute ihm weiterhin vor seinem rätselhaften Begleiter. An der Seite Vareses erschienen ihm auch die Wälder um Vallepiu plötzlich unheimlich, trotz des goldenen Sonnenlichts, das jetzt durch die alten Eichen und Buchen fiel, trotz des weichen Mooses und der murmelnden Bachläufe, die sie passierten. Es war die grausigste Fahrt, die er bislang in seinem Leben gemacht hatte. Sie kamen nur langsam voran, weil der Weg sich als äußerst holprig erwies. Jedes Knacken ließ seinen Puls rasen, bei jedem Rascheln sah er ängstlich aus der Kutsche. Denn jeden Augenblick erwartete er, dass ein schwarzer Schatten ihn aus dem Unterholz heraus anspringen und ihm seinen tierischen Atem ins Gesicht blasen würde, ehe er ihm in die Kehle biss. Und dann war da noch Varese selbst, wenn er es denn überhaupt war, der dort neben ihm saß. Pasquale war sich da keineswegs sicher. Und obwohl allmählich die Gewohnheit wieder ihr Recht forderte und er mit dem Gelehrten wie ehedem zu verkehren begann, blieb das tiefsitzende Misstrauen, blieben die Bilder jener Verwandlung und das Mysterium von Alessandros Wiederauferstehung. So jedenfalls nannte er es.

Bei der ersten Rast ließ sich Pasquale dann auch die Wunde zeigen, die er ihm selbst zugefügt hatte, jenen Stich, der hätte tödlich sein sollen. Mit einem Lächeln, das ihm allein schon eine Gänsehaut über den Rücken jagte, hob Alessandro sein Gewand und zeigte ihm die Wunde: sauber, rosig, ein harmloses Löchlein ohne Schwellung oder Eiter, das schon zu verschorfen begann. Er wollte gerade die Hand heben, um die Stelle zu berühren, da ließ Alessandro sein Gewand wieder fallen und stand auf. «Wir müssen weiter.»

«Ihr hinkt nicht mehr», bemerkte Pasquale misstrauisch und erntete dafür noch einmal jenes spöttische Lächeln. Oder war es traurig? Was für ein Funke glomm nur darin?

«Seid Ihr also von Eurem ursprünglichen Plan abgekommen?», fragte er schnell.

Alessandro schüttelte den Kopf. «Der Plan ist derselbe. Wir bringen dem Kardinal die Informationen, die er benötigt, um einen der größten Feinde der Christenheit zu besiegen.» Sie bekreuzigten sich beide. «Ich will nur sichergehen, dass diese Informationen umfassend und vollständig sind. Ich will die Vorgänge verstehen.»

Pasquale spuckte aus. Auch er wollte verstehen. Denn was er bislang begriff, je länger er endlich wieder Zeit zum Nachdenken hatte, war, dass sie in der Tat wertvolle Informationen besaßen. Was sie zu berichten hatten, konnte unter Umständen Gold wert sein. Und er würde es sich nicht nehmen lassen, an Vareses Seite zu stehen, wenn dieser seinen Rapport gab. Vielleicht sogar noch einen Schritt vor ihm.

Es war schon Abend, als das Kloster endlich in Sicht kam. «Keine Sorge», bemerkte Alessandro, dem aufgefallen war, wie nervös Mattia Pasquale in das leuchtende Abendrot blickte. «Es geschieht nur einmal in jedem Mond. Glaube ich.»

Sein Gefährte bedachte ihn mit einem ärgerlichen Blick. Da kamen zwei Hunde angelaufen, die zum Kloster gehören mussten. Es waren große Doggen, die mutwillig den Pferden zwischen die Hufe sprangen. Die Kutscher schlugen mit ihren Peitschen nach ihnen, doch die Tiere ließen sich nicht abhalten. Alessandro hörte ihr Schnüffeln, und die Haare stellten sich ihm im Nacken auf. Sie sprangen am Wagen hoch, und zwei Pfoten schoben sich über den Rand des Fensters. Ein mächtiger Kopf mit hängenden Lefzen und blutigen Augen erschien plötzlich im Wageninneren und ließ ein ohrenbetäubendes Gebell erschallen. Mit quietschenden Rädern kam die Kutsche zum Stehen.

Alessandro drückte sich in die Ecke und hielt sich die Ohren zu. Pasquale reagierte an seiner Stelle. Er zog den Dolch und schnitt dem Hund mit einer Bewegung die Kehle durch. Angeekelt stieß er den Kadaver vom Wagen fort und hörte ihn draußen dumpf zu Boden fallen.

«Was habt Ihr?», fragte Pasquale spöttisch. «Ihr hättet ihn vermutlich mit bloßen Händen erlegen können, oder irre ich mich?»

Entgeistert starrte Alessandro seine Hände an. Dann öffnete er wie ein Schlafwandler die Tür.

«Nicht!», rief Pasquale noch. Doch es war schon zu spät. Die zweite Dogge sprang an Alessandro hoch und schnappte nach seinem Hals. Er packte ihre Kiefer und stemmte sie auseinander. Der Hund röchelte und jaulte. Seine Pfoten zerfetzten das Wams und die Haut von Alessandros Schultern. Aber der junge Inquisitor ließ nicht los. Mit einem Knacken brach schließlich erst der Kiefer, dann das Genick der Dogge. Alessandro ging mit in die Knie, als das Tier herabsank. Erst nach einer Weile spürte er Pasquales Hand auf seiner verletzten Schulter.

«Ich dachte schon», sagte sein Begleiter, «Ihr wolltet sein Blut trinken.»

Mit zitternden Beinen stand Alessandro. «Einen Moment lang fürchtete ich das auch», flüsterte er, aber so leise, dass Pasquale es nicht hörte. Er riss sich los vom Anblick der Blutlache und des warmen Fleisches, das dort im Staub vor ihm lag. Und er versuchte, das metallische Aroma zu verdrängen, das ihm in die Nase stieg und die seltsamsten, wildesten Gefühle in ihm aufwühlte. All dies musste er beherrschen. Es würde von nun an zu seinem Leben gehören.

Pasquale, praktisch wie immer, war schon zu einem Feigenbaum geeilt und zerrte bereits an den raschelnden Zweigen. Dankbar atmete Alessandro den feinen Duft der Blätter ein, die Pasquale ihm reichte. Wie eine Wolke lag jetzt das aromatische Grün in der Luft und überdeckte den Geruch des Todes.

«Wir müssen die Kadaver verstecken», hörte er seinen Gefährten sagen. Alessandro nickte und packte den ersten Hund am noch warmen Bein, um ihn vom Weg wegzuziehen. Dann ging er den zweiten holen, während Pasquale die Blutlachen mit Ästen und Steinen bedeckte.

«Den Rest erledigen die Füchse», stellte er zufrieden fest. «Wie heißt der Abt des Klosters eigentlich?», erkundigte er sich beim Einsteigen in den Wagen. Er war bereits wesentlich besser gelaunt und befahl den Knechten, schnell weiterzufahren.

Alessandro hielt den Blick auf die Mauern geheftet, die langsam vor ihnen aufwuchsen.

«Abelardo», sagte er. «Er ist ein ganz besonderer Mensch.» Nachdem er die Worte gesagt hatte, ging ihm auf, wie sehr er sich in der Tat auf ein Wiedersehen freute, unabhängig aller Pläne, die sie hatten. Und als sie wenig später an das Tor klopften und um Einlass baten, begann sein Herz, schneller zu schlagen.

Man führte sie zu den Räumen des Abtes, und Alessandro wunderte sich, wie vertraut ihm die Säulen des Kreuzganges, die Umrisse der Heiligenstatue auf dem Brunnen im Hof und selbst der Widerhall der Schritte an den bemalten Wänden waren. Sogar der Geruch nach Weihrauch, Staub und Küchendunst, der sie im Durchgang anwehte, weckte Erinnerungen in ihm. Er schien vergessen zu haben, wie lange er sich in diesen Mauern zu Hause gefühlt hatte.

«Abelardo!», rief er aus, als sich die Pforte des Gelasses öffnete und ihnen warmer Kerzenschein entgegenflackerte. Drinnen erhob sich ein alter Mann von seinem Schreibpult. Alessandro öffnete spontan die Arme und eilte auf ihn zu.

Dieser Mann hatte sein Erwachsenwerden begleitet und ihn wie niemand sonst unterstützt und verstanden. Sein schwerblütiges Männergesicht war älter geworden, aber inmitten der vielen Lachfältchen leuchteten noch immer die erstaunlich hellen, graugrünen Kinderaugen, denen trotz aller Arglosigkeit nie etwas verborgen geblieben war, was ihn bedrückte. Alessandro sah sich selbst in ihrem Strahlen.

«Vater!», rief er. Dann hielt er plötzlich inne. Abelardo war noch immer ganz der Alte. Aber Alessandro war nicht mehr er selbst. Und was er heute war, würde nicht die Zustimmung des Abtes finden und diese auch niemals gewinnen können. Seit den Erlebnissen in der Nacht von Ascolte lebten sie nicht mehr in derselben Welt. Es war nicht Alessandro, der heimkehrte, für einen wie ihn gab es kein Zuhause mehr. Auf ihn wartete kein Freund, keine Beichte. Nur die Flammen. Eiskalt griff diese Erkenntnis jetzt nach ihm, und das Lächeln auf seinem Gesicht gefror. Röte stieg ihm in die Wangen. Die letzten Schritte tat er mit gesenktem Kopf und schwerem Herzen und bemühte sich dabei, angemessen zu hinken.

14.

Nachts in der Zelle, die er sich mit Pasquale teilte, stand Alessandro am Fenster und betrachtete den Mond. Er konnte das Licht in seinen Adern singen hören, eine Qual, die beinahe süß war und ihm zugleich eine Gänsehaut verschaffte. Ihn ekelte vor sich selbst.

«Ihr könnt die Hand von Eurem Dolch nehmen», sagte er leise, ohne den Kopf zu seinem Gefährten zu wenden, der dort in der Dunkelheit lag, die Finger um seine Waffe gekrampft. «Es wird heute Nacht nicht geschehen.»

Ein Knarzen und Rascheln sagte ihm, dass Pasquale sich unruhig in seiner Bettstatt hin und her bewegte.

«Ihr konntet mich sehen?», fragte Pasquale.

«Ich würde es nicht gerade sehen nennen», antwortete Alessandro, der sich langsam an die seltsame Mischung von Sinneseindrücken gewöhnte, die sein neuer Zustand ihm vermittelte. Er nahm von dort, wo Pasquale lag, Geräusche wahr, die er mit seiner Haut zu spüren schien, Bewegungen, die die Luft zum Schwingen brachten wie zähe Wellen, Gerüche, die Farbe annahmen. Es war schwer, all dies zu beschreiben, dachte Alessandro.

Pasquale schwieg eine Weile unbehaglich. Dann bemerkte er: «Man schätzt Euch hier.» In seinem Ton lag ein gewisser Respekt, aber auch ein Lauern.

Alessandro hörte vor allem die Überraschung heraus. «Es war das überaus günstige Empfehlungsschreiben des Abtes, das den Kardinal seinerseits auf mich aufmerksam werden ließ. Die beiden sind entfernt verwandt, glaube ich.» Er erlaubte sich ein bitteres Lächeln, wohl wissend, dass er selbst in der Dunkelheit vor fremden Augen geschützt war. «Macht Euch keine Sorgen, wir werden hier alles bekommen, was wir brauchen, und rechtzeitig zurück in Rom sein.» Seine Hand wies nachlässig auf den Mond. «Und das, was wir mitbringen, wird die Wertschätzung des Kardinals mehr als rechtfertigen, denke ich.»

«Das hoffe ich doch», brummte Pasquale. «Des Essens wegen lohnt es sich jedenfalls nicht, hier noch länger zu verweilen.»

Seine schlechte Laune war nur vorgetäuscht. In der Tat hatte er in den letzten Stunden begonnen, darüber nachzudenken, wo eigentlich die Vorteile der jüngsten Entwicklungen lagen. Und wie es Mattia Pasquales Art war, dachte er dabei vor allem an die Vorzüge, die sie für ihn selbst bargen. Alessandros neugewonnene Kräfte und die fast an ein Wunder grenzende Selbstheilungsfähigkeit seines Körpers hatten ihn zunächst erschreckt, bei näherer Betrachtung aber tief beeindruckt. Es musste doch mit dem Teufel zugehen, wenn er sie nicht für sich würde nützen können. Zumal er im Wissen um dieses Geheimnis den jungen Inquisitor praktisch in der Hand hatte. Allerdings würde dieser nicht mehr so einfach zu kontrollieren sein wie bisher. Pasquale verschränkte die Arme und drehte sich auf die Seite. Wie unbequem und schmal diese Pritschen waren und hart dazu. Die Betten im Palast des Kardinals waren weitaus weicher; das galt selbst für die Lager der Dienstboten dort. Und irgendwie würde es Pasquale gelingen, seine Bettstatt in Rom mit Samt und Seide zu drapieren. Aber er würde die Augen offen halten müssen.

«Schlaft jetzt», knurrte er.

Alessandro seufzte. «Schlafen?» Er war sich nicht sicher, ob er je wieder würde schlafen können. «Der Mond singt so laut.» Er hatte leise gesprochen, mehr zu sich selbst. Aber Pasquale hatte ihn verstanden.

«Dann sagt ihm, er soll die Klappe halten.»

Anderntags in der Bücherei sog Alessandro den vertrauten Geruch der Folianten tief ein, diesen feinen Hauch von Leder, der mit den Jahren eine ganz eigentümliche Note angenommen hatte und sich jetzt mit dem diskreten Duft warmen Weins vermischte, in dem das aus Schlehenrinde gewonnene Tintenpulver gelöst wurde. Von den Bänken der Buchmaler wehten die Aromen der frischen Farben herüber. Abelardo persönlich führte ihn an einen freien Tisch im Skriptorium, das sich mit gotischen Fensterbögen auf den Kräutergarten des Klosters hin öffnete. Dort erwartete ihn bereits ein ganzer Stapel altersbrauner Bände.

Erfreut streckte Abelardo die Hand danach aus und begann zu blättern.

«Ich habe sie eigenhändig für Euch herausgesucht», bemerkte der Abt. «Hier links sind die Werke zu Hexerei und Verwandlung im Allgemeinen, rechts die Bände, die Euch besonders interessieren dürften.»

Alessandro wandte sich ihnen erregt zu. Ihm war nicht bewusst gewesen, seinem früheren Mentor gegenüber ein besonderes Interesse verraten zu haben. Zumindest hatte er sich bemüht, es gut zu kaschieren. Er hatte erwartet, eine bunte Mischung von Büchern zu bekommen, aus denen er sich das, was er brauchte, schon heraussuchen würde.

Bereits der erste Band, den er aufschlug, ließ seine Hand erzittern. Ein prächtiges Initial schlängelte sich in Blau, Rot und Grün vor seinen Augen, umrankt von fein mit Gold gepinselten Blüten. Verborgen unter der üppigen Vegetation streckte sich, als Querbalken des Lettern ‹A›, der Leib eines schwarzen Wolfes. Alessandro klappte den Wälzer so laut zu, dass die Mönche, die an den anderen Tischen mit Abschreiben beschäftigt waren, besorgt aufschauten.

«Ist alles zu Eurer Zufriedenheit?», fragte der Abt.

Alessandro schaffte nur ein angedeutetes Nicken. Abelardo erwiderte es und klopfte ihm sacht auf die Schulter, ehe er das Kreuzzeichen schlug und sich verabschiedete. Nachdem das Schleifen seiner Kutte über den Steinboden verklungen war, lauschte Alessandro dem Kratzen der Federn. Sonst war kein Laut zu hören. Wie in alten Zeiten, als er sich monatelang über seine medizinischen Werke gebeugt hatte, ließ Alessandro sich nieder und neigte sich über das Pergament. Schon nach wenigen Sätzen versank er im Reich der Schriftzeichen.

‹*... Die ältesten Nachrichten von dem verderblichen Übel finden sich bereits bei den Griechen, von denen Herodot in seinem Geschichtswerk im vierten Buch berichtet: Die Skythen und die im Skythenland wohnenden Hellenen behaupten, jährlich einmal verwandle sich jeder der Neueren für wenige Tage in einen Wolf und trete dann wieder in den menschlichen Zustand zurück. Nun ist daran so viel Wahres wie Falsches, insofern der Werwolf zwar in menschliche Gestalt, nicht aber in den menschlichen Zustand zurücktreten kann, da er seine Gottkindschaft für immer verloren hat. Hiervon aber später. Ferner finden wir Nachrichten von Werwölfen in der Naturgeschichte von Plinius dem Älteren. Trotz vieler Irrtümer ist jene Schrift für einen Heiden verdienstreich und lässt uns nicht zweifeln, dass* *die Alten die verderbliche Pest der Werwölfe kannten. Weniger ins Gewicht fällt demgegenüber das Zeugnis des frivolen Ovid, der nichtsdestotrotz in seinen Metamorphosen von einem König Lykaon berichtet, der sich in einen Wolf verwandelt. Doch scheint er zu bestätigen, dass das Übel aus dem Orient, dem Osten, zu uns kam. Auch hierüber soll später noch ausführlich Bericht gegeben werden. Vergil schließlich erwähnt Moeris, den Gatten Moiras, als Werwolf ...›*

An dieser Stelle schaute Alessandro auf. Moira! Der Name hallte in seinem Gedächtnis wider. Sollte es ein Zufall sein, dass die kleine Kranke so geheißen hatte? Oder war ihr der verräterische Name in Ascolte erst gegeben worden? Dieser Verdacht beschlich ihn wie ein Fieber.

Aber das hieße, dass die Werwölfe um ihre eigenen Vorfahren wussten, dass sie eine Geschichte hatten, die sie weitergaben, eine eigene Kultur. Und dass ihr Gedächtnis noch viel weiter zurückreichte, als die Chroniken von Ascolte es verzeichneten. Fieberhaft griff Alessandro zur Feder und machte sich Notizen. Die Spitze des Kieles kratzte laut über das Papier, das unter dem Druck seiner Hand fast zerriss. Er zwang sich, ruhiger zu werden, aber seine Gedanken überschlugen sich. Was, wenn diese Wesen noch älter waren, als Virgilios Schriften es nahelegten?

Alessandro suchte sich an die Zahlen aus dem Kirchenbuch zu erinnern und verfluchte sich, dass er diesen wichtigen Beweis liegengelassen hatte. Er schloss die Augen und dachte angestrengt an die Kolumnen. Sein Gedächtnis war stets ausgezeichnet gewesen. Wenn er sich nur genug konzentrierte, würde es ihm vielleicht gelingen, die Aufzeichnungen zu rekonstruieren. Aber dafür war er im Moment zu aufgeregt, und er verschob die Angelegenheit auf einen späteren Zeitpunkt. Ein Gedanke hatte jedoch bereits von ihm Besitz ergriffen, der ihn ebenso erschreckte wie erregte: Was, wenn jener Lykaon, jener Moeris mit seiner Moira noch immer unter ihnen weilten?

Ein eisiger Hauch wehte ihn an inmitten der lauschigen Stille des Skriptoriums. Und doch fühlte sich Alessandro mit einem Mal auf den Grund einer feuchtkalten Gruft versetzt. Er wischte mit der Hand über seine Stirn, als müsste er dort Spinnweben fortwischen.

‹Aus dem Osten›, schrieb er auf. ‹Wie lange schon? Wie lange kann ein Werwolf leben?›

Ich werde es herausfinden, dachte er bitter, falls mich vorher kein Fels erschlägt und kein Feuer zu Asche verbrennt. Und noch ehe seine Gedanken in eine unbekannte, entsetzlich ferne Zukunft abschweifen konnten, die er als Flüchtling und Waise seiner Zeit durchstreifen würde, brachte ihn das auf eine andere Idee.

Da die Werwölfe sterblich waren, würde es wichtig sein, aufzulisten, wie sie zu Tode gebracht werden konnten. Dies vor allem müsste die Jäger interessieren, die Alessandro auf ihre Spur zu setzen gedachte, aufrechte Inquisitoren, das Kreuz in der Hand. Alessandro machte sich mit neuer Energie auf die Suche und fand vereinzelt Berichte von Prozessen, die in jüngster Vergangenheit gegen Werwölfe geführt worden waren. Die Angaben allerdings erschienen ihm lückenhaft und ungenau, und er bedauerte, dass bisher kein Arzt hinzugezogen worden war, um die Körper der Opfer und der Gerichteten zu untersuchen. Was hätte er selbst nicht alles entdecken können!

Heftig errötend las er den Bericht eines Mannes, der angab, einer Beischläferin verfallen zu sein. Sie hatte ihm einen Gürtel gegeben, mit dessen Hilfe er sich nächtens in einen Werwolf verwandelte. Alessandro musste an Valeria denken, und er fragte sich, ob die Anziehung, die er zweifellos gespürt hatte, beteiligt gewesen sein konnte an dem, was ihm zugestoßen war. Ihr Bild trat jetzt deutlich vor seine Augen. Noch einmal stand sie vor ihm, an jenen Türrahmen gelehnt. Ihr Schweigen, ihr wissender Blick, all das zog Alessandro wieder in ihren Bann. Zwischen ihnen war es zu keiner Berührung gekommen, bis zu jenem verhängnisvollen Biss. Und kein Gegenstand, weder Gürtel noch Fell, noch Salbe, hatte den Besitzer gewechselt. Nein, er schüttelte energisch den Kopf und notierte: ‹Die Ansteckung erfolgt ohne Hilfsmittel, ausschließlich durch einen Biss.› Er las weiter und fügte schließlich zu seinen Aufzeichnungen noch hinzu: ‹Und sie ist unumkehrbar.›

In einem anderen Bericht las er von Marie de France, die leichtgläubig von Erlösung kündete, die der kirchliche Segen einem demütigen Angeklagten angeblich gebracht hatte. Das klang hoffnungsvoll, doch Alessandro wusste, so einfach war es nicht. Wenn Reue allein einen heilen könnte, dann wäre er schon längst wieder ein Mensch. Oder?

Er schob das Pergament fort und rang um Fassung. Tränen kullerten aus seinen Augen. Endlich atmete er durch.

‹Aber man kann sie töten›, dachte er und notierte bald darauf: ‹Das Kreuz ist entgegen den alten Berichten nutzlos.› Energisch setzte er mit der Feder einen Punkt. Das war die Wahrheit.

Er hatte die Bewohner von Ascolte knien sehen in Virgilios Kirche, wo sie sich bekreuzigten. Dabei hatten sie nicht einmal ein schwaches Zeichen von Scham oder Abscheu gezeigt. Das heilige Symbol hatte sie weder gehemmt noch verwandelt. Und trug er selbst nicht noch immer ein geweihtes Kreuz an einer Kette?

Alessandro überlegte weiter: ‹Aber das Feuer ist unfehlbar, ebenso das Abschlagen des Kopfes.› Er nickte bekräftigend, als er dies schrieb. Alissa war gestorben, dessen war er sich gewiss. Und alle Toten, die Virgilios Chronik verzeichnete, waren schwer am Kopf verstümmelt worden. Es gab also Verletzungen, die unumkehrbar waren, selbst für Werwölfe. Und wie stand es mit Silber? Auch davon hatte er doch schon gehört. Er wühlte in den Unterlagen und blätterte, bis er die alte Chronik fand, in der geschrieben stand, dass allein silberne Klingen den Werwolf tödlich verwunden könnten. Fieberhaft suchte er nach weiteren Belegen, fand aber keine und blickte ratlos auf.

Draußen im Garten war Bruder Clemens wie immer mit der Pflege seiner Kräuter beschäftigt, unterstützt von einigen Laienbrüdern, die eifrig harkten und gossen. Früher war auch Alessandro dort zwischen den Beeten zugange gewesen. Der junge Inquisitor erblickte jetzt Pasquale, der an eine Säule gelehnt dem Treiben zusah und recht gelangweilt dreinblickte. Ohne weiter darüber nachzudenken, wanderten seine Finger unbewusst zu dem Kreuz, das er auf seiner Brust trug, und spielten damit herum. Ein Sonnenstrahl fiel darauf und ließ es kurz aufblitzen. Der Schimmer weckte Alessandro aus seinen diffusen Gedankengängen.

«Silber!», schoss es ihm plötzlich durch den Kopf. Mit einer entschlossenen Geste umfasste er das Emblem mit einer Hand und riss es von seinem Hals.

Die Kopisten hoben erschrocken die Köpfe und sahen mit verständnislosen Mienen zu, wie der seltsame Gast auf einmal kerzengerade dastand, die Faust hob, einen Moment zögerte und sie dann mit Wucht auf seine auf dem Pult liegende Hand heruntersausen ließ. Es gab einen dumpfen Knall, dann ein Stöhnen. Alessandro starrte seine Hand an, in der wie ein Keil das Schmuckstück steckte. Nun schrien auch die Mönche. Sie sprangen so erschrocken auf, dass die Sitzbänke über den Steinboden kratzten oder gar umstürzten, und rannten mit geraffter Kutte hinaus.

Mit zitternden Fingern umfasste Alessandro seine verletzte Linke, die schmerzte wie nichts zuvor in seinem Leben. Giftig grün fraßen sich die Qualen durch sein Gehirn. Blut tropfte auf das Pult und dampfte bei der Berührung mit dem Holz zischend auf. Es floss auch seinen Arm entlang und hinterließ überall auf der Haut eine ätzende Spur. Mit verzerrtem Gesicht betrachtete Alessandro das Geschehen. Er biss mit aller Macht die Zähne zusammen, um nicht zu schreien. Aber in seinen Augen stand Triumph.

«Brüder ... Meine lieben Brüder!» Erschrocken hielt Jordanus, der Gärtner, die entsetzten Mönche auf, die aus dem Skriptorium flohen und mit unziemlichem Lärm durch den Kreuzgang gerannt kamen, der seinen Garten umgab. Auch Mattia Pasquale löste sich von seiner Säule und trat herbei, als die Männer ihren wirren Bericht abgaben.

«Erst las er still für sich, ganz vertieft, und machte sich Notizen. Aber dann, mit einem Mal, hob er das Kreuz ...»

«Sein Kettenkreuz», ergänzte ein anderer. Er war um Genauigkeit bemüht, da er Jordanus' gerunzelte Stirn bemerkt hatte, und hob daraufhin zur Erläuterung sein eigenes, hölzernes Kreuz hoch.

«Ja, und er schrie: ‹Silber!›»

«Brüder», ermahnte Jordanus, «hätte er geschrien, hätten auch wir das hier sicherlich gehört, nicht wahr?», wandte er sich an seine Helfer. Die bestätigten, nur die Rufe der Mönche selbst gehört zu haben.

«Aber ich habe es doch ganz deutlich vernommen», beharrte der Erzähler trotzig, wenn auch mit niedergeschlagenen Augen.

Jordanus schnalzte mit der Zunge. «Und was geschah dann?»

«Dann hat er sich das Kreuz in die Hand gestoßen, einfach so, und ...» Sein Satz ging in vielstimmigem Murmeln unter, und Jordanus hatte alle Mühe, bei der folgenden Debatte zwischen den Mönchen auf die Einhaltung der nötigen Würde und Ruhe zu bestehen.

Allein Pasquale blieb gelassen. ‹Silber›, dachte er und rieb sich den Bart. Natürlich besaß der junge Inquisitor ein silbernes Kreuz. Aber warum sollte er sich damit in die Hand stechen?

«Hat das nicht wehgetan?», hörte er es hinter sich.

«Nein! ... Ja! ... Er kasteit sich ... Er versucht uns ... Er ist verrückt!» Die Meinungen wogten hin und her, bis Jordanus ein Machtwort sprach und alle an ihre Arbeit zurückschickte. Er wandte sich Pasquale zu.

«Was müsst Ihr nur von uns denken?», fragte er besorgt.

Pasquale winkte ab. Doch der Mönch fuhr fort: «Ordnung ist wichtig, in einem Kloster wie in seinem Garten, denn sie spiegelt die Ordnung der göttlichen Schöpfung wider.»

«Gewiss», bestätigte Pasquale zerstreut, denn soeben entdeckte er die Gestalt Alessandros, die sich undeutlich in einem der Skriptoriumsfenster abzeichnete. Er reckte sich, um erkennen zu können, und nahm sich vor, in der Bibliothek nach dem Rechten zu sehen. Aber er fühlte, wie Jordanus ihn am Ärmel packte. «Vielleicht habt Ihr Lust», sagte Jordanus, «die Anordnung meines Gärtleins näher zu betrachten.»

«Ich, äh ...», begann Pasquale und fand sich bereits auf dem Mittelweg wieder als Zuhörer eines ebenso routinierten wie begeisterten Vortrages.

«Ihr seht Rosen und Lilien, die unseren Weg säumen», erläuterte Jordanus und wies auf den Hauptweg, der nach Osten auf die Kapelle zuführte. «Sie sind nicht nur schön und erfreuen Auge und Nase mit ihrer Farbe und ihrem

Duft, sondern stehen auch für die Reinheit und das Leiden Christi.»

Aus der Bibliothek vernahm Pasquale plötzlich ein Scheppern. Er verrenkte sich fast den Hals, konnte sich aber nicht aus dem festen Griff winden, mit dem Jordanus ihn an den Beeten entlangführte. In weitschweifigen Kommentaren über Fenchel, Liebstöckel und Kerbel trug ihm der Mönch die Wirkung und symbolische Bedeutung der Pflanzen vor.

«Und hier die Schwertlilie. Ovid erzählt, sie sei aus dem Blut des Götterlieblings Hyazinthos erwachsen, und bei Beda Venerabilis steht geschrieben, sie sei aufgeblüht in den Händen des Gekreuzigten und ihre Farbstriche seien vom Blut der Kreuznägel gefärbt. Hier, seht Ihr?» Er neigte sich vor und bekreuzigte sich dann. «Ihre Wurzel ist gut gegen Zahnfleischentzündungen und hilft die Wäsche stärken.» Er lächelte.

«Ah, ja?» Pasquale hörte nicht wirklich zu, sondern schielte wieder zum Fenster. Er glaubte zu erkennen, dass Alessandro etwas um seine Hand gewickelt hatte. Aber was tat er nun? Doch sosehr sich Pasquale auch bemühte, er konnte es nicht erkennen.

«Der Andorn hier riecht nach Minze und zieht die Katzen an. Plinius empfiehlt ihn gegen Schlangenbisse. Ich allerdings pflege Wunden damit zu heilen. Es fördert die Narbenbildung, wisst Ihr, ich frage mich ...»

Jordanus stockte, und Pasquale kam nicht dazu, die höfliche Erkundigung anzustellen, was der Gärtner sich denn fragte, weil soeben Alessandro aus dem Skriptorium in den Garten gestürzt kam und dicht an ihnen vorbeirannte. Erst am Brunnen hielt er inne, wo er den vollen Eimer nahm und hineinstarrte, als sähe er etwas Entsetzliches darin.

«Es stimmt», keuchte er, «Angst vor Wasser.» Dann schloss er die Augen und stürzte die Flüssigkeit in großen

Schlucken hinunter. Das Wasser lief ihm in breiten Bächen über das Gesicht und die Brust, und er trank wie ein Wüstenreisender, bis das große Gefäß leer war.

Mit andächtigem Schrecken schauten die beiden Männer ihm dabei zu. Doch Alessandro beachtete sie nicht. Sein Blick blieb jetzt auf der Brunnenfigur haften. Es war die Statue eines Heiligen, und sie hatte hier immer schon gestanden seit der Gründung des Klosters, das war gewiss. Dennoch bemerkte er sie heute zum ersten Mal mit vollem Bewusstsein. Wie erstarrt stand er da.

Vorsichtig trat Jordanus näher. «Das ist der heilige Hervé», sagte er leise. «Einer unserer Brüder brachte das Bild und seine Geschichte aus Frankreich mit. Gefällt es Euch?» Als Alessandro nicht antwortete, wandte er sich an Pasquale. «Der heilige Hervé war blind, müsst Ihr wissen.»

«Aber ...», brachte Alessandro stockend hervor und wies auf das Tier, das wie ein Hund zu Füßen des blinden Mannes kauerte und offenbar sein Führer war. Er vermochte den Satz nur flüsternd zu beenden. «Aber das ist ja ein Wolf.» Ihm war, als würden die Steine des Klosters ein unhörbares Echo seiner Worte abgeben, das durch jede Faser seines Leibes bebte.

Jordanus lächelte nur.

15.

Misstrauisch blickte Pasquale über die Schulter. Er schaute auch nach rechts und links. Aber in dem langen Gang war niemand zu sehen. Gut so. Aus der Kapelle drangen die Stimmen der Mönche herüber, die sich zur Non versammelt hatten. Also würde ihn so schnell niemand überraschen. Aus seinem Umhang drang ein Fauchen.

«Mistvieh», fluchte Pasquale und zog die kleine graugetigerte Katze heraus, die er mit Hilfe von Jordanus' nach Minze duftendem Andorn angelockt hatte. Wozu die Botanik doch gut war, dachte er und packte das Tier am Nackenfell. Vorsichtig öffnete er die Tür der Zelle, die er nächtens mit Alessandro teilte, und warf das Kätzchen hinein. Das Tier fauchte, als es auf dem Bett des jungen Inquisitors landete, und sprang sofort auf das Fensterbrett, wo es mit gesträubtem Schwanz balancierte.

Pasquale grinste. Also reagierten auch Katzen auf die Ausdünstungen des Werwolfs. Er hatte es gehofft. Das Tier würde ihn rechtzeitig warnen, falls Alessandro sich näherte. Ohne langes Zögern machte er sich daran, die Kammer zu untersuchen. Er hatte bereits im Skriptorium geforscht, aber dort hatte Alessandro seine Aufzeichnungen nicht hinterlassen. Alles, was Pasquale dort gefunden hatte, waren Feder, Tintenfass, einen Haufen Listen mit Namen wie Hades, Anubis, Gularith und Feronia, die ihm allesamt nichts sagten, und verkohlte Stellen im Holz des Schreibpultes, als habe Varese dort mit Feuer herumgespielt. Zuzutrauen war es ihm, dachte Pasquale.

Jetzt war der junge Inquisitor schon beinahe eine Woche in dem Raum eingeschlossen, den Jordanus üblicherweise für die Zubereitung seiner Arzneien nutzte. Er unternahm dort Gott weiß welche Experimente. Vorgestern hatte er sogar einen fauchenden Fuchs mit hineingeschleppt, dem der Schaum vom Maul tropfte.

Wenn Pasquale ihn darauf ansprach, tat der Abt so, als fiele nichts Ungewöhnliches vor. Die übrigen Mönche redeten gar nicht mehr mit ihm. Dabei wurde der Mond langsam wieder voller und voller. Wie eine Zecke, dachte Pasquale, die sich voll Blut sog. Die Zeit lief ihm davon. Er hatte beschlossen, nicht mehr länger untätig zu bleiben.

Jetzt zog er die Decke von Alessandros Bett, hob das Kissen und den Strohsack an, fand zu seiner Enttäuschung aber nichts. Dann machte er sich daran, die wenigen Habseligkeiten zu untersuchen, die auf einem einfachen Holzbord über dem Lager standen. Schließlich kam die Truhe an die Reihe, die ihrer beider Reisegepäck barg. Als er auch da nichts entdeckte, hockte sich Pasquale ratlos auf sein Bett, sprang aber einer plötzlichen Eingebung folgend sofort wieder auf und untersuchte seine eigene Schlafstatt. Wieder hatte er keinen Erfolg. Auch den Hocker drehte er noch um, auf dem ihre Mäntel lagen. Aber selbst unter der Sitzfläche war nichts verborgen. Pasquale wollte ihn schon wieder hinstellen, als er etwas Merkwürdiges bemerkte: Die Bodenplatte, auf der der Schemel gestanden hatte, war locker und wackelte, wenn man auf eine Ecke trat. Kurzentschlossen steckte er seine Finger in den schmalen Spalt und hob die ganze Platte an. Seine Bemühungen wurden belohnt. Vor ihm lagen in einer Mappe aus rotem Leder lose Pergamentblätter, beschrieben mit Alessandros eiliger Schrift.

Pasquale warf einen Blick auf die Katze, die immer noch auf dem Fensterbrett hockte und sich die Pfoten leckte. Dann lehnte er sich mit dem Rücken an die Wand neben das Versteck und begann zu lesen.

Was er auf den Seiten entzifferte, erweckte sein Stirnrunzeln. Viele gelehrte Ausführungen waren dort notiert über antike und mittelalterliche Autoren, sowie erneut eine Liste mit den Namen, die er schon kannte. Es folgte eine detaillierte Beschreibung der Metamorphose eines Menschen in einen Werwolf, die Pasquale nur überflog, da er sie ja schon mit eigenen Augen beobachtet hatte. Die Erinnerung daran verursachte ihm noch immer eine Gänsehaut. «Sämtliche Knochen knacken und krachen», las er laut vor, «wie das Gebälk eines Daches, das kurz vor dem Einbruch steht. Man hat das Gefühl, sie werden einem bei lebendigem Leib aus dem Fleisch gerissen, und doch meint man zugleich, dass alles genauso geschehen müsse und nun der wahre Bau entstehe. Süßes mischt sich mit Bitterem, und in dem Schmerz erwächst eine unfassbare Lust ...»

Pasquale merkte auf. Angespannt verfolgte er die weiteren Beschreibungen, die Erfahrung der eigenen Kraft und Beweglichkeit, die Schärfung der Sinne. Unwillkürlich sog er die Luft ein, als Alessandro den nächtlichen Wald mit all seinen Düften und seiner ganzen Lebendigkeit beschrieb. Dann las er ein Wort, das ihn innehalten ließ: Valeria.

Schau an, dachte er und blätterte weiter. Doch was nun kam, ließ ihm das Blut heiß in die Wangen schießen und nicht nur dorthin.

«Ihr Leib dehnte sich unter mir, als ich in sie floss, und es war, als wären wir eines, nicht nur wir beide, sondern alles Leben dieser Welt. Es brannte in unseren Adern, unseren Schößen, es quoll aus uns in unseren Zuckungen und Schreien. Wir waren Götter, wir waren mächtig und verloren jede Hemmung. Ich schlug meine Zähne in sie, kostete ihren Schweiß und ihr Blut und ihre Lust.»

Pasquale stieß einen frivolen Pfiff aus, um ein wenig zu sich zu kommen. Er wischte sich über die Stirn. «Die stillen Wasser ...», sagte er zu sich selbst und versuchte zu grinsen. Dennoch war etwas in diesen Aufzeichnungen, das ihm den Hals zuschnürte. Und er las weiter: «Waren wir Tier oder Mensch in jenem Moment? Ich vermag es nicht zu sagen. Mir schien, wir waren beides, wir verwandelten uns und umfassten alle Gestalten. Ich weiß noch, ich spürte ihren weichen Pelz unter meinen tastenden Fingern und leckte ihren weißen, reinen Nacken mit der heißen Zunge eines Tieres. O Gott, vergib mir, aber ich muss genau sein um deinetwillen: Ich weiß noch ...»

Pasquale keuchte und ließ das Pergament sinken. Er lehnte den Kopf an die Wand und genoss die Kühle des Steins, die den Brand seiner Haut löschte. Er brauchte eine Weile, um sich zu beruhigen. Dann nahm er die Lektüre weiter unten wieder auf. Und er fand einen Satz, der ihn sofort elektrisierte: «Sie sind nicht unsterblich, wenn sie auch endlos zu leben vermögen. Will man sie bekämpfen, tut man das am besten wie folgt ...»

Begierig vertiefte sich Pasquale in das, was jetzt kam.

«Einfache Wunden können Werwölfen nichts anhaben, sie fühlen den Schmerz kaum und sind in der Lage, sich rasch selbst zu heilen. Ich selbst habe mir diverse tiefe Schnitte zugefügt und konnte mit eigenen Augen sehen, wie sie ohne jede Hilfe eines Wundarztes binnen weniger Stunden fast völlig verschwanden. Werwölfe bluten kaum. Auch dem Erwürgen widersteht ihre starke Natur weit länger als ein normaler Mensch, obwohl ich davon überzeugt bin, dass es möglich sein muss, sie zu hängen.

Das Vierteilen hingegen ist eine gute Methode, sie ins Jenseits zu befördern, so wie das Abschlagen des Kopfes oder das Entfernen oder Zertrümmern lebenswichtiger Körperteile, solange Letzteres vollständig erfolgt. Auch die Flammen sind hilfreich. Als Werkzeug gegen Werwölfe sind das Kreuz sowie Weihwasser jedoch vollkommen unwirksam.»

Pasquale hob den Kopf und erinnerte sich an eine Szene vor wenigen Tagen, als die Mönche sich in der Morgendämmerung zur Mette versammelten und das Weihwasserbecken leer vorfanden. Deshalb also war das heilige Nass verschwunden. Neugierig las er weiter:

«Bewährt dagegen hat sich Silber. Als Klinge oder Kugel ist es in der Lage, bleibende Wunden zu schlagen, die große Schmerzen verursachen und dem Werwolf so zusetzen wie eine normale Wunde einem Menschen. Ich bin überzeugt, das Silber kann ihn sogar töten, doch sind meine eigenen Versuche nicht weit genug gediehen.»

«Silber!», rief Pasquale aus. Die Katze antwortete mit einem leisen Miauen. Sie sprang auf seinen Schoß und stupste ihn mit ihrem Kopf auffordernd an, aber er fegte sie mit einer Handbewegung fort. «Deshalb also.» Langsam wurde ihm einiges klarer. «Dieser Verrückte. Er experimentiert mit sich selbst! Er versucht, sich nahe an den Tod zu bringen.»

Pasquale richtete sich auf. Und wenn ihm nun dabei etwas zustoßen sollte? Was hätte er, Pasquale, dann noch in der Hand? Unwillkürlich schlossen sich seine Finger fester um die Aufzeichnungen, denn ihm kam ein schrecklicher Gedanke. Was, wenn irgendetwas bei den Experimenten schiefginge?

Wenn sie, und er schauderte, es auf einmal mit mehr als einem Werwolf zu tun hätten? Und was, wenn dieser nicht so willig war wie Alessandro?

Ängstlich wanderten seine Augen zu den Aufzeichnungen zurück. Und wieder blieben sie an den Passagen hängen, in denen Alessandro von seiner Verwandlung berichtete. War da nicht von Lust die Rede? Von Süße? Von dem Gefühl, ein Gott zu sein? Was wäre, fragte Pasquale sich, und die Angst kroch ihm erneut das Rückgrat hoch, wenn Varese diese Empfindungen auf einmal nicht mehr missen wollte? Wenn er sich seiner überlegenen Kraft bewusst wurde und sie einsetzte?

Die Katze wich plötzlich zurück an die Wand und stieß ein lautes Fauchen aus. Mattia Pasquale sprang auf. Einen Moment zögerte er und klammerte sich an die rote Mappe. Dann legte er sie eilig zurück in das Loch im Boden, schob die Platte darüber und ließ sich selbst auf sein Lager fallen. Mit einer schnellen Bewegung wickelte er sich in seine Decke und drehte sich zur Wand. Als die Tür geöffnet wurde, jagte die Katze mit einem Schrei hinaus. Ihr buschiger Schweif war das Letzte, was er aus den Augenwinkeln sah.

«Pasquale?» Es war Alessandros Stimme und seine Hand, die Pasquale jetzt durch die Decke auf seiner Schulter spürte. Er öffnete die Augen einen Spaltbreit und erschrak. Vor sich glaubte er, eine behaarte Pfote zu sehen, deren messerscharfe Krallen lautlos herausfuhren.

«Pasquale?»

Wieder antwortete er nicht, sondern gab nur ein grunzendes Schmatzen von sich und lauschte seinem donnernden Herzschlag.

«Pasquale, ich kann deinen Angstschweiß riechen.»

«Der Teufel soll dich ...» Pasquale richtete sich ruckartig auf und versuchte mit der Hand an seinen Dolch zu gelangen, von dem er eben gelesen hatte, dass er als Waffe gegen Werwölfe nutzlos war.

«Du bist verrückt», hauchte er.

Alessandro Varese lächelte schief und neigte sich vor. Er war blass, die Haare hingen ihm verklebt in die Stirn. Er hatte Kratzer am Hals und um beide Hände blutige Verbände. «Schlimmer», sagte er.

16.

Pasquale wagte kaum den Blick zu heben. Als er es endlich tat, starrte er trotzig in ein Paar Augen, die zu glühen schienen. Das Gesicht des jungen Inquisitors war bleich, seine Augen eingesunken und von blauvioletten Ringen umgeben. Pasquale war sicher, dass sich unter seinen Kleidern noch mehr Wunden verbargen. Er schluckte und hob zögerlich die Hand. «Da», brachte er nur hervor.

Zerstreut fasste Alessandro sich an die rechte Wange. «Ach, der Kratzer», sagte er.

«Aber», stammelte Pasquale, der fassungslos sah, wie der Schnitt sich vor seinen Augen schloss und rosig vernarbte.

«Ach so, ja, meine Selbstheilung funktioniert besser als Jordanus' Andorn. Macht Euch keine Sorgen, all das vergeht rasch.» Wieder lächelte Alessandro schmerzvoll. «Aber hör zu, ich habe viel wichtigere Dinge getan und sehr Interessantes dabei herausgefunden.»

«Ach», bemerkte Pasquale, der sich bemühte, nicht zu erkennen zu geben, dass er soeben in den Ergebnissen geschmökert hatte. Noch immer drückte er sich unwohl gegen die Wand, so weit fort von seinem Gefährten wie möglich.

Er beobachtete, wie der junge Mann nun begann, auf und ab zu gehen, wie ein gefangenes Tier im Käfig, und dabei sprach wie ein Fieberkranker.

«Ja, viel habe ich entdeckt, aber ich bin noch nicht fertig.» Abrupt wandte er sich Pasquale zu, der heftig zusammenzuckte. «Pasquale, ich muss unbedingt noch eine *transformatio* durchmachen, um meinen Bericht abzuschließen.»

«Nun, das dürfte in Rom unweigerlich geschehen, nach allem, was Ihr sagt», antwortete dieser zögerlich.

Alessandro schüttelte heftig den Kopf. «Nicht in Rom, hier, Pasquale, hier, wo ich die Ruhe und die Hilfsmittel habe.»

«Ich bin sicher, der Kardinal wird Euch ...», versuchte es Pasquale erneut.

Aber Alessandro unterbrach ihn. «Ich weiß es nicht. Seien wir ehrlich, all dies ist äußerst ungewöhnlich.»

Pasquale schnaubte zustimmend, während der andere fortfuhr.

«Ich kann einen Beitrag leisten, hört Ihr? Ich kann helfen, diese Pest vom Antlitz der Erde zu vertreiben, da bin ich sicher.» Er packte Pasquale bei den Armen, der sich augenblicklich loszumachen suchte.

«Seid doch vernünftig. In Rom wird es am besten sein», beharrte er. Auf keinen Fall wollte er eine weitere Mondnacht mit Varese erleben außerhalb der schützenden Mauern des Kardinalspalastes und seiner tiefliegenden Kerker, ohne den Beistand von Menschen, die mächtiger waren als er und wussten, wie hier zu verfahren war.

«Aber ich ...»

«Nein!», fauchte Pasquale und richtete sich auf. Er war ein kräftiger Mann, in vielen Schlägereien in den Gassen Roms erprobt. Noch nie hatte sich ihm jemand einfach so widersetzt. «Auf keinen Fall. Wir fahren spätestens am Freitag. Und dabei bleibt es.»

Er hob die Hand zu einer Drohgebärde. Doch im selben Moment hatte Alessandro Varese zugepackt und verhinderte, dass sie in einer abschließenden Geste durch die Luft fuhr. Einige Augenblicke hielt Pasquale dagegen. Sein Gesicht wurde rot, sein Arm begann zu zittern.

«Wir bleiben hier.» Alessandro sprach ganz ruhig. «Wir müssen hierbleiben. Es gibt so vieles, was mir noch nicht klar ist.»

Er ließ Pasquale so überraschend los, dass dieser auf sein Bett zurückfiel. Fluchend rieb Pasquale sich das Handgelenk. Alessandro dagegen schien schon wieder völlig in seine eigenen Überlegungen versunken zu sein. Abgewandt stand er da und starrte nachdenklich auf den Boden. Pasquale, der seinem Blick folgte, erstarrte. Der Hocker stand nicht am alten Platz, und die Kleider, die darauf gelegen hatten, lagen verstreut auf dem Boden. Hastig stand er auf.

«Ich sage, wir fahren!», rief er unnötig laut. «Ich weiß ja nicht, was Ihr so alles glaubt erforschen zu müssen, aber ...»

«Wir bleiben!» Alessandros Stimme war jetzt nur mehr ein Fauchen. Ehe er nachdenken konnte, hatte er die Hand ausgestreckt und Mattia Pasquale bei der Kehle gepackt. Der überrumpelte Mann hing in seinem Griff, gegen die Wand gedrückt, mit in der Luft zappelnden Beinen. Endlose Sekunden starrten die Männer einander an. Durchs Fenster hörte man die Stimmen der Mönche, die aus der Kapelle ins Refektorium eilten. Sie versammelten sich zum Bibere, um gemeinsam einen Becher mit Wasser verdünnten Weines zu trinken. Als ihr Gemurmel an sein Ohr drang, veränderte sich etwas in Alessandros Gesicht, und er lockerte seinen Griff.

«Es tut mir leid», sagte er leise. Verwunderung über sich selbst schwang in seiner Stimme. Er betrachtete seine Hand, die er noch nie gegen einen anderen Menschen erhoben hatte.

«Ist schon gut.» Pasquale räusperte sich und spuckte aus. Er hob die Hände wie einer, der sich ergeben will. «Also gut, Ihr habt gewonnen. Aber kommt nicht zu mir, wenn wieder etwas geschieht, was Euch leidtut.» Mit einem bösen Gesichtsausdruck, der seine Erleichterung verbergen sollte, ging er hinaus und ließ einen verwirrten Alessandro zurück.

Nicht nur der junge Inquisitor, auch Mattia Pasquale war von diesem Tag an die restliche Zeit über äußerst geschäftig. Oft konnte man ihn auf dem zum Kloster gehörenden Gutshof sehen, wo er Knechte fand, die er gut bezahlte für Arbeiten an dem gemeinsamen Reisewagen. Er ließ den Karren in eine Scheune fahren, aus der man es künftig sägen und hämmern hörte, ohne dass es einem der Mönche gelang, einen Blick auf die Schufterei zu werfen. Wenn er nicht dort war, unternahm Pasquale lange Spaziergänge und unterhielt sich mit den Leuten wie einer, der zu viel Zeit hat. Aufmerksam hörte er jedem Klatsch zu und trank mehr billigen Wein, als es von den Ärzten empfohlen wurde, wobei er nicht mit ausfallenden Bemerkungen gegen die dürftige Kost im Refektorium sparte.

So war er auch dabei, als die Knechte und Mägde in lauter Aufregung zusammenliefen. «Sie bringen Nico! Nico hat es erwischt!»

«Was ist los mit ihm?», fragte einer der Umstehenden.

Eine dralle junge Frau lief dem Zug voran. «Er hat eine Wunde in der Brust!», rief sie.

Neugierig trat auch Pasquale heran, als sie den Mann brachten. Vier Männer waren nötig, ihn zu tragen. Er war mittleren Alters, von kräftiger Statur, die herabhängenden Hände wirkten wie große Schaufeln. Aber sein Gesicht unter dem schwarzen Bart leuchtete vor Blässe.

Ein anderer Mann ging nebenher, die Armbrust noch geschultert, und redete und gestikulierte wild herum. «Was treibt er sich auch im Wald herum!», rief der Unglücksschütze mit vor Aufregung schriller Stimme. Seine Hände zeichneten unentwegt Figuren in die Luft. Hilfesuchend schaute er sich um. Doch er blickte nur in erboste Mienen. Niemand war milde gestimmt. «Ich dachte, ich hätte Fell gesehen in dem Busch», endete er kläglich. Das schlechte Gewissen schnürte ihm die Kehle zu.

«Seine Weste wirst du gesehen haben», beschied ihm einer und schob ihn beiseite, um den verwundeten Nico durch die Tür zu tragen. «Sieh nächstes Mal besser hin, ehe du schießt.»

«Aber was tat er auch im Wald so spät am Abend!», beharrte der unglückliche Jäger und schaute sich um.

Eine Magd stellte sich auf die Zehenspitzen und rief über die Köpfe der anderen Gaffer hinweg: «Steht darauf jetzt die Todesstrafe, in den Wald zu gehen?»

Die Menge antwortete mit einem zustimmenden Brummen, vereinzelt war auch Gelächter zu hören. Einer, der die Wogen glätten wollte, meinte provozierend in Richtung Fragestellerin: «Wir wissen schon, was dich bisweilen in den Wald zieht.» Die Angesprochene errötete und knetete unbeholfen ihre Schürze.

Zum Erstaunen aller hob nun der Verwundete den Kopf, um zu sprechen. «Lasst das Mädchen in Ruhe», brachte er mühsam hervor. «Lasst alle Mädchen in Ruhe und seid dankbar für die Weiber, die euch in den Büschen erwarten.» Dann schloss er die Augen, und sein Kopf sank zurück.

Pasquale starrte ihn verwundert an. Täuschte er sich, oder begann sich die Gesichtsfarbe des Mannes zu verändern? Den anderen schien nichts Ungewöhnliches aufzufallen. Die Umstehenden lachten erleichtert. Einer schlug das Kreuzzeichen. «Das ist unser Nico. Ein Kraftbursche, aber sanft dabei. Würde ja zu gerne wissen, mit wem er dort ein Stelldichein hatte.»

Jemand verwies auf den Unglücksschützen. «Frag ihn, vielleicht hat er die Frau ja miterschossen.»

Erschreckt hob der Schütze die Hände. «Niemanden hab ich gesehen, ich schwöre es!»

«Das haben wir bemerkt», war die sarkastische Antwort.

«Er wird Wasser wollen, wenn er wieder zu sich kommt.» Eine der Frauen dachte praktisch.

«Weihwasser braucht der, sonst nichts mehr», antwortete der Großknecht. «Hast du nicht gesehen? Die Wunde saß direkt am Herzen.» Da wurde es wieder still, einige bekreuzigten sich, andere murmelten Gebete. Die Magd nahm eine Schale und ging unbeirrt zum Brunnen.

«Was ist das für einer, dieser Nico?», erkundigte sich Pasquale bei seinem Nachbarn, während er zu der Tür blickte, durch die man den Verletzten getragen hatte, um ihn drinnen auf dem Tisch aufzubahren.

«Der? Das war ein Mordskerl, stramm und stark wie kein Zweiter. Immer fröhlich bei der Arbeit, immer der Erste beim Feiern», erklärte man ihm.

«Also ein Trunkenbold?» Pasquale versuchte seinen Gesprächspartner aus der Reserve zu locken.

«Der Nico?» Eine Magd lachte ungläubig. «Der brauchte keinen Wein, um gute Laune zu haben. Nur einmal im Monat vielleicht, da übertreibt er es. Verschwindet dann immer Richtung Dorf und kommt am anderen Morgen mit einem Kater wieder.» Sie schüttelte traurig den Kopf.

«Dort wird jetzt eine Frau um ihn weinen», meinte ein älterer Mann und wiegte seinen Kopf. Die Magd errötete und wandte sich ab, die Augen betupfte sie mit den Zipfeln ihrer Schürze.

Als die Frau mit der Wasserschüssel vorbeikam, nahm Pasquale sie ihr rasch entschlossen ab. «Ich bringe das schon hinein», meinte er.

Sie knickste. «Vergelt's Euch Gott.»

«Amen», murmelte Pasquale, während er durch die dunkle Türöffnung schritt. Im ersten Moment sah er nichts im Dämmer der Stube, dann langsam wurden die Umrisse des Tisches mit dem Kranken darauf deutlich. Als Pasquale näher trat und die Schüssel abstellte, hob der Verletzte den Kopf und richtete sich auf einem Ellenbogen auf.

Pasquale betrachtete ihn lange, ohne etwas zu sagen. Und was er sah, brachte ihn dazu, grimmig zu nicken. Die Gesichtshaut des Mannes war zart rosig, die Augenringe verblassten, wenn auch seine Augen selbst noch fiebrig glänzten und der Blick des Mannes wie aus weiter Ferne zu kommen schien. Aus der Wunde selbst sickerte nur wenig Blut, auch die Kleider waren nicht besudelt. An den aufgeworfenen, sternförmig gezackten Rändern seiner Wunden begann sich bereits Schorf zu bilden. Und Pasquale glaubte, förmlich beobachten zu können, wie sich das schlagende Herz in der Brust des Mannes mit jedem Zusammenzucken erholte und zu seiner alten Kraft zurückfand. Er presste die Lippen zusammen. Langsam bewegte er die Hand zum Gürtel.

Da öffnete der Knecht den Mund und entblößte mit einem Lächeln seine Zähne. Im Dämmerlicht funkelten sie mit seinen Augen um die Wette. «Ihr könnt mich nicht töten», sagte er.

Pasquale hob seine Faust und öffnete sie, um dem anderen zu zeigen, was darinnen lag. Staunend entdeckte der Knecht einen Löffel.

«Ich habe ihn von der Tafel des Abtes gestohlen», erklärte Pasquale, «und weißt du, warum?»

Mit einem Lächeln bemerkte er, wie sich Unsicherheit in Nicos Miene schlich. Dann rief er: «Weil er aus reinem Silber ist!», und stieß im selben Moment den Schaft des Bestecks mit aller Kraft in die Wunde.

17.

Alessandro hob die Schaufel. Er stand in einer Reihe mit den anderen Brüdern und grub die Gemüsebeete um, mit gleichmäßigen, kraftvollen Bewegungen. Fette schwarze Erde krümelte zwischen seinen Zehen, Schweiß tropfte von seiner Stirn. Er hatte die Ärmel hochgekrempelt und fühlte die Sonne auf seiner Haut. Er war zufrieden mit dem, was er geschafft hatte, glücklich über seinen Körper und wischte sich mit dem nackten Arm über das Gesicht.

Jordanus neben ihm lachte. «Ihr seid kräftig geworden», stellte er anerkennend fest.

Alessandro nickte nur und stieß die Schaufel erneut ins Erdreich. Er genoss es, wie seine Muskeln sich dehnten und spannten; genoss den Laut, mit dem er das Schaufelblatt in die Erde jagte; den knirschenden Laut, wenn er es wieder anhob; genoss, wie seine Arme kurz bebten, ehe sie den Widerstand überwanden und mit leisem Krachen der Wurzeln den Klumpen Erdreich lösten; wie sie ihn ans Licht hoben.

Am liebsten hätte Alessandro die Erde mit einem Jubellaut der Sonne entgegengeschleudert. Stattdessen warf er die Schaufelladung in die Reihe der Furchen, die sich wie die spiegelnden Rücken einer Rinderherde vor ihm auf dem Beet drängten. Er war den anderen bereits weit voraus, und doch spürte er nicht die geringste Müdigkeit.

Da sagte eine Stimme hinter ihm: «Das Leben in Rom scheint den jungen Klerikern zuträglicher zu sein, als wir befürchtet hatten, Jordanus.»

Alessandro richtete sich auf, nur um sofort wieder in einer Verneigung zu versinken: «Ehrwürdiger Vater Abt.»

Abelardo winkte ihn zu sich. Nach einem fragenden Blick auf Jordanus, der bestätigend lächelte und ihm die Schaufel abnahm, folgte Alessandro seinem alten Mentor in den Kreuzgang, nicht ohne Bedauern, den sonnigen Garten und die Arbeit zu verlassen. Die Düfte des Gemüsebeetes und die kräftige Wärme der Sonne blieben zurück. Mit jedem seiner nackten Schritte, die unter den hohen Deckenbögen widerhallten, wurde ihm beklommener zumute. Was konnte ihm sein Mentor so Dringendes zu sagen haben? Was durfte er selber ihm anvertrauen? Alessandro hatte dieses Gespräch schon lange herbeigesehnt. Gleichzeitig hatte er es wie nichts sonst gefürchtet.

«Deine Studien scheinen gut voranzugehen, mein Sohn.» Abelardo sprach mit ruhiger Stimme.

«Ja, Vater.» Alessandro beschleunigte seinen Schritt, um an die Seite des Abtes zu gelangen und sein Gesicht studieren zu können. «Ich bin zufrieden. Nur noch ein, zwei Wochen, dann ...» Er verstummte. Wusste er doch selbst nicht genau, was dann geschehen würde. Alessandro hatte seine Aufzeichnungen beinahe vollendet und einen klaren, sachlichen und offiziellen Bericht über Geschichte, Herkunft und Wesen des Werwolfes verfasst, soweit sich ihm die Beschreibung seiner physischen Gestalt und die lückenlosen Hinweise darauf, wie er zu bekämpfen war, erschlossen hatten. Was der Kardinal damit tun würde, wusste Alessandro nicht, wenngleich er in seinen Notizen Empfehlungen aussprach. Und was mit ihm selber geschehen sollte, darüber war er sich noch weniger im Klaren. Hier hatte es zu keiner Bemerkung gereicht. Was durfte einer wie er noch wollen oder erwarten? Nichts mehr, hätte Alessandro noch vor zwei Wochen gesagt. Aber jetzt rochen seine Hände nach gesunder Erde. Und in seinen persönlichen Aufzeichnungen standen Sätze, die den Weg nicht in seinen offiziellen Bericht gefunden hatten. Sätze über die Schönheit der Welt, wahrgenommen durch die Augen jener Wesen, Sätze über das Gefühl, lebendig zu sein. Und die Anmerkung, dass er – abgesehen von sich selbst – kaum einen Fall gefunden hatte, bei dem tatsächlich Menschen von Werwölfen angefallen worden waren. Was sollte man daraus ableiten? Alessandro wusste es nicht. Zweifelsohne waren die Werwölfe Kinder der Finsternis, standen jenseits des göttlichen Heils und mussten vernichtet werden. An diesen Glaubenssätzen hielt er nach wie vor fest, und dennoch. Und dennoch ...

«Ich muss gestehen, dass ich mir über die Natur deiner Forschungen nicht recht im Klaren bin, Alessandro», erklärte Abelardo vorwurfsvoll.

«Oh, ich ...» Alessandro stockte und presste die Lippen zusammen. Schließlich brachte er hervor: «Der Kardinal bat mich um Stillschweigen, bis er sich selbst ein Urteil gebildet hat.» Nach einer Pause fügte er verlegen hinzu: «Bitte, Vater, versteht das.»

Abelardo machte eine resignierte Geste. «Ich habe von der Arbeit der neuen Kongregation ein wenig gehört, die der Kardinal ins Leben rief. Sie ist in der Tat geheimnisumwittert. Allerdings hätte ich nie gedacht, dass ein Ascanio Sforza ihren Vorsitz übernehmen würde. Nun, es wird Gründe dafür geben.» Er seufzte. «Und ein einfacher Abt kennt seinen Platz.»

«Vater ...», brachte Alessandro gequält hervor. Er wollte

den alten Mann nicht vor den Kopf stoßen. Zugleich war er erleichtert. Man würde also nicht weiter in ihn dringen, diese Gefahr war gebannt. Blieben nur noch diejenigen Widersacher, die von seinem eigenen belasteten und beichtwilligen Gewissen ausgingen. Der Abt half ihm über seine Verlegenheit hinweg. «Ich sehe mit Freuden, dass dir das Leben bei uns noch immer gefällt.»

«Ach Vater», entfuhr es Alessandro. Und ehe er es verhindern konnte, sprudelten die Worte nur so aus ihm heraus: die Zweifel an der Berechtigung und dem Sinn des eigenen Ehrgeizes als Inquisitor, die gemischten Gefühle im Angesicht der Angeklagten, die er doch in jedem Fall verabscheuen sollte. Auch sein Unbehagen gegenüber dem Prunk des Vatikans führte Alessandro aus, wobei er verschwieg, wie sehr ihn gerade dies am Anfang beeindruckt hatte.

Abelardo lächelte, er schien es nur allzu gut zu wissen. Und Alessandro errötete wie früher, als er noch der eifrige, bewundernde Schüler des alten Mannes gewesen war.

«Ich wünschte wahrhaftig manchmal, ich könnte wieder den Frieden einer Abtei erleben», rief er aus. Im selben Moment wusste er, dass es die Wahrheit war.

«Nun.» Abelardo fuhr sich durch den Bart und betrachtete ihn von der Seite. «Was spricht dagegen? Wir wären froh, dich wieder in unseren Reihen zu wissen, mein Sohn.»

«Wirklich?» Heiße, erwartungsvolle Röte brandete in Alessandros Wangen auf. Für einen Augenblick konnte er sich nichts Schöneres vorstellen, als hier, in dieser Gemeinschaft, bei harter körperlicher Arbeit und in weltabgeschlossener Ruhe sein Leben zu verbringen. Doch dann fiel ihm sein Schicksal wieder ein. Mein Leben, dachte er bitter, entspricht von nun an wohl eher dem Gang der Jahrhunderte, die ich dahinvegetieren werde.

Vor seinen Augen begannen die Mauern sich zu drehen,

im sausenden Wechsel der Jahreszeiten schien die Zeit zu vergehen. Alessandro sah die Säulen zu Stümpfen zerschmelzen, Dächer einsinken, Gemäuer zu Ruinen werden. Er stand in der Mitte des Geschehens, mit glühenden Augen, derweil alles um ihn herum zu Asche verfiel. Um ihn, der noch immer dort war und auch immer dort sein würde. Und die Menschen starrten ihn an und flohen schreiend.

«Woran denkst du?» Die Stimme des Abtes riss ihn aus seiner Apokalypse.

«Nichts.» Alessandro schüttelte den Kopf. «Nur daran, dass mein Auftrag es wohl nicht erlauben wird, dass ich noch länger hier verweile.» Er schwieg einen Moment. «Ich weiß nicht, was der Kardinal danach mit mir vorhat.»

Der Abt zögerte mit seiner Antwort: «Nun, ein wenig kommt das wohl auch auf Euch an, nicht wahr?»

Alessandro registrierte die höfliche Anrede, er nickte. «Das ist wohl wahr», meinte er. Und in seinem Kopf nahm die Vision eines friedlichen Lebens Gestalt an. «Wohl wahr.»

Derart in Gedanken versunken, bemerkte er gar nicht, wohin der Abt sie führte. Alessandro trottete hinter ihm her, die Augen starr zu Boden gesenkt. Als er wieder aufsah, erblickte er ein Paar Pfoten mit langen, furchterregenden Krallen.

«Alessandro?» Der Abt lächelte ihn milde an.

Alessandro blinzelte wie einer, der aus einem Albtraum erwacht. Sie standen im Zentrum des Kräutergartens, am Fuß jener seltsamen Statue des heiligen Hervé.

«Es ist schon komisch», murmelte er, während er das steinerne Antlitz des Blinden betrachtete, «dass ich sie früher nie bemerkt habe. Hätte mich einer gefragt, hätte ich geantwortet, dass auf dem Brunnen eines Benediktinerklosters wohl der heilige Benedikt stehen müsse. Ist es nicht eigenartig, dass ein Raubtier in diesem friedlichen Garten weilt?»

«Hervé war angeblich der Sohn eines bretonischen Barden, so heißt es», begann der Abt. «Undurchsichtiges Zaubervolk aus einer Zeit, da das Heil der Religion noch nicht in alle Winkel der Welt gedrungen war.» Er lächelte spöttisch. «Hervé predigte das Wort Gottes. Und da er blind war, wurde der Wolf sein Führer. Die Hand auf den Nacken des Tieres gelegt, gelangte Hervé überallhin, sogar zur Seligkeit.» Er wandte sich an Alessandro. «Er ist also kein Raubtier, auch wenn es so aussehen mag.»

Noch während Alessandro über den Sinn dieser Worte nachgrübelte, fuhr der Abt fort: «Es gibt viele Heilige, die die Bestie zähmten zum Nutzen der Anhänger Gottes. Der heilige Estargius spannte einen Wolf vor seinen Wagen. Der heilige Remaklus ließ ihn Steine tragen. Der heilige Sergius spielte gar mittels eines losen Gürtels mit ihm wie mit einer Katze.» Abelardo hielt inne, und Alessandro spürte, wie das Schweigen sich dehnte. Er rang mit sich, doch brachte er kein Wort heraus. Schließlich rettete er sich in die Betrachtung der Statue.

«Es gibt einen Winkel», bemerkte er mit zugeschnürtem Hals, «aus dem sehen die beiden beinahe aus wie zu einer Einheit verschmolzen.» Alessandro stand am Beginn des nächsten Satzes wie am Rand eines Abgrundes. Ein Schritt noch, ein weiterer Laut, und er würde ihn verschlingen. Und doch war dem jungen Inquisitor, als hörte er eine Einladung, als läge eine Verlockung im versonnenen Lächeln des Abtes und eine Spannung in seinem Schweigen, die gestrafft war wie eine Bogensaite. Wie eine Sirene, dachte Alessandro.

Es war schließlich Abelardo, der das Schweigen brach. «Bruder Anté hat sie mitgebracht, als er hierher zu uns kam.» Zärtlich strich er über den Fuß des Heiligen. «Von ihm stammen auch die bretonischen Handschriften in der Bibliothek. Du hast sie sicher schon einmal zu Gesicht bekommen.»

«Sicher», erwiderte Alessandro, der sich allerdings nur vage erinnerte. «Es ist auch eine Abschrift des Liber medicinalis von Quintus Serenus dabei, nicht wahr? Alle 1107 Verse.» Das Medizinbuch aus der Spätantike hatte ihn seinerzeit lange beschäftigt.

«Dies und anderes», erwiderte der Abt geheimnisvoll.

«War er auch Mediziner?», fragte Alessandro. «Dieser Anté?» Der ungewöhnliche Name machte ihm Mühe.

«Ich weiß es nicht. Er zog sich zurück, sobald er angekommen war, und lebte wie ein Einsiedler unter uns.»

«In der Einsiedelei?», entfuhr es Alessandro. «Dort hat er gelebt?» Die Einsiedelei, das war der Spitzname eines seltsam kleinen, etwas abgelegenen Anbaus an das Hospiz, der, solange er sich erinnern konnte, leergestanden hatte. Weder Alessandro noch seine Mitbrüder hatten je darüber nachgedacht, woher der Name kam, den sie alle so selbstverständlich benutzten. Die Einsiedelei, ja, die war ihm ein Begriff gewesen. Soweit er wusste, lagerte Jordanus altes Gartengerät darin.

«Richtig», bestätigte Abelardo. «Dort lebte Bruder Anté, wenn er nicht einen seiner langen, einsamen Spaziergänge unternahm. Die Leute aus dem Dorf verehrten ihn bald wie einen Heiligen. Sie schworen, seit er da wäre, suche der Wolf ihre Herden nicht mehr heim.»

Alessandro spürte, wie sich ihm die Nackenhaare aufstellten bei dieser Nachricht. Und ein Verdacht, der bislang wortlos in ihm geschlummert hatte, wurde langsam lebendig.

«Und er lebte wirklich ganz allein?», erkundigte er sich noch einmal.

Der Abt nickte. «Willst du seine Zelle sehen?»

Als sie vor der Tür standen, zückte Abelardo einen alten, rostigen Schlüssel. Angespannt beobachtete Alessandro, wie er ihn ins Schloss steckte und mit einiger Mühe drehte. Die massive, mit Eisenbändern befestigte Tür sprang auf, und sie traten ein. Sofort sog Alessandro den Geruch der Stätte tief ein und schloss die Augen, um zuerst diese Sinneseindrücke zu empfangen.

Die Vergangenheit umfing ihn, Staub, Ungeziefer. Er nahm Stroh und Lehm wahr, zerfallendes Holz, ein Vogelnest mit Taubeneiern auf einem Sims, Brennnesseln in den Gesteinsritzen, feuchtes Moos, Spinnweben, Holzmaden im Inneren eines verfaulenden Balkens, ein wenig Metall von alten Geräten. Darüber hinaus roch er nichts.

Erleichtert, und zugleich ein wenig enttäuscht, atmete Alessandro aus. Hier war keiner von seiner Art gewesen. Er hatte sich getäuscht. Da hörte er plötzlich hinter sich das Schleifen schneller Schritte, dann das Quietschen der Türangeln.

«Was ...?», entfuhr es ihm. Mit einer raschen Bewegung fuhr er herum. Doch es war zu spät. Unerbittlich schien sich die Pforte zu schließen und das Tageslicht auszusperren. Er weiß es, fuhr es Alessandro durch den Kopf. Abelardo hat mich in eine Falle gelockt. Und ein Teil von ihm stimmte diesem Plan sogar zu. Aber im selben Moment bäumten sich alle seine neuen, animalischen Lebensgeister auf. Jede Faser seines Körpers schrie nach der Freiheit, nach dem warmen Licht des Tages, der betörenden Luft der Wälder dort draußen.

«Nein!», brüllte Alessandro, und es klang beinahe wie ein herzzerreißendes Jaulen.

«Schschh», machte Pasquale und legte den Finger an die Lippen. Doch es war überflüssig. Nico, der Knecht, öffnete krampfhaft den Mund, wie ein Fisch auf dem Trockenen, brachte jedoch keinen einzigen Laut heraus. Zu hören war nur das leise Zischen seines Blutes, das jetzt rings um den Stiel des Löffels hochkochte. Pasquale hatte ihn zielgenau in der offenen Wunde des Mannes versenkt. Er war selbst erstaunt über den Effekt, den er hervorgerufen hatte, starrte den dampfenden roten Saft an und bekreuzigte sich erschrocken. Die Wunde wurde größer und röter, und von ihr ausgehend schien sich das brodelnde Fleisch des Verwundeten zu verflüssigen. Sein Körper verlor zusehends an Farbe, seine Finger verkrampften, die Beine zuckten, und der Kopf bog sich wie unter Zwang zurück, sodass Pasquale schon fürchtete, das Genick des Mannes könnte brechen. Ein Netz aus feinen Äderchen, erst brennend rot, dann violett, schließlich fast grün, tauchte geisterhaft auf seiner Haut auf und verschwand wieder.

«Heilige Mutter Gottes», flüsterte Pasquale beeindruckt und trat einen Schritt zurück. Für einen Moment verformte sich der ganze Körper vor seinen Augen dämonisch. Der Schädel wurde lang und fratzenhaft, die Augen zogen sich mandelförmig in die Länge, und die Hände fuhren scharfe Krallen aus, die nach ihm greifen wollten. Auch zwischen den Rippen arbeitete es, als drängten dort unter der Haut Schlangen ans Licht. Unwillkürlich hob Pasquale den Arm vor das Gesicht. Im nächsten Augenblick war alles vorbei.

Der Knecht stöhnte noch einmal auf und sank dann erschöpft in sich zusammen, leer, geschrumpft und vom Tode gezeichnet. Nur seine Augen glommen noch für einen gespenstischen Moment lang nach. Dann war das Tier in ihm erloschen.

Pasquale wagte es, wieder näher zu treten. Er griff nach dem Löffel, verharrte aber in der Bewegung, als er von draußen Schritte vernahm.

«Ist alles in Ordnung?», fragte ein Knecht. «Wie steht es um ihn?»

Ohne eine Antwort abzuwarten, drängten nacheinander die Dienstboten des Gutes herein, um nach ihrem Gefährten zu sehen. Ihre grob polternden Schritte hallten in Pasquales Kopf nach.

«Es ist alles gut», antwortete er laut über die Schulter. Mit einer raschen Bewegung schüttete er das Wasser in eine dunkle Ecke und tropfte den Rest dem Sterbenden über das Gesicht. Der Mann zuckte nur noch hilflos mit den Lippen, und der Löffel in seiner Brust hob und senkte sich bebend im Takt der angestrengten Atemzüge. Der Stiel reflektierte das wenige Tageslicht. Pasquale griff danach und zog ihn mit brutaler Sorglosigkeit heraus. Kurz blickte er sich um, dann entschied er sich, den blutigen Löffel an einem Fetzen vom Hemd des Mannes abzuwischen, bis er wieder sauber und unschuldig glänzte. Er hob ihn schließlich hoch, sodass Nico ihn mit seinen brechenden Augen sehen konnte.

«So, in Ordnung», sagte Pasquale und steckte ihn ein. «Der Abt würde es mir nie verzeihen, wenn ich sein Silber verschlampte.»

«Wie geht es ihm?» Eine Magd drängte sich als Erste neben ihn an den Tisch.

Pasquale legte ihr die Hand auf die dralle Schulter und schaute sie bemüht mitleidig an. «Ich fürchte, er ist soeben von uns gegangen.»

Unter dem Schluchzen der Umstehenden, bei denen sich die Nachricht von Nicos Tod wie ein Lauffeuer verbreitet hatte, zog Pasquale dem Knecht den Mantel übers Gesicht. Ein letzter Atemzug hob den Stoff an und ließ ihn schließlich endgültig auf den toten Körper herabsinken.

18.

Vor unbezähmbarer Wut stieß Alessandro ein Fauchen aus und warf sich mit aller Macht gegen die Wand neben der Tür, um seine Fäuste dazwischenzuschieben, ehe sie ganz zufiel. In Erwartung des Schmerzes kniff er die Augen zusammen und spannte seine Armmuskeln bis zum Äußersten an. Luft füllte auch die letzten Winkel seiner Lungen. Wilde Szenen spielten sich in seinem Kopf ab, Bilder von sich windenden Leibern, die gegen Grubenwände sprangen, Krallen, die sich in Erdreich bohrten, und gebleckten Zähnen. Und ein lautes Winseln übertönte seine Gedanken und die jahrtausendealte Verzweiflung einer ganzen Spezies.

«Ich …», brachte er hervor und stemmte sich mit aller Kraft in die Tür.

Der Spalt ließ sich so widerstandslos weiten, dass Alessandro überrascht ins Taumeln geriet. Die Tür sprang auf. Sonnenlicht ließ ihn blinzeln. Schützend hob er die Hand vor die Augen. Als er wieder sehen konnte, blickte er in das erstaunte Gesicht des Abtes. Der Geistliche hielt eine Katze auf dem Arm, die er eben im Begriff war zärtlich zu streicheln.

«Da ist sie ja», erklärte er völlig ruhig. «Tagelang hat sie sich jetzt nicht mehr blicken lassen. Ich war schon in Sorge um meine alte Freundin hier.» Er wollte die Katze erneut liebkosen. Doch die kleine Tigerin mit dem buschigen Schwanz hob den Kopf, stieß ein Fauchen aus und verschwand mit einem Satz im Farn neben dem kleinen Gebäude. Kopfschüttelnd blickte der Abt ihr nach. Dann wandte er sich wieder Alessandro zu.

«Nun, wie findest du sie?», fragte er.

Alessandro rang noch immer um Atem. Die Bilder des Schreckens, die er vor seinem geistigen Auge gesehen hatte, waren noch nicht ganz verblasst, auch die Schreie verhallten nur langsam in seinen Ohren und machten Platz für das friedliche Summen der Bienen, das Zirpen der Grillen im Gras und das Klappern von Geschirr, das aus dem Hospiz zu ihnen herüberdrang. Allmählich kam er wieder zu sich. Dennoch dauerte es eine Weile, bis Alessandro begriff, dass sein Mentor von der Einsiedelei sprach. Er nickte flüchtig, noch immer unfähig zu einer Antwort. Abelardo weiß es doch nicht, vermochte er nur zu denken. Er hat keine Ahnung.

Noch einmal wandte Alessandro sich zurück zu dem Raum, der nun, da er offen vor ihm lag, seinen Schrecken verloren hatte. Dort wäre Platz, sogar für einen Studiertisch. Und wenn man die zugemauerten Fenster wieder freilegte, fiele genug Licht zum Lesen herein.

«Man müsste sie natürlich neu tünchen», erklärte der Abt und fügte, als hätte er Alessandros Gedanken gelesen, hinzu: «Und du wirst Fenster brauchen.»

Diesmal nickte Alessandro mit mehr Überzeugung. Der Albtraum begann von ihm abzufallen.

«Wir haben sie nach Bruder Antés Tod auf seinen Wunsch hin zumauern lassen.»

Noch einmal keimte ein Verdacht in Alessandro auf. «Wie

ist er gestorben?», fragte er angespannt und erwartete, die Geschichte eines schrecklichen Unfalls zu hören oder die eines verheerenden Feuers, wie die Chronik von Ascolte sie zur Genüge enthielt.

Aber der Abt antwortete nur: «Er war ein alter Mann, Alessandro.»

Der junge Inquisitor schnaubte. Sicher mochte der Mann alt gewesen sein, aber wenn er das war, wofür Alessandro ihn hielt, sagte das gar nichts über seinen Tod aus.

«Wie genau?», wiederholte er nur.

Der Abt breitete die Arme aus und zuckte mit den Schultern. «Er war alt ... Was soll ich sagen? Seine Zähne fielen aus, seine Kräfte ließen nach. Am Ende war er blind wie der heilige Hervé und lag nur mehr auf seinem Lager. Der Husten quälte ihn, wie viele Alte, aber seinen letzten Atemzug tat er friedlich in meinen Armen.»

Alessandro schaute den Abt flehend an und wäre am liebsten selbst in dessen Umarmung gesunken. Ein solcher Tod war menschlich, er war gut. Doch ein solcher Tod, und diese Erkenntnis legte sich jetzt wieder wie ein Schatten über ihn, würde ihm nicht gegeben sein. Aber vielleicht bot sich ihm hier die Aussicht auf ein friedliches Leben.

Alessandro ging zu der Tür und rüttelte daran. Ja, sie war massiv. Und mit Gittern vor den Fenstern würde ihn die Einsiedelei ausreichend beschirmen. Er wandte sich dem Abt zu und erwiderte dessen erwartungsvolles Lächeln.

«Ja», sagte er. «Das glaube ich gerne.»

An diesem Abend ging Alessandro Varese entspannter als seit langem aus der Messe, er durchquerte den Garten und blickte zum Abendhimmel hinauf. Dort hing ein überaus zart leuchtender Mond, dem zur vollen Rundung nur noch ein kaum wahrnehmbarer Hauch fehlte. Alessandro bemerkte, dass die fernen Düfte des Waldes farbiger zu werden begannen, dass er die Blätter roch und die Rinde, das Wasser, das in den Wurzeln der Bäume lebte, und das rote Blut, das in den Adern der Eichhörnchen so verlockend pulsierte.

Bald war es wieder so weit. Alessandro spürte den Pulsschlag aller Dinge in Übereinstimmung mit seinem eigenen. Und eine mächtige Freude durchlief ihn. Tief hob und senkte der Atem seinen Brustkorb. Ein wenig bedauerte er, dass er dem Ruf nicht nachgeben konnte. Aber er würde seine Decken zusammenpacken und für diese Nächte in Jordanus' Apotheke ziehen.

Es war ein fensterloser Kellerraum, aus dem kein Laut nach oben dringen würde. Dort wollte er die Metamorphose noch einmal erleben, die Lücken in seiner Erinnerung füllen und erproben, ob er einen Rest Willen besaß, um gegen das Geschehen aufzubegehren. Vor allem aber wollte er zu Protokoll geben, was genau mit ihm geschah. Nur der Kadaver eines Fuchses, der vor wenigen Tagen verendet war, würde ihm Gesellschaft leisten. Das Tier war an einer Krankheit gestorben, das hatten ihm die Bauern berichtet. Sie befiel Hunde und Katzen, manchmal auch Ratten und selbst Schweine. Sehr selten griff sie auch auf Menschen über, wenn ein krankes Tier sie gebissen hatte oder sie ein befallenes Tier schlachteten und verzehrten. Die Erkrankten wurden wild und aggressiv und versuchten ihrerseits, andere zu beißen. Dieser Umstand hatte Alessandro auf die Krankheit aufmerksam gemacht.

«Sie werden Bestien, Signore.» Das genau waren die Worte des Bauern gewesen, mit dem er sich unterhalten hatte. Der Mann wusste, wovon er sprach. Einer seiner Söhne war vor kurzem an dem Leiden gestorben. Seinem Bericht und dem seiner Familie zufolge gehörte zu den Symptomen: Aggression, Beißwut, Durst, aber auch panische Angst vor Wasser und Krämpfe, bis der Befallene unweigerlich starb.

Und dies war der große Unterschied, den Alessandro zu seiner eigenen *transformatio* feststellte. Denn er lebte noch. Auch war er im Grunde nicht wütend gewesen, grübelte er und legte den Kopf in den Nacken, um sich gründlich zu strecken. Er fühlte sich, wenn es geschah, nicht voller Hass oder aggressiv, nur: frei!

Mit einem zufriedenen Seufzen ließ er seine Knochen knacken. Wie gerne hätte er noch länger die Abendluft genossen. Doch er gab sich einen Ruck. Es musste sein.

Halbherzig bekreuzigte er sich, ehe er den Kreuzgang betrat und zu den Zellen hinüberging.

Er war in Gedanken schon wieder ganz bei seiner Versuchsanordnung, als er die Tür zu seinem und Pasquales Schlafraum aufstieß. Im selben Moment erstarrte er.

«Was …?», brachte er nur hervor. Entsetzen packte ihn, und seine Knie wurden weich. Von der Hochstimmung war nichts mehr übrig. Fassungslos stolperte er zum Bett und ließ sich darauf niederplumpsen, den Blick noch immer auf den Boden gerichtet.

Dort, wo stets der Hocker mit seinem Umhang gestanden hatte, klaffte ein Loch im Boden. Der Schemel war umgeworfen. Auch sein Mantel war achtlos beiseitegeschleudert und lag zerknäult in der Ecke. Am schlimmsten aber war, dass die Bodenplatte, die sich an dieser Stelle anheben ließ, aufgehebelt und auf den Steinboden gelegt worden war. Sein strenggehütetes Geheimnis, das Versteck darunter, lag allen Blicken preisgegeben da.

Als er endlich begriff, was geschehen war, stürzte Alessandro vor und ging in die Knie. Obwohl es offensichtlich war, dass das kleine, mit Steinen ausgelegte Viereck leer war, und obwohl es keine weiteren Nischen, Nebenräume und doppelte Böden gab, fuhr er mit beiden Händen in das Loch hinein und suchte wie wild darin herum. So als könnte er es nur glauben, wenn er es mit allen Sinnen begriff: Seine Aufzeichnungen waren fort. Seine Unterlagen, seine Beichte, das Geheimnis seiner Existenz: verschwunden.

Alessandro ließ den Kopf in die Hände sinken und erstickte einen klagenden Aufschrei. Doch schon im nächsten Augenblick war er auf den Beinen. Mit fliegenden Kleidern rannte er zu seinem Laboratorium, und alle, die seine eiligen Schritte auf dem Steinboden lärmen hörten, blickten ihm nach. Keiner wagte, ihn anzusprechen.

Als Alessandro an der Tür des Raumes angekommen war, verharrte er einen Moment und fuhr über das massive Holz. Es schien unangetastet, die Pforte versperrt und das Schloss intakt. Dennoch zitterten seine Finger, als er den Schlüssel hervorholte und schließlich die Tür öffnete.

Drinnen blickte er sich fieberhaft um: Der Balg des Fuchses, augenlos, die Kräuterbündel, Tiegel, Flaschen und der Schreibtisch mit den losen Blättern, auf die er seine Vermutungen gekritzelt hatte – alles schien unberührt zu sein. Mit wenigen langen Schritten war er bei den Aufzeichnungen und fuhr mit der Hand über die Blätter. Alles war an seinem Platz, er vermisste nichts, die gewohnte Ordnung schien intakt. Tief atmete Alessandro ein. Und nun drang etwas in sein Bewusstsein: Hier drinnen roch es nur nach ihm selbst. In der Zelle aber …

Alarmiert hob er den Kopf. In der Zelle hatten sich die dumpfen Schlafgerüche von Pasquale und ihm vermischt, dazu kamen der Gestank ihrer alten Kleider und der Geruch der Katze. Alessandro verfluchte sich selbst und suchte sich zu erinnern. Wie ein Tier im Käfig ging er auf und ab, endlich wandte er sich zur Tür. Nein, er war ganz sicher, die Anwesenheit eines Dritten in der Zelle hatte er nicht wahrnehmen können. Und je länger er darüber nachdachte, umso sicherer war er, dass ihm das auch sofort aufgefallen wäre.

Ohne darüber nachzudenken, wohin er sich wenden wollte, marschierte er los. Mit jedem Schritt wuchs seine Sicherheit und seine Wut: Pasquale!

Er hätte es wissen müssen. Dieser Feigling, dieser Verräter. Wenn er tatsächlich den Mut aufgebracht hatte, ihm etwas zu stehlen, dann hatte er bestimmt nicht vor, noch länger hier in diesen Mauern zu verweilen.

Alessandros Schritte hämmerten im Takt seiner Überlegungen. Seine Bewegungen wurden kräftiger, geschmeidiger, wie die eines Raubtiers. Angestrengt dachte er nach. Pasquale kannte ihn, und – diese Erkenntnis erfüllte ihn mit Genugtuung – er fürchtete ihn. Wenn sein Begleiter die Aufzeichnungen also an sich genommen hatte, dann hatte er vor, damit zu flüchten. Andernfalls hätte er sich wohl die Mühe gemacht, die Spuren seines Diebstahls wenigstens notdürftig zu verwischen.

Alessandro musste an Pasquales grauenerfülltes Gesicht denken, als dieser sich vor wenigen Tagen über ihn geneigt hatte, in ebenjenem Raum. Ja, sein Gefährte, dieser selbstgewisse, kraftstrotzende Mann, hatte Furcht verspürt.

Ehe er sich Rechenschaft darüber ablegen konnte, wohin er eilte, sah Alessandro bereits das Klostertor. Um diese Tageszeit stand es noch offen. Er machte sich nicht die Mühe, innezuhalten und den Pförtner nach Mattia Pasquale zu fragen. Ohne ein Wort rauschte er an dem Bruder vorbei, der sich stumm bekreuzigte und ihm nachsah.

Der Gutshof kam in Sicht, rechts neben dem Hof lag die Scheune. Wie er vermutet hatte, stand die sonst wohlverschlossene Tür offen. Alessandro hörte schon von weitem das Schnauben der Pferde und das Stampfen ihrer Hufe auf dem Steinboden. Also doch: Pasquale hatte anspannen lassen!

Alessandro hob den Kopf und witterte. Ja, da war er. Und

er hatte Angst, o ja, dieser Mann war nervös wie vielleicht noch nie in seinem Leben.

«Pasquale!» Der Schrei ließ alle, die im Hof zugange waren, innehalten. Aber keiner wagte es, zu antworten oder dem rätselhaften Besucher entgegenzutreten, der schnell wie ein Schatten am Scheunentor war. Dort stockte er kurz und schlüpfte dann hinein.

«Oh, äh ... Seid gegrüßt!», brachte Pasquale heraus, der bereits im Wagen saß und sich nun mühte, das Bündel zu verbergen, das auf seinen Knien lag. «Ich wollte nur ...»

Alessandro stieß einen gellenden Schrei aus, als er die rote Ecke des Ledereinbandes entdeckte, die unter dem eilig darübergeworfenen Stoff hervorblitzte. Dort waren seine kostbaren Aufzeichnungen.

«Dieb!» Er schnellte vor und stürzte sich in den Wagen, um Pasquale zu packen.

Mit aufgerissenen Augen starrte dieser ihm entgegen. Er gab keinen Laut von sich, er griff nicht zur Waffe. Nur seine Hände umklammerten krampfhaft die Beute und hoben sie Alessandro entgegen wie einen Schild. Der junge Inquisitor streckte bereits die Finger danach aus, gekrümmt wie Krallen, bereit, sich sein Eigentum wiederzuholen und seinen Gegner zu vernichten.

Da öffnete sich plötzlich die hintere Wagentür, und Pasquale kippte durch den offenen Schlag nach draußen, das Buch noch immer in Händen. Ehe Alessandro sich fangen und ihm nachsetzen konnte, knallte die Türe wieder zu. Sie schlug gegen seine Stirn und betäubte ihn für einen Moment. Doch Alessandro schüttelte die Benommenheit ab und wollte sich gerade auf das Hindernis stürzen, als er hörte, wie hinter ihm ein zweiter Knall auch die Tür hinter ihm schloss. Er fuhr so wütend herum, dass das ganze Gefährt heftig schwankte. Mit all seiner Kraft warf er sich dagegen. Wieder und immer wieder. Doch ohne Erfolg: Die Türen gaben nicht nach.

Alessandro fluchte und brüllte und fetzte die Stoffverkleidung von den Wänden. Aber was war das? Entsetzt hielt er inne. Die vertrauten Karrenwände waren mit frischen Brettern verstärkt und mit neuen Bändern aus Eisen zusammengehalten. Auch die Fenster waren vernagelt und mit dicken Gittern gesichert. Er saß nicht in einem Reisewagen: Er hockte in einem Käfig.

Nun ertönte von draußen, dumpf durch die dicken Wände, die Stimme Pasquales. «Aber, aber, verehrter Freund», rief er. Dann waren Schritte zu hören, und es knarrte, als ein kleines Fenster geöffnet wurde. Hinter den Gitterstäben tauchte Pasquales triumphierendes Gesicht auf. Er grinste.

«Nun, mein Bester», erkundigte er sich. «Wie gefällt Euch Euer neues Zuhause?»

«Wie könnt Ihr es wagen!» Alessandro packte die Gitterstäbe mit beiden Händen.

«Oh, ich wage gar nichts.» Pasquale hob seine geraubte Beute, das rote Buch, so hoch, dass Alessandro es in ohnmächtigem Zorn betrachten konnte. «Der Kardinal wird derjenige sein, der über Euer Schicksal entscheidet. Wisst Ihr, ich hatte den Eindruck, dass man Euch nicht länger Euch selbst überlassen dürfe.»

«Pasquale, mein treuer Begleiter ...», brachte Alessandro nur hervor. Er starrte den ehemaligen Gefährten an.

«Pah, nichts mehr mit Pasquale, der Begleiter», knurrte der Angesprochene. Er zog seinen Dolch und hieb mit dem Knauf gegen Alessandros Finger, die noch immer das Gitter umklammert hielten. «Ich bin der Herr, und Ihr seid der Hund. So sieht es nun einmal aus.»

«Pasquale!» Ungeachtet der schmerzhaften Hiebe suchte

Alessandro die Hand nach ihm auszustrecken. Doch Pasquale schlug die Holzklappe vor dem Fensterchen zu, noch ehe Alessandro ihn packen konnte.

«Jaule nur, Hündchen», hörte er es von draußen.

«Pasquale!» Er brüllte den Namen voller Wut und warf sich gegen das Holz. Aber sein Schrei ging unter im Rumpeln der Räder, die sich erst langsam, dann immer schneller über die Steinplatten des Hofes bewegten. Alles vibrierte und schwankte, sodass Alessandro sich kaum auf den Beinen halten konnte. Doch er ignorierte die Bewegungen des Gefährts und kämpfte mit glühenden Augen gegen die Wände seines neuen Gefängnisses, bis seine Krallen bluteten. Ihm war, als würde er von kalter Erde begraben. Ein Winseln aus Dutzenden von Kehlen erfüllte seine Brust mit einer Trauer, die jahrtausendealt war. «Pasquale!»

Die Knechte und Mägde des Gutshofs hörten ein langgezogenes und markerschütterndes Jaulen, als der Wagen an ihnen vorbeiholperte. Es waren die Verzweiflungsschreie einer Kreatur, die sie sich nicht einmal vorzustellen vermochten, und sie sahen das Beben des Wagens unter den Schlägen einer Kraft, die ebenso undenkbar wie unmenschlich war. Stumm standen sie da und bekreuzigten sich, wieder und wieder. Und es dauerte lange, ehe einer von ihnen seine Geistesgegenwart wiederfand, die Beine in die Hand nahm und zum Kloster hinüberlief. Nur was er dort sagen sollte, wusste er nicht.

Die Räder der Kutsche drehten sich derweil unerbittlich weiter. Die Pferde, halb wahnsinnig vor Angst und mit verdrehten Augen, gehorchten der Peitsche, als würden sie um ihr Leben galoppieren. Pasquale auf dem Kutschbock trieb sie unermüdlich an. Die Nacht stieg herauf, doch er würde nicht anhalten.

Unter dem kalten Licht des mittlerweile vollen Monds

schwang er die Peitsche und brüllte dergestalt, dass er selbst das Bild eines Dämons abgab. Und in keinem Bauernhaus am Weg öffnete sich auch nur ein Fensterladen, um nach den seltsamen Reisenden zu schauen. Alles verharrte geduckt im Dunkeln. Sie fuhren nach Rom.

II.

Der Wolf in den Gassen

1.

Diese Kälte. Diese unfassbare, allesumschlingende Kälte. In sämtliche Glieder war sie ihnen gekrochen, bis tief in die Knochen hinein. Man konnte Krieger weinen sehen über ihre verkrüppelten, erfrorenen Hände; Männer, die zuvor in vielen Schlachten stoisch ihre Wunden ertragen hatten. Wie eine Gespensterarmee stolperten sie im Schneetreiben voran, verloren, trotz ihrer bunten Wämse und ihrer wehenden, stolzen Fahnen. Sie sangen nicht mehr, die Trommeln schwiegen. Einer nach dem anderen schleppten sie sich dahin, über schmale Gipfelpfade hinweg, eng in ihre Umhänge gewickelt, die Arme zusätzlich um den Körper geschlungen. Reif klebte an den bunten Federn, die von ihren unnützen Kappen wippten.

Wie viele von ihnen waren fehlgetreten und abgestürzt in die Tiefe der Alpenschluchten? Sie wussten es nicht. Keiner blickte ihnen mehr nach. Niemand blieb stehen, um dem Verklingen ihres letzten Schreis im Abgrund zu lauschen. Keiner kümmerte sich um die, die zusammensanken und in einer Felsnische das letzte bisschen trügerischen Frieden suchten. Jeder hatte genug mit sich selbst zu tun, ging weiter, um nicht ebenfalls umzufallen. Nur das Knirschen der Tritte war zu hören, das Aufsetzen der Pferdehufe, das Klirren der Schwerter, ihrer furchterregenden Waffen, die ihnen hier oben nichts nützten.

Der ganze Weg durch die Ebene bis hin nach Mailand, der sich an die Überquerung des Gebirges anschloss, hatte nicht genügt, sie wieder aufzuwärmen. Sogar die Tränen, die er beim ersten Anblick der Heimat, seiner von den Franzosen geknechteten Stadt vergoss, waren kalt gewesen. Ascanio Sforza fühlte sie noch immer auf seinen Wangen.

Wieder hörte er sich selbst den Angriff befehlen, hörte das Donnern der Geschütze, roch den beißenden Rauch und den klebrigen Geruch des Blutes, der ihn würgen ließ, um so deutlicher, je dichter er wurde. Es gab Stellen, da war er durch einen Sumpf aus Erde und Blut gewatet, war ausgerutscht auf den Gedärmen von Mensch und Tier, ohne dass man sie noch voneinander hätte unterscheiden können. Sein Haar stellte sich am ganzen Körper auf, wenn er sich daran erinnerte. Mit welcher Wut hatten sie sich aufeinandergestürzt! Mit welcher Verzweiflung. Wenn die Schwerter versagten, wenn die Leiber aufeinanderprallten und selbst die Dolche keinen Weg durch die Harnische fanden, dann wurde gewürgt, getreten, geschlagen, ja, mit Zähnen und Nägeln grub man sich in das Fleisch des Gegners und ließ nicht von ihm ab, bis er sich nicht mehr regte. Ascanio Sforza erinnerte sich, wie er einst einen seiner Söldner zu sich gerufen hatte. Der Mann hatte sich zu ihm umgewandt, das Gesicht blutverschmiert, Fetzen hingen zwischen seinen Zähnen herab, und Ascanio hatte nur ahnen können, woher sie stammten.

Noch einmal hörte er jetzt das Geräusch, mit dem die Rippen eines Mannes unter seinem Schlag gebrochen waren, und spürte die plötzliche Wärme, als er eingetaucht war in die Tiefen seines Fleisches, dorthin, wo noch etwas zuckte und pulsierte. Ascanio Sforza schrie, doch er wurde die Erinnerung nicht los, wie er seine Finger um dieses lebendige Etwas gekrallt und es herausgerissen hatte ans kalte Licht, dabei um sich tretend und aus Todesangst brüllend, das eigene Herz bis zum Bersten in sich fühlend, noch, noch …

Er fuhr hoch und starrte auf seine Knie. Mund und Augen waren weit aufgerissen, Schweiß tropfte ihm aus den Haaren. Und es dauerte eine Weile, bis er begriff, dass der satte Purpur auf seinem Leib nicht sein Blut war, sondern die sanft schimmernde Seidendecke, die über seinem Bettzeug lag. Er war am Leben, er war in Rom.

Der friedliche Lärm der Gassen drang durch die Fenster seines Palazzo, zusammen mit dem Sonnenlicht des neuen Tages. Tief atmete er ein. Seine Kehle schmerzte. Er würde die Diener fragen, ob er tatsächlich geschrien hatte oder ob die Erinnerung an Mailand in seinem Inneren verschlossen geblieben war. Sie quälte ihn und beraubte ihn der Ruhe. Oh, ja, das tat sie, jeden wachen Moment, jeden Atemzug lang. Denn das Herzogtum Mailand war der Besitz seiner Familie, ihr Stammsitz, das Herz ihrer Macht. Und er würde es wiedererlangen, das schwor er sich jeden Tag. Damals war es ihm nicht gelungen, aber bald schon würde er erfolgreich sein. Als Papst würde er die nötige Macht dazu haben. Dann würde er endlich alle bösen Geister vertreiben können.

Draußen rumpelten die Karren der Bauern vorbei, die ihre Waren zum Markt brachten. Er hörte Straßenkinder pfeifen, Barbiere ihre Kunden zu den Stühlen unter den Bogengängen der alten römischen Bauwerke locken, Obsthändler ihre Waren anpreisen. Der süßliche Duft vermischte sich mit dem von Dung, Kohlen, Garküchen und dem Parfum des flanierenden Adels und drang bis hinauf an sein Fenster. Ascanio Sforza schwang die Beine aus dem Bett, versicherte sich mit einem Blick, dass die Erfrierungen an seinen Füßen geträumte Vergangenheit waren, angelte nach seinen bestickten Pantoffeln und trat ans Fenster. Tief atmete er das Aroma dieser Stadt ein, die er nach Mailand am meisten liebte. Hier war er zum Mann gereift, hier hatte er seine Laufbahn begonnen, hier kannte er jeden Winkel, jede Gasse und jeden Nerv des politischen Lebens. In Rom würde er triumphieren, nun, da der verhasste Borgia-Papst endlich tot war.

Das Konklave, auf dem der Nachfolger bestimmt werden sollte, stand kurz bevor. Sforza hatte schon vor Tagen begonnen, seine Besuche bei den einflussreichen Familien zu machen, um vorzufühlen, für wen sie votieren würden, und um Stimmung zu machen gegen die französische Expansion diesseits der Alpen. Er hatte ein recht genaues Bild davon, wer für ihn war und wer gegen ihn, wer zögerte, wer käuflich war und wer mit Schmeicheleien gewonnen werden konnte. Oder mit Drohungen.

Als von der Gasse französische Wortfetzen zu ihm hochdrangen, neigte er sich weiter vor, die Säume seines Morgenmantels vor der Brust raffend. Und was er sah, ließ ihn mit den Zähnen knirschen. Wahrhaftig, dort unten ritt er, der Kardinal d'Amboise. Vor wenigen Tagen erst war er angekommen. Er war der Kandidat der französischen Krone für den Heiligen Stuhl. An seiner Seite hatte man Kardinal della Rovere auf seinem Pferd reiten sehen, frisch entlassen aus dem Exil in Frankreich, um seinen hiesigen Einfluss geltend zu machen und für d'Amboise zu trommeln. Wie konnte er es wagen, sich so offen in den Straßen Roms blicken zu lassen? In dieser Stadt waren schon designierte Päpste vom Pöbel aus dem Sattel gezogen und verspottet worden!

Aber ach, es gab keine Opposition in Rom gegen Frankreich, Sforza wusste es nur zu gut. Er schüttelte den Kopf. Keine Gruppe, die nicht zersplittert, uneins oder voller Ängste gewesen wäre. Jede der vielen in Rom ansässigen Adelsfamilien kämpfte für sich, schloss ihre eigenen Bündnisse und suchte über die Runden zu kommen in dem schnelllebigen Karussell politischer Konstellationen, an denen das Land zu zerbrechen drohte. Nicht wenige setzten dabei auf die französische Karte. Sforza hatte es selber erlebt. Und nun also auch della Rovere, der als Anführer der Opposition gegen die Borgia all die Jahre eine wichtige Persönlichkeit gewesen war, unter deren Fahnen man sich hätte sammeln können. Heute schwenkte er das Lilienbanner. Angeekelt spuckte Ascanio Sforza aus und schloss die Läden.

Als er wenig später auf die Straße trat, war sein Kampfgeist aber bereits wieder erwacht. Ein Besuch bei den Farnese stand heute auf seinem Programm. Auch die arg mitgenommenen Riari galt es zu besuchen und auszuloten, wie weit ihr politischer Wagemut reichte. Geld wäre in ihrem Fall vielleicht geeigneter gewesen. Erneut verfluchte Sforza sich, weil er mehr Visionen als Münzen anzubieten hatte. Mit schnellen Schritten eilte er durch das Gewühl der Gassen. Im Geiste ging er bereits die wohlgedrechselten Sätze und Andeutungen durch, mit denen er das Gespräch eröffnen wollte. Da spürte er einen heftigen Stoß an der Schulter. Irritiert blickte er auf.

Eine Gruppe junger Männer drängte sich vor einem Hauseingang. «He, Innocento, los, küss sie!» Der Rufer schwenkte einen kurzen Mantel über dem Kopf wie eine Fahne, dessen Besitzer lachend danach schnappte, um sich dann zu dem Weib umzuwenden, auf das sich die Aufforderung bezog. Die Frau stand in der Tür ihres Hauses, die Haare gelöst, die Schultern in dem lose geschnürten Gewand schamlos sichtbar. Sie hatte die Hände in die Hüften gestemmt. Unbekümmert um ihren unzüchtigen Aufzug bog sie sich vor Lachen, hielt dann aber ihren jugendlichen Galan mit ausgestreckten Armen davon ab, auf sie einzudringen.

Die Gefährten spornten den jungen Mann dennoch weiter an, während zugleich eine Gruppe, deren Wämse andere Farben zeigten, heftig protestierte und offensichtlich einen zweiten Bewerber protegierte. Er wurde nun hinter dem Weib sichtbar, wie er sich mit demonstrativem Behagen das Hemd in die Hosen stopfte. Als er sie von hinten umfassen wollte, stieß sie ihn nach draußen ins Getümmel. Ein Bein schob sich in dem Gewühle vor und ließ den armen Kandidaten stolpern. Der Hohn blieb nicht aus.

«Sie will ihn nicht! Seht ihr? Sie will ihn nicht! Innocento, drauf!»

Auch die Gegenrufe wurden nun lauter, und Sforza gelang es gerade noch, sich in den Schutz einiger Säulen zurückzuziehen, ehe das Handgemenge ausbrach. So harmlos der Anlass auch sein mochte, wenn die jungen römischen Heißsporne erst einmal in Wallung gerieten, konnte genauso gut Blut über das Pflaster fließen. Aus den Fenstern weiter oben neigten sich nun weitere Frauen heraus, um träge auf die Fensterbänke gelehnt dem Spektakel zuzusehen. Einige gähnten, andere warfen Kusshände oder machten ordinäre Bemerkungen über die Qualitäten der Streithähne. Eine erlaubte sich sogar den Spaß, ihr Nachtgeschirr über die Köpfe eines sich prügelnden Paares zu leeren, was das Gelächter aller Umstehenden hervorrief, die Kämpfenden aber nicht im Mindesten zu stören schien.

Sforza wusste, dass er es hier mit einem Bordell zu tun hatte. Er erinnerte sich sogar, von dem Lokal gehört zu haben. Seine Inhaberin, Isabella, galt derzeit als eine der begehrtesten Kurtisanen der Stadt. Auch der junge Galan kam ihm bekannt vor; die Lockenpracht, die sein Haupt zierte, war in ganz Rom berühmt und ließ nicht nur die Huren schmachten. Dieser Innocento war ein Verwandter des Kardinals Francesco Piccolomini, ein angenommenes Kind zwar nur, dessen Herkunft zweifelhaft war. Aber der Alte hing an ihm, auch wenn der wilde Sprössling dem frommen und durch die Gicht gebrechlich gewordenen Mann nur Sorgen bereitete.

Das Klirren von Waffen, die aneinandergeschlagen wurden, riss Ascanio Sforza aus seinen Überlegungen.

«Die Ehre der Orsini!»

«Die Ehre der Piccolomini!»

Ängstlich zogen sich die Umstehenden in die Nebenstraßen zurück, als das Gefecht ernst zu werden drohte. Mochten die Kämpfe der Jugend sich auch nicht um so wichtige Dinge drehen wie den Papstthron oder die Zukunft von Herzogtümern, so waren sie doch mindestens so gefährlich wie die Intrigen und Kriege ihrer Väter, Onkel und Mentoren, und am besten war es, man ging ihnen aus dem Weg.

Sforza blieb stehen und zog seinen Mantel enger um sich. Laut scheppernd kreiselte der Nachttopf an ihm vorbei über das Pflaster. Nachdenklich folgte er ihm mit den Augen. Er fragte sich, was den alten Piccolomini bewegt hatte, auf den Kardinalstitel für seinen Ziehsohn zu verzichten. Ob es das wilde Leben Innocentos war, seine vermutlich niedere Geburt oder allen Ernstes der tugendhafte Verzicht darauf, den Mitgliedern seiner Familie auf Biegen und Brechen irgendwelche Pfründe zu verschaffen? Völlig auszuschließen war Letzteres natürlich nicht; es gab noch tugendhafte Männer in Rom.

«Schneid ihm die Ohren ab, Innocento!» Mit triumphierender Geste fegte der Angesprochene seinem Widersacher die Mütze vom Kopf und schleuderte sie in den römischen Morgenhimmel. Dann war das Gefecht auf einmal beendet, so plötzlich und unsinnig, wie es begonnen hatte. Isabella zeigte sich jetzt vor dem Gebäude und wurde von den Siegern um eine Belohnung angefleht. Sie lachte laut auf und wandte sich wieder ab ins Haus, um im letzten Moment ihre

Röcke zu raffen und den Jungen ihren nackten Hintern zu zeigen, ehe sie die Tür hinter sich ins Schloss warf. Die Streithähne knieten sich hin und ergingen sich in albernen Lobpreisungen, ehe sie einander in die Arme fielen, schwerfällig vom Kampf, vom Wein und der durchwachten Nacht.

«Schlafenszeit!», lallte einer von ihnen und wankte engumschlungen mit seinen Freunden an Sforza vorbei. Sie stanken nach Wein und Huren, und der Kardinal hielt sich demonstrativ ein Tüchlein vor die Nase. Dieser Francesco Piccolomini, dachte er, war alt und rechtschaffen. Falls er selbst im Konklave keine Mehrheit würde erringen können, wäre das vielleicht ein Kandidat für den Stuhl Petri, mit dem er gut leben konnte. Für die kurze Weile, die dem Greis noch auf Erden blieb. Danach würden die Karten neu gemischt werden.

«Heh, passt doch auf!» Einer aus der Gruppe, die Füße so schwer wie die Zunge, war gegen Sforza getaumelt und stemmte ihm nun die Hände entgegen, um ihn von sich zu stoßen. «Platz für den Erben der Piccolomini, sag ich!»

In der Tat, stellte Ascanio Sforza fest, war es Innocento selbst, der sich eben vor ihm aufbaute. Seine Augen blickten unter den herabhängenden Locken stumpf geradeaus, die Augäpfel waren von roten Äderchen durchzogen. Tiefschwarze Ringe umgaben sie und ließen das verschwitzte Gesicht noch blasser erscheinen. Sein Mund stand offen. Er ballte die Fäuste.

Doch noch ehe er zum Schlag ausholen konnte, hatte Ascanio die Handgelenke des Jungen gepackt und hielt ihn fest. So standen sie einen Moment da. Innocento biss die Zähne zusammen, als er begriff, dass man ihm Widerstand entgegenbrachte. Er begann wie wild zu brüllen. Dann aber blickte er Ascanio ins Gesicht, und was er sah, durchdrang seine dumpfe Trunkenheit: Es war der Blick eines Mannes, der einem anderen das schlagende Herz aus der Brust gerissen hatte. Verwirrt taumelte Innocento zurück und fuhr sich über den Mund. Seinen Gefährten, die aufmerksam geworden waren, beschied er mit einer schlaffen Geste, von dem Fremden abzulassen. Noch einmal warf er einen fragenden Blick auf Ascanio Sforza, dann schien er bereits wieder zu vergessen, was er in dessen Augen gesehen hatte, wandte sich ab und stolperte den anderen hinterher.

Mit großen, weitausgreifenden Schritten ging der Kardinal Ascanio Sforza die Gasse hinab auf den Tiber zu, seinen fernen Zielen entgegen.

2.

Pasquale! Pasquale!» Zum wiederholten Male hämmerte Alessandro Varese vergeblich an die Tür seines Gefängnisses. Er wusste nicht genau, wo es sich befand, ob in der Engelsburg, wo die Kongregation ihre Verliese hatte, oder in einem der Palazzi der Sforzas. Er wusste nicht einmal, ob er in Rom war oder man ihn auf dem Lande eingesperrt hatte. Nur eines war gewiss: Man hatte ihn des Nachts hierhergebracht, verschnürt und mit verbundenen Augen, und Alessandro hatte seither kein Tageslicht mehr erblickt, nur das Blaken der kleinen Öllampe, die ihm bisweilen zusammen mit etwas Wasser und Brot durch die Luke geschoben wurde. Doch nun blieb die kleine Klappe verschlossen. Das dicke Holz der Tür hallte nur dumpf unter seinen Schlägen, ohne sich im Geringsten zu bewegen, und die eisernen Beschläge, die es verstärkten, glänzten schwarz im letzten Lichtschein. Bald wäre die Lampe wieder erloschen, dann würde erneut Finsternis herrschen, bis – ja, bis wann? Wie lange würde er hier ausharren müssen? Und zu welchem Ende?

Verzweifelt setzte Alessandro Varese sich in eine mit Stroh aufgeschüttete Ecke und senkte den Kopf auf die Hände. Anfangs hatte er noch in der Hoffnung gelebt, nur übermäßige Furcht würde Pasquale zu seinem Tun verleiten. Nach dem nächsten Vollmond, spätestens aber nachdem sein ehemaliger Begleiter dem Kardinal Bericht erstattet hätte, würde seine Gefangenschaft enden. Man würde ihn zumindest befragen, und dann bekäme er die Gelegenheit, sich zu erklären. Immer wieder war er im Kopf die Wendungen durchgegangen, mit denen er seine Aufzeichnungen erläutern wollte, wie er seine Gedanken skizzieren würde, jene vor allem, die er nicht dem Papier anzuvertrauen gewagt hatte.

In den letzten Tagen und Stunden im Kloster war Alessandro so einiges klargeworden. Seine Erkenntnisse waren jedoch so beunruhigend gewesen, dass er dafür keine Worte gefunden hatte. Und dieses Wissen, das noch nirgendwo geschrieben stand, und das er so voller Eifer erarbeitet hatte, und auf das er noch vor kurzem so stolz gewesen wäre, lastete ihm nun schwer auf der Seele.

Nur allzu gut stand ihm jeder Satz vor Augen, den er geschrieben hatte. Er konnte den Text auswendig hersagen und tat es auch mehr als einmal, während er sich von einer Wand seines Gefängnisses zur nächsten tastete. Dabei waren zahlreiche Gedanken in seinem Kopf entstanden, die sämtlich mit ‹aber› begannen. Werwölfe waren Bestien, ja, aber es gab kaum Berichte, wonach sie Menschen angegriffen hätten. Tatsächlich schien es, als setzten sie die übermächtige Kraft, die in ihnen steckte, nicht im Bösen gegen die Menschheit ein. Je länger Alessandro darüber nachgrübelte, desto mehr verwunderte es ihn. Wenn er an sich selbst dachte und die mächtigen Gefühle, die durch seine Adern geströmt waren, so war es nachgerade erstaunlich, dass sich nur selten einer seiner Art diese Überlegenheit zunutze machte.

«Sie sind sehr wohl stark und wild», formulierte er laut. «Und doch ist es so, dass sie keine Macht ausüben über ihre

Nachbarn. Ihnen nicht ihren Willen aufzwingen und ihnen nur selten ein Leid antun.»

Leidenschaftlich führte er sich jetzt die Prozesspapiere in Erinnerung, die er studiert hatte. Die Worte der antiken Autoren, ja, das Leben Valerias und ihres Dorfes, das die Einsamkeit gewählt hatte und jeden Kontakt mit der Außenwelt mied. Alessandro ging in seinen Überlegungen sogar noch weiter: «Ist es nicht der Mensch selber, der seinem Mitmenschen durch Raub und Krieg und Gewalt den meisten Schaden zufügt? Homo homini lupus! Die Grausamkeit der Menschen untereinander kennt keine Grenzen. Dagegen ist der Schaden durch den Werwolf gering, und ich kann sagen, nicht durch bösen Willen getrieben. Denn ich weiß, ich spüre, dass ich ...»

Hier fehlte es ihm noch an Formulierungen für die Gewissheit, die in ihm gewachsen war. Er würde für mehr als ein Leben sprechen müssen, das an einem Gedächtnis teilhatte und das weiter zurückreichte, als irgendjemand sich vorzustellen vermochte.

«Ich», rief er, unwillkürlich lauter werdend. «Ich kann Euch versichern, schwören kann ich es bei Gott, dass ...» An dieser Stelle fiel er schluchzend zurück ins Stroh. «Gott», flüsterte er dem Steinboden zu, «Gott, wenn du mich hören kannst, so sag mir: Bin ich noch dein Kind?»

So wiegte er sich in der Dunkelheit in den Schlaf.

Aber die Zeit verging, und nichts geschah. Langsam beschlich Varese der Verdacht, dass man vorhatte, ihn in seinem Verlies verfaulen zu lassen. Wusste der Kardinal überhaupt, dass er hier war? Oder war alles noch viel schlimmer? Hatte Pasquale mit der Hilfe seiner eigenen Schrift den Kampf gegen die Werwölfe bereits entfacht? Brannten die Scheiterhaufen schon? War er etwa der Letzte seiner Art?

Valeria ... Das war sein nächster Gedanke. Und wieder

sah er die Wälder vor sich, das satte Leuchten des Farns, die Überfülle an Licht, die der nahende Morgen über sie beide ausgegossen hatte, ihre verschlungenen Glieder. In seiner Erinnerung schimmerte Valerias Haar, das über sein Gesicht floss, ihr spöttischer Mund, die Augen, grüner als das Moos der Bäume und bodenlos tief ... Doch plötzlich senkte sich ein Vorhang von Qualm davor, und er hörte das Stöhnen einer Frau. Alissa? Valeria? Alessandro war, als steche der beißende Geruch verbrannter Haare in seine Nase. Alles verschmolz zu einer Fratze der Zerstörung.

«O Gott, an was nur bin ich schuldig?» An diesem Punkt seiner Überlegungen schrie Varese laut auf und warf sich gegen die Tür. Doch sie gab nicht nach. Schweratmend lag er auf dem Boden, nicht wissend, ob er leben oder sterben wollte. Er lauschte auf das Getrippel der Ratten und auf Stimmen, die, groß und golden wie ein Gong, aus fernen Vergangenheiten zu ihm sprachen. Vergangenheiten, in denen sich Wüsten ausstreckten und schwarze Läufe den Sand unter sich wahrnahmen, in denen Mandelaugen, schwarz geschminkt bis an die Schläfen, ihn anblickten und Worte in einer Sprache gesprochen wurden, die unverständlich zu ihm herdrang.

Da hörte er Schritte. Mit seinen überstarken Sinnen schien ihm, als bebte der Boden. Sie näherten sich und hielten vor der Zellentüre an. Holz knarzte auf Holz.

Mit einem Satz war Varese auf den Beinen. Er drängte sein Gesicht an die Öffnung und suchte einen Blick auf den Mensch dahinter zu erhaschen.

«Was sagt der Kardinal?», fragte er atemlos.

Eine Kerze wurde ihm so heftig entgegengestoßen, dass er ausweichen musste, um sich nicht zu verbrennen. Ein Napf und ein Brotlaib folgten, beides fiel zu Boden.

«Der Kardinal ist im Vatikan», sagte eine Stimme. Dann fiel die Klappe wieder zu.

Alessandro Varese sank zurück auf das schmutzige Stroh und fuhr sich mit den Fingern in die Haare. Er zog an einzelnen Strähnen, sodass es schmerzte, um den tieferen Schmerz in seinem Inneren zu bekämpfen. Gularith, das Wort erklang in seinem Kopf. Doch er wusste nicht, was es bedeutete. Es dämpfte weder seine Pein, noch löschte es das brennende Gefühl der Schuld. Eher schien es ihm ein weiterer, noch tieferer Abgrund zu sein.

«Gott, mein Gott», rief er voller Angst. Alessandro Varese verstand die Welt nicht mehr.

Missmutig stapfte Mattia Pasquale den dunklen Gang entlang zur Treppe. Am liebsten hätte er seinen Gefangenen hier unten verrecken lassen. Seine Pläne ließen sich wahrhaftig nicht an wie erhofft.

Der Kardinal hatte den Bericht Vareses in dem schönen roten Ledereinband, den er ihm so stolz und vor Erwartung bebend überreicht hatte, kaum zur Kenntnis genommen. Pasquale gewann sogar den Eindruck, dass er ihm kein Wort glaubte. Und er musste zugeben, dass es ihm selbst, zurück in Rom im Treiben der belebten Straßen, im Angesicht der Geschäfte und der Kirchen, ganz ähnlich ging. Über der Stadt stand der Mond immer nur klein, und es schien, als erbebe er ehrfürchtig vom Klang der zahllosen Glocken. Die Berge und ihre Schrecken waren in weite Ferne gerückt. Aber Pasquale wusste, hier unten vegetierte noch immer Varese. Und dieser Varese war kein Mensch, nein. Er hatte gesehen, was er gesehen hatte.

«Es war kein Traum», brummte Pasquale. Das Wissen, das er in der Provinz erworben hatte, in Rom wurde es in anderer Währung gemessen. Es ließ sich nicht so einfach in Gold ummünzen, wie er gehofft hatte. Manchmal zweifelte er sogar daran, ob er den Trick, den Nutzen, den richtigen

Umrechnungskurs überhaupt noch finden würde. «Aber selbst dann», fuhr er fort, während er die Treppe hinaufstieg und erleichtert wieder frischere Luft atmete, «was nützt es mir? Mit dem Papst ist der Herr Kardinal beschäftigt, mit nichts sonst.»

Und so war es. Seit sich abzeichnete, dass zwischen der französischen Partei von Kardinal della Rovere und der von Sforza keine Entscheidung zu erzielen war, hatte die Spannung nicht nachgelassen. Zwar konnte man sich auf einen Kompromisskandidaten einigen, den alten Kardinal Piccolomini, doch entschärfte das den Konflikt keineswegs, es schob ihn nur auf. Und Eile war geboten. Schon bei der Krönung in der Basilika San Pietro hatten mehrere Teile des umständlichen Zeremoniells weggelassen werden müssen, weil der neue Papst gar so gebrechlich erschien. Seitdem verging nun kein Tag, da der Kardinal nicht morgens in den Vatikan stürmte, um zu sehen, ob Piccolomini noch am Leben war. Und danach schmiedete er weiter seine Bündnisse, umschmeichelte Kardinäle, empfing Gesandte, bestach Botschafter. So ging das schon seit vierzehn Tagen. Für ihn, Pasquale, hatte Sforza seitdem nicht ein einziges Mal Zeit gefunden. Was also nutzte ihm sein Wissen, sein kostbarer Besitz, wenn sich kein Gewinn daraus schlagen ließ?

Ärgerlich trat er nach einem Zweig, der auf dem Hof herumlag. Da sah er seinen Herren zum Tor hereinkommen, so eiligen Schrittes, dass der Mantel flog. Die Miene des Kardinals war sorgenvoll und abwesend wie immer.

«Seid gegrüßt, Herr, Gott segne Euch.» Pasquale verneigte sich tief. Als Sforza schließlich auf seiner Höhe war und ihn wie immer zu ignorieren suchte, schoss er seine Frage ab. «Wie geht es Seiner Heiligkeit?» Scheinheilig blinzelte er mit seinen großen, feuchten Augen.

Sforza blieb stehen, ob von eigenen Überlegungen gefesselt oder von der Suche nach einer Antwort, war schwer zu sagen. Endlich antwortete er: «Schlecht, sehr schlecht. Es ist die Gicht, mein lieber Pasquale. Ich habe veranlasst, dass man ihm Blutegel setzt. Drei Ärzte waren heute Morgen schon bei ihm. Aber ...» Er schüttelte den Kopf. «Wenn er doch nur eine Woche noch durchhielte», entfuhr es ihm dann, zwischen zusammengebissenen Zähnen. «Nur ein paar Tage wenigstens noch, bis ich ...» Sforza vollführte eine ausgreifende Bewegung. Dann erinnerte er sich seines Zuhörers und zwang sich zu einem unverbindlichen Lächeln. «Ja, ja, das Alter, mein lieber Pasquale, das Alter. Es ist eine ewige Bürde.» Damit schickte er sich an, weiterzugehen.

Seinem Diener aber kam im selben Moment eine Idee. Das Alter? Ewig? Hatte zu diesem Thema nicht Interessantes in Vareses kleinem Dokument gestanden? Er streckte die Hand aus und hielt den Kardinal am Ärmel fest. Erstaunt blickte der Geistliche auf. Ehe er jedoch protestieren konnte ob des ungewöhnlichen Verhaltens, staunte Sforza noch mehr. Denn Pasquale hatte seinen Mund dicht an Sforzas Ohr geführt und flüsterte: «Und was wäre, wenn Ihr die Lebensdauer des Papstes bestimmen könntet, mein Herr? Was, wenn er lebte, solange Ihr wolltet?»

Pasquale lächelte, als er neben dem Unverständnis in Ascanio Sforzas Gesicht noch etwas anderes dort aufflammen sah: das Feuer glühenden Verlangens.

3.

Innocento Piccolomini erwachte verkatert. Angeekelt betrachtete er die Frau, die an seiner Seite zwischen den zerknüllten Laken lag und an deren Namen er sich beim besten Willen nicht erinnern konnte. Was kümmerte es ihn auch, eine Hure war wie die andere.

Er klingelte nach seinem Diener und befahl ihm, das Weib hinauszuwerfen. Ihre im Halbschlaf gemurmelten Proteste verklangen in seinem Ohr, während er sich über die Waschschüssel neigte. Das kühle Wasser tat ihm gut, es spülte die Müdigkeit und den fiebrigen Schweiß seiner Albträume fort. Energisch befeuchtete Innocento seine Locken und zähmte sie dann mit ein paar festen Bürstenstrichen. Befriedigt betrachtete er das Ergebnis. Noch glänzten sie in ungebrochenem Gold, noch waren sie das Banner seines Ruhmes. Noch war er der Herr von Rom. Aber er wusste, all das konnte in jedem Moment enden.

Innocento neigte sich näher zum Spiegel und untersuchte die Hautveränderung, die sich seit kurzem an seiner linken Schläfe zeigte. Sollte ihn die Syphilis ereilt haben? Diese rätselhafte neue Krankheit, die man die spanische nannte, die französische oder die neapolitanische, je nachdem, auf welcher Seite man stand? Er nannte sie bei sich nur die teuflische. Mehrfach versuchte er, sich so zu kämmen, dass seine Stirnlocken die Stelle überdeckten, doch es gelang nicht zu seiner Zufriedenheit. Mit einem Wutschrei warf er die Bürste zu Boden, deren Elfenbeinrücken auf den Fliesen zerbarst. Ein junger Kammerdiener lief gebückt herbei, um die Teile aufzulesen, und handelte sich einen Fußtritt ein.

«Sieh zu, dass du das wieder heil bekommst, du Tölpel!», rief Innocento hinter ihm her. Dann wandte er sich erneut seinem Gesicht im Spiegel zu. «Sieh zu, dass du das wieder heil bekommst», wiederholte er leiser und diesmal zu sich selbst. Aber wie sollte er das tun?

Dass sein Ziehvater aber auch so verflucht hinfällig sein musste, so krank und von der Gicht zerfressen! Was hätte er nicht noch alles aus dem Alten herausschlagen können, nun, da er Papst war. «Seine Heiligkeit!», hauchte Innocento süffisant und grinste sein Spiegelbild an. Er könnte Francesco Piccolomini dazu bringen, ihn zum mächtigsten Mann Roms zu machen. Wenn er doch nur mehr Zeit hätte! Einen Kardinalshut, ein Herzogtum, nichts lag jenseits seiner Möglichkeiten, er brauchte es nur zu verlangen. Es gab schließlich Päpste, die noch viel mehr für ihre Familien getan hatten, und für ihn würde Francesco alles tun, das wusste er. Aber wäre der Alte erst tot, dann war die Gelegenheit vertan.

Und er gab sich keinen Illusionen hin: Der Rest der Familie würde keinen Finger rühren, um ihn in seinem Ehrgeiz zu unterstützen. Für sie war Innocento stets der Bastard gewesen, den der Alte in einer schwachen Minute – unglaublich, dass auch er eine gehabt haben sollte – mit Gott weiß wem gezeugt hatte. Bis heute hatte niemand herausgefunden, wer seine Mutter gewesen sein könnte.

Innocentos Grinsen ließ all seine Zähne sehen. Oh ja,

auch der heilige Francesco persönlich hatte seine schwachen Momente. «Wer wüsste das besser als ich?», flüsterte er. Erinnerte er sich doch noch wie heute daran. Er war nicht älter als zehn gewesen, ein Knabe, angestellt im Dienst der Piccolomini auf einem der zahlreichen Landgüter. Francesco war damals schon ein Mann in fortgeschrittenen Jahren, als er dort weilte und sein Blick auf den kleinen blondgelockten Pagen fiel. Innocento konnte ihn noch immer spüren, diesen Blick, gierig und angstvoll zugleich, aber damals hatte er ihn nicht zu deuten vermocht, auch nicht, als der Alte ihn in sein Gemach befahl, um ihm das Bett zu richten und ihm beim Anlegen des Nachtgewandes zu helfen. Er hatte immer noch ahnungslos gelächelt, als die zitternden Hände Francescos über seine Wange gefahren waren, zögernd, begehrend. Damals hatte Innocento mit allem gerechnet. Ein Schlag hätte ebenso erfolgen können wie eine Zärtlichkeit oder ein höfliches «Gute Nacht, mein Sohn».

Als der von einem Bartschatten umgebene Mund sich dann auf seine Lippen schob und eine feuchtkalte Zunge Einlass begehrte, gab er dem Ekel nicht nach, der ihn mit einem Mal überschwemmte. Heute konnte er nicht mehr sagen, was ihn letztlich davon abhielt, um Hilfe zu rufen, sich zu wehren oder fortzulaufen. War es Furcht gewesen? Gewiss. Seine Beine hatten gezittert, und sein Urin war ihm an den Beinen hinabgelaufen. Dennoch war er dem stummen Befehl seines Herrn gefolgt, hatte sich von ihm entkleiden und aufs Bett legen lassen.

«Weil ich eben schon immer ein kluger Junge war.» Innocento nickte seinem Spiegelbild voller Ingrimm zu. «Weil ich ahnte, dass der geile Bock diese Nacht ein Leben lang bereuen würde.»

Und so war es gewesen. Innocento war bald darauf

hinausgelaufen, um sich zu übergeben und anschließend zu verkriechen. Aber selbst in seinem Versteck konnte er die Peitschenhiebe noch hören, mit denen der Kardinal sich selbst für die Verfehlung geißelte, der er anheimgefallen war. Das hatte ihm Mut gemacht, seinem Peiniger am nächsten Morgen unter die Augen zu treten. Und sein Instinkt hatte ihn nicht getäuscht. Nicht nur rührte Piccolomini ihn nie wieder an. Er förderte ihn im Gegenteil seitdem, wo er konnte, und zeigte sich allen, selbst den unvernünftigsten Forderungen Innocentos gegenüber nachgiebig. Am Ende hatte er ihn sogar adoptiert – unter diesem Namen, der dem jungen Mann noch immer ein Lächeln ins Gesicht trieb, durch das Abscheu und Ekel hindurchschimmerte.

«Innocento – der Unschuldige. Magst du Gott damit betrügen, alter Mann, du und ich wissen, dass es anders ist. Und dafür wirst du bezahlen.»

Mit diesen Worten setzte er sein Barett auf, achtete darauf, die linke Schläfe gut zu bedecken, und rief nach seinen Dienern.

«Ich gehe in den Vatikan», verkündete er. «Das Mittagsmahl erwarte ich zum Glockenschlag. Und wehe, das Rebhuhn ist wieder zäh.» Damit ging er pfeifend hinaus.

«Der Papst ist also wahrhaftig gewillt, mich anzuhören?» Alessandro Varese blinzelte in das Sonnenlicht, das seine Augen nach der langen, dunklen Haft schmerzhaft blendete. Er konnte es kaum fassen. Seine Bewacher, angeführt von Pasquale und begleitet vom Kardinal persönlich, trieben ihn unwirsch voran. Halbblind und überwältigt von den Geräuschen und Gerüchen Roms, die jetzt auf ihn einstürmten, stolperte er in ihrer Mitte die Gassen entlang.

«Ja, ja», antwortete Pasquale ihm unwirsch über die Schulter und nickte seinem Herrn, der in der Sänfte an ihrer

Seite getragen wurde, beruhigend zu. «Er hat Euer Manuskript gelesen und wünscht nun genaueren Bericht.»

«Oh, der Bericht ... Aber dann muss ich, dann will ich ...» Varese rang um Worte. So viel war es, was er diesem Bericht noch hinzuzufügen hatte. «Es ist gut», brachte er schließlich heraus und schluckte. Aber wird er mir auch wirklich zuhören?, fragte er sich. Seine Kehle war trocken vor Aufregung. So lange hatte er gewartet, und nun ging alles mit einem Mal so schnell.

Man hatte ihm ein rasches Mahl gewährt, ihn grob gewaschen und in frische Kleider gesteckt. Mit Mühe suchte er sich jetzt zu sammeln für den wichtigsten Augenblick in seinem Leben. Er blinzelte. Langsam gelang es ihm, unter gesenkten Wimpern hervor die Umrisse der Gebäude zu erfassen. Die Details allerdings, die vorbeidrängenden Menschen mit ihren farbenprächtigen Kleidern, die Waren auf den Tischen, die Schilder und Balkone mit ihrer Blumenpracht, die Fensterläden und wehenden Vorhänge, die Gesichter und Gesten, all dies blieb ein verschwommener bunter Teppich. Tief sog Varese die Luft ein. Er witterte Fäkalien und Gewürze, getrockneten Schlamm und Parfum, die betörenden Düfte eines Gemüsemarktes und Weihrauch aus den zahlreichen Kirchen, an denen sie vorbeikamen. Frischer Dung mischte sich mit Staub, so alt wie die Jahrhunderte. Modernde Gemäuer schlugen die Akkorde verschiedenster Zeitalter an, darüber gellten die Stimmen der Verkäufer. Der Geruch von Algen und Fisch wehte vom Fluss heran und überlagerte Lehm und Zedernholz, körnigen Marmor und Silber. Zart schwebte ein Hauch von Elfenbein in der Luft und mit ihm ein Anflug von Afrika. Bernstein glomm mit den Salzen des nördlichen Meeres. Schafgeruch dünstete aus Wollstoffen, getränkt mit den purpurnen Aromen von Muscheln der Tiefsee. Gerüche blühten wie Farben auf, entfalteten sich, wogten umher. Farben setzten sich zu Klängen zusammen und brausten durch seine Sinne. Eine Welt entfaltete sich in Alessandros Kopf. Er roch Schweiß und Erregung. Müdigkeit und Gier, Laster und Freude. Es war eine brodelnde, belebende, überwältigende Symphonie.

Da neigte sich Sforza aus der Sänfte zu Pasquale herunter. Die purpurnen Troddeln an seinem Kardinalshut schwankten. «Ist auch alles so geschehen wie geplant?», fragte er im Flüsterton. «Sind die Truppen aufgebrochen?»

Mattia Pasquale schüttelte den Kopf. «Schschh! Ich sage Euch doch, er hat ein gutes Gehör.» Nervös blickte er sich zu Varese um, der noch immer versuchte, seine vielen Eindrücke zu sortieren. «Seid unbesorgt, mein Herr, die Männer sind aufgebrochen. Sie sollten schon in Vallepiu sein.» Dazu klatschte er in die Hände, um seine Worte zu übertönen.

Irritiert wedelte der Kardinal mit der Hand vor seiner Nase herum, als wollte er eine Fliege verscheuchen. «Auch das Kloster, denkt daran», mahnte er.

«Was ist mit dem Kloster?» Alarmiert reckte Alessandro den Hals und drehte ihnen das Gesicht mit den noch immer halbgeschlossenen Augen zu.

«Sagte ich es nicht?», zischelte Pasquale. Laut fügte er hinzu: «Abelardo, der Abt wird wohl auch gebeten werden, zu erscheinen, um Euren Bericht zu bestätigen.»

«Oh, gut.» Varese lächelte dem verschwommenen, purpurfarbenen Fleck zu. Nur undeutlich nahm er wahr, dass Sforza wieder in den Tiefen seiner Sänfte verschwand und den Vorhang energisch zuzog. «Er wird alles bestätigen können», sagte Alessandro mehr zu sich selbst. Eifrig bekreuzigte er sich und sandte ein stummes Gebet hinterher, in dem er Gott darum bat, ihm die rechten Worte einzugeben.

Das Rauschen des Tiber wurde lauter, die Gassen öffneten sich. Vor ihnen lag die Engelsburg, von der herab die Statue des Erzengels Michael sie grüßte. Sonnenlicht übergoss den Platz, und alles verschmolz für Alessandro zu einem goldenen Glast. Angestrengt versuchte er, die vielen Einzelheiten wahrzunehmen. Einmal war er schon hier hergegangen, am Tage seiner Berufung. Wie heute war er aufgeregt gewesen und voller Unruhe über die Zukunft. Aber auch stolz.

Ein Hauch des Flusses wehte ihn jetzt an. Aber mit dem Geruch nach Algen, Schlamm und Fisch brachte er noch etwas anderes zu ihm, das ihn veranlasste, wie angewurzelt stehen zu bleiben. Es war der Gestank der Gehenkten, die rechts und links die Brücke säumten.

Pasquale schubste ihn mitleidlos weiter. «Wir sind gleich da», sagte er.

Das gedämpfte Licht im Palast des Papstes tat Alessandros Augen wohl. Im Voranschreiten unterschied er die sanften Töne des Marmors, das Schimmern der Vergoldungen und das gemalte Fleisch der vielen Heiligen und Heroen auf den Gemälden, die Wände und Decken zierten. Das Echo unzähliger Schritte hallte in seinen Ohren, und ihm war, als wisperten ihm aus allen Ecken Stimmen zu, so als wären die Nymphen und Madonnen auf den Bildern lebendig geworden.

«Der Papst ...», entfuhr es ihm nach einer Weile. «Er ist krank.» Bei diesen Worten blieb er stehen.

Sforza warf Pasquale einen alarmierten Blick zu. Doch der schüttelte nur den Kopf und stieß seinen Gefangenen grob an.

«Was redet Ihr denn da?», fragte er.

«Er leidet große Schmerzen, ich kann ihn stöhnen hören. Und ich kann die Medikamente in seinem Schweiß riechen.» Wieder blieb er stehen. «Ob er mich wirklich anhören wird?»

«Ihr könnt ihn hören?», entfuhr es Sforza, der nun seinerseits den Trägern befohlen hatte, zu halten. Für einen

Moment verstummten alle. Stille breitete sich aus in den Gängen. Nicht einmal eine Maus lief über die Fliesen. Die drei Männer blickten einander an.

«Es ist ein Wunder», sagte Sforza. Seine Finger klammerten sich um das rote Buch, das er zwischen den Falten seines Mantels verborgen hielt. Er hatte es die letzten Stunden wieder und wieder studiert, mehr von Zweifeln als von Skrupeln geplagt.

«Wenn Ihr es so nennen wollt», murmelte Pasquale wenig ehrfürchtig. Und er schob seinen Schützling voran.

Die Wächter ließen sie am Tor bei der päpstlichen Garde zurück. Nur sie drei waren es, die schließlich ins Privatgemach Francesco Todeschini-Piccolominis eintraten, der sich nunmehr Papst Pius III. nannte.

Sie verbeugten sich tief. Und als sie sich aus ihrer bedächtigen Huldigung wieder aufrichteten, standen sie einem Mann gegenüber, der so tief in seinem Ebenholzsessel zusammengesunken war, dass sein Haupt kaum die halbhohe Rückenlehne überragte. Bestickte Kissen waren rings um ihn gestopft, um ihn aufrecht zu halten. Die Tiara drückte sein Haupt nieder, und es sah aus, als müsse sein magerer Greisenhals daran zerbrechen. Seine Rechte wurde von der Schwere der Ringe beinahe zu Boden gezogen. Vorsichtig nahm Sforza sie in seine beiden Hände und legte sie nach dem Kuss sorgsam zurück auf die Lehne, ganz so wie man ein Schmuckstück in seine Schatulle zurücklegt. Flüsternd nannte er seinen Namen und erinnerte an sein Anliegen. Der Papst schien zu nicken, doch vielleicht zitterte auch nur sein Hals.

Da trat Sforza zurück und bedeutete dem Gefangenen mit einer Geste, vorzutreten. Alessandro blickte sich unschlüssig um, gehorchte dann aber. Auf einem Teppich einige Schritte von den Stufen zum Papstsitz entfernt, blieb er stehen.

In Pius kam ein wenig Leben. Er hob den Kopf und starrte Alessandro mit seinen verwaschenen, hellblauen Greisenaugen voller Entsetzen an. Sein Mund öffnete sich und stieß ein Gurgeln aus. Langsam, unerträglich langsam hob er seine Rechte. Ein Funke Licht blitzte von seinem Ring auf, als er auf Alessandro wies und kaum verständlich krächzte: «Wer seid Ihr?»

Der junge Gelehrte richtete sich auf. Er versuchte, den Schrecken zu verbergen, den die Frage in ihm ausgelöst hatte. Ja, wer war er eigentlich? Alessandro fühlte sich ertappt und entblößt von diesem Mann. Was konnte er ihm darauf antworten?

Aber dann riss er sich zusammen. Dies war der Moment. Solange sein Leben auch dauern mochte, dachte Alessandro, kein Augenblick würde wichtiger werden.

4.

Eure Heiligkeit», begann er zögernd. Die ersten Sätze kamen spröde von seinen Lippen. Einmal verstummte er sogar wieder. Doch eine Geste des Papstes schien ihn aufzufordern weiterzusprechen, also fasste er Mut und begann seine Geschichte.

Ascanio Sforza und Mattia Pasquale zogen sich an eines der Fenster zurück. «Er ist halbtot», stellte der Kardinal verzweifelt fest.

«Umso besser, möchte man meinen», erwiderte Pasquale, der nicht umhinkonnte, der Stimme Vareses zu lauschen.

«Schon seit dem Altertum gehören diese Wesen zu unserer Welt», erläuterte dieser gerade. «Und niemals hat sich ein Hinweis darauf gefunden, dass sie dem Menschen feindlich gesinnt wären.»

Pasquale schüttelte sich. «Er sollte ihn so rasch als möglich beißen.»

«Ich frage mich, wie wir ihn dazu bringen?» Sforza war noch immer unschlüssig. Es erschien ihm geradezu grotesk, hier, in diesen stillen, edlen Räumen, einen jungen Gelehrten, der Alessandro Varese in seinen Augen noch immer war, aufzufordern, seine Zähne in das Fleisch eines Greises zu graben. Der Inhalt des roten Buches, Pasquales fieberhafte Bekenntnisse, all dies kam ihm für einen Moment unwirklich vor, und er fragte sich, was zum Teufel er hier eigentlich trieb. Dann aber fiel ihm Mailand wieder ein und der Landsknecht, und er sah dessen blutiges Grinsen vor sich und seine eigenen, scharlachrotgefärbten Nägel, und er wusste, dass es den Menschen gegeben war, mit Zähnen und Klauen aufeinander loszugehen. Er hatte es schon einmal befohlen. Für einen höheren Zweck. Entschlossen nickte er Pasquale zu.

«Sie sind stark», erklärte Varese soeben leidenschaftlich, «aber sie streben nicht nach Macht. Vielleicht sollten wir ihre Anwesenheit unter uns als ein Geschenk begreifen. Sie könnten uns mit ihrer unbesiegbaren Physis lehren, wie man Krankheiten besiegt. Auch haben die Werwölfe Kenntnisse der Geschichte, die wir alleine nie erlangen werden. Sie können uns von einer Vergangenheit erzählen, die sie selbst erlebt haben. Wer weiß, vielleicht findet sich einer, der der Geburt und dem Tod Christi selbst beigewohnt hat. Stellt Euch dies nur vor!»

Ascanio Sforza starrte den jungen Inquisitor fasziniert an. Für einen Moment ließ auch er sich gefangen nehmen von den Phantastereien dieses jungen Mannes. Einen Zeugen Christi, einen, der ihn gesehen, gehört, vielleicht sogar berührt hatte! Was für ein Gedanke! Was für Aussichten! Eine Gänsehaut lief ihm über den Rücken.

Alessandro war trunken vor Erregung. Er reckte seine Arme empor und richtete all seine Aufmerksamkeit auf den Mann, der vor ihm saß und den er mit der Glut seiner Worte und seiner Leidenschaft zu erreichen suchte. Und erschien da nicht ein Glanz auf dem Gesicht des Papstes? Bebte sein schwacher Körper nicht tatsächlich wie unter der Gewalt einer mächtigen Gemütsbewegung? Hoffnung quoll auf in Alessandro, Hoffnung, dass sich alles zum Guten wenden würde. Die nächsten Gedanken hallten bereits in seinem Kopf, sein Blut rauschte in seinen Ohren wie ein jubelnder Strom. Und er war völlig verblüfft, als plötzlich seine Hände gepackt und auf den Rücken gedreht wurden. Schon wollte er sich wehren, da spürte er Pasquales Arm um seine Schultern.

«Der Papst ist müde», erklärte sein Bewacher ihm. «Der Kardinal wünscht, dass Ihr Euch für heute verabschiedet. Wir werden ein anderes Mal fortfahren.»

«Ja, aber ...» Alessandro ließ sich mit sanfter Gewalt dem Papst entgegenbeugen, um den Ring an der Hand des Heiligen Vaters zu küssen. Seine Gedanken rasten noch immer, während er seine Lippen den alten Fingern näherte. Da fühlte er das Messer kalt an seiner Kehle.

«Die Klinge ist scharf genug, Euren Kopf abzuschneiden», hörte er Pasquale an seinem Ohr zischen. «Und wenn Euch Euer eigener nichts wert ist, dann denkt wenigstens an Valeria.»

«Valeria?» Alessandro erstarrte.

«Ja», antwortete Pasquale knapp. «Die Häscher sind schon unterwegs, die Scheiterhaufen werden bereits aufgeschichtet. Und wir wissen beide, dass sie brennen, nicht wahr?» Der Druck der Klinge wurde fordernder. «Ihr allein könnt sie retten, Alessandro. Wenn Ihr gehorsam seid. Beißt zu!»

«Was?», rief der junge Gelehrte verblüfft aus. Tief verwirrt suchte er sich aufzurichten.

Durch die laute Stimme war auch Ascanio Sforza aus der Verzückung erwacht, in die Alessandros Rede ihn versetzt hatte. Er kam wieder zu sich. Und Mailands Schicksal, die Schrecken des Krieges und sein noch immer in französischen Kerkern schmachtender Bruder ersetzten die Vision von Jesu Geburt und erfüllten jetzt all seine Gedanken.

«Macht Euch keine Umstände!», rief er und zog mit einer raschen Bewegung ebenfalls seinen Dolch. Mit dem schweren Knauf hieb er Alessandro Varese, der gerade noch etwas sagen wollte, mit voller Kraft auf den Mund. Blut quoll aus der geplatzten Lippe.

Mühelos riss Alessandro sich von Pasquale los und wischte sich übers Gesicht. Ungläubig betrachtete er seine rotgefärbten Finger, dann spuckte er aus. Ein Zahn landete auf dem marmornen Boden. Erst als er Sforzas triumphierendes Lächeln sah, begriff Alessandro.

«Nein!», schrie er entsetzt.

Im selben Moment sprang die Türe auf. Innocento Piccolomini stand im Rahmen. Als er das Blut sah, zückte er sein Schwert.

«Ah!», rief Sforza geistesgegenwärtig. Er ging Innocento entgegen, um die Szenerie im Raum vor seinen Augen zu verbergen. «Ihr kommt zur rechten Zeit. Dieser Wahnsinnige hat den Heiligen Vater angegriffen. Helft uns! Ruft die Wachen!» Er breitete die Arme aus, was man als Bitte um Hilfe interpretieren konnte, aber dazu dienen sollte, den Sohn des Papstes hinauszudrängen.

Auf den Gängen waren bereits eilige Schritte zu hören, und Innocento, davon ermutigt, trat ohne Zögern ein. Sforza wandte den Kopf, als er hinter sich ein Geräusch hörte. Er sah, dass Alessandro gerade versuchte, hinter dem davongeschlitterten Zahn herzustürzen, machte seinerseits mit wehendem Umhang kehrt und warf sich vor, um ihn am Fuß festzuhalten. Währenddessen warf sich Pasquale auf Alessandros Rücken. Doch er wurde von einer heftigen Bewegung Vareses fortgeschleudert und krachte gegen eine Säule, an deren Fuß er wie betäubt liegen blieb. Sforza stürzte vor und beförderte den Zahn mit einem Tritt unter eine Truhe.

Alessandro kam nicht mehr dazu, ihm zu folgen, denn

Innocento, der schnell zu begreifen schien, schnellte seinerseits mit einem Schrei auf ihn los. Es gelang dem jungen Gelehrten gerade noch, auf die Beine zu kommen und mit blutverschmiertem Gesicht dem neuen Angreifer entgegenzusehen. «Ich bin nicht Euer Feind», rief er.

«Hört nicht auf ihn. Er ist unser aller Feind!», donnerte Sforza und hob seine Waffe, zog sich dann aber diskret aus dem Gemenge zurück und schlich hinter die beiden Kämpfenden, die vollkommen miteinander beschäftigt waren, um unauffällig nach dem begehrten Zahn zu angeln. Er musste in die Knie gehen und seinen Arm bis zur Achsel unter der Truhe versenken. Schweiß trat ihm auf die Stirn, während seine Finger nervös umhertasteten. Doch dann, als er schon fast die Hoffnung aufgeben wollte, spürte er etwas Glattes, Hartes und griff zu. Ein Lächeln glitt über sein verzerrtes Gesicht.

Innocento hatte inzwischen die Position eines Fechters eingenommen. «Nun?», forderte er seinen Gegner höhnisch auf.

Alessandro blickte gehetzt um sich und griff schließlich nach einem Schemel, den er so heftig gegen den Boden schlug, dass er nur eines der Holzbeine in der Hand behielt.

«Eine edle Waffe», höhnte Innocento und attackierte ihn. Holz splitterte, als Alessandro parierte, doch hielt er nur mehr einen Stumpf in der Hand. Mit einem Verzweiflungsschrei schleuderte er ihn gegen den Angreifer, der aber hinter eine Säule ausweichen konnte. Auch der Rest des Schemels flog nun wirkungslos gegen eine Reihe Leuchter, hinter denen Innocento als Nächstes Schutz gesucht hatte. Scheppernd gingen sie zu Boden.

Alessandro befand sich bereits mit dem Rücken zur Wand. Im Angesicht der schimmernden Klinge fragte er sich verzweifelt, wie es sich wohl anfühlen würde, wenn sie seinen Hals durchschnitt, doch im Moment der höchsten Not besann er sich. Er war kein Kämpfer, kein Fechter. Nie hatte er eine Waffe geführt. Und wenn er sich darauf einließ, würde er eine leichte Beute sein. An Kraft aber war er seinem Gegner bei weitem überlegen. Er durfte sich nicht duellieren wie ein Edelmann, er musste kämpfen wie ein Tier.

Er ignorierte die Klinge, wich ihr aus, so gut er konnte, und ging mit einem Sprung auf Innocento los, der angesichts des entschlossenen Gesichtes seines Gegners und der nach seinem Hals ausgestreckten Finger ein wenig blasser wurde. Zu seinem Glück rettete ihn das Erscheinen der päpstlichen Wache.

Mit gesenkten Spießen gingen die Männer gegen Alessandro vor, der von Innocento abgedrängt wurde. Schweratmend wich er an die Wand zurück, hastig um sich tastend, ob er nicht eine Waffe fände. Ein herabgerissener Gobelin stiftete kurz Verwirrung und bot Alessandro ein wenig Schutz. Doch näher zur Tür gelangte er nicht, und bald schon war seine Flucht zu Ende. Er zog sich in die Zimmerecke zurück, fauchend und knurrend.

«Lasst ihn mir», rief Innocento über die Schultern der gepanzerten Garden hinweg, jedoch vergeblich, man gab ihm keine Gasse frei.

Hektisch blickte sich Alessandro um, es schien keinen Ausweg zu geben. Er musterte das Fenster. «Nur zu», knurrte der Gardist, der ihm am nächsten stand. «Dort geht es vier Stockwerke in die Tiefe.»

Alessandro nickte, als er es hörte. Vier Stockwerke, das mochte genügen. Dann sprang er, ohne zu zögern, durch das splitternde Glas.

Die Wachen stürzten ans Fenster, in der Erwartung, unten seinen zerschmetterten Körper zwischen den Scherben liegen zu sehen. Auch Innocento drängte sich jetzt zwischen ihnen hindurch. Ein ungläubiger Fluch entfuhr ihm, als er sah, wie Alessandro sich gegen jede Wahrscheinlichkeit erhob, einen Blick zu ihnen hinaufschickte und dann, zuerst taumelnd, dann immer sicherer Tritt fassend, über den Hof davonlief. Die Männer der Leibgarde stießen erstaunte Rufe aus und bekreuzigten sich.

«Bei allen verfluchten Heiligen!» Innocento fuhr herum und stürzte auf Sforza los. Der Kardinal kniete neben dem Sessel des Papstes, in seiner Hand hielt er den Zahn.

«Eure Heiligkeit», flüsterte er. Aber in dem Gesicht des Heiligen Vaters gab es keine Reaktion, kein Funke des Erkennens zündete mehr in seinen vor sich hin starrenden Augen. Erschrocken hob Sforza die Linke und hielt sie dem Greis vor den Mund. Er spürte keinen Atemhauch. Nur sein eigenes Keuchen war zu hören, und sein rasender Puls dröhnte ihm in den Ohren. «Atme, verdammt», murmelte er und schüttelte den Alten. Doch Pius III. war nur mehr eine leere, papierene Hülle in ihrem Ornat. Überraschend schwer sackte er Sforza in die Arme. Die Tiara fiel herab und kollerte über die Fliesen. Es gab keinen Zweifel mehr, der oberste Hirte der Christenheit war tot.

Verzweifelt fluchte Sforza erneut, während er sich gegen das Gewicht des Toten stemmte wie gegen die Macht der Vergeblichkeit. Es musste doch einen Weg geben! Noch war sein Fleisch warm! Mit zitternden Fingern schob er ihn zurück auf seinen Stuhl, packte die Hand mit dem Ring und griff nach dem Zahn. Er nickte, als er sah, dass der Zahn von Blut und Speichel noch immer glänzte, und hielt dann kurz den Atem an, ehe er ihn fest in die pergamentene Haut des Papstes bohrte. Das trockene Greisenfleisch gab nach wie zähes Leder, und Sforza musste all seine Kraft aufwenden, um die Haut zu durchdringen.

«Nur einen Tropfen Blut ... Ja», flüsterte er fiebrig. «Ja,

ja!» Mit hungrigen Augen musterte er das Gesicht des Toten.

Doch es blieb ausdruckslos. Als er verzweifelt den Kopf senkte, bemerkte Sforza, dass sich die Haut rings um den Einstich plötzlich wie durch Zauberhand glättete und verjüngte. Sie wurde weich und rosig wie die eines Jünglings. Innocento, der sich jetzt über die Schulter des Kardinals neigte, schnappte nach Luft. «So ist es wahr, was jener geredet hat?», fragte er atemlos.

Ascanio Sforza hob den Kopf. «Was habt Ihr gehört?», stieß er hervor.

Und über Innocentos Gesicht breitete sich ein Grinsen.

5.

Sforza wollte sich aufrichten und zu seinem Dolch greifen, da sah er, wie das Lachen im Gesicht des jungen Mannes erlosch. Erstaunen, Entsetzen und Wut lösten einander ab. Alarmiert folgte er seinem Blick, und bald starrte auch er auf die Rechte des Papstes, wo die wundersame Verwandlung, die sich über die ganze Hand und den Arm ausgebreitet hatte, langsam wieder verblasste. Immer kleiner wurde der Kreis von Haut, der jung und frisch aussah, immer enger zog sich die Grenze, bis sie bald nur noch den Ring der kleinen Wunde markierte, der am Ende selbst in sich zusammenfiel wie ein einstürzendes Haus.

Der flüchtige Augenblick war vorüber. Die Haut verwandelte sich zurück in das runzelige Grau einer Greisenhand. Einer Totenhand.

Sforza stieß sich die Faust in den Mund, um den Schrei seiner Enttäuschung zu ersticken. Zu spät, echote es in ihm, zu spät, zu spät. Mit der freien Hand hämmerte er den Rhythmus seiner Worte auf sein Knie. Als er sich schließlich Innocentos erinnerte und herumfuhr, war dieser schon fort.

Mit fliegendem Mantel rannte der junge Mann die Gänge entlang, nahm vier Stufen auf einmal und war dennoch kaum außer Atem, als er an den Wachen, die ihn kannten und nur verwundert anblickten, vorbeirannte und auf die Straße stolperte. Er hatte Vareses Fluchtweg im Kopf und war sich ziemlich sicher, dass jener die Via Septimiana am Tiber entlang nehmen würde. Und wirklich sah er nach kurzem Lauf den Flüchtenden vor sich. Betend, dass er sich nicht dem Ufer zuwenden und sein Heil im Fluss suchen würde, hetzte er ihm nach. Innocento stieß zahllose Händler beiseite und versetzte ihnen Tritte, wenn sie ihm mit ihren Handkarren in den Weg gerieten.

«Platz da!», brüllte er. «Platz für den Sohn des Papstes!» Befriedigt bemerkte er, dass Varese sich erschrocken umwandte, und als er sah, wie der Verfolgte planlos auf einen alten Brückensteg einbog, der ihn ins Nichts führen würde, stieß er ein Triumphgebrüll aus. Innocento hielt im Lauf inne und bereitete sich auf die Begegnung vor.

Auch Alessandro war stehen geblieben, als er bemerkte, dass er in eine Sackgasse geraten war. Der letzte Bogen des Stegs war zusammengebrochen. Unter gesplitterten Balken rauschte das Tiberwasser entlang. Er maß die Entfernung für einen Sprung, doch selbst für seine Kräfte war die andere Seite unerreichbar. Er musste sich dem Gegner stellen.

Müde, aber entschlossen wandte Alessandro sich um. «Ich bin nicht Euer Feind», wiederholte er die Worte, mit denen er Innocento bereits das erste Mal begegnet war. Doch sein Verfolger zuckte nur mit den Schultern, noch immer außer Atem.

«Vielleicht», entgegnete er, «mag sein. Aber Ihr könnt etwas für mich tun.»

Alessandro blinzelte. Mit vorgeneigtem Kopf stand er da. «Und das wäre?», fragte er.

Auffordernd streckte Innocento die Hand aus.

Der junge Inquisitor fuhr zurück. Heftig schüttelte er den Kopf. «Nein», stammelte er, «nein. Nein!»

«Sforza hat Euch gewiss schon als Papstmörder ausgerufen.» Innocento ließ sich nicht abschütteln. Jeden Schritt, den Alessandro zurückwich, drängte er ihm nach. «Sie werden Euch jagen und zur Strecke bringen. Es sei denn, ich stehe Euch bei. Was habt Ihr noch zu verlieren? Eure Seele vielleicht?» Innocento lachte höhnisch.

«Und um die Eure macht Ihr Euch keine Sorgen?», gab Alessandro zurück.

Innocento lachte erneut auf. «Wenn man Euch glauben darf, dann ist es das Paradies auf Erden, zu sein, was Ihr seid.» Er zögerte einen Moment.

Alessandro bemerkte den leisen Zweifel, der über das hübsche Gesicht des Jungen zog. Nun war es an ihm, zu lächeln. «Und doch wagt Ihr nicht einmal, es auszusprechen», erwiderte er.

Innocento biss sich auf die Lippen. Dann spuckte er aus. «Was soll's», stellte er fest. «Sterben werden wir alle. Aber was mich anbelangt, so will ich den Zeitpunkt so weit hinausschieben, wie es geht.» Unwillkürlich wischte er sich über die Schläfe. Und ich will das Siechtum vermeiden, dachte er, den Gestank des Grabes nicht schon zu Lebzeiten ertragen müssen und auch das lange Elend eines Verfaulens bei lebendigem Leibe nicht. Aber er sprach seine Gedanken nicht aus. Stattdessen packte er seine Waffe fester. «Also entscheidet Euch. Ihr dient mir tot wie lebendig, scheint mir. Es liegt nur an Euch, zu wählen.»

Wieder schüttelte Alessandro den Kopf.

«Also nein?», stellte Innocento fest. «Weil Ihr mich schützen wollt, ja?» Der Hohn verzerrte sein Gesicht. «Verdammter Pfaffe.»

«Nein», erwiderte Alessandro ernst. «Weil Ihr nicht würdig seid.»

Und ehe der verdutzte Innocento reagieren konnte, war er vorgesprungen, hatte ihn um den Leib gefasst und ihn in den Fluss geworfen. Es erschien ihm wie ein Traum, als er sah, wie der junge Mann im Wasser um sich schlug. Er schrie und planschte, und aus seinen Rufen war zu vernehmen, dass er nicht schwimmen konnte. Rasch brauchten sich seine Kräfte auf, die schweren Stiefel füllten sich, die Kleider sogen sich mit Flusswasser voll und zogen ihn hinunter. Alessandro schritt über den Steg zurück wie ein Schlafwandler. «Helft ihm», wies er die Leute an, die herumstanden und ihn mit offenem Mund begafften.

Eine Herde Schafe, die ein Hirte vor sich her zum Markt treiben wollte, geriet in Aufregung, als Alessandro vorbeiging. Heftig meckernd drängten die Tiere von ihm fort, drückten ihre Köpfe gegen die Mauern der Häuser und suchten verzweifelt, sich zwischen den verwirrten Menschen durchzudrängen. Ihre Furcht griff auf die Umstehenden über. Keiner, der Alessandro Vareses Gesicht sah, wagte es, Hand an ihn zu legen oder ihn auch nur anzusprechen.

«Los, helft ihm!» Erst die zweite Aufforderung hatte Erfolg. Während die Männer zögernd zum Ufer hinabkletterten und sich durch das Schilf schlugen, ging Alessandro die Via Septimiana hinab bis zum Stadttor und tauchte ein in das Gewimmel der Straßen Roms. Gebete murmelnd und sich vielfach bekreuzigend, schritt er, ohne auch nur einmal innezuhalten. Als das Gesicht Innocentos langsam in seiner Erinnerung versank, blieb nur ein Gedanke zurück: Valeria.

6.

Die Glocke läutete zur Sext an diesem strahlenden Mittag, als Bruder Jordanus sich aufrichtete und die Augen mit den Händen beschattete, um zu sehen, wer da auf ihn zugerannt kam. Er öffnete schon den Mund, um den Verwalter zu begrüßen und ihn scherzhaft zu fragen, was an einem so warmen Tag solche Eile verursacht haben konnte, da bemerkte er, dass der andere taumelte. Der Mann ruderte mit den Armen und wollte etwas sagen, doch es kam kein Laut aus seiner Kehle. Begütigend breitete Jordanus die Arme aus, um ihn zu beruhigen. Der Mann stürzte sich in die Umarmung und klammerte sich an der Kutte des Mönches fest. Aus seinem Mund quoll ein großer Schwall Blut. Jordanus spürte die Flüssigkeit warm durch den dicken Stoff dringen, als er die Arme fest um den Kranken schloss und ihn so vor dem Sturz bewahrte. Da ertastete er den Schaft in seinem Rücken, Holz und Federn. Erschrocken starrte er in die weitaufgerissenen Augen des Sterbenden, die noch das Grauen spiegelten, dem er entkommen war. «Reiter», röchelte er, dann sank er in sich zusammen.

Jordanus ließ ihn vorsichtig auf den Boden gleiten, schloss

ihm die Augen und schlug das Kreuz über ihm, ehe er sich wieder aufrichtete. Für einen Augenblick stand er reglos da. Sein Blick schweifte über den Garten, der so friedlich im Licht lag, in der vollen Pracht seiner Blüten. Bienen flogen selig brummend über den Brunnen und den schattigen Kreuzgang, an dessen geschwungenen Bögen Jordanus' Arbeitsgerät lehnte. Sein Gesicht verriet nicht, was er fühlte.

Dann wurde das Scharren zahlreicher, schneller Schritte laut. Seine Brüder versammelten sich, um dem Mittagsgottesdienst zuzustreben. Leben kam in Jordanus. Sich erneut bekreuzigend, lief er zwischen seinen Beeten entlang. Seine Kutte wischte über die Lavendelbüsche und ließ betörende Duftwolken aufsteigen, doch er achtete nicht darauf.

«Vater! Vater!» Erst als er Abelardo in der sich versammelnden Menge entdeckte, blieb er schweratmend stehen. Der Abt hatte sich gerade der rituellen Handwaschung an dem kleinen Becken neben dem Eingang zur Kapelle unterzogen. Mit noch tropfenden Händen richtete er sich auf, bedeutete mit einem freundlichen Nicken dem nächsten Bruder, dass er an der Reihe sei, und trat zu seinem Gärtner.

«Was gibt es, Jordanus?», erkundigte er sich. Noch ehe der Angesprochene geantwortet hatte, schwand langsam das Lächeln aus seinem Gesicht. Dann bemerkte er das Blut auf der Schulter seines Gärtners. Jordanus nickte nur. «Reiter», stieß er hervor. «Sie greifen den Wirtschaftshof an.»

«Es ist so weit.» Der Blick des Abtes wanderte in die Ferne. Die Glocke im Turm über ihnen verstummte und schwang aus. Im selben Moment wurden die ersten Schüsse laut. Schreie waren zu hören. Der schützende Frieden über dem Kloster zerbrach.

«Ehrwürdiger Vater?», kam die erste fragende Stimme hinter ihnen. Die Mönche begannen, besorgt zu tuscheln.

Abelardo legte Jordanus die Hand auf die Schulter. Fest

packte er den alten Freund. «Das Buch.» Mehr sagte er nicht.

Jordanus nickte wieder. In seinen Augen standen Tränen, die er schnell fortblinzelte. «Ich weiß.» Er nahm die Hand des Abtes. So standen sie eine Weile, und einer spürte des anderen flatternden, verletzlichen Puls. «Macht Euch keine Sorgen.»

Der Abt ließ los und segnete Jordanus mit einer Geste. «Die Zeit der Sorgen ist für uns vorüber, Jordanus. Geht mit Gott», fügte er noch leise hinzu. Dann wandte er sich abrupt zu den Mönchen um und breitete die Arme aus. «In die Kirche, Brüder!», rief er mit fester, beruhigender Stimme. «In die Kirche. Lasst uns beten zu unserem Herrn, dass er uns beisteht in dieser Stunde. Wir alle ruhen in Seiner Hand.»

«Amen», antwortete ihm der Chor. Mit gesenkten Köpfen drängten die Mönche hinein, eine verängstigte Herde, die einander ratlose Blicke zuwarf. Jordanus dagegen schritt in entgegengesetzte Richtung, so rasch er konnte.

Über dem Dach des Refektoriums stieg Rauch auf, und er wusste, es würde nur noch wenige Augenblicke dauern, ehe sie hier waren. Er durchquerte die Bibliothek, nicht ohne einen Stich des Bedauerns zu verspüren, nahm eine Fackel und stieg dann die Stufen zu dem Gelass hinunter, in dem er seine Tinkturen zubereitete und das er Alessandro Varese für seine Versuche überlassen hatte. Die Spuren der Verwüstung, die durch Pasquale dort verursacht worden war, hatte er längst beseitigt. Ordentlich standen die Tiegel wieder in den Regalen, die Bündel getrockneter Kräuter hingen sorgfältig aufgereiht von der Decke und verliehen dem staubigen Ort ein angenehmes Aroma. Auf dem Tisch warteten unzählige Waben darauf, zu duftenden Salben verarbeitet zu werden, Öl schimmerte in gusseisernen Kannen, ein Stapel Holz lag bereit, den kleinen Ofen zu befeuern, der heute kalt geblieben war.

Jordanus aber gönnte der vertrauten Umgebung keinen Blick. Mit einer einzigen Bewegung fegte er den Tisch frei und beachtete auch die zahlreichen beschriebenen Seiten nicht, die dabei mit zu Boden flatterten. Seine sorgsam vorgenommenen Notizen landeten allesamt im Staub.

Da er ein alter Mann war, bereitete es ihm Mühe, auf die Tischplatte zu klettern. Als er oben stand, balancierte er vorsichtig herum. Das Gebilde ächzte und knarzte unter seinem Gewicht. Mehrfach fürchtete er, das Gleichgewicht zu verlieren und schmerzhaft zu stürzen. Er ging in die Knie und krallte sich an der Wand fest. Aber das laute Gebrüll von draußen, das Krachen von Holz, gefolgt von einem unbestimmten Scheppern und Klirren, feuerte ihn an. Sie hatten das Refektorium erreicht und mit ihrem Wüten begonnen. Er konnte es förmlich vor sich sehen, wie die Angreifer hineintrampelten, zu den langen, blankpolierten Tischen liefen, an denen die Mönche speisten, und mit ihren Waffen die Gedecke von der stillen Tafel fegten, die schlichten Teller und Becher zertrümmerten, die Hocker umwarfen, gegen die Wasserkannen und Brotkörbe tobten, erfüllt von einer Wut, die mehr den Mönchen als den Gegenständen galt. Er wagte nicht, daran zu denken, was geschähe, wenn sie die Bewohner des Klosters erst fänden.

Jordanus wandte sich dem Regal zu und mühte sich, es von der Wand zu zerren. Die Tiegel wackelten und begannen, einer nach dem anderen herunterzufallen. Der Gärtner erstarrte. Er betete, dass das Splittern und lautstarke Zerbersten der Gefäße niemanden aufmerksam werden ließ. Tatsächlich ging es im Lärm, der draußen herrschte, unter. Erleichtert atmete er auf. Das Regal allerdings widerstand noch immer seinen Bemühungen. Schweiß trat dem Mönch auf die Stirn, während er hilflos daran zog und zerrte. Von der Angst zur Eile getrieben begann er, der niemals etwas mit

Vorsatz zerstört hatte und der dafür gelebt hatte, alle Dinge mit Demut zu berühren, und dem jede Arbeit ein Ritual gewesen war, die Regalbretter mit hastigen Bewegungen zu leeren. Ungeduldig half er mit seinen Händen nach, warf zu Boden, was er in mühsamen Stunden, Tagen und Wochen geschaffen hatte, bis alle Bretter freigeräumt waren. Dann packte er das blanke Gestell noch einmal. Nun gehorchte es seinem wütenden Rütteln und gab nach.

Beinahe wäre der Mönch rücklings in die glitzernden Scherben gestürzt, doch mit letzter Kraft konnte er sich gerade noch halten und warf stattdessen das Regal zu Boden.

«Ausschwärmen!», hörte er von oben eine befehlende Stimme. Was dann folgte, verriet ihm, dass die Eindringlinge die Bibliothek erreicht hatten. «Zündet alles an!»

«Gott vergib ihnen», murmelte Jordanus entsetzt. Die Bücher, die uralten Schriften, sie alle waren Frucht der jahrhundertelangen Mühen seiner Brüder. Die wunderbaren Werke über Pflanzen und Medizin, von Männern wie ihm mit liebevoller Hand illustriert ... Es trieb ihm die Tränen in die Augen, und er kämpfte gegen den Impuls, nicht hochzulaufen, seine Lieblingsbücher zu umarmen und mit ihnen gemeinsam in den Flammen umzukommen. Doch er musste es geschehen lassen, er hatte einen anderen Auftrag.

Mit zitternden Fingern tastete er die Wand ab. «Wo ist es denn? Wo ist es nur, es muss doch hier sein.» Immer nervöser und hastiger wurden seine Bewegungen.

Da! Endlich spürte er den feinen Spalt, nach dem er gesucht hatte. Er betete, dass seine rissigen alten Gärtnerfinger noch schmal genug waren, den Stein zu erfassen. Schweiß tropfte ihm in die Augen, und seine Beine bebten. Aber Stück für Stück löste sich der Brocken. Jordanus spürte, wie die Haut an seinen Fingerspitzen riss, und biss die Zähne zusammen.

«Sie sind nicht in ihren Zellen! ... Die Kapelle, du Idiot!» Mit dumpfem Knall stürzten die Regale der Bibliothek zu Boden. Glas klirrte, als Schwertknäufe die kostbaren Fenster zerstörten.

Jordanus zwang sich, nichts davon an sich heranzulassen. Aufatmend hielt er endlich den Steinklotz in Händen und hätte ihn beinahe auf die eigenen Füße fallen lassen. Der Tisch wackelte gefährlich, und er war gezwungen, sich an der Kante der neuentstandenen Nische festzuklammern. Kühl wehte ihm ein alter, aber trockener Hauch entgegen. Schwärze erfüllte das Loch und gab nichts von seinem Geheimnis preis.

Jordanus sandte noch einmal ein Stoßgebet gen Himmel, dann griff er hinein. Mit einem Seufzer der Erleichterung ertastete er das in Stoff eingeschlagene Bündel. Es lag also noch dort, wo er es vor einer Ewigkeit versenkt hatte. Wie jung war er damals gewesen, fast noch ein Kind, als er das letzte Mal unter den wachsamen Augen des Abtes hier gestanden und diesen rätselhaften Schatz verborgen hatte. Nur halb hatte er begriffen, was er da tat und was so wichtig war und so geheim, dass keiner der anderen Brüder davon erfahren durfte. Heimlich hatte sich Abelardo zusammen mit ihm des Nachts von allen fortgeschlichen. Warum nur war gerade er ausersehen worden, dieses Wissen zu teilen? Nur zu gut erinnerte sich Jordanus des verwirrten Stolzes, der ihn damals erfüllt hatte. Und kein Tag war seither vergangen, da er sich, wenn er hier arbeitete, nicht des Schatzes dort oben in der Wand bewusst gewesen wäre. Wie ein Spreißel im Finger, der sich eingekapselt hatte, auf ewig spürbar vorhanden, aber nicht mehr schmerzend. Doch nun war die Wunde aufgebrochen. Es ist so weit, hatte Abelardo gesagt. Hatte er die ganzen Jahre gewusst, was ihnen bevorstehen würde?

«Dort ist eine Treppe!»

Jordanus zuckte zusammen. Sie hatten den Zugang entdeckt. Er wusste, die Zeit wurde knapp. Rasch barg er das Bündel in seiner Kutte und löschte die Fackel. Er huschte in den Gang hinaus und verbarg sich in einer dunklen Nische, als er die wilden Schritte die Stufen herunterkommen hörte. Die Mauervertiefung war klein und bot nur wenig Schutz. Ein Kreuz hing an der Rückwand. Davor flackerte ein kleines, müdes Kerzenlicht in einem roten Glas und ließ das Gesicht des Gekreuzigten seltsam lebendig erscheinen. Jordanus blickte ihn an und legte unwillkürlich den Finger an die Lippen. Dann, sein schlechtes Gewissen bekämpfend, löschte er das Licht. Sie kamen näher.

Die Sonne über Rom strahlte, ließ die Dächer leuchten und verwandelte den Fluss in einen goldenen Spiegel. Ascanio Sforza allerdings, der an der Brüstung einer Holzbrücke lehnte, zeigte der Strom nur den Blick in eine düstere Zukunft. Alles war verloren.

«Euer Blick ist trüber als das Wasser unseres geliebten Tiber.»

Unwillig blickte er auf, als er so angesprochen wurde. Zu seinem Erstaunen stand dort Kardinal della Rovere neben ihm, sein alter Widersacher und der Letzte, dem er in diesem Moment zu begegnen wünschte. Zweifellos, so dachte Sforza, wollte er sich an seinem Unglück weiden. Nun, da Pius III. tot war, würde sehr bald ein neues Konklave angesetzt werden. Und man brauchte kein Wahrsager zu sein, um zu wissen, wer aus dieser Papstwahl als Sieger hervorgehen würde.

Hätte ich doch nur mehr Zeit gehabt, dachte Sforza grimmig und ballte die Fäuste, nur ein wenig mehr Zeit für meine Allianzen. Aber diese Hoffnungen waren in den Fluten des Tiber ertrunken.

«Mein Beileid zur Verwundung Eures Gefolgsmannes», begann della Rovere.

Sforza brauchte eine Weile, bis er begriff, dass sein Gegenüber von Mattia Pasquale sprach. Nachdem jener an der Säule hinabgesunken war, hatte er ihn mitleidlos hochgezerrt, damit er Varese nachsetzte, und ihn seitdem keines weiteren Gedankens gewürdigt.

«Er wird es überleben», murmelte Sforza ohne großes Interesse. Was bedeutete ihm in diesem Augenblick sein Diener? Kaum, dass er sich erinnerte, wie der Mann ausgesehen hatte. Wenn er es nicht schaffte, seinen Auftrag zu erfüllen, würde er ohnehin sterben.

Della Rovere nickte bedächtig. Sein Blick folgte dem Sforzas, der zusah, wie unten im Fluss der schlaffe Körper Innocentos geborgen wurde. Fünf Mann standen im Wasser und mühten sich damit ab, während die Menschen am Ufer gestikulierten, winkten und nicht mit gutem Rat sparten. Der Mann, der ihn gefunden hatte, kauerte am Ufer und knetete sich das Wasser aus den Haaren. Auf die Zurufe der Neugierigen hin zuckte er mit den Schultern.

«So ist mit dem Vater auch der Sohn dahingegangen.» Sforzas Ton war salbungsvoll, während er beobachtete, wie der einstige Günstling und Frauenliebling mit traurig tropfenden Locken und schlammverschmutzter Kleidung an Land geschleppt wurde. In nichts unterschied er sich von den anderen Unglücklichen, die der Tiber von Zeit zu Zeit freigab.

«So rollt Fortuna auf ihrem Rade», erklärte della Rovere.

Statt einer Antwort knirschte Sforza, dem der Anblick Innocentos in der Tat wie ein Symbol seiner eigenen verlorenen Hoffnungen erschien, nur mit den Zähnen. Er empfand die Worte des Geistlichen auf sich gemünzt und konnte ein Gefühl der Bitterkeit nicht unterdrücken. In seiner hartnäckig geballten Faust fühlte er jetzt wieder den Druck von Vareses Zahn, den er noch immer mit sich trug. Nun konnte er ihn ebenso gut in den Fluss werfen, vorbei war vorbei. Wenn nur della Rovere endlich ginge.

«Man wird ihm jedenfalls nicht so stark nachtrauern wie seinem Erzeuger», bequemte er sich schließlich zu einer Erwiderung, da della Rovere darauf zu warten schien. Was ihn betraf, so weinte er Innocento keine Träne nach. Der Junge war ihm stets ein Ärgernis gewesen, und wäre er am Leben geblieben, wäre er ein höchst lästiger Mitwisser geworden, vielleicht sogar ein Erpresser. Er hätte am Ende eine Bedrohung für ihn und seine Pläne dargestellt. Meine gescheiterten Pläne, korrigierte Sforza sich, ohne darauf zu verzichten, die Klinge noch einmal in der Wunde herumzudrehen.

«Im Vatikan ist die Erregung allerdings groß», bekannte della Rovere im Ton unschuldiger Neugier. «Man glaubt an Mord, zwei Männer sind tot.»

Sforza erstarrte. Seine Gedanken liefen rasend schnell. Die Wucht seiner Enttäuschung hatte ihn die Situation noch gar nicht in vollem Umfang betrachten lassen, und jetzt, im nackten Sonnenlicht, stellte sie sich alles andere als beruhigend dar. Der Papst war gemeuchelt worden, von einem Mann, den er selber zu ihm geführt, dem er eine Privataudienz verschafft hatte. Es gab mehr als einen Würdenträger in Rom, der ihm daraus liebend gerne einen Strick drehen würde. Der Mann, der neben ihm stand, würde nicht der Letzte unter ihnen sein.

Sforza griff sich unwillkürlich an den Hals. Was war er doch nur für ein Narr gewesen! Wie hatte er trauern können um das, was nun doch nicht sein würde? Mailand würde nicht von den Fesseln der Fremdherrschaft befreit werden, sein Bruder nun doch nicht freikommen aus den Kerkern Frankreichs, in denen er bei lebendigem Leib verrottete.

Auch würde der Name Sforza nie wieder von der alten Macht und Herrlichkeit umgeben sein. Und er selbst würde nicht der strahlende Retter seiner Dynastie sein, sondern ein mittelmäßiger Diener bleiben, ein kleiner Intrigant und Mitläufer, ja so nannte er sich und hatte dabei nie gedacht, dass es noch schlimmer kommen, dass er noch tiefer sinken könnte. Würde er in ein neues Exil vertrieben werden? Oder gar, er schluckte, einen Kandidaten für den Strick abgeben?

Nervös maß er della Rovere von der Seite. Wie viel wusste der Mann von ihm? Und noch wichtiger, wie viel wollte er?

«Ich war wohl etwas voreilig», begann Sforza hastig. «Als dieser Mönch, der mein Protegé war, auf einmal begann, in Zungen zu reden und auf den Papst einzudringen, fürchtete ich sofort um die zarte Gesundheit des Heiligen Vaters. Pasquale suchte den Tobenden noch zu bändigen, der nicht mehr bei Sinnen schien. Er hat es mit seiner Gesundheit bezahlt. Der Papst jedoch wurde niemals angetastet.» Unbehaglich bewegte er die Hand, in der noch immer der verräterische Zahn ruhte. «Das schwöre ich bei meinem Leben.»

7.

Bei jedem Paar Stiefel, das jetzt über die Treppen polterte, drückte sich Jordanus tiefer in die Nische. Das Kreuz in seinem Rücken schmerzte und behinderte ihn. So würde er nicht mehr lange durchhalten. Er presste seine Stirn gegen die des Erlösers und murmelte lautlos ein Bittgebet.

«Da unten ist etwas», rief eine raue Stimme.

Im hereinfallenden Licht konnte Jordanus bereits die Stiefelspitzen des ersten Reiters sehen, dann die Faust mit der Hellebarde, die plötzlich vorstieß und auf die offene Tür zu seinem geschändeten Labor wies.

«Bringt Fackeln!», befahl der Mann.

Jordanus erbebte und griff unwillkürlich nach den Schultern Jesu, um sich an ihnen festzuklammern. Im selben Moment hörte er ein leises Klicken und spürte, wie die Figur nachgab. Erschrocken weitete er die Augen, um das Halbdunkel zu durchdringen, das sich nun vor ihm auftat. War das dort unter der Hand des Heilands nicht ein Spalt? Schwärzer noch als die Umgebung? Jordanus tastete danach und spürte sofort den kühlen, von Kellerdunst erfüllten Hauch, der daraus hervorströmte.

Der Geruch brachte eine ferne Erinnerung mit an jenen Abend, als er Abelardo und seiner Fackel hier herunter gefolgt war, taumelnd vor Müdigkeit, aber gehorsam. Als er damals vom Tisch gestiegen war und einen letzten Blick auf das unschuldig aussehende Regal geworfen hatte, das ihr Versteck verbarg, hatte sich eine unglaubliche Erschöpfung in ihm breitgemacht. Dennoch war er ohne Murren Abelardos Befehl gefolgt und hatte mit Kehrbesen und Schaufel alle Spuren ihres Meißelns beseitigt. Die Augen wären ihm fast zugefallen, und er hatte sich nach nichts anderem gesehnt als nach der Pritsche in seiner Zelle. In die Tiefe des Kellerdunkels aber war zur selben Zeit der dumpfe Ton der Glocke gedrungen, der sie in die Kapelle rief. Es war bereits zwei Uhr gewesen, die Zeit der Vigil. Alarmiert hatte Abelardo aufgesehen.

«Wir kommen zu spät zum Stundengebet, die anderen werden aufmerksam werden.»

Jordanus' eigene Antwort war kaum mehr als ein Lallen gewesen. Abelardo aber hatte ihn an der Schulter gepackt und vor sich hergeschoben. «Komm, wir werden den kürzesten Weg nehmen. Keiner wird sehen, dass wir nicht in unseren Zellen waren.» Dann hatte er im Gang innegehalten und irgendetwas mit seinen Händen getan. Jordanus erinnerte sich auf einmal. Und danach hatte der Abt ihn in einen Durchgang im Gemäuer gezogen, der Jordanus nie zuvor aufgefallen war. Nicht, dass er ihn in jenem Augenblick groß beachtet hätte. Er war mehr als müde, er war erschöpft gewesen. Und sein Kopf war schon randvoll mit dem bis dahin Erlebten. Nur undeutlich hatte er Enge und Dunkelheit wahrgenommen und eine Luft, so alt und schwer, als hätten Jahrhunderte sie nicht berührt.

Die Luft, die ihm nun entgegenwehte, rief die Erinnerungen an jenen Tag ganz deutlich hervor. Damals war er blind hinter Abelardo hergestolpert, nur erleichtert, dass sie bald schon in der Kapelle standen. Er erinnerte sich an die Umrisse der betenden Brüder, die das Gotteshaus betraten, an die vertrauten, glattgescheuerten Holzbänke und daran, dass er in den warmen braunen Schatten, die das Kerzenlicht vom Altar der Kapelle warf, bald in süßen Schlummer gefallen war.

Dies hier also hatte Abelardo damals getan: einen Geheimgang geöffnet. Jordanus murmelte einen leisen Dank und griff beherzt in den Spalt. Erleichtert bemerkte er, dass dieser nachgab und sich quälend langsam zu einer Pforte öffnete. Hinter ihm näherten sich erneut Schritte, die nun mit Fackeln den Gang erleuchteten. Große, wandernde Schatten wurden vom Fauchen der Flammen und dem Duft von Harz begleitet. Gleich würde ihn der Lichtschein erreicht haben. Jordanus biss die Zähne zusammen und drückte mit all seiner Kraft gegen die Öffnung, aber die Tür ließ sich nicht beirren, nur mit gleichmäßiger Langsamkeit gab sie seinem Drängen nach. Verzweifelt warf er sich immer wieder dagegen und drängte sich in den Spalt. Würde der Platz reichen? War der Durchgang nicht viel zu klein für ihn?

Sein Brustkorb wurde zusammengepresst, schmerzhaft schrammte seine Kopfhaut gegen die Mauer und riss ihm ein paar Haare aus. Doch schließlich rutschte er hindurch. Jordanus krallte seine Finger in den Stein und versuchte, den verräterischen Spalt wieder zuzuziehen, als der erste Söldner die Nische erreicht hatte. Er hob die Fackel hoch, um den Vorraum zu erkunden. Jordanus bemerkte sein zottiges Haar und die Schrunden in seinem Gesicht. Für einen furchtbaren Augenblick schien ihm, als blickten sie einander direkt in die Augen. Der Blick des Mannes funkelte böse. Dann schloss sich der Spalt und erneut ertönte das leise Klicken. Nun umgab ihn Finsternis.

«Was war das?», hörte er es dumpf von der anderen Seite der Mauer.

«Ein Christusbild», kam prompt die Antwort.

Jordanus hörte weitere Schritte sich nähern und erstarrte, die Handflächen an den Stein gepresst. Er glaubte, den Mann mit den furchtbaren Augen noch immer vor sich zu sehen. Er war nicht weiter von ihm entfernt als einen Schritt. Doch alles blieb still.

«Wahrhaftig», schien einer der Männer nach einer Weile zu murmeln, «man könnte meinen, er blicke einen an.» Dann vernahm Jordanus einen Schlag und das Kollern von etwas Rundem über Stein. «Jesusmaria», flüsterte er, als er begriff, dass die Statue soeben geköpft worden war. Wie ein Tier sprang er auf und hastete weiter in die Dunkelheit des Ganges, von dem er nicht genau wusste, wie er verlief. Immer wieder vergewisserte er sich, dass das wertvolle Bündel sicher unter seiner Kutte steckte. Blind tastete er sich durch die Dunkelheit voran, vergeblich bemüht, abzuschätzen, wo unter dem Kloster er sich gerade bewegte. Als er eben glaubte, ein wenig Orientierung gewonnen zu haben, lief er mit voller Wucht gegen eine Wand. Einen Augenblick lang rieb er sich Stirn und Nase, die betäubend schmerzten. Etwas Warmes, metallisch Schmeckendes floss über seine Lippen und verriet ihm, dass er blutete. Doch langsam wurde er der feinen Linie aus Licht gewahr, die durch eine Ritze drang. Also gab es auch hier einen geheimen Zugang.

Der Glockenschlag, den er nun wahrnahm, verriet ihm, dass er nicht weit von der Kapelle sein konnte. Er musste nur den Öffnungsmechanismus finden.

Jordanus hatte sich gerade hingekniet, um den unteren Teil der Wand abzutasten, als er laute Schläge hörte. Es dauerte eine Weile, bis er begriff, was die regelmäßigen, dumpfen Laute bedeuteten, die jene der bronzenen Glocke ablösten.

«Bei allen Heiligen, sie brechen die Tür zur Kapelle auf!» Splittergeräusche und ein kurz danach erfolgender vielstimmiger Aufschrei gaben ihm recht. Seine Brüder waren entdeckt worden. Jordanus schloss die Augen und presste die Fäuste gegen die Wand. So nahe war er bei ihnen, und doch konnte er nicht helfen. Seine Hände schmerzten, und er wurde von Weinkrämpfen geschüttelt. Bei jedem Schrei, bei jedem Gurgeln, jedem Flehen, das zu ihm drang, schrie auch er auf. Er hätte flüchten wollen, rennen, nur nicht mehr das Entsetzliche mit anhören müssen. Aber er schaffte es nicht, fortzulaufen. Dies wenigstens wollte er noch für seine Brüder tun: mit ihnen leiden bis zum Ende und die Ohren nicht vor ihrem Jammer verschließen.

Er betete so inbrünstig, dass er kaum bemerkte, wie der letzte Schrei verstummte. Energische Schritte waren jetzt zu hören, dann das Klirren eines Schwertes auf Metall.

«Was haben wir denn da?», sagte eine Stimme in höchst zufriedenem Ton. «Silber.»

Jordanus begriff, dass der Mann einen der Leuchter betrachtete, die den Altar schmückten.

«Das Silber wird eingesammelt», fuhr dieselbe Stimme fort. «Wir werden es noch brauchen.»

Jordanus biss erneut die Zähne zusammen. Voller Wut hieb er mit der Faust gegen die Mauer. Im selben Moment gab sie nach. Er hatte den Mechanismus gefunden.

Jordanus fuhr sich mit der Zunge über die Zähne und begann, den Spalt vorsichtig aufzudrücken. Er wollte einen Blick auf die Eindringlinge werfen, wollte sehen, wessen Uniformen die Angreifer trugen, welches Wappen ihre Wämser zierte. Er wollte den Namen dessen wissen, der für dieses Grauen verantwortlich war. Eines Tages vielleicht würde er ihn hierfür zur Verantwortung ziehen können. Und sei es seinem Schöpfer gegenüber.

Doch was er sah, ließ ihm das Blut in den Adern gefrieren. Der Anführer wie seine Männer waren von Kopf bis Fuß in Schwarz gekleidet. Keine Ornamente, keine Farben, kein Schmuck zierten ihre Kleidung und Harnische. Sogar ihre Gesichter hatten manche hinter Tüchern oder barbarischer Bemalung verborgen. Unmöglich auszumachen, wer sie waren oder woher sie kamen.

«Sie stammen direkt aus der Hölle», zischte Jordanus zwischen den Zähnen hindurch. Unwillkürlich griff er nach dem Kreuz um seinen Hals. Fast erwartete er, Schwefel zu riechen und Funken unter ihren Bocksfüßen hervorstieben zu sehen. Doch was er roch, war nur die Vernichtung seiner Heimat, und was er hörte, waren feste, sichere Söldnertritte in irdischen Stiefeln.

Noch einmal vernahm er die Stimme seines Abtes, als sie beide in jenem von unruhigem Fackellicht erleuchteten Keller gestanden hatten. «Nur du kennst das Geheimnis, Jordanus.» Und er erinnerte sich seiner Knabenstimme, die hell geantwortet hatte: «Ja, Vater.»

«Und du wirst es bewahren.»

«Ja, Vater», murmelte Jordanus auch jetzt. Tränen schnürten ihm die Kehle zu. Er versuchte, Abelardo durch den Spalt zu entdecken. Sein Mentor musste irgendwo dort drinnen sein, zwischen all den anderen Brüdern, gemeuchelt, die offenen Augen gen Himmel gerichtet und die Glieder verrenkt. Einen nach dem anderen betrachtete Jordanus die vielen Toten, die kreuz und quer zwischen den Bänken lagen, nebeneinander, aufeinander, Arme und Beine abgespreizt. Einer lag bäuchlings vor dem Altar, wie am Tage seiner Weihe, als hätte er seinen Gott ein letztes Mal angefleht.

«Franciscus», flüsterte Jordanus mit tränenerstickter Stimme.

Weiter hinten sah er Albinus, den umsichtigen Cellerar,

auch er brutal ermordet, Prudentio, den Seelsorger der Laienbrüder, Severo, der erst vor wenigen Wochen zu ihnen gekommen war. Er war erst fünfzehn gewesen. Sein Schädel war gespalten, das unversehrte Jungengesicht eine bloße Maske auf einem Sumpf aus Blut und Knochen. Der Anblick überstieg alles, was Jordanus zu ertragen vermochte.

«Was ist mit dem Hospiz?» Die Stimme des Anführers riss ihn aus seiner Erstarrung.

Gelächter ertönte. «Die dort lagen, sind alle geheilt.»

«Gut, dann durchsucht die Nebengebäude. Brennt alles nieder. Keine Maus darf von hier entkommen!»

Noch einmal tastete Jordanus nach seinem Schatz. Er wartete, bis der letzte Söldner die Kapelle verlassen hatte. Von der Eingangspforte waren nur mehr Bruchstücke aus zersplittertem Holz übrig. Mit grimmiger Befriedigung hörte Jordanus, wie sie dennoch geschlossen und von außen verriegelt wurde. Als könnten die Toten euch noch entfliehen, dachte er. Aber es wird euch nichts nützen. Unser Vermächtnis soll leben!

Beklommen trat Jordanus aus seinem Versteck. Über die Toten hinweg stieg er zum Weihwasserbecken und benetzte sich, so gut es ging, Haare, Bart und Kleidung. Eine ganze Weile stand er so da, versunken in seinen Schmerz und unfähig, sich von den Menschen zu trennen, die seine Welt bedeutet hatten. Es war vollkommen still um ihn herum. Doch von draußen vernahm Jordanus jetzt ein leises, langsam anschwellendes Knistern, das ihm verriet, dass die Angreifer Feuer gelegt hatten. Die Hitze drang nun auch zu ihm in den Innenraum der Kapelle. Jordanus wich von den Wänden in die Mitte des Raumes zurück, dort, wo die Toten am dichtesten lagen. Angespannt blickte er um sich. Die Wandbehänge begannen, sich in einem ungewohnten Luftzug zu bewegen, die Kerzen schmolzen und neigten sich zur Seite. Fauchend sog das unsichtbare Feuer den Atem ein. Dann brach es in ein Brüllen aus.

Jordanus hob den Kopf, gerade noch rechtzeitig, um den Dachstuhl in einem roten Regen aus Funken herabstürzen zu sehen. Er warf sich in eine Ecke und sah blinzelnd, wie seine toten Brüder unter einem Gewirr aus brennenden Balken begraben wurden. Das Dach der Kapelle barst, die Luft im Innenraum wurde zu Feuer. Verzweifelt blickte Jordanus sich um, dann ließ ihn ein lauter Knall zusammenzucken. Das erste Fenster war geborsten, dicht über ihm, die Glassplitter regneten auf ihn herab. Er stieß sich von der Wand ab und starrte hinauf.

Durch den Fensterbogen erblickte er das freie Gelände mit seinem unversehrten Grün an den Berghängen und dem noch immer blauen Himmel wie eine Fata Morgana, eine Vision, ein leuchtendes Bild aus Glas. Ein weiterer Knall ließ den Boden erbeben, Luft strömte herein.

Jordanus schlug das Kreuzzeichen. Dann kletterte er auf den Altar und von dort auf den Fenstersims mit seinen gefährlich hervorstehenden Glaszacken, die ihm die Kutte zerrissen. Er zögerte. Flammen fauchten vor ihm auf wie eine dünne, zitternde Wand, die sich zwischen ihm und der Freiheit erhob. Jordanus sprang.

8.

Ascanio Sforza richtete sich zu seiner vollen, imposanten Größe auf. Er hoffte, dass della Rovere den Schweiß auf seiner Stirn nicht bemerkte und auch nicht die Angst in seinen Augen, die der eines in die Ecke gedrängten Tieres glich.

«Ich verlange eine Untersuchung!», forderte er laut. «Ich verlange eine Kommission. Sie wird erweisen, dass ...»

«... dass der Heilige Vater keine Spur einer Wunde zeigt», fiel della Rovere ihm gelassen ins Wort.

Eine Weile war es still. Überrascht starrte Sforza seinen Gegner an. Was hatte er da gerade gesagt? Was sollte das bedeuten? War das die Rettung, oder nur wieder ein weiterer perfider Schachzug? Sein Widersacher würde ihn noch weiter, noch tiefer ins Verderben treiben. Welche Interessen verfolgte er? War das eine Falle? Fieberhaft suchte Sforza, die Situation zu erfassen.

Della Rovere lächelte. «Er starb wohl am Alter und an der Gicht und alldem, was ihn die ganze Zeit schon so plagte. Alle Welt wusste, ihm blieb nur noch wenig Zeit. Erinnert Ihr Euch an die letzte Messe in der Basilika? Statt nach den üblichen drei Stunden musste sie nach einer halben beendet werden. Pius III. war alt und gebrechlich.» Er wiegte bedauernd den Kopf. «Dabei wollen wir es belassen, ohne die Gemüter zu erregen, meint Ihr nicht?»

«Ich bin mir sicher, mein Schützling wollte dem Papst nichts Böses. Er ist krank», murmelte Sforza verwirrt und überschlug im Kopf die mögliche Bedeutung dessen, was della Rovere gesagt hatte. Wünschte er wirklich nur keinen Skandal im Vatikan? Er hätte ihn in Schwierigkeiten bringen können, indem er eine Untersuchung provozierte, denn deren Ausgang wäre alles andere als gewiss gewesen. Obwohl Sforza sicher wusste, dass man keine Wunde finden würde, war das Feld doch offen für allerlei theologische Spekulationen über Verwünschungen, Flüche und böse Zeichen. Jedes Muttermal Pius' III., jeder Altersfleck konnte endlose Behauptungen nach sich ziehen, längst geführte Prozesse gegen das Böse würden wieder aufgerollt werden, er kannte sich damit aus. Diejenigen, die dieses Handwerk betrieben, unterstanden seiner Kongregation. Er selbst hatte sich, als er sich um dieses Amt bewarb, in die Nähe des Teufels begeben. Niemand wusste besser als er, dass eine Untersuchung sein Todesurteil bedeuten konnte.

Aber offenbar schien della Rovere es nicht für nötig zu halten, diese Gelegenheit zu ergreifen. Er weiß, dass er der Sieger ist, dachte Sforza grimmig. Hält er mich für so schwach? Sieht er nicht einmal die Notwendigkeit, mich endgültig zu erledigen? Zieht er es vor, mich als Zeugen seines vollkommenen Triumphes zu behalten?

Della Rovere achtete nicht auf die offensichtliche Erregung, die das Gesicht seines Gegenübers aufwühlte. In sachlichem Ton fuhr er fort: «Wenn demnächst der Konvent zusammentritt, dann möchte ich nicht, dass es Unruhe oder Unfrieden gibt. Kein Schatten soll auf dem Nachfolger Pius' III. ruhen.»

Der Nachfolger wirst zweifellos du selbst sein, dachte Ascanio Sforza bissig. Nur zu.

«Wenn Frankreich dies erlaubt ...» Er konnte sich dieses Kommentars nicht enthalten und fügte als Spitze noch hinzu: «Aber Ihr seid mit dem Kardinal d'Amboise ja vertraut genug, Ihr werdet es ihm und seinem König schon plausibel machen.»

«Ja, Frankreich.» Della Rovere seufzte laut. Er neigte sich ein wenig vor und stützte sich auf die Ellenbogen ab, damit er bequemer stand. «Frankreich ist dieser Tage in aller Munde, nicht wahr?», fragte er dann.

Sforza schnaubte. Er musste wieder an seine Stadt und seinen Bruder denken, der in französischer Gefangenschaft verrottete. In aller Munde ...!

«O ja», erwiderte er zwischen zusammengebissenen Zähnen. «An Frankreich kommt wohl keiner von uns vorbei.»

«Und wenn es jemand versuchte?», spann della Rovere seinen Gedanken weiter. Sein beiläufiger Ton war der eines Mannes, der den Besuch eines Theaterstückes erwog. «Was bliebe ihm dann zu tun?»

Sforza konnte nicht anders, er richtete sich auf und wandte sich abrupt um. Sein Gesprächspartner dagegen gab seine lässige Haltung nicht auf, sondern strich sich unter Ascanios starrem Blick angelegentlich über seine Handschuhe, um sie zu glätten.

«Was soll das?», knurrte Sforza. «Ist das ein Verhör, eine Probe? Was wollt Ihr von mir erfahren?»

Nun schaute auch della Rovere auf. Und sein Blick war ernst.

«Ich möchte vor allem, dass Ihr begreift, dass die Sache des Vatikans mir mehr am Herzen liegt als alles andere. Wenn ich erst auf dem Stuhl Petri sitze» – er besaß den Anstand, sich bei dieser Bemerkung flüchtig zu bekreuzigen –, «dann könnt Ihr sicher sein, dass ich ein Mann bin, der seine Interessen als die Machtinteressen des Staates begreift. Einer, der sie schützen und auch jedem anderen Staat gegenüber vertreten wird. Einer, der nicht zulassen würde, dass der Vatikan zum Spielball anderer Potentaten herabsinken wird.»

Noch immer starrte Sforza sein Gegenüber an. Ihm war, als sähe er den Mann zum ersten Mal: die Raubvogelnase, die stets von dunklen Ringen und schweren Lidern umlagerten Augen, die fleischigen Wangen und die tiefen Falten, die sich zum Mund hinzogen und die im Alter an Strenge noch gewinnen würden. Das Temperament seines Blickes strafte die milde, demütige Aura der Tonsur, die er trug, Lügen. Und zum ersten Mal begriff Sforza, mit wem er es zu tun hatte. Kardinal della Rovere beugte sich nichts und niemandem. Dieser Mann war ein Stratege und ein Herrscher im vollen Bewusstsein seiner Kraft. Er war wie er selbst.

«Wenn man es also wollte», wiederholte della Rovere ungeduldig und klopfte mit den Fingern auf das Brückengeländer. «Was hätte man zu tun?»

«Bündnisse suchen», stieß Sforza hervor. Ihm war, als müsste er ersticken. Sein Gesicht glühte wie im Fieber, zugleich schüttelte es ihn. Noch war seine Angst vor einer Falle nicht gewichen. Aber dies alles überwog die Hoffnung, die bebende, zitternde Hoffnung, die in ihm aufkeimte. Wie ein witterndes Tier hob er langsam den Kopf. Dann wagte er sich vor.

«Vor allem dürfte man Venedig nicht so vor den Kopf stoßen, wie Ihr es bislang tatet. Die Republik wäre der natürliche Feind Frankreichs, wenn man sie ließe.»

Della Rovere schnaubte verächtlich und wandte sich plötzlich den Männern am Fluss zu, die Innocentos schlammtriefenden Körper schleppten.

«He!», rief er, griff in seine Börse und warf ein paar Münzen ans Ufer, die zwischen den niedergetretenen Schilfstängeln in den Schlick fielen. «Bringt ihn zum Palazzo der Piccolomini.» Dann wandte er sich wieder Sforza zu. «Die Republik Venedig, wenn man sie ließe, würde gar nichts tun. So war es immer schon.» Er hob seine Linke, die in einem scharlachfarbenen Handschuh steckte, und machte eine Geste mit den Fingern, die man auf jedem Wochenmarkt sehen konnte. «Die Seerepublik ist zu vorsichtig. Wenn man aus ihr einen Bündnisgenossen machen will, muss man sie dazu zwingen.»

«Sie zwingen?», fragte Sforza zweifelnd. Im Kopf ging er die Möglichkeiten durch. Konnte es wirklich sein? War es möglich, dass ...? In dem aufglimmenden Lächeln in della Roveres dunklem Gesicht sah er, dass er das Richtige gedacht hatte. «Indem man sie isoliert», sagte er langsam.

Della Rovere nickte. «Erst wenn Frankreich stark genug ist, erst wenn Venedig sich von Frankreichs Erfolgen bedroht fühlt, wird es sich erheben. Dann, mein Bester, wird es Bündnispartner suchen, und dann ...»

Erwartungsvoll schaute er Sforza an.

Dieser wagte kaum, den Satz zu beenden. «... werden wir da sein?»

Zufrieden und bedächtig nickte della Rovere. «Wir! Ich bin froh, dass Ihr Eure Worte so gewählt habt, mein Freund. Ich darf Euch doch so nennen?»

Sforza zögerte noch einmal. Er wusste, dies war nicht einfach so dahergeredet, mit der Zusage verband sich die Verpflichtung, im Konvent für della Rovere zu stimmen. Er würde seine bisherige Politik gegen Frankreich aufgeben, seine gesamte Taktik verändern müssen. Vieles hing davon ab. Und welche Gewähr hatte er, dass della Rovere ihn nicht betrog?

«Aber Venedig allein wird Euch nicht genug sein, verehrter Kardinal.»

«Ihr nehmt mir das Wort aus dem Mund.» Della Rovere streckte die Hand aus. «Neben Venedig, das muss ich gestehen, hoffe ich auch auf Mailand, das alte, wiedererstarkte Mailand, geführt von der Familie, die es groß gemacht hat. Was sagt Ihr? Schlagt ein.»

Das alte, wiedererstarkte Mailand ... Mächtig wie ein Orgelakkord brauste der Satz in Ascanio Sforzas Ohren. Aus der tiefsten Verzweiflung, in der er eben noch zu versinken drohte, klangen diese Worte nun zu ihm, als dröhnte der Himmel selbst. Die Hoffnung, die in ihm aufbrach, war zu groß, sie schwemmte die Zweifel fort. Das alte Mailand! Jetzt schien wieder alles möglich, alles war greifbar. Sein Bruder, seine Familie, all seine Träume, das, wofür er gekämpft und gelitten hatte, all die Jahre des Exils! Er vermochte es nicht, zu sprechen, nicht einmal, sich zu rühren.

Aber della Rovere bemerkte auch so das Glühen, das ihn zu erfüllen begann. Er sah, wie Sforzas Augen aufleuchteten, hob auffordernd die Brauen, und als er sah, dass sein Gegenüber ein mühsames Nicken zustande brachte, griff er im Überschwang nach dessen Rechter und drückte sie mit beiden Händen in warmem Einverständnis.

Sforza riss die Augen auf.

Della Rovere lachte laut auf. «An meine Kraft muss Rom sich gewöhnen!», rief er beschwingt. «Ganz Italien. Und selbst das Königreich Frankreich. Es wird eine neue Einigkeit geben. Nicht wahr?»

Es gelang Sforza, zu nicken.

«Gut», sagte della Rovere mit grimmiger Freude. «Dann darf ich Euch meinen Verbündeten nennen?»

«Äh ... Ja», stieß Sforza hervor.

«Und meinen Freund?»

«Jaaa.» Es hatte fast wie ein Schrei geklungen. Sforza schloss die Augen und sackte beinahe zusammen, als della

Rovere seine Hand endlich freigab. Rasch zog er sie unter seinen Mantel. So stand er da und bemühte sich um eine würdevolle Haltung, reglos, wie eine Statue. Nur unter seinen geschlossenen Lidern quollen Tränen hervor.

«Ich sehe, Ihr seid bewegt.» Della Rovere dämpfte seine Stimme respektvoll. «Dann will ich jetzt nicht weiter in Euch dringen. Wir sehen uns im Konvent.»

Sforza wartete, bis seine Schritte auf der Via Septimiana verklungen waren. Er wartete, bis auch die Stimmen der Männer am Fluss verstummten und schließlich das Blöken der Schafe, die zum Markt geführt wurden. Erst als er nur mehr das Rauschen des Flusses hörte, öffnete Ascanio Sforza die Augen. Und die Faust, die er die ganze Zeit über fest umschlossen gehalten hatte. Wie betäubt starrte er jetzt auf den Zahn, der tief in seinem Fleisch steckte. Und er glaubte, in seinem Inneren wallte etwas auf, etwas wie eine Woge, die ihn überrollte und erstickte. Sein Entsetzen war namenlos.

«Ich bin erledigt», murmelte er. Und seine eigene Stimme kam ihm plötzlich fremd vor. «Ich bin ein für alle Mal erledigt.» Er warf den Kopf in den Nacken und schrie.

Noch Tage später stritten die Marktbesucher über das seltsame Bild, das sich ihnen auf der schäbigen Brücke geboten hatte. Ein reichgekleideter Mann, ein Kardinal in vollem Ornat, habe dort gestanden, seine Umgebung nicht beachtend. Er starrte die ganze Zeit auf die Fluten des Tiber, hieß es. «Und er lachte dabei», meinten die einen, «ein lautes, furchteinflößendes Lachen, ohne dass man den Grund dafür gesehen hätte.»

«Nein», widersprachen andere. «Er weinte. Tatsächlich heulte er wie ein Schlosshund.»

9.

So schnell er konnte, tauchte Alessandro Varese in das Gewirr der Gassen von Trastevere ein. Er dankte Gott dafür, dass der Kardinal ihn für jenen verhängnisvollen Besuch im Vatikan mit standesgemäßer Kleidung versorgt hatte. So konnte er das gute Hemd, die Weste, die feinen Hosen und die Stiefel bei einem Kleiderhändler gegen das einfache Gewand eines Bauern tauschen und bekam noch Geld dazu, das er sicher bald brauchen würde. Denn die Reise war nicht in einem Tag getan.

Alessandro hielt sich nicht damit auf, den Proviant, den er benötigte, in der Stadt zu kaufen. Vielmehr strebte er eilig den Toren Roms zu, da sie vor seinem geistigen Auge bereits ins Schloss fielen und ihn mit seinen vermeintlichen Verfolgern einzusperren drohten. Nach kurzem Zögern entschied er sich für die Porta Appia. Mehrfach strich er möglichst unauffällig am Torbogen entlang und schritt schließlich mit angehaltenem Atem hindurch. Als er wenig später tatsächlich jenseits der Stadtmauern auf freiem Feld stand, zitterten seine Beine. Sein Herz raste. Dennoch marschierte er weiter und achtete weder auf die ärmlichen Hütten noch auf die

Bettler und auch nicht auf die beeindruckenden Grabmale einer vergangenen Zeit, die rechts und links der Via Appia seinen Weg säumten. Wenn ein Fuhrwerk vorbeikam, rief er den Kutscher an und bat darum, mitgenommen zu werden. Aber regelmäßig scheuten die Tiere vor ihm zurück, und bald gab Alessandro es auf, um den misstrauischen Blicken zu entgehen, die er immer wieder auf sich zog. Nach einer Weile bemerkte er zu seiner Erleichterung, dass die lange Haft seinen Kräften keinen Abbruch getan hatte. Er schritt kräftig aus, kam gut voran und ließ einen Wanderer nach dem anderen hinter sich. Nicht selten erntete er dabei ein Murmeln der Verwunderung.

Der junge Inquisitor aber achtete nicht darauf. Er lief bis in die Dämmerung hinein, und selbst als der Mond aufging, hielt er nicht inne. Ja, er spürte sogar, wie von der milde leuchtenden Kugel eine seltsame, beruhigende Kraft auf ihn zu wirken schien, und verdoppelte seine Anstrengungen. Fast war es ihm ein Genuss, seine in der langen Haft steif gewordenen Glieder sich regen zu fühlen, zu spüren, wie leicht sich der Rhythmus seiner Füße dem Boden anpasste, ohne je zu stocken oder zu stolpern. Sein Körper wippte geschmeidig mit, und sein Atem war vollkommen ruhig. Er geriet in eine Art Taumel. Auch im Dunkeln und selbst auf dem unwegsamsten Gelände setzte Alessandro seine Schritte, ohne je fehlzutreten. Ihm war, als könne er ewig so weiterlaufen. Und beim Anblick des beinahe vollen Mondes meinte er bereits den Ruf seiner Artgenossen zu hören.

Valeria, dachte er, Valeria, ich eile zu dir. Dann brach er vor Erschöpfung zusammen.

Die Morgensonne weckte ihn, und so übergangslos, wie der Tag für ihn begonnen hatte, setzte Alessandro sich wieder in Bewegung. Er hielt sich nun abseits der Wege und mied auch die einsamen Höfe, deren Hunde ihn stets mit wütendem Geheul begrüßten. Das von Menschen Geschaffene interessierte ihn nicht mehr. Er kam in der Wildnis ebenso gut zurecht. Mehrfach glich er den schlängelnden Straßenverlauf aus, indem er die schroffen Hügel erklomm, so geschickt und schnell, dass sogar die Eidechsen vergaßen, vor ihm zu fliehen. Alessandro sah die Tiere mit pulsenden Hälsen auf ihren Steinen sitzen und lächelte nur. Wenn er einen Bachlauf fand, neigte er sich darüber und trank wie ein Geschöpf des Waldes, ohne sich etwas dabei zu denken. All seine Gedanken kreisten um Valeria.

Als ihn in der Mittagshitze der Hunger plagte, blickte er sich lauernd um. Auf einem nahen Ast entdeckte er einen Vogel, der ihn mit schiefgelegtem Kopf betrachtete. Langsam näherte sich Alessandro dem Baum und schlug mit einer Armbewegung, die schneller war, als er selber es wahrzunehmen vermochte, nach dem Tier. Er war höchst erstaunt, als er sah, dass der Vogel in seiner geschlossenen Hand saß und er das aufgeregte Pochen des kleinen Herzens spüren konnte. Alessandro überlegte. Etwas in ihm wollte die Zähne in das Federbündel schlagen, doch etwas anderes ließ ihn in dem Gedanken an Blut und rohes Fleisch zurückschrecken. Er zögerte. Die Zeit, das Tier zu rupfen und zu braten, besaß er nicht. Und nur einen Wimpernschlag später ließ er den Vogel wieder fliegen. Kurz blickte er ihm noch nach, dann lief er weiter.

Als der Abend kam und der Mond aufging, war es Alessandro, als wüchse er in den Himmel. Er fühlte, wie die Welt um ihn herum andere Farben annahm, wie sich Geschmack und Klang dehnten und entfalteten und in voller Schönheit für ihn erblühten. Mit einem Schrei der Ekstase tauchte er in den Liebreiz ein. Nur schwach spürte er den Schmerz der Verwandlung, der ihn jetzt wie glühendes Metall erfüllte. Er streckte sich einen Augenblick und setzte dann mit energischen Sprüngen und dem weichen Tritt seiner Pfoten den Weg fort. Die helle Kugel am Himmel sog ihn an, dem Horizont entgegen. Alessandro war, als flöge er.

Valeria, Valeria, pochte das Blut in seinen Adern.

Die ganze Nacht hindurch jagte er durch die Wälder. Und erst am nächsten Morgen stürzte er erschöpft auf Hände und Knie. Er musste sich unter einen Busch zurückziehen, wo er sich zusammenrollte wie ein verwundetes Tier. Alessandro war jenseits der Fähigkeit, einzuschlafen. Er lag da schweratmend und starrte auf einen Haufen Ameisen, die mit ungerührtem Eifer ihrer Arbeit nachgingen, wie lange, wusste er nicht. Als eine über sein Gesicht krabbelte, leckte er sie mit der Zunge ab. Sie zerknirschte zwischen seinen Zähnen. Er empfand nichts. Als er sich schließlich aufrichtete, durchfuhr ihn eine freudige Erregung. Nicht weit von ihm führte die Straße entlang, und an ihrem Rand stand das Grabmal, auf das ihn Mattia Pasquale hingewiesen hatte, damals, als sie hier entlang nach Vallepiu fuhren. Alessandro erinnerte sich daran, als wäre es in einem anderen Leben gewesen. Damals hatte er einen Schäferjungen für einen Faun gehalten. Er lachte mit rauer Kehle und trockenem Mund. Was würde er wohl denken, wenn er sich selbst heute sähe?

Alessandro folgte seiner Nase, um Wasser aufzuspüren. Er fand einen kleinen Bach und stillte seinen Durst. Anschließend richtete er sich auf. Ja, dort hinten erblickte er den Fels, an dessen Fuß sein Ziel lag. Die markante Formation war mit keiner anderen zu verwechseln. Dort war er seinem Schicksal begegnet. Gerade wollte er sich die letzten Tropfen vom Kinn wischen, als er plötzlich innehielt. Er richtete sich zitternd auf. Dieser zarte Schleier, der sich um die Felsnadel legte ... Das war kein Frühdunst, kein Nebel.

Alessandro hob die Nase in den Wind und witterte. Der

Geruch war fern, so fern, dass er kaum zu erkennen war, und vermischte sich mit den vielen Aromen des Waldes und dem feuchten Tau, der noch auf Blättern und Farnen hing. Alessandro war verunsichert, und doch begann alles in ihm zu beben, als er die feine Spur aufnahm: Es roch nach Rauch.

Mit einem Schrei stürmte Alessandro los. Er verfluchte seine ungeschickten Füße, wenn er auf Geröll ausglitt, und seine unnützen Hände, die ihn nur schlecht abstützten, wenn er das Gleichgewicht verlor. Seine Schuhe gingen in Fetzen, und seine Arme bluteten, während er sich halsbrecherisch durch den Wald den Hang hinaufarbeitete.

Der Rauchgeruch wurde immer deutlicher, immer klarer. Er hing in der Luft, vermischte sich mit seinem Angstschweiß und quälte ihn. Alessandros Entsetzen wuchs noch, als er begriff, dass es nicht allein seine eigene Angst war, die in ihm wuchs. Es war die Furcht und das Entsetzen vieler Lebewesen hier im Wald; er konnte sie riechen. Es war ihr Schweiß, der jetzt alles zu durchdringen schien, und ihre gellende Panik, die langsam auch von Alessandro Besitz ergriff. Als er endlich schweratmend den Dorfplatz erreichte, erklang die vertraute Stille des Ortes in seinen Ohren wie ein Schrei.

Von Ascolte war wenig übrig geblieben. Alle Hütten waren niedergebrannt, alle Fassaden eingestürzt, nur die Holzbalken schwelten noch. Alessandro drehte sich langsam um sich selber, um das ganze Bild der Verwüstung in sich aufzunehmen. Valerias Heim war zerstört, der Garten platt getreten von angsterfüllten Schritten, Sträucher herausgerissen und Blumen geköpft. Töpfe und Tonkrüge waren zerschmettert, und Asche und Scherben mischten sich zu einer trostlosen Landschaft des Todes. Manche der eingestürzten Dächer glommen noch inmitten der aschebedeckten Grundmauern und gaben den Blick frei auf ein Chaos aus verkohlten Balken und bis zur Unkenntlichkeit verschmortem Hausrat. Einzig die Kirche stand noch in ihren Grundfesten. Aber auch sie war ihres Daches beraubt, die Tür eingetreten und das Innere nun dem Licht des Tages preisgegeben und verwüstet bis zur Unkenntlichkeit. Zögernd trat Alessandro ein. Zum beißenden Geruch des Rauches gesellte sich hier noch etwas anderes, Grauenvolles, das er nicht einordnen oder begreifen konnte und es vielleicht auch nicht wollte. Der Gestank war so überwältigend, dass er sich ein Stück Stoff von seinem Hemd riss, um sich den Fetzen in die Nase zu stopfen. Doch auch durch den Mund nahm er den scharfen, klebrigen, niegekannten Geruch wahr. Alessandro stützte sich an einer Säule ab und würgte. Der Stein unter seinen Fingern war noch warm.

Erst nach einer Weile vermochte er bis zum Altar durchzudringen. Die Platte war verborgen unter einem schwärzlichen Haufen verkohlter Hölzer, eine Art Scheiterhaufen, zumindest war es das, was Alessandro dachte. Bis er näher kam und erkannte, wie unregelmäßig die Äste aufgeschichtet waren, wie seltsam sie aus der festeren Masse herausstachen und wie vertraut ihr Umriss mit jedem Schritt wurde, den er näher kam. In namenlosem Entsetzen tat Alessandro den letzten Schritt. Er streckte eine Hand aus und griff nach einem der verkohlten Scheite, deren Anblick ihn so quälte. Das konnte nicht wahr sein! Vor ihm ragte eine Pfote in die Luft, Alessandro erkannte die Krallen, die geschrumpften Muskeln um die Knochen der Läufe, die Form der Schenkel, zu denen sich alles weitete. Und ihm wurde mit bitterem Entsetzen klar, er stand vor einem aufgehäuften Berg von Kadavern. Wolfskadavern.

«Neeeeiiinnn!» Alessandro brach in die Knie. Sein Schrei hallte in dem geschändeten Gemäuer wider und schreckte ein paar Krähen auf, die sich mit klatschenden Flügeln in das offene Stück Himmel über ihm erhoben.

Alessandro verbarg das Gesicht in den Händen. Er wollte nicht zählen, wie viele Körper hier aufgeschichtet lagen. Er wollte nicht suchen. Er wollte sich dem Anblick nicht stellen, der sich doch bereits in sein Gedächtnis fraß wie mit ätzender Säure. Einen Wimpernschlag lang nur dauerte es, bis die Erkenntnis auch in sein Bewusstsein vorgedrungen war, doch der kurze Moment hatte genügt. Er hatte es gesehen und wusste, er würde es nie mehr vergessen können: Die toten Leiber waren nackt, und unnatürlich glänzte ihr verbranntes Fleisch. Jemand hatte diese Gestalten, ehe er sie verbrannte, gehäutet!

Wieder und wieder musste Alessandro sich übergeben. Er wollte es nicht sehen, wollte es nicht wissen, es sich nicht einmal vorstellen müssen. Er wollte nur noch sterben, nichts mehr fühlen. Ein schnelles Ende sollte all dies haben. Denn es war sein Werk, er trug die Schuld daran. Und er hatte den Tod verdient.

In diesem Augenblick vernahm er das Geräusch.

10.

Als Alessandro Varese endlich begriff, was er da hörte, sprang er auf und lief aus der Kirche hinaus. Er umrundete das Gebäude. Sofort entdeckte er den Balken, der tückisch von außen gegen die Tür zu Virgilios Klause gestemmt worden war. Ächzend stieß er ihn beiseite. Die Tür war nicht mehr verriegelt. Er stieß sie auf und stand in einem noch immer von Qualm erfüllten Steingeviert.

Es dauerte einen Moment, ehe er die am Boden zusammengerollte Gestalt des Pfarrers entdeckte. Sanft suchte er ihm den Stein aus der Hand zu lösen, mit dem dieser gegen die Mauern seines Gefängnisses geklopft haben musste. Als er den alten Mann berührte, holte der jedoch zu einem Schlag aus. Geschickt fing Alessandro die Hand ab und hielt sie fest. Er bemerkte, dass sie verkohlt und zu einer nicht mehr menschlich wirkenden Klaue zusammengeschmolzen war. Virgilio musste unglaubliche Schmerzen erleiden.

Nachdem Alessandro ihn an die frische Luft und ins Tageslicht geschleppt hatte, überblickte er erst die Verwüstung, die an seinem Körper angerichtet worden war. Virgilios Kleider waren in seinen Körper hineingebrannt, Haut und Gewebe untrennbar verbunden. Asche und getrocknetes Blut mischten sich darin. Sein Gesicht war kaum noch zu erkennen, nur in den Augen lag noch ein wenig Leben. Vorsichtig hob Alessandro den Kopf des Priesters in seinen Schoß und neigte sich über ihn.

«Virgilio?», fragte er leise, bis die verdrehten Augen des Priesters sein Gesicht fanden. «Virgilio, erkennt Ihr mich?»

Ein mitleiderregendes Lächeln verzerrte die Fratze, zu der Virgilios Gesicht geworden war, und zerriss Alessandro schier das Herz. Ich bin derjenige, der ihm das angetan hat, fuhr es ihm durch den Kopf. Unwillkürlich suchte er dem Alten über die Wange zu streichen, hielt aber inne, als er sah, welche Schmerzen ihm das verursachte. Seine Finger ballten sich zur Faust. «Virgilio, wie konnte das geschehen?»

Der Alte schmatzte angestrengt mit den verbrannten Lippen, brachte aber keinen Ton heraus. Es dauerte eine Weile, bis Alessandro begriff, dass er nach Wasser verlangte. Er bettete Virgilio auf den Steinboden und ging zum Brunnen. Der Schacht war zerstört wie alles andere: das Seil durchtrennt, die Winde zertrümmert, und der Geruch, der aus der Tiefe kam, verriet ihm, dass das Wasser bereits durch Kadaver vergiftet war. Aus diesem Brunnen würde niemand mehr trinken. Doch zu seinem Glück fand Alessandro auf dem Boden des zerschlagenen Eimers noch ein paar letzte Schlucke, die er vorsichtig zu dem Verwundeten trug.

Als er dem Alten mühsam einige Tropfen eingeflößt hatte, begann der Pfarrer zu sprechen.

«Niceros und Valeria haben die anderen ... in den Wald geführt.» Er hustete. «Wir dachten, da wären sie sicher ... vor den Söldnern. Ich blieb hier.» Seine Hand krampfte sich um Alessandros Gelenk, als suche er Halt gegen die Schmerzwelle, die ihn überflutete.

Mitleidig, aber voller Ungeduld netzte Alessandro Virgilios Lippen erneut. «Aber sie waren dort nicht sicher, nicht wahr? Virgilio!» Am liebsten hätte er den Pfarrer geschüttelt. «Wie konnte das nur geschehen?» Er dachte an die Kraft der Werwölfe, an ihre einmaligen Sinne, ihre Vertrautheit mit diesem Gelände. Wie war es möglich gewesen, dass eine einfache Söldnertruppe sie besiegt hatte?

Virgilio krächzte unverständliche Worte.

«Wie?», fragte Alessandro und beugte sich zu dem Mann herunter, bis er dessen Atem an seinem Ohr spürte. «Was wollt Ihr mir sagen?»

Wieder war Virgilios Stimme nur ein leises Husten. Doch diesmal verstand Alessandro. Mit einem Schlag richtete er sich auf. «Silber!»

Virgilio schloss die Augen und nickte. «Sie hatten silberne Kugeln. Wir ... keine Möglichkeit ... alle ... Schreie.»

Wie ein Schlafwandler starrte Alessandro jetzt in dem verlassenen Dorf umher. Kaum dass er noch etwas wahrnahm. Denn was er vor seinem geistigen Auge erblickte, waren Bilder des Grauens, Bilder von Tieren und Menschen, wunderbare Geschöpfe, die zusammenbrachen unter den Kugeln ihrer Verfolger, sich krümmten, stürzten, mit zuckenden Pfoten, und in ihren Augen Verwunderung und Entsetzen darüber, dass es etwas gab, was ihr Leben beenden konnte. Er dachte an das dampfende, zischende Fleisch, das seine eigene kleine Wunde umgeben hatte, damals, im Kloster, als er mit sich selbst experimentierte. Und er dachte wieder an den Schmerz, der ihn durchbohrt hatte, als er glaubte, die Eingeweide würden ihm aus dem Leib gerissen. Er hörte das Wimmern und die gellenden Schreie, als die Söldner ins Dorf vordrangen. Sie hallten in seinen Ohren nach.

«Ich bin schuld», murmelte er. «Ich habe es entdeckt und aufgeschrieben.»

Der Griff Virgilios um sein Handgelenk ließ plötzlich

nach. Erschrocken kam Alessandro zu sich. Der Alte hatte die Augen geschlossen. Als Alessandro schon glaubte, sein Leben wäre endgültig erloschen, begann er noch einmal zu sprechen. Seine Stimme war klarer als zuvor.

«Niceros ... Er wurde wütend», sagte er stockend. «Sprang sie an. Er hat viele, viele ...» Ein Hustenkrampf unterbrach ihn erneut. «Er hat viele von ihnen getötet.» Erleichtert sank Virgilio zurück.

Alessandro bemerkte, dass seine Züge sich entspannten. Sie wirkten glatter und weniger abgesengt. Auch hob seine Brust sich jetzt bei jedem Atemzug weniger krampfhaft. Die unverwüstliche Natur der Werwölfe wurde offenkundig.

«Ich wollte zu ihnen», fuhr Virgilio fort, «ich wollte helfen und das Abschlachten beenden. Aber sie hatten mich schon entdeckt und sperrten mich ein. Ich hörte ihr Lachen, als ich sie anrief im Namen Gottes ...» Er seufzte. «Und Valeria, wie sie schrie, als ...»

Fassungslos packte Alessandro ihn bei den Schultern. «Valeria?», fragte er. Er war bereit, alles zu hören, jede Einzelheit, er würde sie ertragen wie Peitschenhiebe, sie trinken wie Gift, in vollen Zügen. Er hatte diese Qual verdient.

«Ja, sie haben sie mitgenommen.»

Es dauerte einen Moment, bis Alessandro begriff, was das bedeutete. «Mitgenommen?», keuchte er.

«Sie und ... ein paar ... andere.» Virgilios Kräfte schienen wieder nachzulassen. Alessandro richtete ihn auf. «Kommt schon, Virgilio, Ihr schafft das. Ihr wisst, dass unsere Wunden heilen. Los doch!»

Sanft schüttelte der Pfarrer den Kopf. Er hob einen seiner verkrümmten Armstümpfe. «Das heilt nicht mehr», sagte er. Sein Blick wanderte zu seinen Beinen. Und Alessandro brauchte nicht hinzusehen, um zu wissen, dass auch sie verloren waren, verkrüppelt für immer und zu ewigem Schmerz verdammt. Virgilio lächelte gequält. «Was verbrannt ist, ist verbrannt», meinte er. «Diese Knochen wachsen nicht mehr.»

Alessandro senkte den Kopf. Aber es drängte ihn, nach Valeria zu fragen, trotz der Qual seines Gegenübers, und er schämte sich dafür. Dennoch konnte er nicht anders. «Wo haben sie sie hingebracht?»

Virgilio blickte an ihm vorbei. «Vielleicht ist es besser so», flüsterte er. «Wir sterben, und alles hat ein Ende. Endlich.»

Entsetzt starrte Alessandro auf ihn hinunter. Meinte der Pfarrer das wahrhaftig ernst? Nein, das durfte nicht sein, das konnte nicht sein. Er bebte am ganzen Körper bei dem Gedanken. So durfte ihr Schicksal nicht enden. «Virgilio, wohin haben sie Valeria gebracht?»

Der Priester schüttelte den Kopf. «Gott hat es so gewollt. Er hat meine Gebete erhört. Wir durften nicht sein, niemals. Es war alles ein Fehler.» Mit einem Mal starrte er Alessandro an. «Spricht sie auch in Eurem Kopf?», fragte er, das Gesicht zu einem entsetzten Grinsen verzerrt.

«Wen meint Ihr?», stammelte Alessandro. Aber während seine Gedanken noch rasten und er an nichts anderes als an Valeria dachte und die Möglichkeiten, die ihm blieben, erinnerte er sich nur zu gut an die schrecklichen Stunden im Verlies des Kardinals, an die Visionen, die ihn gequält hatten. Und es hallte dunkel hinter seiner Stirn: Gularith.

Virgilio fletschte die Zähne. «Die Stimme des Teufels meine ich», antwortete er.

Alessandro bekam eine Gänsehaut, im hellen Sonnenlicht. Virgilio in seinen Armen dagegen sah mit einem Mal friedlich aus. «Vielleicht», murmelte er, «ist es besser ... zu sterben.»

Da überkam Alessandro eine große Wut. «Nein», rief er erbost und ließ den Alten los. «Es ist nicht besser, hört Ihr? Ich habe all das hier angerichtet, und ich werde nicht zulassen, dass noch mehr sterben. Sie sind gestorben durch meine

Schuld. Und Valeria ...» Er brach ab und erhob sich zitternd. Die Gründe, aus denen er sie retten wollte, waren nicht so selbstlos, wie er es sich wünschte. Aufgewühlt ging er auf und ab. Dann neigte er sich erneut über den Pfarrer.

«Ich werde sie retten, hört Ihr?»

Virgilio reagierte zunächst nicht. Nur seine Lippen bewegten sich nach einer Weile. «Sterben», hörte Alessandro ihn murmeln.

Wütend packte er den Priester und richtete ihn erneut auf. «Ihr werdet aber nicht sterben!», fuhr er ihn an. «Eure Wunden sind nicht tödlich, und dass Ihr hier nicht verreckt, dafür sorge ich schon, hört Ihr? Es wird für nichts anderes reichen als ewige Qualen und Schmerzen, das schwöre ich Euch!»

Verwirrt riss Virgilio die Augen auf. Er musterte das Gesicht des jungen Inquisitors mit dem Schrecken eines kleinen Kindes, das von einem Erwachsenen gescholten wird. «Bitte», stammelte er.

«Nein!» Alessandro schüttelte den Kopf. Dann sagte er langsam und deutlich: «Es sei denn, Ihr sagt mir, wo Valeria ist. Wo hat man sie hingebracht, Virgilio? Kommt schon, ein Wort im Tausch für Eure Erlösung.» Auffordernd hob er eine Braue. «Es ist der Ausweg, nach dem Ihr so lange gesucht habt.»

Mit großen Augen starrte der Priester ihn an.

II.

Als Alessandro in Vallepiu ankam, war die gesamte kleine Stadt auf den Beinen. Er brauchte nur der Menge zu folgen, die zum Marktplatz vor der Kirche drängte, um zu wissen, warum dies so war. Dort nämlich stand ein Scheiterhaufen, an derselben Stelle, an der Alissa gestorben war. Für einen Moment glaubte er, die Zeit wäre zurückgedreht worden und er erlebe noch einmal jenen ersten Morgen in Vallepiu, als er die junge Kräuterfrau zu ihrer Hinrichtung führte. Wie viel war seither geschehen! Und wie sehr hatte er sich verändert! Verzweiflung packte ihn, als er daran dachte, mit welcher Begeisterung, mit welchen verblendeten Hoffnungen er den Tod der armen Alissa zelebriert hatte.

Auch heute wartete die Stätte wieder auf ein Opfer. Sie war noch nicht ganz fertig, Söldner waren damit beschäftigt, Reisigbündel aufeinanderzustapeln und mit Petroleum zu tränken. Ihre Gewänder waren verschwitzt und staubig, aber sie waren guter Laune und riefen einander Scherzworte zu. Mit Grausen erkannte Alessandro, dass sich einige von ihnen Wolfsschwänze an die Helme geheftet hatten. Ein alles durchdringender Geruch von Blut umgab sie. Und er stammte nicht nur von ihren Kleidern, wie Alessandro roch. Der übelste Gestank kam von dem Karren, der vor der Kirchentür stand und auf dem sich Felle zu einem Haufen von erschreckendem Ausmaß stapelten. Von seinen Rändern tropfte noch das Blut und färbte den Kuttensaum des Priesters rot, der aufrecht über den Fellen stand und seinen Weihrauchbehälter schwenkte, während er der Menge eine triumphierende Rede hielt.

Wie elektrisiert trat Alessandro näher und streckte die Hand aus, um die Felle zu berühren. Für ihn war der Anblick so grässlich, als wären dort Haarbälger gestapelt oder menschliche Köpfe. Doch dies waren die Bewohner Ascoltes gewesen, seine Gefährten, im Guten wie im Schlechten, Wesen seiner Art. Magisch angezogen trat er näher, bis er bemerkte, dass rechts und links neben ihm Menschen standen, die dasselbe versuchten. Auch sie wollten die Beute berühren, nur für einen Moment, ein paar Haare ausrupfen, das Blut zwischen ihren Fingerspitzen verreiben, vielleicht seine Zauberkraft fühlen und eine Ahnung des köstlichen Grusels erhaschen, nun, da die Gefahr gebannt schien. Alessandro schwindelte. Ihm war, als starrten ihn Gesichter aus diesem Stapel an, blutverschmierte, vorwurfsvolle Gesichter. Allein der Geruch ließ ihn würgen. Bestürzt wandte er sich ab.

Schon wollte er in der Menge untertauchen, als das Trappeln von Pferdehufen seine Aufmerksamkeit weckte. In scharfem Trab ritt ein Mann heran, der von dem Führer der Söldner ehrerbietig begrüßt wurde. Als der Ankömmling seinen Hut abnahm, um sich über die Stirn zu wischen, erkannte ihn auch Alessandro.

«Pasquale», stieß er zwischen zusammengebissenen Zähnen hervor. Also er steckte dahinter! Ihm war all dies zuzuschreiben. Ihm und dem Kardinal. Sie hatten seine Aufzeichnungen gelesen und ihre Schlüsse daraus gezogen, ganz wie

Alessandro es vermutet hatte. Und nun war der Handlanger gekommen, um sich persönlich vom Erfolg zu überzeugen. Schon wollte er sich auf den Verhassten stürzen, als er plötzlich hörte, wie dieser fragte: «Wo sind sie?»

Der Söldner wies auf die Kirche. Alessandro hielt inne; sein Blick wanderte an der Fassade entlang. Natürlich! Dort hielt man sie fest, genau wie damals Alissa. Man gönnte den Opfern die Gnade einer letzten Beichte, eines letzten, tröstenden Gebetes, ehe man sie in die Flammen führte. Die Erregung der Menge ringsum stieg, als hätte sie mitbekommen, dass der nächste Akt des Schauspiels unmittelbar bevorstand.

Als Pasquale mit wehendem Mantel auf die Basilika zuging, hielt Alessandro sich dicht hinter ihm. Die wogende Zuschauermenge, die sich hier wie überall auf dem Marktplatz breitmachte, war sein bester Schutz. Zu seinem größten Erstaunen hielt ihn auch niemand auf, als er die Kirche betrat. Pasquale hatte zwei der Wachen mit sich in das Innere des Gebäudes gewunken, die verbleibenden beiden hatten alle Hände voll zu tun mit den johlenden, herandrängenden Neugierigen. Ungesehen schlüpfte Alessandro hinein und drückte sich in das Dunkel eines Seitenaltares. Sein Kontrahent schritt das Längsschiff entlang. Alessandro reckte den Hals. Zuerst glaubte er, an den Säulen stünden Statuen. Erst langsam wurde ihm klar, dass dort Menschen angekettet waren, Gestalten unterschiedlicher Größe, die reglos auf ihr Schicksal zu warten schienen, bis Pasquale an ihnen vorbeischritt. Als er sich vorne hinstellte, die Hände in die Hüften gestemmt, und verkündete, dass der Scheiterhaufen bereit sei, kam Leben in die dunklen Umrisse. Alessandro vernahm ein Knurren, ein Fauchen und ein so ohrenbetäubendes Jaulen, dass er sich entsetzt die Hände auf die Ohren presste. Für einen Moment wurde es still. Selbst der Lärm, der von der Piazza hereindrang, schien zu verstummen.

Doch Alessandro wusste, es hatte keinen Zweck. Niedergebeugt ließ er seine Arme sinken.

Pasquale allerdings blieb ungerührt. Er nahm die Reaktion hin wie eine Ovation.

«Eure Ketten sind aus Silber», stellte er fest. «Es gibt kein Entkommen.»

Einer der Gefangenen gab eine zischende Antwort, die Alessandro nicht verstand. Er war damit beschäftigt, näher heranzukommen und Valeria auszumachen. Wo war sie? Sie musste sich einfach unter den Gefangenen befinden! Sein Herz klopfte, während er unter all den Gerüchen von Blut, Schweiß, Angst und Hass den ihrigen ausfindig zu machen suchte. Ein Schauer fuhr über seine Haut, als er ihn endlich aufgespürt hatte.

Für einen Moment umgab ihn wieder das sanfte Rauschen des Farnes, und ein kleines Feuer begann in ihm zu brennen. Verzückt flüsterte er ihren Namen. Da entdeckte er sie, und ihm war, als straffe sie sich unter seinem Blick. Hatte auch sie ihn bemerkt? Hatte sie gehört, wie er ihren Namen rief? Oder fühlte sie seine Gegenwart?

Alessandro hielt den Atem an, als er sich, hinter dem Altartisch Deckung suchend, näher heranarbeitete. Langsam konnte er die Einzelheiten ihrer Gestalt im Halbdunkel des Kirchenschiffes erkennen. Ihr langes Haar hatte sich in der Kannelierung der Säule verfangen, an die sie gekettet war, und breitete sich aus wie die Schwinge eines Erzengels. Sehnsuchtsvoll streckte Alessandro die Hand aus, als könnte er sie berühren.

«Valeria!»

Schmerzhaft zuckte Alessandro zusammen, als plötzlich ihr Name gerufen wurde. Pasquale hatte sich vor ihr aufgebaut, die Daumen im Gürtel verankert. Ohne Scham musterte er die Frau, die ihren Kopf jetzt abwandte, aus nächster Nähe. Schließlich nahm er mit der Linken ihr Kinn und drehte es ins Licht, um ihre Züge studieren zu können.

«Ein gemeinsamer Freund hat mir von dir erzählt», sagte er.

Valeria spuckte aus. Aber die Ketten, die fest um ihren Hals geschlungen waren, hinderten sie daran, gut zu zielen. Pasquale lächelte gequält.

«Ja, er hat erwähnt, dass du sehr temperamentvoll bist», meinte er nur. Dabei fuhr er ihr erst über die Wange, dann legte er ihr die Hand aufs Gesicht und schlug ihren Kopf heftig zurück gegen den Stein. Der Ton ging Alessandro durch und durch; er spürte den Schmerz wie seinen eigenen. «Aber das werde ich dir austreiben.»

Hilflos sah Alessandro zu, wie sein einstiger Gefährte noch dichter an Valeria herantrat und quälend langsam begann, ihre Röcke hochzuraffen. Er hörte ihn murmeln. «Dies wird für uns beide eine einmalige Erfahrung sein. Und für dich die allerletzte. Also genieße sie.» Zu den Wachen gewandt, fügte er hinzu: «Ihr könnt gehen.»

Als das Hallen der Stiefel verklungen war und das Eingangsportal hinter den Männern zufiel, hörte Alessandro nur noch Pasquales lauten Atem. Mit geballten Fäusten schlich er vorwärts. Bei jedem Knirschen seiner Sohlen auf dem staubigen Steinboden zuckte er zusammen, aber Pasquales Gehör schien nicht so fein zu sein wie sein eigenes. Unbeirrt war der Wüstling damit beschäftigt, seine Hosen zu öffnen und sich zwischen Valerias Beine zu drängen. Alessandro ließ seine Fingerknochen knacken, er war bereit, seinen Feind mit bloßen Händen zu erwürgen. Da entdeckte er den Leuchter.

«Weich mir nicht aus, verdammtes Luder!» Noch einmal packte Pasquale Valeria grob am Kinn. «Schau mich an, es wird das Letzte sein, was du siehst, du Teufelsbalg!» Als sie ihre funkelnden grünen Augen auf ihn richtete, lächelte er.

«Und nun ...», setzte er an, doch er kam nicht weiter. Plötzlich zerfloss seine Grimasse. Lautlos sank er zu Boden.

Valeria und Alessandro starrten einander lange an. Keiner von beiden sagte ein Wort. Schließlich ließ Alessandro den Leuchter sinken, mit dem er Mattia Pasquales Schädel eingeschlagen hatte. Ihm war, als glühe das Metall zwischen seinen Fingern. Scheppernd fiel die Waffe zu Boden.

«Ich ...», stammelte er. Der junge Inquisitor hatte noch niemals einen Menschen getötet. Verwirrt trat er auf Valeria zu und streckte seine Arme nach ihr aus, wie ein Kind, das Trost sucht. Da erst wurde ihm bewusst, wie durcheinander ihre Kleider waren. Errötend ordnete er ihren Rock. Valeria stieß einen verächtlichen Laut aus, halb Bellen, halb Lachen.

«Mach mich los!», forderte sie. Ihre Stimme war heiser vor unterdrücktem Hass.

«Sicher», stammelte Alessandro. «Gewiss.» Mit zitternden Fingern griff er nach der Kette und versuchte, sie zu zerreißen. Aber sie widerstand seinen Bemühungen. Dort, wo das Metall in seine Haut schnitt, spürte er einen heißen, brennenden Schmerz. Er ließ los und betrachtete verwirrt die Brandmale auf seiner Haut. Dann wandte er sich ab und kniete sich neben Pasquale. Mit Abscheu neigte er sich über die entstellte Gestalt, deren Blut über den Boden floss und dort im Kerzenschein eine glänzende Lache bildete.

Vor dem Kirchenportal wurden jetzt Schritte laut, eine Faust hämmerte gegen das Holz.

«Signore! Signore, es ist alles bereit.»

Alessandro erstarrte, dann suchte er hektisch weiter. Er konnte jedoch keine Schlüssel finden. Also nahm er schließlich Pasquales Dolch an sich. Er ging zurück zur Säule, schob die Klinge in eines der Kettenglieder und bohrte so lange, bis es verbogen war und aufsprang. Rasselnd glitt die Kette zu Boden. Valeria war frei.

Wieder pochte es an der Kirchentür, energischer diesmal. «Herr, die Leute warten auf das Schauspiel. Ist alles in Ordnung, Signore?»

Alessandro griff nach Valerias Hand. «Hier entlang, ich kenne eine weitere Pforte.» Er wollte sie mit sich ziehen, doch zu seinem Erstaunen machte sie sich los. «Valeria», begann er, «ich habe das alles nicht gewollt, glaub mir. Sie ... Sie nahmen mich gefangen und stahlen mir meine Aufzeichnungen. Ich ...» Erneutes Schlagen am Portal unterbrach ihn.

Ohne ihn eines Blickes zu würdigen, lief Valeria zurück und begann, die Kette eines der Gefangenen zu bearbeiten. Es war ein Mann, den Alessandro im Dorf nur flüchtig beachtet hatte, mit strohblonden Haaren und einem runden Kinnbart, in dem nun Blutklumpen klebten. Zum ersten Mal wurde dem jungen Inquisitor wieder bewusst, dass sie nicht alleine hier waren, und er blickte in die Gesichter der anderen. Da war der Junge, den er am ersten Tag auf dem Feld bei der Wolfsstatue bemerkt hatte, die Frau mit den Vogelaugen, ein weiteres Mädchen, Alissa nicht unähnlich ...

«Hilf mir!», verlangte Valeria. Doch als er mit zögernden Schritten auf sie zutrat, schob sie ihn unwirsch weiter, auf die nächste Säule zu. Einen Moment starrte Alessandro den Jungen an, der angelegentlich an ihm vorbeischaute. Sein Blick verriet nichts über die Gefühle, die ihn bewegen mochten. Stumm stand er da, stumm, aber aufrecht. Nur die Schweißtropfen auf seiner Stirn verrieten seine Angst. Mitleid wallte in Alessandro auf, als er ihn so betrachtete. Seine Wange zierte eine lange, tiefe Wunde, die Spur eines Silbergeschosses, die niemals verheilen würde. Alessandro öffnete den Mund, brachte aber kein Wort heraus.

Vom Eingang der Kirche erklang jetzt wieder ein dumpfer Ruf: «Herr, wir kommen jetzt herein.»

«Valeria!» Der angstvolle Ruf kam von der Vogelfrau.

Die Angerufene hatte es eben geschafft, die Ketten des strohblonden Gefangenen zu sprengen. Gehetzt schaute sie auf. Alessandro war so geistesgegenwärtig, sofort zum Portal zu laufen und von innen den großen Holzriegel davorzuschieben.

«Das wird sie nicht lange aufhalten», rief er Valeria zu, während er zu dem Jungen zurückrannte.

Schon erzitterte das Tor unter den ersten Versuchen, es zu öffnen.

«Schneller, schnell!» Alessandros Finger arbeiteten hektisch. Er hörte, dass auch Valerias Atem heftiger ging. Mit einem erlösenden Laut rasselten schließlich die Ketten des Jungen zu Boden. Befreit lächelte Alessandro ihn an und streckte ihm die Hand entgegen. Im selben Moment splitterte das Portal.

«Valeria!» Der verzweifelte Ruf der Vogelfrau erhob sich zwischen den Säulen und wurde in vielfachem Echo zurückgeworfen. Alessandro gab dem Jungen einen Stoß. «Dort hinten, durch die Sakristei, rasch!» Ein Blick verriet ihm, dass der blonde Mann auch schon auf dem Weg dorthin war. Er selbst stürzte zu Valeria und packte sie am Arm.

«Es ist zu spät», drängte er. Über ihre Schulter sah er bereits die ersten Söldner hereinstürmen. Mit ihnen drang der Rauch der Scheiterhaufen herein. «Die Menge wird uns zerreißen, wenn wir bleiben.»

Valeria reagierte weder auf seine Worte noch auf seine kräftige Hand, die sie wegzuziehen suchte. Sie schüttelte Alessandro ab und trat ganz nahe an ihre Gefährtin heran, nahm ihr Gesicht in beide Hände und legte ihre Stirn auf die der Vogelfrau. «Geh zu Gularith», flüsterte sie und küsste die Ältere, der die Tränen über das Gesicht rannen.

«Valeria!» Mit ihrem Namen als Kampfschrei stürzte Alessandro sich auf den ersten Angreifer und schleuderte ihn gegen das Taufbecken. Der zweite legte seine Arkebuse an und zielte auf ihn. Mit einem kühnen Sprung brachte Alessandro sich hinter dem Becken in Sicherheit.

Silberkugeln, dachte er. Seine Augen suchten Valeria im Innenraum der Kirche. Sie stand noch immer aufrecht da und blickte unschlüssig und voller Qual zu ihrer Gefährtin hinüber. Nun hatte der Schütze sie entdeckt und sich ihr zugewandt. Alessandro zögerte nur einen Moment, dann schnellte er aus seiner Deckung hoch und stürzte zu ihr. Schmerzhaft prallten ihre Leiber aneinander, doch er umschlang sie im Fallen mit beiden Armen. Ihr Haar wickelte sich um seinen Kopf, so waren sie zweifach aneinandergebunden. Sie kam sanft auf ihm zum Liegen, und für einen Moment fühlte er sich ihr wieder nah und vertraut. Er roch wieder ihren unvergleichlichen Duft. Alessandro schloss die Augen. Hier sterben, schoss es ihm durch den Kopf, hier, in ihren Armen. Dann knallte der Schuss.

12.

Orgelmusik brandete auf, wie eine dröhnende, alles mit sich reißende Woge. Weihrauch zog zur Decke hoch und erfasste das Kirchenschiff mit seinem süßen Nebel. Die Menge drinnen sank in die Knie, als sich die Pforte von San Pietro öffnete wie diejenige des Paradieses und mit den langen Strahlen des Sonnenlichtes eine Prozession hereinließ, die bei den Anwesenden Seufzer und Tränen der Begeisterung auslöste.

Selbst draußen auf dem Platz wurde es still. Bis auf das leise Rauschen der Kleider, das zu hören war, als sich die Menschen einer nach dem anderen hinknieten und die Köpfe senkten, über denen jetzt die Glockenschläge ertönten.

Die Glocken von San Pietro gaben Rom zu verstehen, dass der neue Papst gekrönt wurde. In langen Reihen standen die Würdenträger da, ihn zu empfangen. Das Purpur der Kardinäle leuchtete mit den Roben der Adligen um die Wette. Edelsteine blitzten vom Hals der Damen aus den ersten Häusern Roms. Brokat und Seide schimmerten allenthalben, reichbestickt, und auch Pelz verlieh seinen Trägern Würde. Die Szene übertraf sämtliche Gemälde an den

Wänden der Basilika und war selbst eines Kunstwerkes würdig. Gold strahlte von den Gerätschaften auf dem Altar, ein goldbestickter Samthimmel erhob sich über Kardinal della Rovere, der auf seinem Thron unter dem Baldachin Platz nahm, geschmückt wie ein Götzenbild, um heute und für alle Zeit zu Papst Julius II. zu werden.

In den Gassen von Rom blühte der Klatsch über die Namenswahl. War der Namenspatron des neuen Papstes, der heilige Julius I., doch ein Mann gewesen, der die Macht und weltliche Autorität der römischen Kirche im Streit gegen die arianischen Ketzer besonders betont und verteidigt hatte. Auch dem neuen Julius traute man diese Neigungen zu; er würde zweifellos mehr ein Herrscher auf dem Thron sein als ein Seelenhirte. Aber wer, fragte man sich, würden die neuen Arianer werden? Würde Julius II. sich mit Glaubensstreitigkeiten befassen oder sich weltliche Gegner suchen? Andere, praktischer Gesinnte fragten sich: War es in so einer spottsüchtigen Gemeinde, wie die Ewige Stadt es war, wirklich klug, sich nach einem zu benennen, der als Schutzpatron der Latrinenreiniger galt?

Alles in allem jedoch waren die Bewohner Roms zufrieden. Der Klerus hoffte auf neue Einigkeit, denn der Papst war nach nur sechs Stunden Konklave gewählt worden, was einer Sensation gleichkam. Nicht zuletzt war das den riesigen Summen zu verdanken, die aus französischen Kassen in die Hände des römischen Adels geflossen waren, sodass auch die großen Familien sich mehr als zufriedengaben. Ihre Spenderlaune wiederum erfreute das gemeine Volk, das in den Höfen der Palazzi mit Wein ausgehalten wurde. Und die Philosophen unter den Kirchenmännern vermuteten zu Recht, dass hier einer kam, der sich für die Feinheiten ihrer Beweisführungen wenig interessierte und sie mit Scheiterhaufen und Exkommunikation um eines originellen Gedankens willen verschonen würde. Auch die Künstler freuten sich auf einen Mann, der im privaten Kreise schon davon gesprochen hatte, die Basilika San Pietro abreißen zu lassen, um sie durch den größten Bau der Christenheit zu ersetzen. Die Huren wiederum kannten ihn persönlich und bauten zuversichtlich darauf, dass hier keiner käme, ihnen unter moralischen Vorwänden das Leben schwerzumachen. Ganz Rom also feierte unbeschwert.

Auch Ascanio Sforza stand in der summenden, brummenden Menge, die nicht einmal durch das Ritual der Liturgie vollkommen zur Ruhe gebracht werden konnte. Die gesamte Kirche, so schien es ihm, vibrierte förmlich vor Erregung. Nur er selbst stand sehr aufrecht und zeigte den Menschen sein strenges, ungerührtes Profil. Doch wer ihn gut kannte, bemerkte trotz des Puders die Ringe unter seinen Augen und die Blassheit seines sonst kräftigen dunklen Teints, die auf eine durchwachte Nacht hinwiesen. Seine Freunde schoben dies auf die Niederlage, die er hatte einstecken müssen. Schließlich hatte doch Frankreichs Partei gesiegt. So jedenfalls redete man hinter vorgehaltener Hand. Man bedauerte ihn bisweilen und wunderte sich, dass der Kardinal bei allem so erstaunlich gelassen wirkte und im Konklave am Ende della Roveres Wahl selbst zugestimmt hatte. War das Resignation, wie die Wohlmeinenderen vermuteten? Oder vielmehr, wie die Spötter meinten, eine Folge der französischen Großzügigkeit, die am Ende jeden besiegte?

Sforzas Miene gab darüber keinen Aufschluss. Ohne zu wanken, stand er da, die ganzen ermüdenden dreieinhalb Stunden. Er kratzte sich nicht, er räkelte sich nicht, und er gähnte auch nicht ein einziges Mal. Manch einer konnte sich gar nicht erinnern, dass der Kardinal so kräftig gewesen war, von so straffer Statur, und dass sein Haar so dicht war und sich daher unter dem Kardinalshut glänzend in seinem

Nacken kringelte, ohne eine Spur grauer Strähnen. Wahrhaftig, es ging etwas aus von diesem Mann, und es war nicht die Aura der Niederlage. Wessen Sinne fein genug waren, der konnte es spüren. Auch die Damen der Gesellschaft nahmen sich vor, ihm künftig mehr Beachtung zu schenken.

Sforza hörte sie tuscheln und mutmaßen und musste all seine Konzentration aufbringen, ungerührt zu bleiben, obwohl er jedes ihrer vermeintlich heimlich geflüsterten Worte verstand. Er wandte den Blick nicht von della Rovere, dem Mann, von dem nun all seine Hoffnungen abhingen. Eben senkte der neue Papst ergeben das Haupt, um die Tiara zu empfangen, eine Neuanfertigung, wie Ascanio wusste, ein Entwurf des Künstlers Caradosso, extra für Julius II. ausgearbeitet. Er verzog ein wenig den Mund ob der Extravaganz. Aber sie beruhigte ihn auch. Julius II. war kein Mann, der sich mit Vorgegebenem abfand, er war der Richtige, die Landkarte Italiens neu zu ordnen.

Er und ich, dachte Ascanio. Wir beide werden die Geschichte umschreiben. Vorbei waren die grauenvollen Stunden, in denen er zweifelte und haderte und kurz davor gestanden hatte, seinem Leben selbst ein Ende zu bereiten. Er hatte sich seinem Schicksal gestellt und war zu dem Schluss gekommen, dass es schlimmere Dinge gab, als seine Seele zu verlieren. Zum Beispiel, seine Ansprüche und Interessen zu verraten. Und für die konnte er vielleicht heute schon mehr tun denn jemals zuvor. Wenn er die Augen schloss, dann sah er noch immer den Vollmond vor sich, und er spürte eine ungeheure Kraft in sich, diese ungeheure Kraft ... Lustvoll spannte er seine Muskeln. Was würde er nicht alles vollbringen können an der Spitze einer Armee!

Das Vaterunser erklang, und Sforza räusperte sich, ehe er einstimmte. Seine Gedanken allerdings waren immer noch anderswo. Mailand würde wieder den Sforza gehören, schöner und mächtiger denn je. Selbst Gott musste am Ende dafür Verständnis haben, so schien es ihm, und wenn nicht, dann würde er auch ihn dazu zwingen.

Unwillkürlich ballte Sforza die Faust unter seinem Talar und rieb sich mit den Fingerspitzen über die Innenfläche seiner Hand. Kaum merklich erhob sich dort eine kleine, feine Narbe. Ein Funke glomm auf in seinen Augen. Und nun verzog sich auch sein Mund zu einem wölfischen Grinsen.

13.

Mit geschlossenen Augen erwartete Alessandro Varese den Schmerz. Doch stattdessen hörte er ein verräterisches Knacken und Ächzen, einen Laut von gequältem Holz und danach einen vielstimmigen Aufschrei. Er blickte auf und löste den Griff um Valeria, die ihn mit beiden Händen von sich schob und sich ebenfalls irritiert umblickte. Ihre bereits befreiten Gefährten waren nicht geflüchtet, sondern hatten die Empore erklommen und dort ein überlebensgroßes Kruzifix von der Wand gelöst. Es war über das Geländer gekippt und in das Kirchenschiff heruntergekracht, wo es einige Söldner unter sich begrub. Aber durch das Kirchenportal folgten bereits die nächsten. Und hinter ihnen drängten die Bürger von Vallepiu.

Alessandro kam auf die Beine und zog Valeria mit sich. Stolpernd erreichten sie gemeinsam mit dem Jungen und dem strohblonden Mann die Sakristei, warfen die Tür ins Schloss und schoben in aller Eile den Schrank mit den Messgewändern davor. Dann rannten sie durch schmale und dunkle Gänge und erreichten schließlich die kleine Pforte ins Freie.

«Zum Tor!», rief Alessandro gegen den Lärm an.

Der Blonde schüttelte den Kopf. «Nein, hier entlang. Wir gehen über die Mauer.» Er führte sie an eine Stelle, wo die Häuser direkt an die Stadtmauer gebaut waren. Vor ihren Augen kletterte er geschickt auf ein Vordach und von dort über die Fenstersimse auf den First. Einen Augenblick hielt er inne, um sie hochzuwinken, dann rutschte er über die Ziegel zur Mauer hin. Für einen Moment fürchtete Alessandro, das Poltern würde die Verfolger auf ihre Fährte lenken. Aber dann zog auch er sich an den Vorsprüngen im Mauerwerk hoch. Was hatten sie schon für eine Wahl?

Oben angekommen, blickte Alessandro ängstlich auf der anderen Seite nach unten. Es war ein weiter Weg hinab, mehr als vier Mannslängen. Ihr Führer grinste verächtlich, als er sah, wie der junge Inquisitor die Höhe abschätzte. «Soll der Junge es erst für dich ausprobieren?», fragte er.

Alessandro reckte das Kinn. Er suchte Valerias Blick einzufangen, die aber drehte den Kopf weg. Da trat er einen Schritt vor und sprang. Der Fall war tiefer als der aus dem Fenster des Vatikanpalastes, aber der weiche Boden gab nach, und es lagen keine Scherben herum. Für einen Moment wurde ihm beim Aufprall schwarz vor Augen, doch nur für einen kurzen Moment. Dann verging das Gefühl, dass seine Knochen sich quetschten und zersplitterten. Noch ehe er sich wieder aufrichten konnte, hörte Alessandro die anderen neben sich aufkommen. Der Junge stieß gleich darauf einen Schrei aus. Der Blonde neigte sich über ihn.

«Gebrochen», stellte er fest, nachdem er das Bein abgetastet hatte.

«Das heilt», erwiderte Valeria knapp. Angespannt schaute sie sich um und versuchte, die Gerüche der Umgebung aufzunehmen.

«Ja, aber nicht so rasch», warf Alessandro ein, der jetzt

den Schenkel untersuchte und begann, ihn mit Hilfe einiger herumliegender Äste zu stabilisieren. Er riss einen Ärmel seines Hemdes in Streifen und verband alles. Erstaunt ließen die anderen ihn gewähren.

«Ich trage ihn», erbot sich der Blonde, als Alessandro fertig war, und lud sich den Verletzten auf die Schulter. Vom Schock war das blasse Gesicht des Jungen mit Schweiß bedeckt.

«Los, kommt weiter», drängte Valeria. Sie schien das Gelände zu kennen. Keuchend hetzten sie quer über einige Felder und erreichten schließlich einen Pinienhain. «Wir müssen in den Wald, in die Berge.»

Alessandro ergriff ihre Hand. «Ich weiß einen Ort», sagte er. Sein Atem ging rau. «Einen Ort, an dem wir sicher sind. Wir können uns dort verbergen. Niemand wird uns da vermuten und ...»

Er stockte, als Valeria die Hand hob und einen Moment in die entstandene Stille lauschte. «Sie haben Hunde.»

«Wir müssen uns trennen.» Der Blonde zog den Jungen, den er für einen Moment abgesetzt hatte, wieder hoch und schlang ihm den Arm um die Schulter. Der Junge nickte, als er feststellte, dass sein Bein ihn wieder trug. «Je mehr Fährten, desto besser.»

Schon machte das Paar sich hinkend auf den Weg. Alessandro wollte sie zurückrufen, aber Valeria hielt ihn fest. «Er hat recht», sagte sie. «Der Zeitpunkt ist gekommen. Unsere Wege trennen sich hier.» Und mit diesen Worten schickte sie sich an, zu gehen. Doch Alessandro hielt sie zurück.

«Bitte!» Mehr brachte er nicht heraus.

Valeria lachte höhnisch. «Was ist? Was können wir noch für dich tun, Inquisitor? Reicht dir der Erfolg noch nicht?»

Alessandro verzog das Gesicht. «Ich bin kein Inquisitor mehr, Valeria. Ich ...» Er rang nach Worten. Wusste er doch selbst nicht mehr, wer oder was er genau war und was es für ihn jetzt noch zu tun gab. Nur das eine wusste er: dass ihr Schicksal so nicht enden durfte. Bei allem, was ihm in den letzten Wochen zugestoßen war und ihn aus der Bahn geworfen und sein altes Selbstverständnis in Stücke gerissen hatte, war doch eines immer konstant geblieben: der Gedanke an Valeria. Er konnte sie ebenso wenig aus seinen Gedanken verdrängen, wie er Gott aus seinen Gebeten hätte verbannen können. Er würde weiter an Gott glauben. Und er wollte auch weiter seine Gefühle für Valeria bewahren. Er sehnte sich nach einer engeren Verbindung mit ihr, denn sie war der Schlüssel zu allem, zum Geheimnis seines Lebens, im Guten wie im Schlechten. Er vermochte sich ein Leben ohne den grünen Blick ihrer Augen, die sanft auf ihm ruhten, nicht vorzustellen, ein Leben, in dem keine Hoffnung bestand, jemals wieder ihre Haut zu berühren.

«Bitte!», stieß er erneut hervor und fügte, als er ihr verächtliches Gesicht sah, noch hinzu: «Willst du nicht wenigstens so lange bei mir bleiben, bis du herausgefunden hast, ob du mich hasst oder liebst?»

Valeria schnaubte abfällig. «Darüber muss ich nicht nachdenken, Inquisitor.»

Sie wollte sich abwenden, doch er hielt sie am Handgelenk fest und zog sie dicht zu sich heran. «Ich glaube aber doch, Valeria.»

Sie maßen einander mit Blicken. Und Alessandro spürte, dass auch Valeria die Bilder ihrer gemeinsamen Nacht vor Augen hatte, jeden einzelnen Moment, zusammen ergaben sie einen Reigen überwältigender, berauschender Bilder, in denen beide zu lesen versuchten, lauernd, widerstrebend, zweifelnd. Da brach das Bellen der Hunde ihren Bann.

«Komm!» Er zog sie mit sich. Sein Herz klopfte, als er spürte, dass sie seinem Drängen nachgab und folgte. Trotz der Angst, die ihn jetzt ergriff, jubelte er innerlich, beflügelt von der doppelten Erregung. Er floh mit ihr in den Wald.

Es dauerte Tage, bis sie in die Nähe des Klosters kamen. Sie mussten manchen Haken schlagen und sich durch dichtes Unterholz kämpfen. Alessandro redete fast die ganze Zeit auf Valeria ein. Er schilderte ihr, was ihm zugestoßen war, seit er das Dorf verlassen hatte, berichtete von seinen Studien, seinen Gedanken, seinen Zweifeln und seinen Plänen. Und er ertrug ihren Spott. Wenn sie über ihn lachte, stimmte er sogar mit ein. Er verheimlichte ihr auch nicht, dass er ursprünglich vorgehabt hatte, zur unfehlbaren Waffe gegen die Werwölfe zu werden.

«Aber ich habe dazugelernt, Valeria, ich habe begriffen.»

«Was hast du begriffen?», gab sie bissig zurück. «Dass wir ebenso Trauer und Schmerz empfinden können?»

«Wenn ich doch das alles in Worte fassen könnte ...» Alessandro suchte die Formulierungen mit den Händen aus der Luft zu greifen. «Dass die Schöpfung, das Leben, größer ist, als wir alle dachten. Dass ...» Er zuckte verzweifelt mit den Schultern. «Ich habe so vieles gesehen, Valeria, und noch immer habe ich nicht alles verstanden. Hilfst du mir, Valeria?» Er legte ihr die Hand auf die Schulter, als sie nicht reagierte, und zwang sie, sich zu ihm umzudrehen.

«Wer ist Gularith?», fragte er. Und als sie nicht antwortete, fuhr er fort: «Du hast in der Kirche diesen Namen genannt, du musst es doch wissen.»

Sie musterte ihn interessiert, mit schräggeneigtem Kopf. Schließlich berührte sie ihn an der Wange. «Gularith? Sie spricht bereits zu dir», sagte sie. «Erstaunlich ...»

Mit einem hohlen, flatternden Gefühl in der Magengrube bemerkte Alessandro, wie ihre Augen bei der Erwähnung des

Namens aufglommen, ein wenig wie damals, als sie sich ihm das erste Mal genähert hatte.

«Vielleicht muss ich mich an den Gedanken gewöhnen, dass du nun einer von uns bist», seufzte sie. «Und dein Schicksal annimmst.» Fast lag etwas wie Zärtlichkeit in ihrer Stimme.

Alessandro spürte die Berührung ihrer Finger wie ein Brandmal. Dann aber lachte sie und wandte sich ab. Sie ging weiter, ohne sein Betteln zu beachten.

Als sie sich dem Ziel näherten und Alessandro schließlich enthüllte, dass sie ein Kloster aufsuchen würden, begann Valeria, Einwände zu erheben. Sie wollte nicht an einen geistlichen Ort, sie misstraute den Mönchen. Alessandro versuchte, sie zu überzeugen. «Dort hat schon einmal einer von uns gelebt, Valeria, ein Werwolf wie wir. Sein Name war Anté.»

«Anté?», echote sie zweifelnd.

«Ja, ich konnte es zunächst auch nicht einordnen. Es ist ein französischer Name. Aber der Ursprung muss griechisch sein. Im Original lautet er Antäus.»

Ein Funke des Wiedererkennens trat in Valerias Augen. «Antäus.» Sie nickte. «Das ist ein Name aus unserem Volk. Aber ...»

«Ich bin mir sicher», insistierte Alessandro. «Er brachte seinen Heiligen aus Frankreich mit, einen Mann, der von einem Wolf begleitet wurde, Valeria. Ich habe seine Statue gesehen, es waren zwei Wesen, verschmolzen zu einem einzigen. Es war offensichtlich.»

Noch immer schien sie nicht überzeugt. «Und er hat in jenem Kloster gelebt, dein Antäus?»

Alessandro nickte. «Bis zu seinem Tode.»

«Tode?» Valeria blieb abrupt stehen.

Alessandro atmete tief ein. Die Luft um sie herum war

bereits feucht und schwer von dem nahe gelegenen Moor; Mücken umsurrten sie. Eine letzte Hügelkette trennte sie noch von dem Kloster. Alessandro streckte die Hand aus, um Valeria über eine tückische Stelle zu helfen.

«Beim Kloster wird es besser», versprach er und erschlug eine Mücke auf seiner Wange. «Die Mönche haben Entwässerungsgräben gezogen.»

Sie achtete nicht auf seine Worte. «Tod?», fragte sie erneut. «Woran ist er gestorben?»

Alessandro wandte sich zu ihr um. «An Altersschwäche, sagte der Abt.»

Ohne einen Kommentar starrte Valeria ihn an. Da wurde es Alessandro selbst klar. «Werwölfe sterben nicht an Altersschwäche ...», murmelte er. Sie verzog verächtlich den Mund. Alessandro blieb nach außen ganz ruhig. Seine Gedanken aber rasten. Er war sich sicher, trotz ihres Einwandes. Er wusste einfach, dass er sich nicht täuschte. Die Statue, die Bücher in der Bibliothek, es war, als hätte das alles nur auf ihn gewartet: Antés Anwesenheit, die die Wölfe von den Dörfern fernhielt, sogar die seltsamen Blicke, die Abelardo ihm bisweilen zugeworfen hatte! Dennoch blieb Valerias Argument gültig: Werwölfe starben nicht an ihrem Alter. Aber auch dafür musste es eine Erklärung geben!

Mit neuer Energie drängte Alessandro voran. Er wollte noch einmal mit seinem alten Mentor sprechen. Und diesmal würde er sich nicht zurückhalten. In den Wänden dieses Klosters gab es ein Geheimnis, das spürte er.

Sie rochen es beide, noch ehe sie auf dem Hügelkamm angekommen waren. «Rauch», riefen sie wie aus einem Munde. Danach sprach keiner von ihnen mehr, bis sie in den schwelenden Ruinen standen.

Die Bibliothek glomm noch, doch ein Blick verriet, dass

dort nichts mehr zu retten war. Das Refektorium war ein Ort der Verwüstung: jede Zelle einzeln und mit viel Mühe zerstört, jede Tür zertrümmert, jedes Fresko mit den Schäften der Arkebusen aus der Wand geschlagen, jede Bettstatt verbrannt. Nicht ein Raum war unberührt geblieben, nirgendwo gab es ein Zeichen der Hoffnung.

Fassungslos wanderte Alessandro durch den verwüsteten Garten, der sich in eine Aschelandschaft verwandelt hatte. Selbst die Wurzeln waren ausgegraben und die Beetumrandungen zertreten worden. Die Statue des heiligen Hervé reckte sich kopflos auf ihrem Sockel. Nur der Wolf war unversehrt geblieben und starrte unverwandt in Richtung der Kapelle. Valeria blieb neben ihm stehen und legte ihm die Hand auf die Schulter. Doch Alessandro ging wie magisch angezogen in der Richtung weiter, in die die Statue blickte.

Von der Kapelle waren nur die Grundmauern übrig, gezackt wie ein zerstörtes Gebiss. In der Mitte erhob sich ein wirrer Haufen von Balken und Brettern. Und dann sahen sie es: Von dort ragte eine Hand auf, schwarz und verkohlt streckte sie sich in den Himmel wie ein letzter verzweifelter Schrei nach Hilfe.

Alessandro schluckte, ehe er es wagte, näher zu treten. Er suchte nach einem Zeichen, das ihm verraten hätte, wem die Hand gehörte, einem charakteristischen Mal, einem Ring, aber vergebens. Das Feuer hatte jegliche individuelle Spur gelöscht. Schließlich streckte er seine eigene Rechte nach der Hand aus und umschloss sie. Sie zerfiel zu Staub.

Valeria trat näher und stieß mit dem Fuß gegen einen Balken. Wütend fuhr Alessandro herum, sagte aber nichts, als er ihr Gesicht sah. Bitter blickte er danach auf die Asche in seiner Hand und zerrieb sie zwischen den Fingern.

Valeria war die Erste, die sprach. «An diesem Ort ist etwas ...», sagte sie und hob den Kopf. «Ich kann es nicht genau benennen, aber du hast recht. Irgendetwas hier hat mit uns zu tun.»

«Hatte», stieß Alessandro scharf hervor und schaute auf. «Was immer es war, es ist zerstört.»

Nach einer Ewigkeit des Schweigens hörte er seine Gefährtin plötzlich fragen: «Was tun wir jetzt?» Zum ersten Mal klang ihre Stimme weich.

«Du fragst mich?», gab er zurück. Mit einem inneren Beben spürte er ihre Berührung, als sie die Hand auf seinen Arm legte.

«Nun», sagte sie. «Wenn du mich fragst, gibt es nur eines, was wir angesichts von so viel Leid und Unrecht und Tod tun können.» Ihre Lippen kamen so nahe an sein Gesicht heran, dass er die Wärme ihres Atems spürte. «Leben.»

Alessandro erzitterte. Einen Moment lang verspürte er Abwehr. Nicht jetzt, nicht hier! Was sie da vorschlug, verstieß gegen alles, was er zu empfinden gelernt hatte. Sie provoziert mich, dachte er betrübt, sie spielt mit mir. Er blickte sich um. Vor ihnen ragten die Reste eines verkohlten Kruzifixes aus dem Schutt wie eine Mahnung. Alessandro schloss die Augen und atmete tief ein. Sein Brustkorb wirkte wie eingeschnürt, und seine Kehle zog sich zusammen. Er hörte ihr leises Lachen und wusste selbst nicht, was in ihm aufwallte: War es Wut, war es Leidenschaft? Im nächsten Augenblick hatte er sie in seine Arme gerissen. Sie umarmte ihn ihrerseits und lächelte erregt, als er sie zu Boden zog. Einladend wand sich ihr Körper um ihn und trieb Alessandro wie schon einmal zur Raserei. Von seiner Ablehnung blieb plötzlich nichts mehr übrig. Mit einem Mal wusste er, dass er nichts anderes wollte, als sich in ihren Liebkosungen zu verlieren.

«Du hast recht», hauchte er in ihr Ohr, «was bleibt uns anderes, als zu leben.» Für köstliche Augenblicke vergaß er, wo er war, wer er war und was sie erwarten mochte. Er spürte nichts mehr außer dieser unbändigen Lust, die ihn durchströmte, eine fieberhafte Gier, die ihn zum Glühen brachte und all seine trüben Gedanken auslöschte, während er in ihrem heißen Schoß versank. Blind ritt er auf den Wogen seiner Leidenschaft, dem Strudel entgegen, der ihn verschlingen würde, dem weißen Licht, das jetzt alles umfing. Mit verzehrendem, wütendem Begehren liebkoste er ihre Brüste, ihre Schenkel, ihren flachen Bauch. Er wollte sich in ihr Fleisch wühlen, in ihrem Leib vergehen, ein für alle Mal verschmelzen mit ihr, mit dem Leben, ja, mit dem Universum selbst, in dem er nun kreisend versank, nicht mehr wissend, wo er selbst endete und wo die Welt begann.

Als sie erschöpft voneinander abließen, färbte sich der Himmel über ihren Köpfen bereits rot. Der Abendstern wurde über dem zerstörten Altar sichtbar.

«Venus», murmelte Valeria, berührte in einer fließenden Geste Stirn und Lippen und räkelte sich dann genussvoll. «Sei gegrüßt. Du kommst und gehst wie stets.» Daraufhin rollte sie sich herum und knabberte an Alessandros Ohr. «Und was machen wir jetzt?», wiederholte sie ihre Frage.

Alessandro legte die Arme um sie. «Wir gehen dorthin, wo sie uns nicht vermuten», sagte er. Sein Blick schweifte in die Ferne, doch er war entschlossen. «Sie haben es so gewollt.»

III.

Der süße Biss des Lebens

I.

Ah, der Dottore Lupone, einen schönen Tag und Gottes Segen.» Der Schuster hob den Hammer und winkte aus seinem engen Ladenlokal heraus. Es war nicht mehr als ein kleines Viereck, zur Straße hin völlig offen, die hölzernen Läden, die es nachts verschlossen, beiseitegeklappt. Im Inneren führte eine hölzerne Leiter zur Wohnung im Zwischenstock darüber. Der enge Raum war vollgepfropft mit Häuten und Werkzeug.

Rechts und links der Gasse entlang reihten sich weitere Geschäfte wie dieses aneinander, in denen gehämmert, geplaudert und gefeilscht wurde. Mehr als einer der dort verkehrenden Händler schloss sich den grüßenden Worten des Schusters an.

«Gott zum Gruß, Gaetano», erwiderte der Doktor und blieb einen Moment stehen. «Wie geht es der Kleinen?»

«Ihr Husten ist schon viel besser, Dottore, Gott segne sie.»

Alessandro Varese lächelte und ging weiter durch die Gasse, die so eng war, dass die Balkone im ersten Stock einander beinahe berührten. Kreuz und quer hing Wäsche an den darübergespannten Schnüren und filterte das Sonnenlicht. Vogelstimmen erklangen aus engen Weidenbauern, die zwischen den Töpfen mit Rosmarin und Basilikum aufgehängt waren. Es roch nach nassem Stoff, nach Gewürzen, dem Leder der Schuster und Sattler, die hier arbeiteten, nach Unrat und Urin.

Alessandro nickte nach rechts und links. Handwerker, Mägde und spielende Kinder lächelten ihm zu. Er kickte einen aus Lumpen genähten Ball zurück, wich dem Inhalt mit Schwung geleerter Nachttöpfe aus und erwiderte den anerkennenden Pfiff eines Eichelhähers. Das Tier hockte auf einer Stange am Stand eines Brotverkäufers, legte erstaunt den Kopf schief, als Alessandro näher trat, und trippelte dann von ihm fort, so weit ans Ende des Stabes, wie die Kette um seinen Fuß es zuließ. «Aber Dottore», protestierte die Verkäuferin kichernd. «So ein unvernünftiges Geschöpf.»

Alessandro lächelte auch ihr zu, was die Frau erröten ließ, in der Hoffnung, der Pfiff könnte in Wahrheit ihr selbst gegolten haben. Alessandro kaufte bei ihr einen Fladen, in den er im Weitergehen herzhaft biss, und ließ sie seufzend zurück.

«Dottore, auf ein Glas!» Der Ruf kam aus der Taverne am Platz vor der Kirche. Alessandro blieb eine Weile am Eingang stehen, um den Wirt zu bitten, später einen Topf Fischsuppe in seine Wohnung zu senden. Die Einladung jedoch lehnte er dankend ab. «Ich muss weiter, Ettore, meine Frau wartet auf mich.»

Der Wirt wischte sich die Hände an der Schürze ab und nickte. «Eine Frau wie die Eure soll man nicht warten lassen, Dottore, auf mein Wort. Maria wird nachher die Suppe bringen.» Alessandro dankte und überquerte den Platz, der im milder werdenden Licht der Nachmittagssonne lag. Nur in der Mitte spendete ein einsamer Baum mit seiner runden

Krone ein wenig Schatten. Wie überall in Rom tummelten sich auch hier auf jedem Streifen verfügbaren Grüns ein paar verwilderte Katzen. Sie hoben die Köpfe, als Alessandro vorüberschritt. Eines der Tiere sträubte das Fell und fauchte.

«So undankbar ist die Welt, Dottore», bemerkte einer der alten Männer, die auf der Bank im Schatten hockten, den Stock zwischen den gespreizten Knien aufgestemmt. «Dabei füttert Ihr sie fast alle Tage.»

«Die Katzen wissen mehr als wir», erwiderte Alessandro. Aber er lachte dabei, als meine er es nicht ernst.

Der Alte schüttelte störrisch den Kopf. «Haltet Euch an die Menschen, Dottore. Die wissen, was sie an Euch haben.»

Begütigend tätschelte Alessandro im Vorbeigehen seine Schulter. «Das weiß ich doch, mein Bester. Das weiß ich doch.» Er tauchte auf der anderen Seite der kleinen Piazza in den Schatten von Santa Caecilia ein, bekreuzigte sich hastig, als er einigen Mönchen begegnete, die aus dem Eingang traten, und bog dann eilig in die kleine Seitenstraße, in der er wohnte. Ein enges Treppenhaus führte zu seiner Wohnung unterm Dach hinauf. Es war dunkel und unbequem, aber einmal oben angekommen, leuchtete einem durch die Fenster das Band des Tiber entgegen. Über die Nachbardächer hinweg betrachtete er jeden Abend den Fluss und sah, wie sich dahinter die Schatten von San Cosmedin gegen den Abendhimmel abhoben. Er hatte die Wohnung nicht zuletzt gemietet, weil sich der Blick darüber hinaus auch noch auf die imposanten Überreste des Circus maximus und zur Linken auf die Ruinen an den Hängen des Kapitols öffnete, die mit Kirchen, kleinen Ladengeschäften und Elendsquartieren überbaut waren. Er hatte gehofft, Valeria würde der Anblick ebenfalls zusagen.

Aber seltsamerweise hegte sie einen Abscheu dagegen und ging niemals auf die Dachterrasse hinaus, genauso wenig, wie sie mit ihm einen der Orte aufsuchte, an denen die Knochen des antiken Roms unter dem Fleisch der Gegenwart zutage traten, wie Alessandro es nannte. Einmal sagte sie, es ekle sie, all dies zu sehen. Danach hatte sie nie mehr davon gesprochen, und Alessandro drang nicht in sie.

Er kramte nach dem Schlüssel und öffnete die Tür, an der ein Schild verkündete, dass hier der Dottore Hervé Lupone wohnte und jederzeit Patienten empfing. Tatsächlich kamen aber nur Nachbarn hierher, und auch das nur in Notfällen. Tagsüber fand, wer ihn suchte, den Doktor nämlich in einem kleinen Lokal neben dem Barbier, der auch Zähne zog. Dort behandelte Alessandro seine Kranken. Es waren einfache Menschen, die Bewohner von Trastevere. Weder die Kleriker, mit denen er früher verkehrt hatte, noch ein Mitglied der Familie Sforza verirrte sich jemals hierher, und gewiss kein Bediensteter des Vatikans. Dennoch hatte Alessandro es für ratsam gehalten, seinen Namen zu ändern. Und er tat recht daran, denn sein Ruhm begann bereits, weitere Kreise zu ziehen, und mehr als einmal schon war er geholt worden, um auch jenseits des Tiber seine Besuche zu machen. Und trotz seiner Sorge, entdeckt zu werden, hatte er es nicht fertiggebracht, den Kranken ihre Bitte abzuschlagen.

Valeria sagte nichts dazu, wenn er ihr davon erzählte und sich, ohne dass sie ihm einen Vorwurf gemacht hätte, zu rechtfertigen suchte. Doch schließlich gab er es auf. Auch sie ging ja ihrer eigenen Wege, während er Patienten empfing, und sie pflegte ebenso wenig mit ihm darüber zu sprechen.

«Valeria, ich bin wieder zu Hause!» Mit Schwung trat er ein und wartete nicht ab, bis sie ihm entgegenkam. Er entdeckte sie am Fenster stehend, trat zu ihr und umarmte sie von hinten. Zufrieden legte er den Kopf in ihre Halsbeuge und sog den Duft ihres kupferfarbenen Haares ein. «Weißt du, wie schön du bist in diesem Licht?» Er küsste sie auf das

Ohr. «Selbst der nachmittägliche Himmel ist nicht so stark wie der Schimmer deiner Haut.»

Valeria bog leicht den Kopf zur Seite und machte sich los. Versonnen schaute Alessandro ihr nach, während sie in die Küche hinüberging. «Ich habe Ettore gebeten, uns einen Topf seiner Fischsuppe heraufzubringen», rief er ihr hinterher. «Seine frische Suppe am Dienstag ist berühmt.»

«Die Reste davon am Freitag auch», gab Valeria trocken zurück.

Alessandro lachte. «Richtig», erwiderte er gutgelaunt. «Sie haben mir schon manchen einträglichen Kunden beschert. Aber wir werden sie genießen, komm her.» Er suchte sie erneut in seine Umarmung zu ziehen. Da klopfte es an der Tür.

«Komm herein, Maria», sagte Valeria, die sich anschickte zu öffnen. Herein trat ein schüchternes Mädchen, beinahe noch ein Kind. Ihre braunen Augen wirkten unnatürlich groß und ein wenig fiebrig, ebenso wie ihre auffallend blassen, fast durchsichtigen Wangen, die in der Mitte von klar umgrenzten roten Flecken geziert wurden. Sie war so zart, dass man glauben konnte, sie müsse unter der Last ihrer aufgesteckten blonden Flechten zusammenbrechen.

«Nun, Maria, alles in Ordnung?», fragte Alessandro, nachdem Valeria den mit einem entschuldigenden Murmeln hingestreckten Topf entgegengenommen hatte. Reflexartig nahm er ihren Arm, um den Puls zu fühlen. Ihre Lider mit den langen schwarzen Wimpern flatterten. Dann warf sie ihm einen schmachtenden Blick zu. Alessandro war viel zu beschäftigt, ihrem Herzschlag zu lauschen, um es zu bemerken. «Kommt noch Blut, wenn du nachts hustest?», erkundigte er sich.

Sie schüttelte den Kopf und zog sich das Tragetuch vor der Brust zusammen. «Nein, nein», murmelte sie, aber es war offensichtlich, dass sie log. «Dank Euch auch für die Medizin.»

Alessandro runzelte die Stirn. Doch ehe er etwas sagen konnte, war sie durch die Tür wieder hinausgeschlüpft.

«Sie wird sterben, das weißt du.» Valeria hatte sich abgewandt und begonnen, die Suppe in zwei Teller zu schöpfen. Mit einem vernehmbaren Ton stellte sie ihrem Mann den seinen hin.

Alessandro griff zum Löffel, aber er war nicht bei der Sache. Geistesabwesend rührte er in seinem Essen herum. «Ich werde es wieder mit Spitzwegerich versuchen. Oder Königskerze. Der Tee aus Bärlapp und Bockshornklee allein ist nicht stark genug.» Er starrte angestrengt auf seinen gefüllten Löffel. «Es gibt da angeblich auch ein neues Kraut, aus Südamerika. Kapuzinerkresse heißt es wohl. Ich habe gehört, es soll sehr wirksam sein. Aber leider auch außerordentlich teuer.»

«Oder Eberesche. Oder Zaunrübe. Oder, oder, oder ...» Der Spott in Valerias Stimme war nicht zu überhören. «Du kennst die einzige Medizin, die sie gesunden lassen würde, Alessandro.» Valeria weigerte sich, seinen neuen Namen zu verwenden, wenn sie allein waren. «Aber du fürchtest dich davor.»

Alessandro runzelte die Stirn. «Valeria, bitte, nicht wieder dieses Thema.» Gereizt rührte er in seiner Suppe. «Als ob das eine Lösung wäre, wenn ich alle meine unheilbar kranken Patienten verwandeln würde.» Als sie schwieg, fügte er noch hinzu: «Du hast das bei Moira versucht und gesehen, wohin es führte.»

Valeria biss sich auf die Lippen. Alessandro bemerkte, dass er einen Fehler gemacht hatte, und senkte den Blick. Auch lag ihm der Tod des Mädchens noch immer auf der Seele. Begütigend griff er nach Valerias Hand. Aber sie entzog sie ihm.

«Immerhin war sie glücklich bei uns», sagte sie nach einer Weile leise, ohne ihn anzusehen.

Alessandro versuchte, sich wieder auf sein Essen zu konzentrieren. «Nun, ich bezweifle, dass dies auf Maria zutreffen würde.»

«Sie liebt dich», gab Valeria ruhig zurück.

Erschrocken hob Alessandro den Kopf. Valeria lachte. «Du hast das noch nicht bemerkt? Aber ja», bestätigte sie ihre Behauptung, «sie ist ganz verwirrt, das arme Ding, wenn sie nur in deiner Nähe sein darf. Du solltest es dir überlegen.»

«Wirklich, Valeria. Was redest du da nur?» Alessandro legte den Löffel weg. Ernst blickte er sie an. «Du weißt doch, dass ich nur dich liebe. Das weißt du doch, nicht wahr?»

Diesmal hatte Valerias Lachen einen schrillen Unterton. Auch ihr Gesicht war düster geworden. «Glaub nicht, dass ich eifersüchtig bin, Alessandro, nein, das bin ich nicht.» Sie wischte seinen Einwand mit einer Geste weg. «Die Ewigkeit ist eine lange Zeit, Alessandro, zu lange, als dass der Glaube an die einzig wahre Liebe in ihr überleben könnte. Was meinst du, wie viele Männer ich schon gehabt habe?» Sie sah, dass er bei dieser Formulierung schmerzlich den Mund verzog, und lächelte gequält. «Und auch für dich wird es noch andere geben, glaub mir. Es macht mir nichts aus, Alessandro. Ach, schau doch nicht wie ein Schaf. Es wird eine Erlösung sein.» Als sie seinen erstaunten, tiefverletzten Blick sah, reckte sie das Kinn. «Es war nicht meine Idee, dieses idyllische Dasein zu zweit mit all den lieben Nachbarn ... Hah!» Sie schnaubte. «Wie lange, glaubst du, wird es dauern, bis wir ihnen auffallen? Bis sie merken, dass wir alterslos sind, ewig gesund, zwanzig, dreißig Jahre weiter, und dann?»

Er unterbrach sie. «Gehen wir nach Mailand», schlug er betont leichtherzig vor. «Hauptsache ist doch, wir beide sind zusammen.»

Sie stand auf und schritt erregt zum Fenster. «Und dann Paris? Und dann London?» Valeria gestikulierte in Richtung

Horizont. «Und immer so weiter? Wie viele Marias wird es dort geben, Alessandro? Wie viele Ettores? Wie oft Fischsuppe am Dienstag? Und wie oft: ‹Wie war dein Tag, mein Schatz?›?»

Nun war auch Alessandro aufgestanden. «Mir scheint, Rom hat immer noch mehr Abwechslung zu bieten als Ascolte», gab er scharf zurück.

Valeria wandte sich ihm zu. «Ascolte war nur eine Hülle», erwiderte sie, «eine Kulisse, es war nicht wichtig. Wichtig war, dass wir dort wir selbst waren, ohne jede Einschränkung. Ohne jemanden, der Anspruch auf uns erhob. Denn wir sind Werwölfe, Alessandro.»

Besorgt über die Lautstärke, in der sie sprach, trat er neben sie und neigte sich suchend hinaus. Obwohl er niemanden entdeckte, schloss er vorsichtig die Läden. Dann ging er hinüber zum Tisch, um eine Öllampe zu entzünden.

«Du hast nichts gelernt.» Valerias Fazit klang bitter.

«Das ist nicht wahr!», begehrte Alessandro auf. Seine Finger zitterten so sehr, dass es lange dauerte, ehe er den Docht entzünden konnte. «Ich habe vieles gelernt. So vieles.» Leidenschaftlich wandte er sich ihr zu. «Mein ganzes Leben hat sich geändert, Valeria. Ich habe begriffen, dass der Leib und die Seele eins sind, und dass man das eine nicht um den Preis des anderen vergessen, vernachlässigen oder schinden darf. Ich bin Arzt geworden, habe es aufgegeben, ein Mönch zu sein. Ich habe gelernt, das Leben zu lieben.» Bittend streckte er die Hände nach ihr aus. «Ich habe gelernt, dich zu lieben.»

Valeria ging nicht auf seine Worte ein. «Du weißt noch immer nicht, was wir sind. Nein», wehrte sie ab. «Du glaubst nur, es zu wissen, aber du hast keine Ahnung von der Glut, Alessandro, die uns ausmacht.»

Mit einem leichten Schauer bemerkte er, wie ihre Augen begannen, im Dunkeln zu funkeln. «Denn du fürchtest dich noch immer vor der Leidenschaft in dir, Alessandro.»

«Das ist nicht wahr, ich …» Alessandro schloss seine Finger um die Tischkante.

«Ach ja?» Belustigt hob sie eine Braue. «Und warum sperrst du dich dann ein, wenn der Mond dich ruft? Warum versteckst du dich in einem dunklen Winkel? Warum …»

«Weil wir in Rom leben, Himmel!», fiel er ihr ins Wort. «Hier kann man nicht einfach so als Wolf herummarschieren und von den Dächern heulen.»

Sie ignorierte seinen Einwand. «Und warum», fuhr sie unerbittlich fort, «meidest du unser Lager in den vollen Mondnächten?» Ihre Stimme wurde leise und traurig. «Nicht ein einziges Mal hast du mich mehr in unserer wahren Gestalt umarmt.»

Hilflos blickte Alessandro sie an. Für ihn war Valeria, so wie sie ihm jetzt gegenüberstand, die wahre Gestalt des Wesens, das er liebte: die schönste Frau, die er je gesehen hatte, mit leuchtend schimmerndem Kupferhaar. Nur flüsternd brachte er heraus: «Es ist so viel Gewalt darin.»

Sie lachte laut auf. «So bist du, Alessandro, leugnest dein Blut und deine Gefühle. Du bist noch genau derselbe Mönch, als der du in Ascolte ankamst.»

Er schüttelte den Kopf. «Was mir geschah, heißt nicht, dass ich das Böse gutheißen muss. Ich kann das Gute wählen, Valeria.»

«Gut, böse.» Sie wedelte ungeduldig mit der Hand. «Wer sich für eines entscheidet und das andere verleugnet, wird sich sein Leben lang davor fürchten. Er wird niemals eins mit sich sein, niemals ein Werwolf, Alessandro. Denn er hat nicht begriffen, dass beides zusammengehört, dass es ein und dasselbe ist.»

«Das ist nicht wahr.» Seine Antwort war nur ein Flüstern.

«Wirklich?», gab sie zurück. «Sag du es mir. Gibt es Liebe ohne Schmerz?»

Alessandro neigte den Kopf. Er dachte an die erste, unglaubliche Nacht, die sie miteinander geteilt hatten, an die Zähne, die sie in ihrer Raserei einander ins Fleisch schlugen, an den Schmerz, der in Lust umschlug, und umgekehrt. Und wie stets ließ die Erinnerung daran seinen Puls schneller schlagen, seinen Atem beschleunigen und alle seine Sehnsüchte wach werden. Doch zugleich dämmerte da eine Angst, die ihn zurückhielt.

Er wagte es nicht, Valeria zu berühren. Resigniert ließ er sich wieder auf seinem Stuhl nieder. Sie nahm ihm gegenüber Platz. Der vertraute Tisch zwischen ihnen schien ihm plötzlich breiter als das Tyrrhenische Meer.

«Du sperrst dich ein», fuhr sie eindringlich, aber ruhig fort. «Und du willst auch mich einsperren in diese feine, gesittete Liebelei.» Sie blickte sich in der Wohnung um, die er als sein Zuhause betrachtete, und die Gleichgültigkeit in ihrem Blick traf ihn schmerzhaft. «Du sperrst Maria ein in ihrem Schicksal.»

Bei diesen Worten hob er die Hand. «Ich dachte, wir wären uns einig, dass es sinnlos ist, neue zu schaffen wie uns. Es ist vorbei, du hast es selbst gesagt, damals, in Ascolte. Wir sind die Letzten einer aussterbenden Art.» Er fuhr mit dem Finger vage Muster auf der Tischplatte nach. Sein Blick hob sich nicht. «Wir sollten niemanden mit der Bürde dieser Existenz belasten.»

«Bürde?», schnappte Valeria, «Bürde?» Sie schüttelte angewidert den Kopf. «Hast du denn alles vergessen?» Eine Weile betrachtete sie ihn, doch er wollte ihr noch immer nicht in die Augen blicken. «Du glaubst also, wir sind die Letzten?», fragte sie.

Etwas in ihrem Ton brachte Alessandro dazu, aufzublicken.

2.

Ich komme.» Kardinal Sforza hob den Blick, als man nach ihm rief. Rasch griff er zu seinem silbernen Sandfässchen und schüttete mit einer routinierten Bewegung den feinen Quarz auf den Brief, den er eben mit einer schwungvollen Unterschrift abgeschlossen hatte. Er blies das Pergament wieder sauber und las noch einmal das Geschriebene durch, ehe er die Seite faltete und versiegelte.

«Hier, Giovane», wandte er sich an seinen neuen Leibdiener. «Das muss noch heute nach Venedig.»

Das Schreiben wurde schweigend entgegengenommen. Mit einem zufriedenen Seufzen stand Sforza auf. Alles nahm Gestalt an. Der neue Kirchenstaat, den della Rovere ihm versprochen hatte, der Bund mit der Seerepublik, die Wiedergewinnung Mailands, der Aufstieg seiner Familie. Zufrieden betrachtete er seine gepflegten Hände mit den kostbaren Ringen. Er war kein Flüchtling mehr, kein Intrigant, immer auf der Jagd nach der nächsten Gelegenheit, er war ...

An dieser Stelle brach der Kardinal seine Überlegungen ab. «In den Kerkern der Kongregation, sagt Ihr?», fragte er den Boten, der mit einer ehrerbietigen Verneigung die

Nachricht überbracht hatte. «Und um diese Zeit? Merkwürdig.»

Ascanio Sforza wartete die Bestätigung nicht ab und machte sich auf den Weg. Es gehörte zu seinen Aufgaben, hie und da an den Befragungen der Opfer teilzunehmen, die von dem päpstlichen Ausschuss geleitet wurden, dessen Vorsitz er nominell innehatte. Er betrieb die Arbeit nicht mit Eifer, aber er musste zugeben, dass er eine gewisse Begabung dafür besaß. Etwas an seiner Art flößte den Delinquenten nämlich zunächst Vertrauen ein, sodass sie ihre geschundenen Gesichter zu ihm hoben und bereit waren zu sprechen. Doch noch während sie das taten, schienen sie etwas in seinen Augen zu lesen, und er konnte förmlich sehen, wie plötzlich die Furcht in ihnen hochkroch, eine größere Furcht, als selbst die Folterinstrumente hervorzurufen vermochten. Er brauchte nichts zu tun, als zu lächeln. Sforza wusste, das diejenigen, die zitternd vor ihm zusammenbrachen, unschuldig waren, denn sie fürchteten das Dunkle, das sie in ihm erahnten. Doch er verurteilte sie alle.

Seufzend schaute er jetzt durch die Vorhänge seiner Sänfte auf das Treiben Roms. Die Kongregation verurteilte zu gerne. Das war ihre Aufgabe, und er hatte nicht vor, ihr im Wege zu stehen. Er hatte Wichtigeres zu tun.

An diesem Tag allerdings kam ihm der Bischof, der die Verhöre leitete, mit nervösen Schritten entgegen. Kaum, dass er sich die Zeit nahm, Sforza den Ring zu küssen.

«Ich danke Euch, dass Ihr gekommen seid, Eminenz. Ein schwieriger Fall», sprudelte er hervor. «Ein Soldat, Söldner in ehemals florentinischen Diensten. Er kam verwundet zu uns, nachdem Kameraden ihn denunziert hatten, dass er mit unmenschlicher Kraft die Kehlen seiner Gegner durchbeißen und ihr Blut trinken würde.» Der Bischof bekreuzigte sich. «Sie glaubten, dass sein Gürtel ihm besondere Kraft verliehe.

Aber wir haben ihm denselben abgenommen, um ihn zu untersuchen auf Anzeichen des Teufels und ...» Er spreizte entschuldigend die Finger. «Noch immer ist er so stark wie zuvor. Wir können es nicht wagen, ihm die Ketten für die Streckbank abzunehmen. Eure Eminenz, er tobt und verhöhnt uns in einem fort, dazwischen jault er wie ein Tier.»

Mit einem Schlag wurde Sforza aufmerksam. «Wie ein Tier? Und ist er auch so stark? Wo befindet er sich?»

Der Bischof runzelte die Stirn. «Noch immer an die Wand gekettet. In seiner Zelle.»

«Sind die Ketten aus Silber?», erkundigte Sforza sich.

Der Mann hob die Hände. «Wie in allen Zellen, Eminenz. Ihr selbst hattet das vor einem Jahr so angeordnet.» Man hörte es seiner Stimme an, dass er diese neue Regelung noch immer verwunderlich fand. Für ihn bedeutete sie eine Verschwendung und eine unnötige Versuchung für das Wachpersonal, wie er oft und gerne betonte. Aber der Kardinal war kein Mann, den man offen kritisierte.

«Gut.» Sforza atmete erleichtert auf. Er wunderte sich selbst über die Spannung, die seinen Körper ergriffen hatte bis hin zu den Nackenhaaren, die sich jetzt aufstellten, und den geblähten Nasenflügeln. Unfug, suchte er sich zu beruhigen, du regst dich unnötig auf, mein Lieber. Viele Verrückte jaulen, es gibt nicht das geringste Anzeichen dafür, dass es sich hier um einen Werwolf handelt. Und doch sagte eine Stimme in ihm, dass er sich nicht täuschte. Und Sforza hatte gelernt, auf diese innere Stimme zu hören.

«Stellt Weihrauchbecken in die Zelle!», befahl er. «Aber kein Licht, nein, halt, nur zwei Kienspane rechts und links von ihm, ich will ihn sehen.»

Der Bischof verneigte sich verwirrt und behielt seine Fragen für sich. Stattdessen beeilte er sich, den Forderungen nachzukommen. Ein gepolsterter Sessel wurde für Ascanio

Sforza die Stufen zum Gefangenentrakt hinuntergetragen und umständlich gegenüber der Zellentür postiert, damit er dort bequem Platz nehmen konnte, während er den Gefangenen musterte. Zwei Gardisten seiner persönlichen Leibwache mit Arkebusen im Anschlag postierten sich daneben. Zwischen ihm und dem Gefangenen waren mehrere Gefäße mit glimmendem Weihrauch postiert, die die Sicht vernebelten und den fast unerträglichen Gestank nach menschlichen Exkrementen, Schweiß und Blut überdeckten, der das niedrige Gelass ausfüllte. Dennoch hielt Sforza ein wohlriechendes Tuch vor sein Gesicht, als er sich mit überschlagenen Beinen niederließ und die Purpurstrümpfe unter dem Habit zeigte. Seine Sinne wurden von den Ausdünstungen gequält und aufgestachelt. Aber es war nicht seine Nase, die er zu betäuben suchte. Als seine Augen sich an das Halbdunkel gewöhnt hatten und er sein Gegenüber erkannte, ließ er das Tuch langsam sinken.

Was er erblickte, erstaunte und bannte ihn. Ihm gegenüber hockte ein Hüne von einem Mann, halbnackt, mit zottigen Haaren und ungepflegtem Bart. Aber sein Körper war unter den Lumpen gut gebaut und schön anzusehen. Ein Bildhauer wie Praxiteles hätte das Vorbild für seinen Herkules in ihm entdecken können. Von den Wunden, die ihn angeblich schwächten, war nichts mehr zu sehen. Unversehrt spannten seine Glieder sich gegen die Ketten und ließen den Schweiß im Kerzenlicht aufschimmern.

Eine Weile starrte der Kardinal ihn an. Dann besann er sich, nahm die Akte mit der Anklage entgegen und blätterte darin. «Euer Name ...», setzte er an, als plötzlich die Ketten klirrten.

Der Gefangene richtete sich auf. Er hob den Kopf und witterte. Unwillkürlich drückte Sforza sich tiefer in seinen Sessel. Doch erleichtert registrierte er, dass sein Gegenüber sich entspannte und ratlos den Kopf senkte. Der Weihrauch schien seine Wirkung zu tun.

«Euer Name ...», begann er erneut.

«Was sind schon Namen?», schnappte der Angesprochene. «Einst hatte ich einen Namen. Jetzt könnt Ihr mich nennen, wie Ihr wollt.»

«Ihr stammt aus Bologna, steht hier.» Sforza suchte sich nicht beirren zu lassen, seine Augen flogen über die Zeilen auf der Suche nach einem weiteren Beleg, einem Hinweis, der ihm Sicherheit verschaffen würde. Dabei sagte sein Körper ihm bereits mit jeder Faser, dass es so war: Er stand einem Artgenossen gegenüber. «Aber dort kennt man Eure Familie nicht.»

Der Mann lachte. Sforza sah seine weißen, makellosen Zähne im schwachen Licht schimmern. «Ja, einst hatte ich eine Heimat. Und eine Familie.»

«Und jetzt?» Sforza bemühte sich, seiner Stimme einen gelassenen Ton zu verleihen.

«Jetzt ziehe ich umher.» Der Gefangene neigte sich vor, soweit seine Ketten das erlaubten. Sein grinsendes, verschmiertes Gesicht sah aus wie eine Teufelsfratze. «Ich lerne die Menschen kennen.» Seine Worte trieben den Anwesenden eine Gänsehaut über den Rücken.

«Menschen», wiederholte Sforza nach einer Weile. «Ihr sagt das, als wären sie etwas Fremdes, als wären sie anders als Ihr selbst.» Gespannt neigte er sich seinerseits vor.

«Sie sind Abschaum.» Die Antwort kam schnell und hart.

Der Bischof neigte sich zu Sforza. «Soll ich ihn dafür züchtigen lassen, Eminenz?»

Sforza hob die Hand, und der andere verstummte. Der Gefangene, der es nicht bemerkt zu haben schien, lachte laut und bitter auf. «Sie sind Abschaum», murmelte er noch einmal leiser.

«Und Ihr seid wohl etwas Besseres?» Sforza suchte Hohn in seine Stimme zu legen. Und doch war er gespannt, gespannt auf die Antwort, die ihm so viele der Fragen beantworten konnte, die auch er sich immer wieder stellte. Alessandro Vareses kleines Buch, das in einem geheimen Fach seines Schreibtisches lag, zerlesen und abgegriffen von den vielen Nächten, da er wieder und wieder die wenigen Seiten durchblätterte, hatte in seinen Augen mehr Fragen aufgeworfen als Antworten erbracht. Doch was er nun hörte, erstaunte ihn.

«Wir sind nie aus dem Paradies vertrieben worden.»

Das ‹Wir› ließ Sforza leise erschauern. Er rief sich zur Ordnung. Nichts wies darauf hin, dass dieser Landsknecht ihn gemeint hatte. «Wie wir Adamskinder, meint Ihr», suchte er sich zu versichern, dass er richtig verstanden hatte. Dann fügte er ein wenig verächtlich hinzu: «Weil deinesgleichen nämlich nie im Paradies war, Kreatur des Teufels.»

Der Bischof nickte nachdrücklich und bekreuzigte sich.

Doch der Gefangene ließ sich nicht provozieren. «Selbst die Schlange war im Paradies. Und auch sie hat es nie verlassen. Habt Ihr darüber noch nie nachgedacht?»

Sforza riss die Augen auf. «So gebt Ihr zu, dass Ihr der Schlange angehört, dass Ihr eine Kreatur des Teufels seid?» Erregt knüllten seine Finger das Papier der Akte.

«Gott! Teufel!» Die Stimme des Gefangenen wurde ebenfalls lauter. «Ihr nahmt ein Schwert und trenntet sie gewaltsam voneinander, das war eure erste Bluttat.»

Der Bischof konnte nicht mehr an sich halten. Er gab den Wachen ein Zeichen, die vortraten und den Körper des Mannes mit Peitschen bearbeiteten. Der Gefangene stöhnte auf, wand sich und sank nach einer Weile in den Ketten zusammen.

Sforza starrte ihn an, bis er vollkommen still dahing. Das

Blut troff ihm vom Leibe. Es war aber nicht der Anblick der zerfetzten Haut, der den Kardinal erschütterte. Er hatte auf den Schlachtfeldern weit Schlimmeres gesehen; jede Hinrichtung bot dieselbe Sensation. Nein, es war der Schorf, der sich langsam auf den Striemen zu bilden begann. Sforza ballte die Fäuste und hoffte, die anderen würden es nicht bemerken.

«Nun», Sforza hüstelte, «Euch selbst wird vorgeworfen, Menschenfleisch gefressen und Blut getrunken zu haben.»

Eine Weile glaubte niemand der Anwesenden, dass noch eine Antwort käme. Dann aber hörten sie ein Ächzen und schließlich den Satz: «Ich habe nichts getan, was ich nicht von den Menschen gelernt hätte.»

Erregt wandte der Bischof sich an Sforza. «Das ist ungeheuerlich!», ereiferte er sich.

Sforza kam nicht zu einer Antwort, denn der Gefangene stemmte sich, aus unsichtbaren Quellen zu neuen Kräften gekommen, langsam wieder hoch und hob den Kopf.

«Wie kann er ...», murmelte der Bischof und wich entsetzt zurück.

«In der Tat», erwiderte Sforza, aber so leise, dass niemand außer ihm selbst es hörte.

«Ihr Menschen!» Es klang wie ein Grollen und rollte dumpf anschwellend aus seiner Brust. «Ihr fürchtet den Tod wie nichts sonst. Ganz krank seid ihr vor Angst davor. Und doch teilt ihr ihn aus, in tausend Gestalten, metzelt und quält einander. Und mich klagt ihr an?» Er schnaubte. «Alles, was ich getan habe, habe ich von euch gelernt, von euch Menschen. Alles, jede Einzelheit, habt ihr zuvor erprobt. Euch verdanke ich die Erkenntnis, dass Gewalt eine Lust sein kann, die grenzenlos wird, wenn man sich ihr hingibt, dass das Dunkel eine Anziehungskraft besitzt, die größer wird, wenn man das Licht ausspart, ja!» Er holte tief Atem. «Ich habe von euch gelernt, im Blut zu waten, im Hass zu baden, die

Angst des Opfers wie ein Gift zu gebrauchen. Das ist die Lektion, die die Menschen mich gelehrt haben.»

«Dämon der Hölle!», kreischte der Bischof und bekreuzigte sich wieder.

Sforza aber saß still da. Er dachte an den Morgen vor den Toren Mailands, an das Blut zwischen den Lippen des Söldners, an das Gefühl des zuckenden Herzens in seiner Hand. An die Magd, die in jener ersten Mondnacht seinen Weg kreuzte, als er halb verrückt vor Verwirrung und Schmerz in Wolfsgestalt durch sein eigenes Haus gestreift war, und deren geschändeten, zerfetzten Leib er am anderen Morgen mit Entsetzen neben sich entdeckt und beiseitegeschafft hatte. Er hatte sich zu beherrschen gelernt seitdem, viel gebetet und eine Kirche gestiftet. Vergessen hatte er es nicht.

Niemand sprach mehr ein Wort, alle waren gebannt und erschöpft. Schließlich seufzte der Kardinal und sprach: «Gott vergib uns.» Es klang abschließend. Mit raschelnden Gewändern stand er auf und hob die Hand zu einer schwachen Geste. Seine beiden Gardisten reagierten sofort, legten die Arkebusen an und zielten.

Der Knall war so laut, dass der Bischof mit einem Schrei zusammenschreckte. Sforza blieb reglos. Ohne eine Miene zu verziehen, betrachtete er den Körper, der nach heftigen Konvulsionen jetzt in seinen Ketten zusammensackte, endgültig diesmal. Grünlicher Qualm stieg in leisen Spiralen aus den Wunden und mischte sich mit dem Weihrauch. Silberkugeln, dachte er, braver Alessandro. Dann wandte er sich ab. Seine Beine zitterten ein wenig, aber das verbarg der purpurne Rock. Doch er konnte nicht verhindern, dass eine Träne über seine Wange lief. Sprachlos nahm der Bischof die Akte entgegen, die Sforza ihm ungeduldig entgegenstreckte. «Ihr könnt den Vorgang abschließen», sagte er knapp. Und ohne sich um die ratlosen Umstehenden zu kümmern, ging er hinauf.

3.

«Valeria!» Aufgewühlt lief Alessandro hinter seiner Geliebten her, die, ohne sich aufzuhalten, die Treppe hinunterhastete. «Valeria, wo willst du denn hin?»

«Dir zeigen, was du nicht glauben möchtest», gab sie über die Schulter zurück.

Erst auf dem Kirchplatz gelang es ihm, sie einzuholen. «Die Sonne geht bald unter», warf er ein. Zwar war der Mond noch nicht ganz voll, doch die Unruhe in ihm begann schon in den Tagen davor mit jeder Nacht zu wachsen, und dann pflegte er in dieser Zeit nicht mehr auszugehen. Aber Valeria verlangsamte ihren Schritt nicht.

«Du glaubst, wir sind eine Bürde, ein Irrweg, ein Geschwür, das diese Soldaten vom Leib der Menschheit fortoperiert haben.» Sie klang atemlos.

Alessandro beeilte sich, zu ihr aufzuschließen. Er stieg über die fauchenden Katzen hinweg und grüßte in unbehaglicher Eile die wenigen Alten, die noch auf ihrer Bank saßen. Ettore, Gaetano und die anderen blickten ihnen mit freundlicher Nachsicht, wie er hoffte, nach. «Aber hast du denn nicht selbst gesagt ...», begann er noch einmal.

«... dass es vorbei ist?» Valeria blieb so abrupt stehen, dass Alessandro beinahe gegen sie lief. Sie schnaubte. «Ascolte, ja, der Versuch, sich aus dem Lauf der Welt auszuschließen. Das ist wahrhaftig vorüber. Aber nichts sonst, hörst du, Alessandro, sonst nichts.»

Alessandro wollte schon den Mund öffnen, um zu antworten, da wurde er vom Pfiff eines Eichelhähers unterbrochen. Verwirrt fuhr er herum. Das Tier hockte noch immer auf der Stange am Stand der Brotverkäuferin. Das junge Mädchen zupfte an ihrem Schultertuch.

«Dottore, noch einen Fladen?» Man sah dem Mädchen die Hoffnung an, die der Ehekrach des verehrten Doktors in ihr auslöste.

Lachend ging Valeria weiter. Alessandro verharrte einen Moment verwirrt, dann winkte er barsch ab, besann sich jedoch und sandte eilig ein freundliches Lächeln über die Schulter. Dann machte er sich daran, Valeria einzuholen. An der nächsten Ecke gelangte er wieder an ihre Seite. Valeria begrüßte ihn spöttisch mit dem Pfiff des Vogels, doch er ging nicht darauf ein.

«Es gibt also noch andere?», fragte er. Als er merkte, wie laut seine Stimme in der Aufregung geworden war, suchte er sie zu dämpfen. «Mehr als die beiden aus Vallepiu, den Jungen und ...»

«Charon, sein Name war Charon.»

Bei dem Klang des uralten Namens blieb Alessandro stehen und erschauerte. «Du meinst, er ist ...»

«Ach, Alessandro.» Valeria hielt endlich inne und trat auf ihn zu. Beinahe mütterlich strich sie ihm über die Haare und die Wange. «Du meinst, du hast studiert und wüsstest nun alles über uns, nicht wahr?» Sie lächelte mitleidig. «Wir sind ein Teil der Schöpfung, Alessandro, das sind wir immer gewesen. Ein Teil eurer Geschichte. Oder was glaubst du, woher

Alexander die Kraft nahm, Asien zu erobern? Wen, meinst du wohl, hat er in der ägyptischen Wüste beim Orakel getroffen?»

Alessandro wich zurück und blinzelte. Schwarze Pfoten, schoss es ihm durch den Kopf, spitze Ohren. Er sah das Bild wieder vor sich, wie damals im Delirium des Kerkers: schwarze Pfoten, die ausgriffen beim Lauf über den Sand. Und er vernahm wieder das Trommeln in der Wüste.

«Ich ...», stammelte er.

«Und wer, glaubst du, hat diese Stadt gegründet?» Valeria wies auf die Häuser, die sie umgaben.

«Romulus?», brachte er heraus.

Sie nickte abfällig. «Gesäugt von einer Wölfin. Was sagst du dazu?»

«Sag du es mir.» In Alessandros Kopf ging plötzlich alles durcheinander. Das Bild der friedlichen Gemeinde in den Bergen, ihrer Abgeschiedenheit und Weltabgewandtheit zerstob, und Chaos trat an seine Stelle. «Was ... Was ist mit Nero?», fragte er stotternd.

Valeria runzelte ärgerlich die Stirn. «Du hast tatsächlich nichts verstanden», meinte sie abfällig. «Suchst immer noch nach Monstern.» Sie neigte sich vor und flüsterte etwas in sein Ohr. Alessandros Augen wurden groß. Valeria lachte. «Aber es sind nicht nur die Großen der Geschichte», erklärte sie dann, nahm seine Hand und zog ihn mit sich. «Komm und sieh.»

Auch als sie wenig später am Ufer des Tiber standen und sich über die Brüstung lehnten, begriff Alessandro nicht, was sie von ihm wollte. Dort unten war trotz der späten Stunde noch eine Gruppe Wäscherinnen zugange. Sie sammelten die Laken und Hemden ein, die sie auf einer Reihe flacher Steine zum Trocknen ausgelegt hatten und die nunmehr fast völlig im Schatten lagen. Eine Gruppe junger Burschen hatte sich den Spaß gemacht, sich durch das Schilfgestrüpp zu kämpfen und die Frauen zu necken. Eine Wäscherin, die gerade weit über das Wasser gebeugt war, kreischte auf, als sie plötzlich eine männliche Hand auf ihrem exponierten Hintern fühlte.

«He, lass das!», protestierte sie, tauchte das Wäschestück, das sie in Händen hielt, noch einmal in die Fluten des Tiber und hieb es dem Tunichtgut triefnass um die Ohren. Seine Kameraden lachten schadenfroh und bemühten sich ihrerseits handfest um ihre Auserwählten. Nur eine nahm an dem allgemeinen Tumult nicht teil. Kerzengerade, den Korb auf der Hüfte, balancierte sie leichtfüßig über den schmalen Knüttelweg im Uferschlamm. Sie warf den Kopf in den Nacken und lachte über die derben Scherzworte, die man ihr zurief, ungebändigt, ansteckend heiter. Sie war schön, das bemerkte Alessandro sofort, mit langen schwarzen Haaren und einem Elfenbeinteint, in dem Zigeuneraugen brannten. Keinem der Männer, die neben ihnen standen und das Treiben anfeuerten, entging auch nur ein Detail ihrer üppigen Rundungen. Alle Blicke schienen bald nur noch an ihr zu hängen. Aber es war mehr als das.

Die junge Frau glitt trotz all der Zoten unter den Händen der Männer hindurch, mit unerschütterlicher, aufreizender Selbstsicherheit schien sie die dumpfen Aufmerksamkeiten wie einen Tribut zu genießen und mühelos abzuschütteln, was ihr nicht behagte. Wie räudige Hündchen liefen die Männer hinter ihr her. Doch sie selbst ging, wiegend und leise trällernd, am Fluss entlang, als ginge der Aufruhr sie nichts an, den sie doch mit jeder Bewegung befeuerte.

«Sie ist eine Circe», murmelte Alessandro.

Valeria wandte sich ihm zu und betrachtete ihn mit forschend gerunzelter Stirn.

«Seltsam, dass du das sagst», meinte sie dann, ehe sie

ihren Blick wieder auf die Frau am Ufer richtete. «Denn das ist wahrhaftig ihr Name. Und sie ist eine von uns.»

«Das glaube ich nicht», erwiderte Alessandro schwach. Denn jede ihrer Bewegungen, jede ihrer Gesten sagte ihm, dass es wahr war. Dieses Wesen war stark, es war schön. Und es war frei. Genau wie diejenigen, die ihm einst in Ascolte auf dem Feld gegenübergestanden hatten.

Valeria spürte, was in ihrem Mann vorging; sie verzichtete darauf, ihm zu widersprechen.

«Kennst ... Kennst du sie?», brachte Alessandro nach einer Weile mühsam hervor. «Von früher?»

Wie stets ging Valeria auf seine Fragen nach ihrer Vergangenheit nicht ein. «Ich habe sie entdeckt», sagte sie munter und zog ihn weiter. «Bei einem meiner Streifzüge.»

Auch sie schien die wachsende Macht des Mondes jetzt zu spüren. Alessandro bemerkte die Frische ihres Teints, die wachsende Beschwingtheit in ihrem Gang, das Leuchten ihrer Augen. Nun begann sie, pfeifend die Melodie aufzunehmen, die die Wäscherin gesummt hatte. Alessandro warf besorgte Blicke auf die umstehenden Menschen. Ihm war, als müssten alle sehen, welches Leben, welches Blut durch die Adern der Frau an seiner Seite strömte. Für ihn glühte sie wie ein Lavastrom. Rom mit all seinem Treiben war dagegen nur toter Fels.

«Wie viele hast du entdeckt bei deinen ...» Er sprach das Wort nur ungern aus. «Streifzügen?» Die Gedanken in seinem Kopf überschlugen sich. Was hatte sie gesucht, was hatte sie getan? Bislang hatte er geglaubt, sie streife nur nostalgisch umher und besuche die Stätten ihrer Vergangenheit. Nun musste er fürchten, dass sie ein völlig anderes Leben geführt hatte, eines ohne ihn.

Valeria schien die wachsende Düsternis seiner Laune nicht zu bemerken. «Oh, mehr, als du glauben würdest», trällerte sie. «Aber weniger, als ich gehofft hatte. So.» Abrupt blieb sie stehen. «Du weißt, wer hier wohnt?»

Alessandro, der nicht auf den Weg geachtet hatte, blickte die prunkvoll geschmückte Fassade des Palazzo empor. Als er das Wappen entdeckte, wusste er, wo sie waren. Das Haus gehörte einer Frau von zweifelhaftem Ruf, einer stadtbekannten Kurtisane. Selbst der Papst soll ihr verfallen gewesen sein, hieß es, und gute Christenmenschen baten abends in ihren Gebeten darum, nicht in ihre Fänge zu geraten. Alessandro blinzelte. An einem der Fenster bewegte sich kurz der schwere Damast, der es verhängte. Aber niemand blickte heraus. Dennoch spürte er ihre Anwesenheit. Mit einem Mal erschien Alessandro ihre Aura so präsent in der ganzen Straße, dass ihm war, als müsse er gegen eine unbekannte Macht anlaufen, um von hier fortzukommen – wie in manchen seiner Träume, in denen etwas Unsichtbares seine Bewegungen fesselte, sie zäh und langsam machte.

Alessandro war, als träumte er wahrhaftig. Benommen ging er weiter. Undeutlich verspürte er einzig eine gewisse Erleichterung darüber, dass es wiederum eine Frau gewesen war, die diese Erregung in ihm ausgelöst hatte. Aber die Sorge ließ ihn nicht los. Er schämte sich, und doch bahnte sich eine Frage über seine Lippen, die er kaum zu stellen wagte: «Gibt es auch ...», begann er.

«Ja?» Valeria neigte den Kopf. Auf dem Grund ihres harmlosen Lächelns lauerte etwas Gefährliches.

Männer, wollte Alessandro fragen, aber er brachte es nicht fertig. Andere Männer, solche, die Valeria das bieten konnten, was er ihr versagte.

Valeria musterte ihn einen Moment lang interessiert, dann warf sie ihr langes Haar in den Nacken. «Ich muss jetzt gehen», sagte sie. Nichts weiter, keine Erklärung, kein Warum und nicht Wohin.

Alessandro starrte sie an. Im Hintergrund erhob sich Musik. Die hellen Stimmen von Knaben schickten ein Lied in den Abendhimmel. Schwerer Weihrauchduft kroch die Straße entlang. Es waren Vorboten einer Prozession, die sich langsam auf sie zuschob. Aus den Fenstern beugten sich bereits zahlreiche Köpfe hervor, an die Hauswände drängten sich jetzt die ersten Neugierigen, und auch Valeria und Alessandro wurden gezwungen, auszuweichen. Die Menschenmenge ringsum geriet in Bewegung.

Während sie sich einen ungefährdeten Standplatz eroberten, suchte Alessandro Valeria nicht aus den Augen zu verlieren. Er wollte mit ihr reden, sie so vieles fragen. Aber ein dicker Handwerker mit einem Krug in der Hand schob sich zwischen sie, und ihre Finger verloren einander. Die Musik wurde lauter. Wo war Valeria? Alessandro schob die Umstehenden brüsk zur Seite. Langsam stieg Furcht in ihm auf. Er kletterte auf ein Eichenfass, um besser sehen zu können. Da entdeckte er seine Geliebte und fuchtelte ihr über die Köpfe einer sich vorbeidrängenden Menschenreihe zu. Valeria hob ebenfalls die Hände und zuckte mit den Schultern, mühte sich aber nicht sonderlich, um zu ihm zu gelangen. Dann wandte sie sich ab, um die Prozession zu betrachten, die sich langsam und prachtvoll auf die nahe Kirche zuschob.

Auch Alessandros Aufmerksamkeit wurde davon abgelenkt. Sein Blick glitt über die Monstranzen und Leuchter, die allenthalben emporgehalten wurden, über die gedrechselten Stangen eines Baldachins, die einen schwachen Duft nach Sandelholz verströmten, wohl nur für ihn und Valeria wahrnehmbar, und über die Rosenblätter, die von Kinderhänden gestreut für einen kurzen Moment auf dem Pflaster erblühten.

Unter dem Baldachin schritt ein Mann. Alessandro sah zuerst die purpurnen Schuhe, mit denen er die Rosen zertrat.

Dann wanderte sein Blick höher. Und er erstarrte. Dort ging Kardinal Sforza, sein einstiger Brotherr, jener Mann, den er zuletzt vor über einem Jahr gesehen hatte und der ihm im Audienzzimmer des Papstes die Faust ins Gesicht gesetzt und damit einen Zahn ausgeschlagen hatte.

Unwillkürlich fuhr Alessandros Zunge an die Stelle, wo die Lücke gewesen war und noch hätte sein sollen, jedenfalls wenn er ein Mensch gewesen wäre. Aber das war er nicht mehr. Und der Kardinal, diese Erkenntnis durchfuhr ihn im selben Moment, war es ebenso wenig. Woran er es erkannte? Alessandro wusste es nicht, und doch war er sich gewiss. Er brauchte dazu nicht die bewundernden Worte der Weiber zu hören, die bei Sforzas Anblick an ihren Hauben und Tüchern zupften und in verlogener Verzückung die engelsgleiche Schönheit Ihrer Eminenz priesen. Er brauchte nicht einmal die Nasenflügel zu blähen und unter all dem Rauch, den wohlriechenden Düften und dem Schmutz der Gassen nach seinem Gegner zu wittern. Es genügte ihm der lässige, ungezierte Gang des Kardinals, der nie nach unten blickte und dennoch selbst im dicksten Unrat nicht fehltrat. Es genügte ihm seine Haltung, die das Spiel seiner Muskeln unter den Kleidern verriet, sein Blick, der über die Menge hinwegglitt, in stillglühendem Triumph das Leben trinkend.

Ja, Alessandro war sich sicher. Sforza, der Mörder, der Verbrecher, war ein Werwolf.

«Deshalb also», murmelte er. Nachträglich glaubte er ein wenig von dem zu verstehen, was damals im Vatikan vor sich gegangen war. Brennender Ehrgeiz und Machtgier hatten Sforza dazu getrieben, sich die Vorteile der ungeheuren Kraft und des ewigen Lebens zu sichern. Er hatte beinahe eine ganze Spezies ausgerottet, nicht aus Glaubenstreue, sondern um sein Geheimnis zu schützen. Und nun war er aufgestiegen zum engsten Berater des Herrn der Christenheit.

Und er, Alessandro, war möglicherweise schuld daran. Ihn schauderte.

Er drängte sich vor, um Valeria zu erreichen und sie mit sich nach Hause zu nehmen. Er hatte für einen Abend genug von der Welt. Es gab so vieles, worüber er nachdenken musste.

Beinahe schon hatte er sie erreicht, da blieb er plötzlich wie angewurzelt stehen. Sforza hatte den Kopf gewandt und blickte in seine Richtung. Unwillkürlich duckte Alessandro sich. Sein Herz klopfte so heftig, dass er meinte, alle müssten es hören. Erklang dort nicht schon der Warnruf? Wurde die Hatz auf ihn bereits freigegeben?

Rasch blickte er sich aus den Augenwinkeln nach einer Fluchtmöglichkeit um. Da wurde ihm klar, dass nicht er es war, den der Kardinal mit unverhohlener Aufmerksamkeit anstarrte, sondern seine Gefährtin.

Herr im Himmel, betete Alessandro, lass es ihn nicht bemerken! Einmal schon habe ich sie den Kerkern der Inquisition entrissen, lass es nicht umsonst gewesen sein.

Mit aller Inbrunst betete er, dass Sforza nicht wahrnehmen möge, wen er vor sich hatte. Aber wie sollte er es nicht merken, dachte Alessandro verzagt. Wie sollte irgendjemand, noch dazu, wenn er von der Existenz von Werwölfen wusste, diese nicht erkennen? Ganz sicher sogar würde er wissen, dass auch Valeria ein Werwolf war.

Alle Angst beiseiteschiebend, sprang Alessandro wieder auf und drängte sich nach vorne, um seine Gefährtin zu packen und von der Gefahr wegzuziehen.

«Valeria!», rief er, doch sie rührte sich nicht. Im selben Moment bemerkte er die Miene Sforzas. Sie war weder erstaunt noch drohend. Es war vielmehr, als dränge ein Leuchten durch seine Züge, und jeder Atemzug schien ihn größer zu machen. Seine Augen funkelten, sein Mund war zu einem kaum sichtbaren Lächeln geöffnet. Beinahe unmerklich nickte er.

Alessandro stand da wie erstarrt. Noch ehe er Valeria erreicht hatte, nahm er diesen Duft an ihr wahr, jene feine Aura, die so erregend war, dass sie seinen ganzen Körper ausfüllte und in die Raserei trieb, jener Duft, der für ihn immer verbunden bleiben würde mit dem Grün frischen Farns. Als er sie an den Schultern packte und zu sich herumriss, schien ihr Körper unter dem Gewand ihm die Finger zu verbrennen. Sie lachte, als sie sein Gesicht sah. Er brauchte ihr keine Fragen zu stellen. Sie wusste alles.

Die Prozession zog vorüber, langsam, stetig. Die Weihrauchgefäße schaukelten an ihren Ketten wie ein Kamel im Passgang. Leiernder Gesang verklang in den Gassen, überlagert vom aufbrausenden Geschwätz der Leute.

«Kennst du ihn?» Alessandro erlegte sich keine Zurückhaltung mehr auf. Er hielt Valeria an den Schultern fest. «Bist du ihm schon einmal begegnet? Sag es mir. Und lüg mich nicht an!» Die Eifersucht machte ihn fast rasend. In einem Anfall heftiger Wut schüttelte er sie, doch sie machte sich los und musterte ihn verächtlich.

Alessandro wischte sich den Schweiß von der Stirn. «Weißt du denn gar nicht, wer das ist?»

Valeria lachte, laut und verletzend. Sie stemmte die Hände in die Hüften. «Glaubst du, ich lasse mich von dem Purpur einschüchtern?», fragte sie herausfordernd.

Angespannt leckte Alessandro sich die Lippen. «Das ist es nicht», setzte er an, bereit, ihr ins Gesicht zu schleudern, dass dieser Mann verantwortlich war für den Tod all ihrer Gefährten. Doch das anschwellende Murmeln der Leute machte ihm klar, dass sie hier nicht bleiben konnten. «Komm mit nach Hause.» Er flehte sie förmlich an. Gehetzt betrachtete er die Umstehenden, die auf den vermeintlichen Ehekrach des Pärchens bereits aufmerksam geworden waren und sich gegenseitig mit den Ellenbogen stießen. «Dort werde ich dir alles erklären. Du kannst unmöglich ...»

Aber Valeria ließ ihn nicht ausreden. «Ich muss gehen», beharrte sie.

«Ja», blaffte er, «und ich weiß auch, wohin, aber ich werde nicht zulassen, dass du ...» Und er griff mit seinen kräftigen Händen nach ihr. Doch Valeria entzog sich ihm mit einer geschickten Bewegung.

«Heda, lasst die Frau in Ruhe!», mischte sich plötzlich eine tiefe Stimme ein.

«Nein, züchtige sie ruhig», spornte eine andere ihn an. «Man sieht doch, dass sie den Teufel im Leib hat.» Gelächter prasselte auf Alessandro nieder. Hastig wollte er Valeria nachsetzen, wollte sie beide dieser gefährlichen Aufmerksamkeit entziehen. Aber sie wandte sich ab und schlüpfte durch die Menge davon.

«Valeria!» Gerade noch bekam er einen Zipfel ihres Gewandes zu fassen und hielt ihn mit aller Kraft fest. Er sah, dass sie gegen ihn ankämpfte, aber es war ihm egal. Unbeirrt zerrte er sie näher. Er roch ihren brünstigen Geruch, und mit einem Mal stieg Wut in ihm auf. Die Menschen ringsum waren ihm gleichgültig. Sollten sie doch denken, was sie wollten. Reden? Das konnten sie, wenn er mit Valeria fertig war. Er würde sie jetzt mit sich nehmen, koste es, was es wolle. Alles würde er in diesem Moment zulassen, nur nicht, dass sie zu dem anderen ging. Nicht zu diesem Ungeheuer, keuchte er innerlich, niemals! Das ertrage ich nicht.

Alessandro sah die blasse Haut ihres Nackens, sah die Hand des anderen mit dem Ring. Unerträgliche Bilder tanzten vor seinen Augen vorbei. Tief holte er Luft, um sich mit einem Schrei auf sie zu stürzen. Jetzt war ihm alles egal.

Da packte ihn eine Hand am Arm. Schon wollte Alessandro sie abschütteln – sie war dürr und kraftlos. Wütend fuhr er herum, um zu sehen, wer sich zwischen ihn und sein Ziel zu stellen versuchte.

Vor Verblüffung öffnete er seine Fäuste, die noch immer Valerias Umhang festgehalten hatten. Undeutlich spürte er, wie der Stoff durch seine Finger glitt und Valeria ihm entschwand. Er öffnete den Mund und schloss ihn wieder. Dann schluckte er. Tränen traten in seine Augen. Endlich sprach er, doch es war nur ein Flüstern.

«Jordanus?»

4.

Valeria wurde langsamer. Sie brauchte nicht über die Schulter zurückzublicken, um zu wissen, dass Alessandro ihre Spur verloren hatte. Der Rhythmus seiner Schritte, sein Geruch, die besondere Tatkraft, die er verströmte und die ihr Körper normalerweise mit jeder Faser aufnehmen konnte, sagten ihr genug. Er war nicht mehr da. Wie ein Faden, der sich gelöst hatte aus dem Gewebe der Stadt, das sie umgab.

Wie immer spürte sie ein unwillkürliches Bedauern, gefolgt von einer Woge der Wut. Sie lief weiter und stand, ehe sie sich's versah, vor den bröckelnden Mauern des Kolosseums, in dessen Bögen sich zahllose kleine Läden – Haarschneider, Kohlenhändler, Obstverkäufer, Schuster und Schreiner – eingenistet hatten, nicht ahnend und ohne Interesse dafür, auf welch geschichtsträchtigem, blutigem Boden sie sich befanden.

Sie wandte dem Ort den Rücken zu und betrat das Forum. Wie hatte sie von jeher das Kolosseum gehasst! Hier wurden Menschen und Tiere geschlachtet im Anblick einer vor Lüsternheit tobenden Masse. Hier war des Sterbens nie genug, und die Schmerzensschreie wurden vom Jubel mitleidlos übertönt, während das noch warme Fleisch sich zu Bergen türmte. Schon als sie noch eine ahnungslose, törichte junge Patrizierin gewesen war, hatten die Spiele sie mit Ekel erfüllt. Valeria erinnerte sich noch, wie ihr Vater und die Schwestern sie deshalb aufgezogen hatten.

Zielstrebig suchte sie jetzt ihren Weg zwischen den überbauten Ruinen hindurch. Manches ragte noch aus dem Boden, vieles war zerstört, doch das Neuerbaute war aus den Knochen des Alten errichtet, jeder Stein, jede Säule war von hier und kündete denen, die es sehen konnten, ihr wahres Alter. Valeria spürte all das Vertraute um sich, zersplittert und verstümmelt, wie es war. Von den Wänden grüßte es sie; aus der Erde rief es zu ihr. Valeria trat kein einziges Mal fehl, auch wenn ihr war, als liefe sie über ein offengelassenes Gräberfeld, in dem die Gebeine der Toten wild durcheinanderlagen. Vor einem von Heiligenfiguren flankierten Portal blieb sie stehen. Hier war es gewesen, hier, wo jetzt die kleine Kirche stand. Sie öffnete die Tür und trat ein.

Das gedämpfte, vom Staub gefilterte Licht war beinahe dasselbe wie damals. Selbst der Duft nach Weihrauch war vertraut. Valeria lächelte bitter. Sie ahnten ja nicht, diese Christen, woher ihre Gewohnheiten und Rituale stammten, sogar der Heiligenschein ihres Jesus war noch ein ferner Schimmer der Aura des Sonnengottes Sol.

Zielstrebig ging sie in eine Seitenkapelle. Hier befand sich, direkt unter ihren Füßen, tiefverborgen im Erdreich, noch unterhalb der Krypta ein für sie und ihresgleichen heiliger Ort. Nur ein Keller heute, vergessen, halbverfallen und mit Unrat gefüllt, und doch noch immer geweiht. Seine Kraft strahlte herauf bis in diese Zeit. Valeria spürte es mit ihrem ganzen Körper. Diese Kraft drang durch ihre Fußsohlen und erfüllte sie mit Wärme.

Hier war es gewesen, dass sie eines Tages ahnungslos

eingetreten war, von einer ziellosen Neugier getrieben, und mehr, um dem Gedränge auf dem Markt zu entgehen, als aus einem frommen Drang, sich zum Gebet einzufinden. Hier hatte sie im Halbdunkel gestanden, als jemand auf sie zugetreten war und ihre Hand ergriffen hatte, und ehe sie begriff, ehe sie schreien konnte, hatte sie die *transformatio* erfahren. Es war der erste Schmerz in ihrem jungen Leben gewesen, und sie erinnerte sich noch des Entsetzens, des hilflosen Grauens, das sie damals empfunden hatte. Ihre Schreie hatten von der Kuppel des Tempels widergehallt. Zum letzten Mal hatte sie nach ihrer Mutter, ihrem Vater gerufen.

Danach war alles anders gewesen. Warme, beruhigende Hände hatten sie festgehalten, sie aufgehoben. Eine Stimme hatte zu ihr gesprochen, die ihr sofort vertraut erschien. Sie hatte ihr willig gelauscht. Und es niemals bereut.

«Nie», sagte sie jetzt, so laut, dass sich ein altes Weiblein, das vor dem Altar kniete, erstaunt nach ihr umsah. Valeria erwiderte den Blick stumm, bis die Alte sich hastig bekreuzigte und den Raum verließ.

Nein, knüpfte Valeria an ihre Gedanken an, Reue hatte sie niemals gespürt. Sie war sich im Gegenteil vorgekommen wie endlich geboren. Begierig hatte sie der Geschichte derer gelauscht, die nun ihr Volk waren und deren Schicksal so viel älter war als sie selbst. Mit dem Gefühl, endlich zu begreifen, endlich die Worte für das zu finden, was sie schon immer empfunden hatte und wofür es in ihrer bisherigen Welt kein Verständnis gab, nahm sie die Weisheit der Werwölfe in sich auf. Sie lernte begreifen, dass der Tod ein Teil des menschlichen Lebens war, und wie verwerflich gerade darum das sinnlose Morden in der Arena war. Dass das Streben nach Herrschaft blind war und vergeblich, das ihre Mitbürger antrieb, ein Imperium zu schaffen, dessen Fall sie bereits vorhersah, als es noch in seinen Anfängen steckte.

Sie erfuhr, dass dieser Irrweg bereits im Keim angelegt war, beginnend mit dem Tag, da Romulus seinen Bruder Remus erschlug, um nicht mit ihm teilen zu müssen. Und um die Wolfseite in seinem Leben, in seiner Familie auszulöschen. Denn Remus war der Werwolf unter den Brüdern gewesen. Und da Romulus ihn nicht duldete, duldete er auch die Werte jener Rasse nicht.

«Diese Stadt hätte unser sein können, unser sein sollen», hatte die Priesterin sie damals gelehrt, die jenem verschwiegenen Tempel vorstand, dem Valeria nach ihrer Verwandlung beigetreten war. «Das dürfen wir nie vergessen. Sie ist unser geraubtes Erbe. Aber wir lassen uns nicht vertreiben von hier. Wir warten. Die Zeit wird kommen, dem Reich unseren Stempel aufzudrücken und die Herrschaft der Gularith neu zu errichten.»

«Warum ich?», hatte Valeria gefragt und die Antwort doch schon gekannt.

«Weil du ihr Zeichen trugst», hatte die Priesterin gesagt und gelächelt, als sie ihr über die Wange strich. «Ich konnte es fühlen in dem Moment, da du deinen Fuß über die Schwelle setztest. Sie verlangte nach dir.»

Valeria hatte keinen Moment daran gezweifelt. Sie war nach Hause gegangen und hatte gefordert, jenem Kult geweiht zu werden, der den Namen einer kleinen, unbedeutenden asiatischen Gottheit trug, die in Rom neben so vielen anderen geduldet wurde. Ihr Vater hatte die Stirn gerunzelt und ihr ein einträglicheres, ehrwürdigeres Amt vorgeschlagen. Aber sie war hart geblieben und hatte sich schließlich durchgesetzt. Der Tag, an dem sie den Schleier nahm, war der letzte, an dem sie ihre Familie sah. Doch sie hatte es nicht einen Moment bedauert. So vieles gab es zu lernen und zu erfahren. Hier hatte ihr wahres Leben begonnen, dachte sie mit aufwallender Zärtlichkeit.

Valeria konnte nicht anders, sie nahm eine umgestürzte Kerze, entzündete sie an einer Nachbarflamme erneut und steckte sie wieder in ihren steinernen Leuchter. Doch plötzlich stutzte sie und fuhr über die eingemeißelten Verzierungen. Was sie da berührte, sie war sich ganz sicher, war ein Stück des alten Altares! Sie erkannte doch jenes verschlungene Ornament!

Tränen schossen ihr in die Augen, und sie wischte sie energisch fort. So gab es also noch ein Teil von ihnen, der das Tageslicht erblickte, einen weiteren Überlebenden ihres verstreuten Ordens.

Wie lange hatte sie selbst hier gewirkt? Jahrhunderte? Sie war lange geblieben, weit über die Hoffnungen ihrer Obersten hinaus, die sich zerschlugen mit der Entwicklung, die Rom nahm. Sie hatten die Ereignisse getreulich verfolgt und begleitet, sogar an ihnen mitgewirkt als Orakel, dessen Aussage einigen Ruf besaß. Jedoch erlangten sie nie den Einfluss, den sie anstrebten. Womöglich, überlegte Valeria bitter, weil sie stets die Wahrheit sagten. Ihre Sprüche waren gesättigt mit den Erfahrungen der Jahrhunderte, die sie klar sehen ließ und niemals verfälscht von irgendwelchen Hoffnungen oder Ideologien. Es gab Zeiten, da waren sie verehrt worden, aber nie ohne Furcht. Und einmal hatte ein Kaiser seinen Fuß über ihre Schwelle gesetzt. Doch weder hatte er es gewagt, sich zu ihnen zu bekennen, noch hatte er sich an ihren Rat gehalten. Mit verhülltem Gesicht war er gegangen und in einen Krieg gezogen, den er doch selbst zutiefst verabscheute und der ihn schließlich tötete.

Mancher hatte ihre Gemeinschaft darum verlassen. Doch sie, Valeria, war geblieben. Bis die Heidenverfolgungen durch die Stadt tobten, Rache nehmend für all jene, die an brennenden Kreuzen gestorben waren, und man Feuer an ihre Schwelle legte.

Sie war mit Groll im Herzen gegangen, aber ohne Hoffnung. Nein, berichtigte sie sich im selben Moment. Sie hatte damals noch an etwas geglaubt: an die Liebe. Und deshalb war sie Claudio gefolgt.

«Ohne Sinn und Verstand», murmelte Valeria bitter. Nie wieder würde sie warten, bis ein Mann sie so ansah wie damals ihr Geliebter. Nie wieder wollte sie fühlen, was sie damals gefühlt hatte, als sie ihn schließlich verlor. Was bis heute in ihr brannte und mit ihr in Ewigkeit weiterleben würde. Nein, begehrte sie gequält auf, es gab nichts, was von Dauer gewesen wäre, außer ihrer unaufhebbaren Einsamkeit. Und ihrem Zorn.

Ein Priester näherte sich, und Valeria schlug mechanisch ein Kreuzzeichen, ehe sie sich erhob, um die Stätte zu verlassen. Es war nicht gut, zu lange in der Nähe der Pfaffen zu bleiben. Auch sie hatten ihre Instinkte, so verkrüppelt und fehlgeleitet sie waren.

Kurz erwog sie, den Leuchter zu stehlen, doch dann ließ sie ihn an seinem Platz. Seine Aura und die der übrigen Steine war es, die immer wieder ihre versprengten Artgenossen hierherzogen. Mehr als einen hatte sie hier zwischen den Beichtstühlen schon kennengelernt. Sie kamen, meist ohne zu wissen, weshalb und wozu, gerufen vom Echo der Geschichte, die hier in den Boden gesickert war und die Mauern geschwängert hatte. Auch den Kardinal hatte Valeria eines Tages hier gefunden. Sie hatte sofort gewusst, wer vor ihr stand, trotz seines Ornates. Sie hatte außerdem gespürt, dass er einer der jungen, ahnungslosen Kreaturen war, ohne Wissen um sich selbst, wie sie häufig durch die Welt zogen, seitdem ihre Orden vernichtet und ihre Alten der Verfolgung ausgesetzt waren. Sein unsicherer Gesichtsausdruck und sein zögernder Schritt, die Verblüffung, die er empfand darüber, hierhergezogen worden zu sein, in diese schlichte Kapelle mit dem groben Marienbild aus billigen, von frommen Bäuerinnenhänden genähten Stoffen, hatte ihr alles verraten. Mehr noch als der Hunger, der in seinen Augen glomm mit dem ersten Blick, den er auf sie warf.

Damals hatte sie gelächelt. Und nun lächelte sie wieder. Es war an der Zeit. Ohne einen Blick zurück verließ sie den Ort.

5.

Verwirrt blickte Alessandro in das einst so vertraute Gesicht des Gärtners. Jordanus hatte sich verändert. Die Tonsur war zugewachsen, er trug die Kleidung eines einfachen Bauern, vor allem aber war sein Gesicht von Brandnarben entstellt. Und noch einmal war es Alessandro, als röche er den kalten Rauch des ausgebrannten Klosters. Als er beide Hände ausstreckte, um Jordanus' Hand zu ergreifen und fest zu drücken, fühlte er für einen Moment jene andere, verkohlte Hand, die zwischen seinen Fingern zerbröselte. Aber Jordanus' Griff war fest und warm. Tränen schossen dem jungen Arzt in die Augen. Die beiden Männer blickten einander lange an, dann fielen sie sich in die Arme, eine Geste, die sie sich niemals zuvor erlaubt hatten.

«Und Abelardo?», fragte Alessandro schließlich mit erstickter Stimme an Jordanus' Schulter. Der machte sich los. «Ihr wisst es bereits?», fragte er und schüttelte, als er keine Antwort erhielt, langsam den Kopf.

«Nein», sagte er und fügte hinzu. «Keiner sonst, nur ich.»

«Ach, Jordanus.» Noch einmal fiel Alessandro dem Mönch

um den Hals. «Ihr wisst nicht, was das für mich bedeutet. Gott ist gütig.»

Sie klopften einander auf den Rücken. Dann lösten sie sich voneinander.

«Amen», murmelte Jordanus und räusperte sich verlegen. «Es hat lange gebraucht, Euch zu finden, Alessandro. Erst als ich durch Zufall in einem Wirtshaus ein Gespräch belauschte und dieser Name fiel ...» Er lächelte. «Hervé Lupone. Ihr habt dem Heiligen meines Gartens wahrhaftig ein Denkmal gesetzt, nicht wahr?»

Alessandro blickte sich um und zog Jordanus zur Seite. «Wir sollten gehen», sagte er leise. «Und bitte, nennt mich Dottore Lupone von jetzt an, wenn wir nicht alleine sind.»

«Ist es wegen der Häscher?», erkundigte sich Jordanus leise und blickte sich um. «Sind sie nahe? Wer ist es?»

«Es ist Kardinal Sforza», erwiderte Alessandro ebenso leise, während er seinen Begleiter durch die Gassen in Richtung Trastevere dirigierte. Dankbar registrierte er, dass sich die Dämmerung über die Straßen senkte. Wenn sie schnell gingen und ein paar Umwege machten, würde ihnen kaum jemand folgen.

Doch aufatmen konnte Alessandro erst, als er die Haustür hinter ihnen schloss. Er verriegelte auch die Wohnungstür zusätzlich und ging dann zum Tisch, um die Lampe zu entzünden. In ihrem Licht blickte Jordanus sich um.

«Schön habt Ihr es hier, Dottore.» In seiner Stimme klang gutmütiger Spott. «Man hatte mir eine Adresse genannt, unter der Ihr zu erreichen wärt, aber dort fand ich nur eine verschlossene Tür.»

«Meine Praxis», erklärte Alessandro. «Ich bin tagsüber dort, wenn ich nicht zu einem Patienten gerufen wurde.»

«Dann hatte ich wohl Pech», meinte Jordanus und stellte vorsichtig sein Bündel auf den Tisch. «Sforza also», seufzte er, während er umherging, um alles zu betrachten und zu berühren. «Er ist das Haupt der Kongregation, die Ketzer und Hexen verfolgt.»

«Wundert Euch das?», fragte Alessandro, den der Tonfall Jordanus' beunruhigte.

Der Gärtner schüttelte den Kopf. «Nicht mehr.» Er blickte Alessandro in die Augen.

Der junge Arzt wurde unruhig. «Ich hole Euch etwas zu trinken», erbot er sich und ging hastig in die Küche, wo er länger als nötig nach zwei Bechern und dem Wasserkrug herumkramte. «Es ist nicht mehr ganz frisch», haspelte er, während er einschenkte. «Ich werde nachher noch zum Brunnen gehen und neues Wasser holen. Hier.» Die Hand, mit der er Jordanus den Becher reichte, zitterte. Der Gärtner nahm den Trunk ohne Kommentar. «Hat Abelardo noch etwas gesagt, bevor er ...?» Er stockte und verbarg das Gesicht hinter dem Becher.

Jordanus schüttelte den Kopf. «Nein, Alessandro, äh, Dottore Lupone, meine ich. Er gebot mir nur, das dort aus seinem Versteck zu holen, um es vor den Angreifern zu retten.» Er wies auf das Bündel.

Ratlos starrte Alessandro es an. Nichts an seiner Form oder Größe verriet etwas über den Inhalt.

«Ich wusste lange nicht, warum. Oder wohin ich damit sollte. Ja, nicht einmal, was ich da in Händen hielt. Ich war ja fast noch ein Kind, als Abelardo mich hieß, mit ihm zu kommen und das Vermächtnis des alten Anté vor der Welt zu verbergen. Ich verstand damals wenig und vergaß es wieder.»

«Anté», entfuhr es Alessandro. Er stellte seinen Becher ab und sank auf einen Schemel. Seltsam, dass dieser Name noch einmal erklang. Jordanus nahm ihm gegenüber Platz.

«Ja, Anté. Ich selbst habe nur seine letzten Tage erlebt. Abelardo kannte ihn natürlich besser.» Er machte eine Pause.

«Abelardo hat mir ein wenig von ihm erzählt», murmelte Alessandro und starrte auf seine Finger, die den Becher drehten.

«Das hatte ich gehofft, Alessandro. Das hatte ich gehofft. Denn wisst Ihr ...» Unvermutet neigte er sich vertraulich über den Tisch. «Bis ich Euren neuen Namen hörte, wusste ich gar nichts, nicht einmal, ob es richtig war, meiner inneren Stimme zu folgen und ausgerechnet Euch zu suchen. Ich konnte nur ahnen, was Abelardo mir auftragen wollte.» Er neigte den Kopf und betrachtete den jungen Mann ernst.

Alessandro wagte erst nach einer Weile, aufzublicken. «Und nun wisst Ihr es?», fragte er. Seine Stimme war kaum zu verstehen. Glühende Scham durchfloss ihn und zugleich auch Erleichterung. Mit einem schweren Seufzer rutschte er von seinem Sitz und sank vor Jordanus auf die Knie. «Ich möchte beichten, Vater», stammelte er.

Jordanus legte schwer die Hand auf Alessandros Kopf. «Ich bin kein Beichtvater», antwortete er. «Ich bin bloß ein Gärtner.» Da Alessandro nichts sagte, fuhr er nachdenklich fort: «Es hat lange gedauert, bis ich alles begriffen habe. Zuerst rannte ich nur durch den Wald und die Felder, wie ein gejagtes Tier. Gott vergebe mir, aber die Kleider, die ich am Leib trage, habe ich gestohlen. Nachts ging ich heimlich an die Brunnen, aus Angst, dass man mich verfolgte. Erst der Hunger trieb mich wieder in die Dörfer. Da stand ich nun, unbehelligt, aber allein auf der Welt. Und ich wusste nicht, wohin. Nur eines war gewiss: Keiner durfte erfahren, woher ich kam, keiner durfte meine Verbindung mit dem Kloster ahnen. Ich vertraute niemandem; nicht einmal die Obersten unseres Ordens wagte ich aufzusuchen. Eine Weile zog ich so über Land, tags arbeitete ich für mein Unterkommen, nachts studierte ich, was ich bei mir trug.» Er betrachtete über Alessandros Kopf hinweg sein Bündel. «Es dauerte lange, ehe ich alles verstand. Und als es so weit war, wurde mir auch klar, wohin ich gehen musste. Zu dir, Bruder. Hierher zu dir.»

Als er Alessandros Tränen spürte, rüttelte er ihn sacht an der Schulter, bis er aufsah. «Es gibt ein Heilmittel, mein Junge.»

«Was? Wie?», stammelte Alessandro, dessen Gedanken vorausgaloppiert waren. Er hatte Mühe, wieder zu sich zu finden. «Was habt Ihr gesagt?»

Im Schein der Öllampe schimmerte Jordanus' bronzefarbenes Gesicht. Er lächelte.

6.

Der Mond war aufgegangen. Kardinal Sforza trat erwartungsvoll auf die Dachterrasse seines Palazzo. Er räkelte sich in der sanften Abendbrise. Dann hielt er inne.

«Du bist da», flüsterte er. Noch konnte er die Gestalt nicht erkennen, nicht sehen, wo sie stand. Doch er spürte ihre Anwesenheit so deutlich, als schmiege sie sich bereits an ihn.

Statt einer Antwort hörte er nur die jungen Schirmakazien rauschen. «Schön, nicht wahr?», fragte er mit tiefer, samtiger Stimme und sog den Duft des Harzes ein. «Ich habe diesen Garten vor ein paar Monaten anlegen lassen. Mir war auf einmal danach, das Raunen der Wälder um mich zu haben, den satten Geruch nach Erde und Laub.»

Nicht ohne Stolz wanderte sein Blick über die Anlage, die er geschaffen hatte. Königskerzen ragten schlank in den Nachthimmel, hier und da schimmerte die Blüte eines Jasmins, die sich noch nicht geschlossen hatte. Aus niedrigen Töpfen wucherte Waldrebe das Geländer empor.

«Dies ist mein kleines Paradies. Wir haben einen Flaschenzug eingerichtet, mit dem die Gärtner das Wasser für die Terrasse in Eimern heraufholen.» Er hielt inne. «Auf dem Wege bist du also heraufgekommen.» Verlangend streckte er die Hand aus.

Valeria lachte, tief und gurrend. Sforza trieb es die Gänsehaut über den ganzen Körper. Er wusste, was er war, er hatte bereits jede Facette seines neuen Seins gekostet, die nie zuvor gekannte Intensität aller Genüsse, beim Essen, beim Trinken und auch in der Liebe. Nie hatte er sich zurückgehalten, sondern immer alles aufgesogen, was sich ihm darbot. Aber noch nie war er einem Artgenossen Auge in Auge begegnet, noch nie einem Weib wie diesem, und er ahnte, dass ihm die letzte Offenbarung noch bevorstand.

«Komm!» Noch einmal streckte er seine Hand in das Dunkle.

Als er plötzlich die Wärme von Valerias Fingern in seinen verspürte, zuckte er dennoch zusammen. Doch er hielt sie fest, führte sie an seine Lippen. Sie waren schlank und weich, die langen Nägel schimmerten perlmuttfarben im Licht der Lampen, das aus dem Gemach hinter ihm herausdrang. Ascanio Sforza zog seine Geliebte, die sich zu seinem Entzücken nicht mehr sträubte, mit sich hinein.

Weiche Teppiche dämpften ihre Schritte; er hatte sie vorsorglich auslegen lassen. Früchte, Wein und Süßspeisen türmten sich auf den kleinen Tischchen ringsum. Unter einer Glocke wartete ein Mahl aus Rebhühnern darauf, sie nach der Liebesarbeit zu stärken. Der Kardinal hatte lange überlegt, ob er Parfum versprühen und Räucherwerk entzünden sollte, sich aber dagegen entschieden. Die Welt hatte seiner Nase so viel mehr zu bieten, seit er sich ihrer bewusst geworden war. Lieber wollte er seine Sinne am Duft der Geliebten berauschen, am betörenden Geruch ihrer Haare, der sich von dem ihrer Stirn unterscheiden würde, vom Aroma ihrer Lippen, ihres Nackens, ihrer Brüste. Von all dem wollte er kosten, die

Feinheiten und Unterschiede herausschmecken und genießen.

Behutsam trat er an sie heran und strich sacht mit den Lippen über ihre Schläfen. Nur wenig musste er sich dazu niederbeugen, sie war beinahe so groß wie er selbst.

Valeria lachte wieder und entzog sich mit einer ruhigen Bewegung. Ihr kupferfarbenes Haar leuchtete hinreißend im Licht der Öllampen, ihr blasses Gesicht nicht minder. Nur ihre Augen wirkten beinahe, als wären sie schwarz. Es waren zwei unergründliche Wirbel, die Sforza anzogen und aufzusaugen schienen. Er wollte etwas sagen, sie aber legte ihm die Finger auf die Lippen, beließ sie dort und ließ zu, dass er an ihnen knabberte und sie mit der Zunge liebkoste. Dann zog sie damit eine Linie über sein Kinn, seine Kehle, hinab auf seine nackte Brust unter dem offenen Hemd und weiter über seinen Leib, der erbebte. Sforza schloss die Augen, als sie innehielt. Ihm war, als verbrenne der dünne Stoff, der sie voneinander trennte, auf seiner Haut.

«Willst du mich?», fragte sie mit vibrierender Stimme.

«Ja!» Sforza wollte es herausschreien, brachte aber nur ein raues Krächzen zustande. «Ja, ja!» Er stöhnte, als ihre Hand sich fest auf seine aufgerichtete Männlichkeit legte.

«Dann diene mir.» Valeria trat zurück und löste mit einer Bewegung die Schnürung ihres Kleides. Sanft glitt es von ihren Schultern und bauschte sich um ihre Füße. Sie trug nichts darunter. Sforza schluckte trocken. «Du bist die begehrenswerteste Frau, die ich je gesehen habe.»

Valeria räkelte sich. «Das ist banal», stellte sie trocken fest. Dann wurde ihre Stimme lockender. «Aber du wirst lernen, dass es wahr ist. Komm her.»

Sforza sank in die Knie und presste sein Gesicht gegen ihre Scham. Er stöhnte. Valeria legte den Kopf in den Nacken. Mit offenen Augen gab sie sich seinen Berührungen hin. Ihr

Leib bebte, und ihre Finger krallten sich in seinen Haaren fest. Mit einem Schrei zog sie ihn schließlich zu sich hoch. Sforza stürzte sich auf sie und warf sie auf das Bett. Er saugte an ihrer Kehle, ihren Brüsten, und seine Hände nahmen fordernd von ihr Besitz. Rasch, ohne Vorwarnung, drang er in sie ein. Mit hochgewölbtem Becken empfing Valeria seinen Stoß. Ihr leises Lachen machte den Kardinal rasend. Er stieß zu mit einer Gewalt, als wollte er die Frau unter sich zerreißen. Wollüstig wand sie sich auf den Laken und stachelte ihn nur noch mehr an. Ein dünner Schweißfilm bedeckte ihre Brüste, den er gierig ableckte.

«Ja», stöhnte er, «schwitzen sollst du, du Hure.»

Sie kicherte und drehte sich von ihm fort. Sforza schwindelte, als er begriff, dass sie ihn aufforderte, sie von hinten zu nehmen. Trunken vor Lust griff er nach ihren Hüften und drehte sie auf den Bauch. Sie spreizte die Beine und reckte ihm ihr feuchtes Geschlecht entgegen. Mit einem Schrei drang er hinein. Ihre Brüste vibrierten bei jedem Stoß unter seinen klammernden Händen, ihr Hintern klatschte gegen seinen schweißnassen Bauch. Und ihr weißer Nacken leuchtete ihm entgegen, so verführerisch, dass er sich niederbeugte, um seine Zähne hineinzugraben. Ihre Schreie vereinten sich, als der Höhepunkt sie erfasste. Ächzend fiel Sforza zur Seite und hielt sie umklammert. So wollte er einschlafen, an ihre feuchte Haut gepresst, die Nase in ihrem Haar.

Er erwachte davon, dass Valerias Lippen sich auf die seinen legten. Als er den Mund öffnete, sickerte würziger Wein hinein. Sforza schluckte und leckte dann mit der Zunge das letzte Aroma aus ihrem Mund.

«Köstlich», flüsterte er. Schon wollte er sie erneut küssen, da wich sie ein wenig zurück und schüttete den Wein aus der Kanne über ihre Brüste, deren Warzen sich unter dem sprudelnden roten Guss aufrichteten. Durch Sforzas Leib ging ein hohles, quälend süßes Ziehen. Er stemmte sich hoch, um an ihren Brüsten zu saugen, sie abzulecken und zu liebkosen. Als sie ihn auf sich zog, stammelte er: «Warte, ich weiß noch nicht, ob ich ...» Sie stieß ihn von sich, dass er zurück in die Laken fiel. Erschrocken stützte er sich auf die Ellenbogen hoch. Sie lachte und schob seine Beine auseinander, kauerte sich dazwischen, schamloser als jede Hure, und senkte den Kopf. Sforza war, als müsste er ohnmächtig werden, als er den heißen Hauch ihres Atems an seinem Geschlecht fühlte. Sein ganzer Körper prickelte, und er schnappte nach Luft.

Valeria hob leicht den Kopf und blickte zu ihm hoch. Sie sah aus wie ein Raubtier vor dem Sprung. «Du hast mir gut gedient», sagte sie. «Jetzt lerne.»

Sforza, geschüttelt von Angst und Lust, presste Augen und Zähne zusammen, doch es half nichts, er schaffte es nicht, dieses Gefühl zu beherrschen. Aus den Tiefen seiner Lenden stieg es in ihm auf, er konnte nicht anders, er öffnete den Mund und schrie wie noch nie in seinem Leben.

7.

Fieberhaft saßen Alessandro und Jordanus über das gebeugt, was der Gärtner aus seinem Bündel holte. Es war ein Holzkästchen, sorgsam in Stoff eingeschlagen. Als Jordanus es öffnete, erblickten sie ein Fach mit Papieren, deren gefaltete Kanten vom Alter gelb geworden waren, und eine sorgsam in Heu und Lappen gebettete Phiole.

«Ich begriff lange nicht, was ich vor mir hatte», erklärte Jordanus stolz, «bis ich das hier las.» Er kramte unter den Briefen einen einzelnen Bogen hervor, der sich von den anderen unterschied.

«Er sieht aus, als wäre er aus einem Buch herausgerissen», bemerkte Alessandro. Er untersuchte das Blatt und strich mit den Fingern über den linken Rand. «Hier hat jemand mit einem Messer nachgeholfen. Aber der Schnitt ist nicht gerade. Und die Initialen ...» Andächtig fuhr er über ein Stück prachtvoller Malerei. Es sah anders aus als die Kunstwerke, die sein Kloster geschaffen hatte, die Farben waren wärmer, heiterer, die Ornamente fremdartiger. Eine Weile versuchte er, den vielfach ineinander verschlungenen Linien zu folgen, aber vergebens; sie führten stets wieder in sich selbst zurück. «Das scheint sehr alt zu sein», bemerkte er, dann vertiefte er sich in die Schrift. Eine Weile las er, nur langsam konnte er das altertümliche, ein wenig fremd klingende Latein des Textes entziffern. Seine Lippen bewegten sich lautlos. Mehr als einmal wechselte er die Position, damit das Licht besser auf einen unklaren Buchstaben, eine verwischte Silbe fallen konnte. Dann blickte er auf.

«Das ist das Liber medicinalis!», stellte er erstaunt fest.

Jordanus nickte eifrig. «Die Schrift des Quintus Serenus, ja. Zwar hatte ich seither keine Gelegenheit, es in einer Bibliothek nachzuprüfen, aber auch ich bin mir sicher. Viele der Verse kann ich auswendig.»

Alessandro las laut vor, und Jordanus fiel aus dem Gedächtnis ein. «Es ist der Schluss des Buches», bemerkte er dann. Seine Augen eilten voraus, er wendete das Blatt um. «Aber das Liber medicinalis hat 1107 Verse.» Verdutzt schaute er auf.

«So sagt die Überlieferung», stimmte Jordanus ihm zu. Seine Stimme bebte vor unterdrücktem Triumph. «Aber dieses Exemplar ...»

«... weist 1111 auf.» Alessandro flüsterte es ehrfürchtig. «Und Ihr meint, es ist echt?»

Jordanus klopfte mit den Fingerknöcheln auf den Tisch. «Daran habe ich keinen Zweifel.» Zufrieden lehnte er sich in seinem Stuhl zurück. «Ich bin sicher, dass es sich hierbei um die letzte Seite des Kodex handelt.»

Alessandro schloss die Augen und versuchte sich an die Ausgabe zu erinnern, die seit den Tagen Antés in den Regalen des Klosters gestanden hatte. Noch bei seinem letzten Besuch hatte er mit diesem Buch gearbeitet, und auch oft in der Zeit davor, als er nichts weiter als ein einfacher, strebsamer Gelehrter in einer Mönchszelle gewesen war. Angestrengt suchte er sich zu erinnern, ob ihm jemals aufgefallen wäre, dass am Ende des Buches etwas fehlte, oder ob er etwas hätte bemerken müssen, einen überstehenden Rand Papier, einen Einriss, eine noch so feine Unebenheit, wenn er den Band schloss. Aber es wollte ihm nicht gelingen. Sein Gedächtnis gab ihm keinen Aufschluss.

«Es passt nicht dazu», meinte er schließlich abweisend. «Auch die Vignette kommt mir nicht bekannt vor. Sie ist von anderer Art als bei dem Exemplar, mit dem ich gearbeitet habe.» Er legte das Blatt auf den Tisch.

«Ja», bekannte Jordanus. «Das ist wahr. Aber die Ausgabe des Klosters ist im Kloster selbst erstellt worden, eine Kopie. Wohin das Original verschwand, ich weiß es nicht. Vielleicht hat der Abt es verkauft.» Er legte die Hand auf das Blatt und schob es Alessandro wieder zu.

«Aber warum sollte jemand eine Seite aus so einem kostbaren Buch entfernen?» Alessandro blieb zwiegespalten.

«Lest», bat Jordanus. Er atmete auf, als Alessandro die Seite endlich wieder zur Hand nahm. «Mein Latein ist zwar gewiss nicht so gut wie Eures», meinte er, «aber mir scheint doch ...»

Alessandro hatte die Stelle bereits gefunden und überflog sie, zitternd vor Anspannung. Mitten im Satz hob er den Kopf. «Es handelt von Werwölfen.» Er flüsterte es nur.

«Ja.» Jordanus konnte vor Begeisterung kaum stillsitzen. «Zu ebendem Schluss kam auch ich.»

«Es handelt von einem Heilmittel.» Alessandro las nun, so schnell er konnte.

«Wie ich sagte.» Jordanus' Augen leuchteten.

«Das», stieß Alessandro hervor, während er mit dem Finger über die Zeilen fuhr, «das sind alles Dinge, die ich leicht besorgen kann. Es ist kein schwieriges Rezept, kein Zauber dabei.» Er schaute auf. «Ob es gelingt?»

Jordanus blickte ihn lange an. «Ich dachte, das würdet Ihr am besten entscheiden können.»

Alessandro wurde mit einem Schlag blass. «Was hat Abelardo gesagt?»

«Nichts», erwiderte Jordanus begütigend. «Obwohl er viel von Euch sprach nach Eurer Abreise.» Er starrte vor sich hin, von der traurigen Erinnerung für einen Moment überwältigt. «Ich wusste einfach nicht, wohin. Ich habe lange nachgedacht, Alessandro, lange nachgegrübelt, mich versucht, zu erinnern, und schließlich meine Schlüsse daraus gezogen. Glaubt mir, es war nicht einfach, das hier zu akzeptieren.» Er wies auf das Papier, wo aus all den Buchstaben ein Satz wie mit Blut geschrieben hervorflackerte: ‹Es gibt aber jene, welche durch einen Biss geworden sind Wölfen gleich, Werwölfe geheißen.›

«Ja», brachte Alessandro hervor. «Das denke ich mir.» Unwillkürlich übermannte der Durst ihn, und er stürzte einen ganzen Becher Wasser hinunter. Danach ging es ihm besser. In seinem Kopf wirbelten die Gedanken durcheinander.

«Anté», stieß er dann hervor. «Darum also starb er friedlich an seinem Alter. Er war wieder ein Mensch geworden.»

Jordanus runzelte die Stirn, als verstünde er nicht, aber er schwieg. Alessandro war inzwischen aufgestanden und hatte begonnen, hin und her zu laufen, wie er es zu tun pflegte, wenn er über die Medikation für einen schwierigen Patienten nachdachte. Valeria pflegte dann stets zu spötteln, dass er nie mehr einem eingesperrten Wolf gliche als in diesen Momenten. Valeria! Als seine Gedanken diesen Punkt erreichten, hielt Alessandro abrupt inne.

Er könnte sie heilen, könnte sich selbst heilen. Gemeinsam würden sie dann endlich Frieden finden können. Ein menschliches Leben führen. Sie könnten Kinder bekommen. Er bekäme ein für alle Mal sein Leben zurück. Für einen Moment überfiel ihn ein Taumel, doch schon im nächsten überkamen ihn Bedenken. War dies nur ein Wunschtraum?

Eine Täuschung? Nur eine eitle Hoffnung? Oder war es die Wahrheit?

Schon war Alessandro versucht, an den Tisch zu eilen, die Phiole zu entkorken und den Inhalt ohne weiteres Zögern hinunterzustürzen. Dann wieder hielt der Gedanke an Valeria ihn zurück. Er sah das Gesicht, mit dem sie sich von ihm verabschiedet hatte, erinnerte sich ihrer Spötteleien, ihres Lachens. Nein, wenn er erst einmal ein Mensch war, würde sie sich von ihm abwenden. Sie würde nicht auf ihn hören und das Mittel niemals nehmen. Und er, schwach wie er als Mensch sein würde, wäre nicht in der Lage, sie zu überzeugen oder es ihr einfach einzuflößen. Sforza, fiel es ihm dann ein. Er war eine Gefahr für alle seine Leidensgenossen, die er nicht würde erlösen können. War Alessandro es dem Schicksal also nicht schuldig, dieses Monster, das sich in den Vatikan eingeschlichen hatte, diese Missgeburt von einem Werwolf, der in seinen Kerkern andere Werwölfe tötete, unschädlich zu machen? Unentschlossen stand er mitten im Raum.

Jordanus räusperte sich. «Alessandro?», fragte er. «Wie Ihr bereits sagtet, wir müssen es erproben.»

«Ja», sagte Alessandro wie von weit her. Aber er bewegte sich noch immer nicht.

«Alessandro?»

Da pochte es an die Tür, und beide Männer fuhren erschrocken herum. Und für einen Moment sahen sie die Häscher Sforzas vor sich und hörten bereits das Sirren der tödlichen Kugeln.

«Dottore Lupone?», erklang es dringend von draußen, und das Klopfen wiederholte sich. «Dottore Lupone, bitte. Macht auf.»

«Ettore!», rief Alessandro erstaunt und erleichtert zugleich. Schnell schob er die Papiere auf dem Tisch zusammen und legte sie in die Schatulle. Jordanus schaute ihn fragend an.

Alessandro bedeutete ihm mit Gesten, dass er sich nicht sorgen solle. «Ein Patient», flüsterte er. Dann ging er zur Tür, bereit, den ungebetenen Gast abzuwimmeln.

Draußen stand tatsächlich Ettore, der Wirt. In seinem blassen, übernächtigten Gesicht war keine Spur mehr seiner üblichen heiteren Gemütsart. «Es ist wegen ... Maria ...», brachte er nur stockend heraus. «Sie stirbt.»

Alessandro, der schon entschuldigend die Hand gehoben hatte, um die erwartete Bitte des Mannes abzuwehren, ließ sie wieder sinken. Einen Moment lang blickte er dem Wirt ins Gesicht. Schließlich nickte er. «Ich komme», sagte er nur.

Jordanus drinnen war aufgestanden, und Alessandro stellte ihn vor. «Ein Gast. Und Kollege», erklärte er dem Wirt, der verstört vor der Schwelle stehen geblieben war. «Er wird mich begleiten, um mir zu helfen.»

Der Wirt stammelte etwas, unfähig, das Glück ausdrücken zu können, gleich zwei gelehrte Männer beherbergen zu dürfen. «Verzeiht», wiederholte er wieder und wieder. «... große Ehre ... Maria ...»

Alessandro ließ ihn stehen, wo er war. Konzentriert packte er seine Tasche und trat am Ende, als er alles beisammenhatte, an den Tisch. Sorgsam nahm er die Phiole aus ihrem Bett und legte sie zu seinem Gepäck. Auch die Verse des Quintus Serenus steckte er nach kurzem Zögern ein. Er bemerkte Jordanus' stumme Erregung und schaute den Freund an. «Ihr wolltet es erproben», sagte er. «Also kommt.»

«Erproben? Jetzt?», fragte der Mönch. «Aber wo ... warum?»

Doch Alessandro hatte sich bereits auf den Weg gemacht. Nichts begreifend, stolperte Jordanus hinter Alessandro die Treppe hinunter. Ihm folgte auf dem Fuße der Wirt. Draußen auf dem Platz sahen sie, dass die Nacht schon beinahe vorüber war. Der Himmel über ihnen wurde bereits durchsichtig und gab die schattigen Umrisse der alten Fassaden frei, über denen die letzten Sterne funkelten. Aus einer nahen Backstube drang der Duft frischen Brotes zu ihnen. Aber die Läden der meisten Fenster waren noch geschlossen. Nur aus denen Ettores drang Licht auf den vereinsamten Platz hinaus.

Mit zitternden Fingern schloss der Wirt die Tür auf und führte sie durch die dunkle, von kalt gewordenen Essensdünsten erfüllte Wirtsstube über die Treppe in das darübergelegene Stockwerk. Dort lag Maria in einer engen Kammer. Im zweiten Bett kauerten sich zwei ihrer jüngeren Geschwister verängstigt aneinander, auf dem schmalen Flur drängten sich die älteren. Die Mutter kam ihnen mit tränenüberströmtem Gesicht entgegen und hielt ihnen die Schüssel entgegen, die sie gerade leeren wollte. Blutbefleckte Tücher schwammen darin. Alessandro tätschelte ihr stumm die Schulter und schickte sie dann zum Brunnen, um frisches Wasser zu holen. Er trat in die stickige Kammer, hob die Kleinen aus dem anderen Bett und reichte sie den draußen Wartenden. Dann endlich wandte er sich Maria zu, die keuchend auf ihrem schmalen Heusack lag, die Laken von sich geschoben.

Ihre Haut war weiß und nass von Schweiß, ihr Haar verklebt. Blutflecken zeichneten sich auf ihrem Nachthemd ab, frisch und rot. Im unruhigen Flackern der Kerze auf ihrem Nachttisch irrten ihre Augen fragend umher und blieben nirgendwo lange ruhen. Auch die Ankunft des Arztes schien sie nicht zu bemerken.

Alessandro kniete sich hin und strich ihr das feuchte Haar aus der Stirn. «Maria», sagte er leise.

Da wandte sie ihm den Blick zu, erkannte ihn und versuchte ein Lächeln. Doch sofort schüttelte der nächste Hustenanfall sie und ließ ihren schwachen Leib erbeben, dass sie sich vor Schmerzen krümmte. Ihre Hände zerknüllten das

Laken. Alessandro stützte ihren Oberkörper, bis sie aufrecht saß, damit sie besser Luft bekam, und sprach besänftigend auf sie ein. Endlich kam das Mädchen ein wenig zur Ruhe. Mit angestrengter Miene lauschte Alessandro auf ihre Atemzüge, den Kopf an ihre Brust gepresst. Und was er hörte, war mehr als besorgniserregend. Zischend und unregelmäßig kam der Atem; dass es nicht genug Luft war, sah er an den krampfhaft eingezogenen Flanken ebenso wie an ihren beinahe violetten Lippen. Er fühlte ihren schwachen, nervös flatternden Puls und fand seine Vermutung bestätigt. Es ging mit dem Mädchen zu Ende. Zwar würde sie diese Nacht überleben, in Qualen, und vielleicht noch eine weitere, wenn es ihm gelang, die Krämpfe zu besänftigen. Doch gab es keine Hoffnung mehr. Sie glühte vor Fieber, und ihre Kräfte vergingen rasch.

Mit gerunzelter Stirn wandte Alessandro sich an die Wartenden.

«Ihr tatet gut daran, mich zu holen, Ettore.» Der Vater lächelte hilflos. «Aber es ist ernst, mein Freund.» Dann wandte er sich an den Mönch und zog ihn zu sich herein. Im nächsten Moment wehrte er die Wirtsgattin ab, die mit einer Schüssel frischen Wassers an ihm vorbeidrängte. Er nahm ihr die Schüssel ab und schob sie hinaus. Dann trat er in den Rahmen.

«Ich kann ihr helfen», beschwor er die besorgten Eltern, die ratlos erst ihn und dann einander ansahen. «Ich kann sie gesund machen, Ettore, nicht nur für heute, sondern vielleicht für immer.» Die Wirtsleute rangen die Hände und kratzten sich die Köpfe, kaum begreifend, was der Doktor da sprach. Bestand tatsächlich noch ein Funken Hoffnung?

Alessandro war selbst blass vor Erregung. «Ich kann ihr helfen», beschwor er die beiden und auch sich selbst. Er räusperte sich aufgeregt. «Aber ich werde ihr wehtun müssen, versteht Ihr das?» Er überlegte fieberhaft, um möglichst schnell eine Ausrede zu ersinnen, die sie glauben würden. «Es wird eine Operation geben, sehr schmerzhaft, ich kann es ihr nicht ersparen. Danach jedoch wird sie keine Schmerzen mehr haben. Ich verspreche es Euch.» Er schaute die beiden an. Würden sie ihm glauben? Würden sie ihm vertrauen?

Lange Zeit fiel kein Wort. Dann, von seiner Frau am Ärmel gefasst, räusperte sich der Wirt. «Wenn Ihr es sagt, Dottore.» Ettores Stimme klang zögernd. Er nahm seine Frau in den Arm und suchte noch einmal einen Blick auf seine Tochter zu erhaschen, an deren Bettstatt dieser Fremde stand, der so seltsam dreinblickte.

«Ich sage es, und ich schwöre es, Ettore.» Alessandro bemühte sich um ein Lächeln. «Mit Gottes Hilfe wird alles gut.»

«Mit Gottes Hilfe», seufzte der Wirt.

Daraufhin verriegelte Alessandro die Tür. Einen Moment blieb er dagegen gelehnt stehen und schloss die Augen. Dann wischte er sich den Schweiß von der Stirn und ging mit raschen Schritten zum Bett. Aus seiner Tasche holte er ein Räucherkraut. Als Jordanus ihn fragend anschaute, erläuterte er ihm sein Vorgehen.

«Das soll ihren Zustand trüben, damit sie die *transformatio* nicht klar miterlebt. Es wird auch so schmerzhaft genug sein.»

Noch während Jordanus irritiert fragte: *«transformatio?»*, neigte sich Alessandro bereits über die schweratmende Kranke.

«Vertrau mir, Maria», sagte er und griente. Als sie das Lächeln mühsam, aber mit glänzenden Augen erwiderte, fächerte er den Rauch zu ihr, bis ihre Lider sich zitternd schlossen. Mit der Linken strich er ihr über die Stirn, mit der Rechten ergriff er ihre Hand und führte sie zu seinem Mund. Mit weitaufgerissenen Augen verfolgte Jordanus, wie Alessandro sich darüberneigte und sie mit seinen Lippen berührte, an der weichen Stelle zwischen Daumen und Zeigefinger. Leise seufzte Maria auf.

«Alessandro?», fragte Jordanus besorgt, «was um Gottes willen habt Ihr vor?»

Im nächsten Moment biss Alessandro zu.

8.

Der Tag, der über Rom aufstieg, war warm und strahlend. Das Glockengeläut ließ die Tauben auf dem Platz vor der Basilika San Pietro auffliegen und Richtung Tiber gleiten. Die Wäscherinnen an den Ufern senkten für einen Moment die Schlägel, bekreuzigten sich und murmelten ein Morgengebet. Die Bauern, die mit ihren Karren die Märkte beliefert hatten, drängten wieder in Richtung der Tore und machten den Mägden und Marktfrauen Platz. Die Barbiere fegten die Gassen vor ihren Läden und pfiffen vergnügt vor sich hin. Nachttöpfe wurden geleert, Auslagen nach draußen getragen. Kinderscharen beeilten sich, laut lachend und kichernd, in die Schule zu kommen, die letzten Bettler nahmen ihre Positionen an den Kirchentreppen ein. Alle Straßen hallten von Lärm und Leben.

Ascanio Sforza erwachte von dem klatschenden Flügelschlag eines Vogelschwarms, der in seinen Traum drang. Eine Weile lag er da und ließ die Geräusche des aufkommenden Tages auf sich wirken, ohne die Augen zu öffnen. Es dauerte eine Weile, bis er begriff, was das leichte Atmen an seiner Seite bedeutete. Dann aber stieg eine Welle des

Wohlbefindens in ihm auf. Mit einem Seufzer sank er noch einmal zurück in die Wärme der Kissen, die von Valerias Duft durchtränkt waren, und suchte die Szenen der letzten Nacht ein weiteres Mal vor seine Augen zu rufen. Bald schon regten sie ihn auf das angenehmste an, und so leise wie möglich wandte er sich der schlafenden Frau neben sich zu. Er betrachtete ihre weiße Schulter, über die das Haar floss, den Arm, hinter dem sie das Gesicht verborgen hielt.

Wie schön sie war, selbst jetzt im Schlaf, nicht verwüstet wie manch andere, die neben ihm erwacht war, nicht verirrt in irgendwelchen Träumen. Sie war ganz sie selbst, gelassen, unnahbar, vollendet. Wie eine Nymphe, dachte Sforza, der die antiken Statuen kannte und liebte, wie ein Waldgeschöpf, das vor ihm flüchten und sich verwandeln würde, wenn er nicht schnell und geschickt genug wäre. Der Kardinal traute sich beides zu. Er würde sie ergreifen und halten.

Gerade als er den Kopf hob, hörte er von draußen ein lautes, nachdrückliches Pochen, das im Innenhof widerhallte, gefolgt von einem verschlafenen Stimmengewirr. Er hielt inne, die Hand in der Luft, aber Valeria rührte sich noch immer nicht.

Sforza lächelte. Er ignorierte das Klopfen am Tor. Seine Dienstleute würden den Besucher, der zu so einer Unzeit erschienen war, schon abweisen. Genussvoll wandte er sich wieder ganz Valeria zu und langte nach seiner Gefährtin. Die junge Frau aber entzog sich ihm, als hätte sie auf die Berührung gelauert. Sie räkelte sich, stand auf und trat nackt, wie sie war, an das Fenster.

«Der Mond steht noch am Himmel.» Sie strich ihr Haar zurück und blickte nach Westen, wo die schimmernde Kugel noch über den Dächern stand. Ihre Stimme klang gedankenverloren: «Er ist fast voll.»

Sforza weidete sich eine Weile an ihrem Anblick, dann trat er neben sie.

«Nur fast?», flüsterte er. «Heißt das, das Maß unserer Freuden war letzte Nacht auch nur fast gefüllt?» Er umfasste ihre nackten Schultern und presste seine Lippen auf ihren Nacken für einen verlangenden Kuss.

Valeria wand sich in seinem Griff und schnurrte. «Willst du es wirklich wissen?», hauchte sie an seinem Ohr. Ihr Ton war spielerisch, dennoch erschauerte Sforza und wurde unsicher. Sie wandte sich um und umarmte ihn. «Du hast ein Recht darauf, neugierig zu sein», flüsterte sie an seinem Hals. «Denn es ist unsere Nacht, und sie umfasst alles, was uns ausmacht.»

Ascanio Sforza erwiderte ihre Liebkosungen mit heftiger Gier. Dann wurde er ernst. Für einen Moment schob er sie von sich, um ihr in die Augen zu blicken.

«Mehr als alles andere», sagte er. Seine Stimme bebte vor Erregung. «Ich will wissen, wie es sein kann für uns.»

Valeria betrachtete ihn einen Moment nachdenklich, und er fühlte sich von ihren grünen Augen geprüft wie von nichts sonst in seinem bisherigen Leben. Was hatte sie nicht alles schon gesehen mit diesen Augen, fragte er sich in diesem Moment? Er dachte an Alessandros Buch und das, was dort über das Alter der Werwölfe stand. Er hatte es nie recht glauben wollen, an diesem jungen Morgen allerdings schien es ihm wahr. Seine Geliebte kam ihm vor wie eine der Statuen, die er so bewunderte und die plötzlich zum Leben erwacht war wie eine mythische Göttin. Fast glaubte er, in ihren Pupillen ferne Pyramiden und andere Grabmäler sich spiegeln zu sehen. Hastig schüttelte er das Bild ab. Was für schauderliche Gedanken!, schalt er sich. Denn ihr Fleisch unter seinen Fingern war elastisch und warm. Für ihn war sie jung und schön und begehrenswert und wie gemacht dafür, von ihm umarmt zu werden. Schon jetzt hatte er mit ihr Gipfel der

Lust erklommen, von deren Existenz er nicht einmal etwas geahnt hatte. An das Vergangene wollte er nicht denken, ebenso wenig wie an seine eigene Zukunft. Sicher, er war ehrgeizig und hatte hohe Ziele. Aber mehr denn je lebte er mit allen Sinnen, und das genügte ihm für den Augenblick.

«Ich wünsche es mir mehr als alles andere», beteuerte er noch einmal.

Sie liebkoste sein Kinn, als wäre er ein Haustier. «Das ist gut», gurrte sie. «Dann wird es so sein.»

Heftig umschlang er sie. «Du bleibst also?», fragte er. «Bis zur Nacht?»

Sanft machte sie sich los. «Ich bleibe niemals», sagte sie.

Sforzas Miene verdunkelte sich. Doch sie hob die Hand und fuhr damit dicht vor seinem Gesicht durch die Luft. Es war wie ein Segen. «Aber ich komme wieder», versprach sie.

«Heute Nacht?» Ihre Antwort erstickte in seinem Kuss. Es klopfte an der Tür.

Sforza fuhr herum. «Verschwindet», rief er in den Raum hinein. «Oder ihr werdet meinen Stock zu spüren bekommen.» Er lächelte beinahe, als er das aufgeregte Tuscheln hinter dem Holz vernahm. Schon wollte er sich wieder Valeria zuwenden, da klopfte es erneut. Mit einem Fauchen fuhr Sforza herum. «Habe ich euch nicht gesagt, ich werde euch züchtigen? Wie könnt ihr es wagen, ihr verdammten Taugenichtse?»

Er blickte Valeria an und verdrehte die Augen, dann riss er ein Laken vom Bett, um seine Blöße zu bedecken, stürmte mit drei schnellen Schritten zur Tür und riss sie so heftig auf, dass der arme Diener ins Zimmer hereinfiel. Hinter ihm jedoch erschien die imposante Gestalt eines Gardisten des Vatikans.

«Eure Eminenz, es tut mir leid», stotterte Sforzas Diener und blieb zur Sicherheit auf seinen Knien liegen. «Aber ...»

Sforza unterbrach sein Gestammel mit einer Handbewegung und wandte sich dem Besucher zu. Obwohl der Kardinal nur in ein Leintuch gehüllt war, zeigte er so viel Haltung, dass das Grinsen des Gardisten erlosch und er hastig vor dem Geistlichen salutierte. Gleich darauf überreichte er ihm ein Schreiben. Zögernd nahm Sforza es entgegen, als er das päpstliche Siegel erkannte.

«Von Seiner Heiligkeit?», murmelte er, während er es brach, und runzelte die Stirn. Im Stillen dachte er: Was will della Rovere? Warum schickt er nicht seinen Sekretär wie üblich? Und als er das Schreiben überflogen hatte, fügte er laut hinzu: «Eine Einladung?»

Sforza versuchte, angenehme Überraschtheit in seine Stimme zu legen. Doch einzig die Überraschung war echt daran. Denn noch immer war es ihm ein Rätsel, was den Papst veranlasst haben könnte, ihn so dringend sprechen zu wollen. Im Geiste ging er die Möglichkeiten durch: der Stand der Verhandlungen mit Venedig, die Arbeit der Kongregation. Aber alles verlief zu seiner vollsten Zufriedenheit. Er konnte sich nicht erklären, worum es gehen mochte. War womöglich einer der geheimen Boten aus Frankreich eingetroffen? Gab es beunruhigende Nachrichten von Cesare Borgia, dem Sohn des vorletzten Papstes? Dieser Borgia war ein gefährlicher Mann, der seinen Kampf um die Rückkehr an die Macht nie aufgegeben hatte, weshalb der Papst, mit Sforzas diskreter Hilfe, Meuchelmörder auf ihn angesetzt hatte.

«Nun, sagt Seiner Heiligkeit ...»

«Eminenz, ich bin angewiesen, Euch zu ihm zu geleiten. Jetzt.»

«Wie überaus aufmerksam.» Sforza zwang sich zu einem Lächeln. Das war ungewöhnlich, ja, mehr als das: Es war noch niemals geschehen. In seinem Kopf überschlugen sich die Gedanken. Schließlich gab er es auf.

«Nun gut.» Sforza wandte sich zu Valeria, um sich bei ihr zu entschuldigen. Doch mitten in der schwungvollen Bewegung stockte er und stutzte mit offenem Mund. Sie war nirgendwo zu erblicken.

Überrascht schaute er erst in alle Ecken, dann zu den beiden Männern zurück und überwand den Drang, sie zu fragen, ob sie hier im Raum eine Frau gesehen hätten. Verwirrt ging er hin und her, hob die Laken von der Bettstatt hoch, lüpfte die Vorhänge und öffnete am Ende sogar eine Truhe, sehr zur Verwunderung der Besucher, die sein Treiben irritiert verfolgten. Sforza wurde immer unruhiger; nicht einmal die Kleider lagen mehr dort, wo er sie seiner nächtlichen Geliebten abgestreift hatte, kein Schuh, kein Tüchlein, nichts. Es war beinahe, als hätte ein Geist ihn besucht.

Schließlich trat Sforza an die Tür zur Terrasse, um sicherzugehen, dass sie nicht nach draußen geflüchtet war. Aber auch dort zwischen den Töpfen, Pflanzen und Sträuchern war sie nirgends zu entdecken. Nicht hinter dem Jasmin, nicht zwischen den jungen Pinienbäumchen und auch nicht auf der Bank zwischen den Rosen. Sforza erblickte nur den matten Mond, der sich endlich dem Horizont zuneigte und sich endgültig erblassend vor dem stärker werdenden Licht der Sonne verabschiedete. Verlangend schaute er ihm nach. In der kommenden Nacht, dachte Ascanio Sforza, würde er erneut aufgehen. Und dann wäre er vollendet.

9.

Als die Sonne über die Häuser stieg, fiel ein schmaler Streifen auf Marias rosiges Gesicht. Sanft hob und senkte sich ihre Brust unter den gleichmäßigen Atemzügen. Kein Rasseln war mehr zu hören, kein Krampf zog ihre Bronchien zusammen. Auch das Fieber war verschwunden und würde nicht wiederkehren. Maria war gesund. Sie schlief.

Mit einem Seufzer tiefer Erschöpfung ließ Alessandro sich auf den Schemel neben dem Bett fallen und wischte sich den Schweiß von der Stirn. Er war zufrieden mit dem, was er erreicht hatte, aber der Kampf hatte all seine Kraft gekostet. Wie ein Albtraum drängten sich die Bilder in seine Erinnerung und ließen sich nicht vertreiben: Maria, die sich kreischend auf ihrem Lager wälzte, während ihr Blut und Speichel aus dem Mund troffen. Ihr mädchenhafter, wie ein Bogen gespannter Körper, der fast nur mehr mit den Fersen und dem Scheitel die Laken berührte, gefoltert vom Schmerz der *transformatio*. Ihre Schreie, die ihre Familie herbeiriefen, die ihrerseits weinend und schreiend von außen gegen die Tür schlugen und außer sich vor Sorge Einlass forderten. Er selbst, auf das Mädchen geworfen und sie mit seinem ganzen

Gewicht niederdrückend, dabei über die Schulter brüllend, alles wäre gut, alles bestens, sie sollten nur Ruhe bewahren, während die Kleine um sich schlug und jaulte und ihm beinahe die Nase brach. Zwischendurch hatte er immer wieder Jordanus seine Anweisungen zugerufen, der mit kreidebleichem Gesicht dabeistand und das Mädchen anstarrte, über dessen Haut unnatürliche Schauer liefen, während die Knochen in ihr wie lebende Schlangen arbeiteten und sich bald hier, bald da einen Weg nach draußen zu bohren schienen. Jetzt sah er wieder Marias Gesicht vor sich, verzerrt und in Verwandlung begriffen, die Augen sich verlängernd zu mandelförmigen Schlitzen, mit Wolfspupillen, der Mund sich zur Schnauze verziehend. Dann war alles wie ein Schemen gewichen, und das Mädchenantlitz war wieder zum Vorschein gekommen, bald friedlich, bald entstellt von Wut und Schmerzen, die Zähne gefletscht und mit Schaum vor dem Mund. Vollends in Raserei war sie geraten, als Jordanus versucht hatte, ihr die Tropfen einzuflößen und ihr dazu einen Becher an die Lippen setzte, damit es ihr leichter fiele.

«Kein Wasser!» Alessandros Schrei war ein alarmiertes Brüllen gewesen, als er es beinahe zu spät bemerkt hatte. «Nur kein Wasser, das erträgt sie nicht!»

Das Mädchen hatte geheult wie ein Wolf, die Mutter draußen war in ein besinnungsloses Kreischen ausgebrochen, er selbst hatte daraufhin Jordanus beschworen, der sich jedoch in eine Ecke zurückgezogen und sich hektisch bekreuzigt hatte. Es war ein Delirium gewesen. Doch nun war alles gut.

Alessandro klopfte sich mit den Händen auf die Knie, um sich selbst anzuspornen, dann stand er auf, um endlich die besorgten Eltern einzulassen, die, wie er vermutete, in der Ruhe nach dem Sturm vor der Tür eingeschlafen waren. Innerlich wappnete er sich gegen ihre entsetzten, misstrauischen Blicke, ihre Fragen, ihre Zweifel und hoffte, sie würden alles vergessen, wenn sie erst ihr gesundes Kind in die Arme nähmen. Vorsorglich setzte er das Lächeln des verlässlichen Dottore Lupone auf.

Da bemerkte er, wie sich Jordanus' ermatteter Körper aufrichtete, und hielt inne. Der Mönch war, als er sich nun erhob, seinerseits erschrocken aufgefahren und hatte die Arme vors Gesicht gehoben, als müsse er sich vor einem Schlag schützen.

«Jordanus?», fragte Alessandro besorgt. «Ist alles in Ordnung mit Euch?» Lächelnd, mit ausgestreckten Händen trat er auf den alten Freund zu. «Es war eine harte Nacht, nicht wahr? Aber es hat sich gelohnt. Es wirkt, wahrhaftig. Gott ist groß!» Er suchte Jordanus' Rechte zu ergreifen.

Jordanus aber schlug nach ihm und zog sich in die Ecke der anderen Liege zurück, auf der er hockte. «Fasst mich nicht an», keuchte er.

Verwirrt hielt Alessandro inne.

«Fasst mich nicht an», wiederholte Jordanus und kroch förmlich in seinen Winkel, wo er sich an die Wand schmiegte und Alessandro mit brennenden Augen anstarrte. «Ihr seid ein Geschöpf aus der Hölle. Ihr alle beide!»

«Jordanus!» Schreck und Schmerz zogen über Alessandros Miene. Erst wollte er zu seinem Bruder hinübergehen, um ihn zu berühren, dann besann er sich, hob die Hände, zum Zeichen, dass er ratlos war, trat zurück und ließ sich wieder auf seinen Schemel sinken. Eine Weile barg er das Gesicht in den Händen, dann blickte er von unten herauf zu dem alten Gärtner hinüber, der ihn noch immer voller Ekel anstarrte.

«Es ist etwas anderes, es zu sehen, als nur darüber zu lesen, nicht wahr?», begann er leise. «Es ist erschreckend, ja, das ist es, mein Freund. Und glaubt mir, es am eigenen Leib zu erleben ist noch erschreckender.»

«Teufelskreatur», entfuhr es Jordanus, und seine Kehle schnürte sich zu. Aber er wagte nicht, sich zu regen.

Alessandro schüttelte heftig den Kopf. «Nein, Jordanus, nein. Das sind wir nicht. Weder Satan noch seine Gehilfen haben hierbei ihre Hand im Spiel, glaub mir. Es ist nur ...» Vergebens suchte er nach Worten. Schließlich schüttelte er den Kopf. «Es ist, was es ist, Jordanus: Wir sind Werwölfe. Wir mögen düster erscheinen, wie Kinder der Nacht. Aber wir sind doch auch Gottes Kinder. Und ich fühle, dass ich seine Gnade nicht verloren habe. Ich weiß es einfach.» Er ließ seinen Blick zu Maria hinüberwandern. «Sie lebt und ist gesund», sagte er leise. «Sie wird sich an nichts erinnern als einen bösen Traum.»

«Ein böser Traum ...», echote Jordanus bitter. Er gab seine starre Haltung für einen Moment auf und rieb sich die Augen. Als Alessandro sich allerdings bewegte, fuhr er sofort wieder abwehrend hoch.

«Auch für mich», fuhr Alessandro fort, «wird es bald nur mehr ein übler Traum gewesen sein, nicht mehr, Jordanus!»

Der Mönch starrte ihn an, dann atmete er aus. «Ihr werdet es also einnehmen?», fragte er.

«Habt Ihr daran gezweifelt?» Erstaunt hob Alessandro die Brauen. «Natürlich werde ich es einnehmen. Es gibt nichts, was ich mir mehr wünsche.»

Statt einer Antwort hielt Jordanus ihm die Phiole mit dem Rest der Tropfen hin, mit weitausgestreckter Hand, um ihm so fern wie möglich bleiben zu können.

Alessandros Lächeln wirkte verzerrt. Schon streckte er die Hand aus, um die Medizin zu ergreifen, da hielt er inne und errötete.

«Was ist?» Jordanus' Stimme war spröde vor Misstrauen.

Langsam schüttelte Alessandro den Kopf. «Ich kann nicht, Jordanus. Nicht jetzt, meine ich», beeilte er sich hinzuzufügen, als er das Gesicht des Mönches sah. «Es ... Es gibt noch andere, die ich retten möchte ... retten muss», verbesserte er sich. «Da sind ...» Er wollte die Namen schon nennen, doch er zögerte. «Da sind noch zwei weitere», bekannte er schließlich. «Nein, drei oder vier.» Die Wäscherin war ihm eingefallen, dann die Kurtisane. Und sollte er sich nicht aufmachen, um Charon und den Jungen zu finden? Seine Gedanken rasten. «Und eine davon ist meine Gefährtin.»

Jordanus runzelte die Stirn. Mit wachsamen Augen verfolgte er jede von Alessandros Gesten. Dabei hielt er ihm weiter anklagend das Glasgefäß entgegen, das er fest mit den Fingern umfasste, als müsste er es gegen einen unerwarteten Angriff schützen.

«Wir müssen mehr von dem Heilmittel herstellen.» Alessandro hörte selbst, wie unsicher seine Stimme klang.

«Wozu mehr?», erwiderte Jordanus angespannt. «Dies hier reicht für Euch.»

«Aber wenn ich es jetzt nehme», wandte Alessandro heftig ein, «kann ich die anderen nicht überzeugen. Ihr habt ja gesehen ...» Vage wedelte er in Richtung Maria. «Ihr, mein Freund, hättet sie niemals halten können.» Sein Blick war bittend, aber Jordanus rührte sich nicht. «Was soll ich tun?», fragte er und rutschte im selben Moment vom Hocker auf die Knie. «Soll ich einen Eid leisten, Jordanus? Im Namen des Vaters und des Sohnes ...?»

«Nehmt die heiligen Namen nicht in den Mund!» In Jordanus war Leben gekommen. Er richtete sich auf. Wie zwei Tiere, die sich belauerten, hockten sie jetzt einander gegenüber. «Was kann das Ehrenwort eines Werwolfes schon wert sein!»

10.

Leichtfüßig lief Valeria die Treppe hinauf. Nichts dämpfte ihre gute Laune an diesem sonnigen Morgen. Ihr feiner Geruchssinn verriet ihr, dass sie die Wohnung leer vorfinden würde, kein Alessandro, der sie mit Vorwürfen empfing oder auch nur mit seinem traurigen, verletzten Schweigen. Niemand, dem sie Rechenschaft ablegen musste über das, was sie tat und noch zu tun vorhatte.

Sorglos öffnete sie die Tür und trat ein. Sie stieß die Läden auf, um das strahlende Sonnenlicht hereinzulassen, und machte ein paar Tanzschritte in den Raum. Da hielt sie überrascht inne. Auf dem Tisch stand ein Kästchen, das sie noch nie gesehen hatte. Alarmiert trat sie näher. Der Deckel war offen, und es lagen Papiere darin, vergilbt und vielfach gefaltet. Sie streckte die Hand aus und nahm einen der Bogen. Er roch nach Staub, nach Weihrauch und feuchtem Stein. Er roch nach Kirche! Und er war fein beschrieben von einer ihr unbekannten Hand. Valeria setzte sich auf einen der Hocker, während sie zu lesen begann, erst langsam, dann immer schneller, wobei sie den Text leise vor sich hin murmelte, um das Gefühl der Unwirklichkeit, das sie ergriff, zu bekämpfen. Dann sank ihr das Schreiben aus der Hand.

«Anté», flüsterte sie ungläubig. «Antäus. Es ist also wahr!»

Sie hob das Blatt erneut und las voll innerer Spannung die Bekenntnisse jenes lange verstorbenen Mannes, der einer der Ihren, der ein Werwolf gewesen war.

... Ich ging also nach Westen und fand einen der Unsrigen, den sie Haervius nannten, was in der Sprache des dortigen Volkes bedeutete: eines Kampfes wert. Und eines Kampfes wert, das war er wahrhaftig. Er war ein mächtiger Krieger, aber ein noch größerer Priester. Druide hießen sie ihn, und er führte das Volk an der Küste. Ich schloss mich ihm an.

Mit zusammengebissenen Zähnen und heißem Gesicht verfolgte Valeria die weitere Geschichte der beiden. Sie las mit fiebrigen Augen vom Ende Haervius', den die Christen erst hartnäckig verfolgten und schließlich töteten, um ihn dann, als sie feststellen mussten, dass sie seine Legende nicht zerstören konnten, zu einem ihrer Heiligen zu erheben, damit das Bild der Erinnerung auf diese Weise übermalt würde.

... Ich nahm heimlich die Statue, die unter dem Namen Hervé, den seine Verfolger ihm gegeben hatten, errichtet worden war, und verließ mit ihr das Land und verbarg sie im Herzen des Feindes, in einem Kloster.

Valeria lächelte unter Tränen, während sie die Zeilen las, bald aber runzelte sie die Stirn. Denn Antäus schrieb nun zunehmend von inneren Konflikten, von Zweifeln und von der großen Müdigkeit, die ihn im Laufe der Zeit überfiel. Er bekannte, sich von der bedachten, friedlichen Art der Mönche angezogen zu fühlen und die langen Gespräche mit dem Abt zu genießen. Heftig schüttelte sie den Kopf; ihr widerstrebte alles, was sie dort erfuhr, aber sie konnte sich doch von der Lektüre nicht losreißen.

«Nein», flüsterte sie, als sie erfuhr, dass Anté begonnen hatte, nach einem Heilmittel für seinen Zustand zu forschen.

... In einem alten Buch, das unter denen Haervius' war, die ich mitbrachte, fand ich dann die Lösung.

«Das ist unmöglich!» Erschrocken vom Klang ihrer eigenen Stimme, hob Valeria den Kopf. Sie war noch immer allein in der Wohnung. Nur das Holz des Tisches knackte unter ihren Armen, und ihr eigener Atem ertönte ungewöhnlich laut und scharf. «So etwas gibt es nicht! So etwas braucht es auch nicht! Wir sind keine Krankheit!»

Mit zitternden Fingern suchte sie die Zeile, bei der sie aufgehört hatte, um mehr zu erfahren. «Von einem Mittel hätte ich gehört, in all der Zeit.» Ungeduldig flog sie über die Zeilen, blätterte vor und zurück.

Antäus aber verlor kein weiteres Wort darüber. Er schilderte nur mehr seinen Plan, friedlich in den Armen des Mannes zu sterben, der ihm ein Freund geworden war. Von einem Rezept kein Anzeichen. Auch den Titel des Buches nannte er nicht und warum es ihm zuvor nicht aufgefallen war. Den Abschluss der Aufzeichnungen bildete ein Gebet.

«Verräter!» Voller Ekel ließ Valeria die Seiten sinken und warf sie auf den Boden. Sie trampelte darauf herum und schrie. «Verdammter Verräter! Aas!»

Erst als der Nachbar unter ihr mit dem Besen gegen die Decke stieß, beherrschte sie sich. Sie begnügte sich damit, im Zimmer auf und ab zu laufen wie ein gefangenes Raubtier. Abwechselnd stemmte sie dabei die Hände in die Hüften oder verschränkte sie hinter dem Kopf. Endlich schlug ihr Herz langsamer, und ihr Zorn ließ nach. Vor allem durfte hiervon niemand etwas erfahren. Vor allem Alessandro nicht, dachte sie bitter, und auch niemand sonst. Sie waren keine Krankheit, es war würdelos und empörend, so auch nur zu denken, und eine Heilung war mehr als überflüssig. Aber was sollte sie tun?

Nach kurzem Zögern kniete sie sich hin, um alles wieder zusammenzusuchen, und ging das Geschriebene noch einmal durch, erst ruhiger, dann mit wachsender Hast. Antäus musste das Rezept separat notiert und vielleicht sogar das rätselhafte Buch selbst beigelegt haben, anders war es nicht zu erklären. Denn er schien davon auszugehen, dass der Leser wusste, was er meinte, dass es keiner weiteren Erklärung bedurfte. Irgendetwas, ein Blatt, ein Heft, musste sie übersehen haben.

Valeria durchsuchte das Kästchen, kippte es aus, schüttelte es, riss das Futter heraus. Aber es gab sein Geheimnis nicht preis. Nachdenklich drehte sie ein Bündel Heu zwischen den Fingern, das auf dem Tisch herumlag. Dann wandte sie sich der Wohnung zu. Systematisch durchsuchte sie alle Ablagen, alle Kästen und Truhen. Sie durchwühlte Alessandros Arzneien, die Körbe, Schüsseln, Krüge und Phiolen mit Kräutern und Mineralien, seine Kleider und selbst sein Bett. Ungeduldig warf sie alles auf den Boden, danach räumte sie die Sachen ohne Ordnung zurück auf Matratze und Tischplatte, um den Boden abzuschreiten und nach einer losen Diele oder sonst einem Versteck zu suchen. Sie verrückte Möbel und zerfetzte die Vorhänge. Aber nichts kam zum Vorschein.

«Er muss es mitgenommen haben in seinen Behandlungsraum.» Schon wollte Valeria ihrem ersten Impuls folgen und aufbrechen, dann besann sie sich.

Schließlich lief sie in die Küche und öffnete den Ofen.

Sie fand noch ein wenig Kohlenglut darin, die sie vorsichtig mit der Zange herausnahm und in eine Schüssel legte. Dann holte sie all die Aufzeichnungen und zerriss sie fein sorgfältig in kleine Fetzen, die sie auf die Glut legte. Sie neigte sich herab und blies mit spitzen Lippen, bis kleine Flämmchen aufflackerten. Die Papierstücke fingen Feuer, richteten sich auf, schwebten einen Moment, wurden braun an den Rändern, dann schwarz, dann weiß und zerfielen schließlich eines nach dem anderen zu Asche. Valeria lächelte.

Als alles vernichtet war, holte sie aus ihrem Gewand ein kleines Buch hervor, rot eingebunden. Einen Moment hielt sie inne und betrachtete es: Es waren Alessandros Aufzeichnungen über die Werwölfe, angefertigt vor über einem Jahr in jenem Kloster. Sie hatte es unter Sforzas Kopfkissen gefunden in der Nacht. Mit der Hand war sie dagegen gestoßen und hatte es an sich genommen aus purer Neugierde darauf, was der Kardinal für ein Geheimnis haben mochte. Sie hatte mit einem Gebetbuch gerechnet, eventuell mit einem Leitfaden für Teufelsanbeter oder mit einer Sammlung anstößiger Zeichnungen. Aber nicht mit dem, was sie entdeckte, als sie im ersten Morgengrauen, den noch schlafenden Sforza neben sich, leise die Seiten aufschlug, nicht mit diesem nachträglichen Beweis.

Alessandros Schrift erkannte sie sofort, so oft schon hatte sie ihn Rezepte schreiben sehen am Tisch in ihrer Wohnung oder Notizen machen für jenes Buch über die Heilkunst, das er eines Tages verfassen wollte, wenn seine Erfahrungen umfassender wären. Die Frucht seines Lebens sollte es werden. Valeria hatte ihn manchmal damit geneckt, dass das Konvolut wachsen und wachsen würde, bis er es nicht mehr mit sich schleppen könnte, und dass er sich wohl auf eine Veröffentlichung in mehreren Bänden und unter verschiedenen Namen würde einlassen müssen. Er hatte dann stets die Stirn gerunzelt und sich erstaunlich bekümmert gezeigt darüber, endlos Erfahrungen sammeln zu dürfen, und sie hatte gelächelt, weil er noch immer vom Lebenskreis eines Menschen ausging und nur in diesen Zeitmaßen dachte.

Noch einmal schlug sie jetzt das Büchlein auf, betrachtete die vertraute Handschrift und las hier und da einen Absatz. An den Stellen, an denen Alessandro um einen Ausdruck für seine neuen Empfindungen rang, hielt sie besonders lange inne. Als sie zu der Seite kam, die er ihrer gemeinsamen Nacht widmete, rollte eine Träne über ihre Wange. Energisch wischte sie sie fort.

«Du dachtest, du wüsstest alles über mich», murmelte sie bitter, die Geste aber, mit der sie abschließend über das Leder strich, war nicht ohne Zärtlichkeit. Einen Moment zögerte Valeria. «Leb wohl, Alessandro», flüsterte sie dann und vernichtete das Buch mit derselben methodischen Gründlichkeit, mit der sie zuvor Antäus' Aufzeichnungen zerstört hatte.

Es war schon fast nichts mehr davon übrig geblieben, als Schritte auf der Treppe erklangen.

II.

Ascanio Sforza küsste den Ring des Papstes und erhob sich dann, um in dem Sessel Platz zu nehmen, den Julius II. ihm hatte hinschieben lassen. Nervös nestelte er an seinem Gewand herum und musterte aus den Augenwinkeln voller Anspannung das Gesicht seines Gegenübers, um einen Anhaltspunkt für den Grund dieses ungewöhnlichen Treffens zu erhalten. War da Vorwurf zu lesen, Ärger oder gar unterdrückte Freude? Unauffällig sog er die Luft ein. Roch es nach Angst oder Erregung? Aber er kam trotz seiner geschärften Sinne zu keinem Schluss. Der Papst, selbst ein gewiegter Diplomat, blickte gleichmütig über seine Schulter und schien vordringlich in den Anblick des neben ihm stehenden Modells für den riesigen Dom vertieft, der die Stelle der Petersbasilika einnehmen sollte.

Das Ornat hatte della Rovere altern lassen, fand Sforza. Nie waren die dunklen Ringe um seine Augen so schwarz gewesen. Sein früher von asketisch-scharfen Linien durchzogenes Gesicht war breiter und üppiger geworden, die Falten darin hingen tiefer, und der lange Bart, den er sich hatte stehenlassen, machte ihn einem Heiligenbild ähnlich. Und doch wird er drum nicht heiliger, dachte Sforza und lächelte grimmig in sich hinein.

Schon gab es die ersten Spottschriften auf den Papst, der sich verhielt wie ein weltlicher Fürst, ebenso prunksüchtig und kriegerisch, so machtbesessen und zügellos, und auch noch stolz darauf war. Und solange er es bleibt, werde ich an seiner Seite stehen, Sforza musste innerlich schmunzeln. Noch einmal fragte er sich besorgt, was so wichtig war, dass der Papst ihn auf diese Weise hatte rufen lassen.

Zu seinem Erstaunen scheuchte der Papst als Nächstes die Sekretäre und Bediensteten hinaus, einen nach dem anderen. Sforza verfolgte ihren langen Abgang mit wachsendem Unbehagen. Noch unangenehmer aber war ihm das Klirren der Schritte – für weniger feine Ohren kaum hörbar –, das ihm verriet, dass Gardisten vor der Tür Aufstellung nahmen. Wen sollten sie fernhalten? Vor wem fürchtete Julius II. sich?

Schließlich hielt er es nicht mehr aus. Noch ehe der Papst das Wort ergreifen konnte, neigte sich Sforza in seinem Sitz vor. «Gibt es Neuigkeiten aus Frankreich?», fragte er in verschwörerischem Ton und hoffte, das Beben in seiner Stimme würde dadurch zur Genüge entschuldigt. Er griff zu der Erklärung, auf die er am meisten hoffte: «Dieser Borgia? Ist er ...?»

Julius II. schüttelte den Kopf. Er sagte kein Wort. Doch hob er nach einigen Augenblicken einen Brief hoch. Blinzelnd versuchte Sforza, das Siegel zu erkennen.

«Von unserem Beobachter in Neapel?», fragte er mit wachsender Ratlosigkeit. Nervös zupfte er an den Spitzenärmeln seines Hemdes.

«Nein.» Es war das erste Wort, das der Papst sprach. «Von Eurer eigenen Kongregation, mein Lieber.»

Nun verstand Sforza überhaupt nichts mehr. Was konnte die Kongregation ohne sein Wissen vorzubringen haben? Rasch ging er im Kopf die jüngsten Fälle durch. Und blieb bald an einem bestimmten hängen: der Werwolf, der durch seine eigenen Kugeln gestorben war! Deutlich erinnerte er sich der irritierten Gesichter seiner Untergebenen, als er mit Tränen in den Augen die Stätte verlassen hatte.

«Falls es um den Angeklagten geht, den ich persönlich verhört habe ...», begann er. Seine Besorgnis hielt sich in Grenzen, hatte er sich doch bereits eine Erklärung für den Tod des Söldners zurechtgelegt. Sforza war sich sicher, dass Julius II. sie akzeptieren würde. Zwar mochte sein Vorgehen durchaus ungewöhnlich gewesen sein: Er hatte das Urteil nicht abgewartet und selbst quasi Hand angelegt. Aber wer wollte ihm einen Strick daraus drehen? Was sollte irgendjemandem das Schicksal eines namenlosen Soldaten auch bedeuten? «Ich musste vom üblichen Prozedere abweichen», hob er erneut an. Aber Julius II. winkte ab.

«Nein, es geht um Euch selber, fürchte ich.»

«Wie?» Sforza lächelte verständnislos. «Um mich?»

Julius II. seufzte demonstrativ und fuhr dann fort: «Dieser Brief mit einer Anzeige ist heute Morgen bei der Kongregation abgegeben worden.» Er machte eine Pause. «Mit einer Anzeige gegen Euch.»

«Gegen mich?» Sforza fuhr von seinem Stuhl auf. Sein Herz schlug wie eine Trommel, und ihm schien, es müsste in allen Fluren zu hören sein und die Wachen alarmieren. «Aber das ist ja lächerlich.»

Wieder seufzte der Papst. «Ich wünschte, es verhielte sich so», sagte er, «aber Eure Beamten versichern mir, dass es nicht so ist.»

«Unfug!», grollte Sforza, auf dessen Stirn sich Schweißtropfen zu bilden begannen. Er richtete sich zu seiner vollen Größe auf und schickte Julius einen seiner imposanten Blicke. «Nichts als Neid und Intrigen kleiner Schergen, und Ihr wisst das.»

Julius II. wiegte den Kopf. «In der Tat gab es auch in der jüngsten Vergangenheit schon ein paar kleine Beschwerden, was das betrifft. Die hohen Rechnungen für Silber beispielsweise. Eine Überprüfung Eurer Abrechnungen allerdings hat ergeben, dass Ihr nichts für Euch behalten habt.»

Sforza schnaubte. «Ihr überwacht mich also heimlich?»

«Ich bin nun mal dazu verpflichtet, Vorwürfen nachzugehen, Ascanio.» Die vertrauliche Anrede erschreckte Sforza mehr als alles bislang. «Die Politik, die ich betreibe, ist ein heikles Geschäft. Und ich kann mir keine Schwächen leisten. Noch ist der Vatikan nicht groß genug, um schwache Verbündete zu schützen. Er braucht starke Freunde.»

«Dann haltet mich stark.» Die Worte waren Sforza herausgerutscht, ehe er darüber nachgedacht hatte. «Ihr werdet Mailand brauchen.» Dann besann er sich. Hatte er das nötig? Er war kein Bittsteller. Und wenn er jetzt schon zu bitten begann, glich das nicht auf fatale Weise einem Schuldeingeständnis?

Er räusperte sich und tat einen energischen Schritt auf den Papst zu. «Ich verlange zu erfahren, was mir vorgeworfen wird!», sagte er bemüht würdevoll. «So unsinnig es auch sein mag.»

Julius II. lächelte und strich sich über den Bart. Dann neigte er sich über den Brief und tat, als überflöge er ihn.

«Die Kongregation hat ein Schreiben erhalten, das Euch bezichtigt, eine mit dem Teufel im Bunde stehende Kreatur zu sein», begann er schließlich. «Dafür werden Beweise vorgelegt, die die Kongregation Euch zu entkräften auffordert. Und zwar noch heute Abend.»

«Heute ... Abend?» Sforza konnte nicht anders, als zu stottern. An diesem Abend zu erscheinen war ihm unmöglich. Der Schweiß brach ihm aus bei diesem Gedanken. Er musste erreichen, die Anhörung zu verschieben, unbedingt.

Die Möglichkeit musste es doch geben! Wichtige Termine, dringende Familienangelegenheiten, das Recht auf eine angemessene Verteidigung, Beweise, die von außerhalb erbracht werden mussten ...

Ascanio Sforza überlegte fieberhaft, was er vorschieben könnte. Dann, mit einem Mal, traf ihn die Erkenntnis: Die Wahl des Zeitpunkts war kein Zufall. Wer immer ihn verklagt hatte, wusste Bescheid. Mit einem Schlag wurde ihm eisig kalt. Wen, überlegte er, wen habe ich übersehen?

«Das Schreiben behauptet, Ihr würdet Euch sicher weigern, zu diesem Termin zu erscheinen.» Die Stimme des Papstes drang wie von sehr weit fort an sein Ohr. «Und das, heißt es ferner, wäre ein weiterer Beleg für Eure Schuld.»

Unwillkürlich schaute Sforza zum Fenster hinüber. Ein helles, unschuldiges Viereck Taghimmel stand darin. Der Papst war seinem Blick gefolgt, nun hob er auffordernd die Brauen.

Sforza war, als schnüre es ihm den Hals zu. «Mailand ...» Das war alles, was er herausbrachte.

«Ach ja, Mailand.» Der Papst verzog den Mund zu einem gequälten Lächeln, das seine Augen nicht erreichte. Schwarz und funkelnd lagen sie in ihren tiefen Höhlen. «Ich habe bereits an den Herzog, Euren Bruder, geschrieben. Er wird Verständnis zeigen, denke ich.» Er neigte sich vor und setzte hinzu: «Genau wie ich braucht auch Mailand die richtigen Verbündeten. Beweist mir, dass Ihr das seid, und Euch soll nichts geschehen. Aber wenn Ihr heute Abend Schwäche zeigt ...»

«Feigling!» Sforza bereute das Wort, sobald es ihm herausgerutscht war. Doch zu seinem eigenen Erstaunen schien der Papst nicht erzürnt. Aber sein Blick wurde hart.

«Ich bin kein Feigling», sagte er leise. «Wahrhaftig, für das, was ich vorhabe, würde ich sogar mit dem Leibhaftigen paktieren.» Er lehnte sich zurück und blickte Sforza an, als prüfe er, ob dieser seinen hohen Ansprüchen zu genügen vermöge. Dann fuhr er fort: «Aber ich werde nicht dulden, dass man dabei mit dem Finger auf mich weist, versteht Ihr?»

«Wenn wir ... Wenn Ihr ...» Sforza überlegte. Auf seiner Stirn bildeten sich weitere Schweißtropfen. «Wenn Ihr mir nur diesen Termin vom Leibe halten würdet!», stieß er schließlich zwischen zusammengebissenen Zähnen hervor. «Ich werde jede Probe erbringen, die Ihr wünscht.»

Julius II. auf seinem Thron rührte sich nicht. Er betrachtete seinen Berater wie ein interessantes Artefakt.

«Nein», sagte er schließlich, und es klang endgültig. Er schüttelte den Kopf. «Es ist schon zu weit gediehen, jemand weiß zu viel.» Nachdenklich blickte er auf den Brief. Dann hob er die Hand, um Sforza den Ring zum Kuss hinzustrecken, das Zeichen, dass die Audienz beendet war. Mitten in der Bewegung aber besann er sich und zog seine Hand zurück, als widerstrebe ihm die Berührung. «Sorgt dafür, dass nicht der Schatten eines Zweifels auf Euch haftenbleibt», bemerkte er statt eines Abschiedes, «denn seid versichert, falls dies nicht gelingt, habe ich die Mittel in der Hand, Euch zu vernichten.»

Sforza schloss die Augen. «Selbstverständlich werde ich erscheinen», würgte er hervor. Aber in seinem Inneren machte sich Verzweiflung breit.

Wie ein Geschlagener wankte er schließlich aus dem Vatikan hinaus. Tausend Fragen tobten hinter seiner Stirn. Er hatte keinen Blick mehr für den strahlenden Tag. Taub und blind taumelte er über den Platz vor der Basilika San Pietro, die dieser Tage nach dem Willen des Papstes abgerissen wurde, um einem Dom Platz zu machen, so gewaltig, wie die Christenheit noch keinen gesehen hatte. Der Lärm der Baustelle, das Krachen von Stein und die Rufe der Arbeiter mischten sich in das Chaos, das in Sforzas Kopf tobte. Ihm schwindelte.

Als plötzlich vor ihm Kalk aufstob, erschrak er nicht einmal. Und dass die Schreie der Männer auf den Baugerüsten ihm galten, begriff er erst, als einer der Arbeiter ihn am Arm packte und von einem großen Brocken fortzog, der wie aus dem Boden gewachsen mit einem Mal vor seinen Füßen lag.

«Seht euch den an!», hörte er es von der Seite schallen. «Der muss ja viel gebetet haben.»

Verwirrt blinzelnd blickte Sforza sich um. «Der Brief», murmelte er. «Von wem ist dieser Brief? Ich muss das in Erfahrung bringen. Sofort.»

«Ganz, wie Ihr meint, Herr», erwiderte der Arbeiter, der ihm in der Hoffnung auf ein Trinkgeld das Gewand ausgeklopft hatte. Doch nun machte er sich eilig davon, wobei er den anderen mit einer Geste andeutete, dass der ehrwürdige Kardinal wohl einen Vogel hätte.

Sforza ging ein paar Schritte weiter und setzte sich auf die Stufen vor der schon halb abgerissenen Fassade. Wie war das möglich? Und was hatte der Papst bloß damit gemeint, er besäße die Mittel, ihn zu vernichten.

«In meiner Hand ...», wiederholte er laut und starrte auf seine eigene rechte, die er hilflos in der Luft öffnete und wieder schloss. Was konnte der Papst schon in der Hand haben, was ihn gefährden würde? Er hatte doch alle Spuren gut verwischt, oder? Wen hatte er ... Varese! Es fiel ihm im selben Moment ein. Jemand musste ihn vor ihm gefunden haben! Wäre es dieser Teufel, dem er bald gegenübertreten müsste?

Sforza ballte die Hand und hieb sich damit auf den Schenkel. «Verdammt!», rief er aus. «Ich hätte die Suche nicht aufgeben dürfen. Ich hätte ihn zur Strecke bringen müssen.» Verwundert gingen einige Nonnen an dem Geistlichen vorbei und bekreuzigten sich. «Oh, ich wusste, dieser Varese würde noch einmal mein Untergang sein.» Sforza knirschte mit den Zähnen vor Wut. Er ertrug es nicht, Fehler zu machen. Er verachtete Versager und vom Unglück Verfolgte. Und es gab keine Entschuldigung für seinen eigenen Misserfolg. Oh, wie sehr er sich selbst hasste in diesem Augenblick!

Plötzlich kam wieder Leben in ihn, und er sprang auf. Noch war er da! Noch hatte er seine Männer, seine Verbindungen, seine Konten. Aber was sollte er tun in der wenigen Zeit, die ihm verblieb? Misstrauisch blickte er hoch zur Sonne, die eben den Zenit erreichte und den Maurern und Arbeitern hinter ihm den Schweiß auf die Körper trieb.

Bedächtig schlug Ascanio Sforza den Weg zu seinem Palazzo ein. Dort war er vorerst sicher, dort liefen alle Fäden zusammen. Aber wenn er an diesem Abend im Vatikan nicht erschien, wären alle Mauern und Tore, alle Privilegien und Namen nichts mehr wert. Er wusste das. Und es erfüllte ihn mit Grauen. Niemals, nicht einmal auf dem höchsten Punkt der Alpen, als sein Unterfangen in Eis und Schnee zu scheitern drohte und neben ihm reihenweise die Männer starben, hatte er sich nackter und einsamer gefühlt.

Roms Sonne wärmte ihn nicht mehr, als er heimwärts ging. Das brausende Leben der Gassen brandete an ihm ab. An ihm und an dem Verfolger, der ihn nicht aus den Augen ließ. Seine Schritte gingen unter im Getrappel der vielen Füße. Und Sforza, der allein sie hätte heraushören können, war in Gedanken und bemerkte sie nicht.

12.

Jordanus blieb in der Tür stehen und starrte die Frau an, die über das Feuer geneigt in der Küche stand. Wie durch einen Schleier erfasste er das Durcheinander auf dem Tisch, das zerstörte Kästchen, die fehlenden Papiere. Doch klar erkennen konnte er nur ihre Augen, die so grün waren wie die Blätter der Palmenwedel auf dem Wandbild seiner Klosterkirche, mit denen die Gläubigen den Einzug Jesu Christi in Jerusalem bejubelten. Für einen Moment sah Jordanus auch die Palmengärten in dem fernen Land, er spürte den Sand unter seinen Zehen, durch den die Karawanen geschritten waren, und er hörte die trägen Töne einer fremden Flöte in der Mittagshitze. Dann schrumpfte all dies zu Asche zusammen, wie seine Kirche.

«Ihr seid seine Gefährtin», sagte er. Er hatte keinen Zweifel.

Valeria zeigte ihre Zähne in einem blendenden Lächeln. Der Mann roch nach Furcht, er stank geradezu danach. Wie er sie anstarrte und dabei seinen Korb umklammert hielt, aus dem die halbwelken Stängel irgendeines Grünzeugs ragten. Valeria sah all das und begriff.

«Er hat es dir gesagt.» Ihre Stimme war freundlich und sanft. Sie umrundete den Tisch und ging langsam auf Jordanus zu.

Der machte einen, zwei, drei Schritte rückwärts in Richtung der Tür. «Was ...? Ich ... nein ...», stotterte er, ohne sie aus den Augen zu lassen.

Katzengleich glitt sie auf ihn zu. Sie ist ein Raubtier, dachte Jordanus, ein wunderschönes, atemberaubendes Raubtier. Und sie wird mich töten.

«Dieser arme, liebe, dumme Junge hat dir alles gesagt.» Valerias Stimme girrte, als spräche sie zu einem Kind oder einem verwundeten Tier. Dann plötzlich knallten ihre Worte wie ein Peitschenhieb. «Wer bist du?»

Jordanus zuckte zusammen. Sie kam noch näher und brachte ihr Gesicht ganz dicht an seines. Jordanus schloss die Augen, während sie mit bebenden Nasenflügeln hörbar die Luft einsog, um seinen Geruch wahrzunehmen. Ihm war, als berühre sie ihn, und voller Entsetzen spürte er, dass trotz seiner Angst sein Geschlecht zu reagieren begann. Stumm und voller Scham betete er, dass diese beunruhigende Frau es nicht bemerken möge.

«Du stinkst nach Weihrauch.» Die Verachtung in ihrer Stimme kühlte ihn ab. Er öffnete die Augen und schaute in ihr Gesicht. «Er hat sich in deine Haut gefressen, auch wenn es lange her ist. Was bist du? Ein entlaufener Priester? Ein abtrünniges Mönchlein?» Sie hielt inne und überlegte. «Etwa aus dem Kloster mit der Wolfsfigur?» Als sie bemerkte, wie er zurückzuckte, runzelte sie die Stirn. «Also ist doch einer entkommen», stellte sie fest. Ihr Blick wanderte zurück zu dem Kästchen auf dem Tisch. «Und mit ihm das Geheimnis, das Alessandro dort vermutet hat. Und er hatte recht: Dieses Kloster verstand etwas von Werwölfen.» Sie begann, auf und ab zu gehen, während sie fieberhaft nachdachte.

Jordanus' Beine bebten. Er war außerstande, fortzulaufen; dieses Wesen hielt ihn vollkommen in seinem Bann. Nur aus den Augenwinkeln wagte er es, nach dem Kästchen zu schielen, das sie nun in ihren Händen wendete. Dabei schüttelte er mechanisch zu allem, was sie murmelte, den Kopf. Als sie die hölzerne Schatulle mit einem Knall auf den Tisch schlug, zuckte er heftig zusammen.

«Wo ist es?», herrschte sie ihn an. Die Sanftheit aus ihrer Stimme war vollkommen verschwunden.

«Ich weiß es nicht, ich ... weiß nicht, was Ihr meint», verbesserte Jordanus sich rasch. Wieder kam sie näher. Ängstlich umklammerte er seinen Korb und hob ihn wie einen Schild vor die Brust.

«Du hast es ihm gegeben, nicht wahr? Das ...» Sie spuckte das Wort förmlich aus. «Das Rezept.»

Jordanus öffnete den Mund, um zu widersprechen, dann überlegte er es sich anders. Zitternd richtete er sich ein wenig auf. «Ja», bekannte er. Seine Stimme klang nicht so fest, wie er gehofft hatte.

Valeria lächelte bitter und hob die Hand, als wollte sie ihm tröstend über die Wange streichen. Doch ihre Finger krümmten sich zur Klaue. Sie wandte sich ab. «Und?», fragte sie höhnisch. «War er – begeistert?»

Jordanus spürte ihre Verletztheit instinktiv und fasste sich ein wenig mehr. «Er dankte seinem Schöpfer», sagte er sehr würdevoll. «So wie alle Wesen es tun werden, die er damit retten will.»

«Hahhh!» Mit einem Fauchen fuhr Valeria herum. Ihre Haare peitschten dicht an seinem Gesicht vorbei. Einen Moment lang funkelte sie ihn an. Dann hielt sie inne.

«Retten ...», murmelte sie nachdenklich. Mit einem Mal wurde ihre Stimme wieder ganz weich. «Wen will er damit ... retten?» Das letzte Wort kam ihr hohntriefend über die Lippen.

Jordanus sah den Zweifel in ihren Augen und fasste Mut. «Er will nicht nur jemanden retten, er hat es schon getan», begann er, wurde aber von einem Aufschrei Valerias unterbrochen. Und ehe er reagieren konnte, spürte er bereits einen harten Schlag auf die Brust. Seinen Korb festhaltend, stolperte er rückwärts und krachte schmerzhaft gegen die Wand, schaffte es aber, aufrecht stehen zu bleiben. Verwirrt starrte er die schlanke junge Frau an, die ihm reglos gegenüberstand. Von ihr konnte diese Gewalt doch unmöglich ausgegangen sein!

Valeria strich sich die Haare aus dem Gesicht und zügelte ihren Atem. «Wen?», wiederholte sie.

«Maria», stotterte Jordanus, «die Tochter des ...»

Valerias schrilles Lachen unterbrach ihn. Verdutzt sah er, wie die Frau sich mit beiden Händen den Kopf hielt und lachte und weinte zugleich. Dann beruhigte sie sich schweratmend. «Die kleine Maria also, das Unschuldslamm von gegenüber, das ihn stets so angehimmelt hat. Hat er es also endlich doch gewagt, ihr näherzutreten.»

«Er hat mit keiner Geste ...» Jordanus empörte sich. Mit geröteten Wangen trat er einen Schritt vor. «Nichts Unschickliches ...»

Valeria schnitt ihm mit einer Geste das Wort ab. «Unschickliches!» Sie lachte böse. «Was wisst ihr schon davon, ihr Pfaffen.» Sie fuhr herum und starrte ihm ins Gesicht. «Ihr glaubt, ihr wisst alles. Ihr glaubt, dass ihr alles versteht. Aber lasst es euch gesagt sein: Es gibt Dinge zwischen Mann und Frau, die ihr niemals begreifen werdet. Niemals!», setzte sie laut hinzu und lächelte befriedigt, als er zurückzuckte. «Und schon gar nicht könnt ihr begreifen, was zwischen zwei Menschen geschieht bei diesem Biss.» Ihre Augen glühten so stark, dass Jordanus den Blick abwenden musste.

Valeria schwieg einen Moment, ehe sie von ihm abließ.

«Seltsam eigentlich», fügte sie in einem gelasseneren Ton hinzu, «wo ihr doch bei jeder Messe das Blut eures Gottes trinkt.» Sie trat von ihm fort und stellte sich ans Fenster.

Woran mochte sie denken? Oder was mochte sie dort sehen? Jordanus wusste es nicht zu erraten. Erschöpft von der Auseinandersetzung schwieg auch er.

Plötzlich fragte Valeria, noch immer im selben unverbindlichen Ton, in die Stille hinein: «Er hat es noch nicht genommen, oder?»

Jordanus zögerte mit der Antwort. Dann besann er sich und reckte das Kinn, um ihr ein trotziges, triumphierendes «Doch» entgegenzuschleudern. Aber das Wort blieb ihm im Hals stecken, als er ihr Gesicht sah. Es war unmöglich, sie zu belügen. Sie war stärker als er. In der Tat lächelte Valeria bereits triumphierend.

«Er will erst seine Mission beenden», gab Jordanus zu, gekränkt von ihrer Selbstsicherheit. «Er will nur noch mehr armen Wesen die Erlösung zukommen lassen. Dann wird auch er das Mittel nehmen.» Sie schwieg noch immer. «Er hat es versprochen.» Jordanus verfluchte sich selbst, dass er sich angesichts der strahlenden Stärke, die von dieser Frau ausging, wie ein jammerndes Kind vorkam. Tief holte er Luft, um hinzuzufügen: «Er hat es mir aufs Kreuz geschworen.»

«Was ist ein solcher Eid schon wert vor der Ewigkeit?», murmelte Valeria, mehr zu sich selbst.

«Wie?» Jordanus kniff die Augen zusammen.

«Armer kleiner Mönch.» Sie neigte den Kopf. «Hast so vieles gesehen und doch nichts verstanden.» Eine Gänsehaut überlief Jordanus, als sie wieder einige Schritte auf ihn zu tat. Er sah den hellen Schimmer ihrer Haut, er roch den Duft, der aus ihren Haaren stieg, spürte sogar ihre Wärme, die durch die Luft des Raumes gegen ihn prallte wie hohe Wellen. Wieder spürte er, wie sein Körper gegen seinen Willen auf sie reagierte. Und er wusste, dass ihr nichts davon verborgen blieb.

Als sie leise lachte, schloss er vor Scham erneut die Augen. «Aber du glaubst ihm, nicht wahr?», hörte er sie dicht an seinem Ohr flüstern.

«Er hat es mir geschworen.» Eine Träne stahl sich unter Jordanus' Lidern hervor. Er biss sich auf die Lippen. Dies war unwürdig, begehrte es in ihm auf. Mit bebenden Fingern schlug er mit der freien Rechten ein Kreuzzeichen und flüchtete sich ins stumme Gebet. Vater unser, flehte er innerlich, der du bist im Himmel ...

«Aber er wird es nicht halten.» Ihre Stimme war nur noch ein Flüstern. «Du weißt nicht, wie das ist.»

«Doch!», begehrte er in einem Aufschrei auf. «Doch, wird er wohl! Er hat sich ganz in meine Hand begeben.» Wie ein Dammbruch kam es jetzt über ihn. Nun war es endlich an ihm, triumphierend zu klingen. «Er hat mir alles anvertraut, hört Ihr, alles! Ja! An Euch denkt er nur mehr als jemanden, den man retten muss. Und damit ich ihm vertrauen kann, hat er sich mir selbst zum Pfand gegeben. Mir, nur mir! Und er hat gesagt, ich solle die Kräuter kaufen, die nötig sind, um noch mehr von dem Trank herzustellen. Und dann wollen wir ...»

Jordanus hielt inne, als er ihre Miene sah, die jetzt völlig entrückt wirkte. Einen Moment lang war er nicht sicher, was für ein Wesen er vor sich hatte, ob Mann, ob Weib, ob Tier oder einen düsteren Engel der Hölle. Doch ehe er den Mund öffnen konnte, um zu schreien, war alles wieder wie zuvor. Jordanus schluckte und bekreuzigte sich erneut.

Aber Valeria schien schon nicht mehr an ihn zu denken. «Er hat sich ganz in deine Hand begeben ...», wiederholte sie nachdenklich seine Worte. Dann lachte sie auf. «Der arme, liebe Narr. Er hat sich einsperren lassen, nicht wahr?

Damit du ihm traust? So sehr erschreckt hat dich das Ganze, Mönch?»

«Was? Wieso? Ich ...», stotterte Jordanus.

«Oh, ich sehe es förmlich vor mir. Mein braver Alessandro, wie er dir die Kerkerschlüssel überreicht. Hah!» Sie klatschte in die Hände. Dann fuhr sie herum. «Wo?»

Jordanus zuckte zusammen. Dennoch stieß er tapfer hervor: «Das werdet Ihr von mir niemals erfahren.»

«Das brauche ich auch gar nicht.» Valeria hatte ihre gute Laune wiedergewonnen. «Ich kann mir gut vorstellen, wo er ist. Er sitzt in dem Raum hinter seiner Praxis, nicht wahr? Diesem Kerker, den er sich gebaut hat, um sich bei Vollmond darin zu verkriechen.» Sie spuckte beinahe aus vor Wut. «Und dir hat er den Schlüssel überreicht, als Unterpfand. Ja, und jetzt hockt er dort und braut sein Tränklein, derweil du die weiteren Zutaten besorgst. Lass sehen!»

Ehe er es verhindern konnte, hatte Valeria nach seinem Korb gegriffen und ihn an sich gerissen. Die Kräuter flogen heraus, wobei sie eine schwache Spur ihres Duftes abgaben. Dazwischen folgte etwas Schweres und klirrte geräuschvoll zu Boden.

Mit befriedigendem Lächeln bückte Valeria sich danach.

«Nein!» Jordanus stürzte vor, landete bäuchlings auf den Dielen und nahm rasch den Schlüssel an sich. Hastig rollte er sich ab und kam wieder auf die Knie.

«Vergeblich, Mönch.» Valerias Tritt erwischte ihn an der Schulter und warf ihn gegen den Tisch, der krachend zusammenbrach. Schützend hob Jordanus die Hände über den Kopf, als das Holz auf ihn niederprasselte. Dann erinnerte er sich des Schlüssels, zog ihn vor die Brust und rollte sich wie ein Embryo zusammen. Valeria stemmte die Tischplatte beiseite. «Gib ihn mir!», verlangte sie mit ausgestreckter Hand.

Jordanus schüttelte den Kopf. Er rappelte sich zum Sitzen hoch und rutschte rückwärts von ihr fort. Die freie Hand tastete umher nach einem Schlupfloch, einem Ausweg. Es musste ein Entkommen geben, wie damals, als er seinen Häschern im Keller des Klosters entwischt war. Doch da war nur die Wand. Jordanus tastete weiter zwischen den Trümmern im Zimmer umher.

Valeria machte einen Schritt auf ihn zu.

Jordanus' Hände kriegten etwas zu fassen. Er sprang auf und stieß einen Schrei aus wie noch nie in seinem Leben. Er hatte nicht geahnt, dass diese Kraft in seiner Brust, in seinen Lungen saß. Erneut atmete er tief ein. Trunken von der Luft, die ihn ausfüllte, holte er aus und schlug zu. Über dem Lärm seiner eigenen Stimme hörte er nah und überdeutlich das Knacken von Knochen. Er sah, wie Valeria zur Seite geschleudert wurde und hinfiel. Und sah das Tischbein in seiner Hand, von dem Blut tropfte. Und dann nahm er auch die kleine Lache wahr, die sich lautlos und verstohlen auf dem Boden ausbreitete. Noch immer konnte er nicht aufhören zu schreien. Erst als er zu ersticken drohte, verstummte er endlich. Würgend und keuchend stand Jordanus da.

O mein Gott, dachte er und starrte auf die zusammengekrümmte Gestalt, die vor ihm lag. Sie sah aus wie ein schlafendes Kind. Doch unter ihrem Haar hervor sickerte Blut; es floss in den kleinen roten See. «Ich habe sie umgebracht ...», stammelte er. «Ich habe eine Frau ermordet.» Er starrte auf seine Hände, die noch immer die improvisierte Keule hielten. Woher war die Kraft gekommen, mit der er sie geschwungen hatte? Diese unwiderstehliche Entschlossenheit, damit auf einen anderen Menschen loszugehen? Einen Schädel einzuschlagen mit aller Macht, nicht nur um zu verwunden, sondern um zu töten? Er wusste es wohl, die Wut war aus seinem Begehren entstanden. Er war sich selbst verlorengegangen. Bebend sank Jordanus in die Knie.

«Herr, vergib mir», stammelte er und bekreuzigte sich mit zitternden Fingern. «Ich bin nicht besser als sie. Ich habe gesündigt, ich ...» Er schloss die Augen und betete inbrünstig. Schluchzer würgten ihn, und er schlug sich immer wieder an die Brust. Sich wiegend wie eine Witwe am Bett ihres Mannes, lag er in dem zerstörten Zimmer auf den Knien und wimmerte.

Es dauerte eine ganze Weile, ehe er tief Atem holte und es wagte, die Augen wieder zu öffnen, um sich seiner Tat zu stellen. Im selben Moment jedoch hielt er die Luft an. Eben noch hatte er die kleine rote Schlange aus Blut unter Valerias Nacken hervorfließen und wachsen sehen, doch nun versiegte der kleine Quell mit einem Mal, und alles stand still.

Jordanus starrte auf die Stelle, ohne zu begreifen, doch schüttelte ihn ein ahnungsvolles Grauen. Als Valerias geschlossene Lider zu zucken begannen, sprang er mit einem entsetzten Schrei auf.

Aber er stolperte, fiel auf die Knie und entdeckte schließlich den Schlüssel, der unter ihrer erschlafften rechten Hand lag. Einen Moment zögerte Jordanus, er leckte sich die trockenen, aufgesprungenen Lippen. Dann haschte der danach, blitzschnell, mit einem leisen Schrei des Ekels. Fuhr sie auf? Langte sie nach ihm? Würde sie ihre Krallen nach ihm ausstrecken?

Jordanus glaubte ihren Griff zu spüren. Seine Hand brannte. Er erstarrte. Doch Valeria rührte sich nicht, sie lag da wie zuvor. Er war ein Narr, ein Gefangener seiner Gewissensbisse, die ihn den Rest seines Lebens verfolgen würden.

Heftig atmend stand der alte Gärtner auf. Was blieb zu tun? Er hatte einen Auftrag, und er würde damit fortfahren. Mit müden Bewegungen hob er seinen leeren Korb auf. Ein letzter Blick verriet ihm, dass die Kräuter verloren waren. Er schlug das Kreuz über Valerias Körper, zögerte ein letztes Mal und stürzte dann wie ein fliehendes Wild hinaus.

13.

Alessandro Varese rüttelte an dem Stein. Doch der Erdboden schien ihn nicht hergeben zu wollen. Tausend Wurzeln umrankten ihn und hielten ihn fest, sosehr er auch zog und seine Finger bluteten. Da endlich spürte er ein Nachgeben, als seine Kräfte fast schon am Ende waren, seine Fingerspitzen taub und seine Arme ein einziges Brennen. Er hörte das ächzende Krachen, mit dem der Brocken sich aus der Erde löste. Mit einem Ächzen stemmte er ihn auf seine Schultern. Er roch gut, nach Feuchtigkeit, Fruchtbarkeit und Salz, anders als der kalte Rauch, der in der Luft lag.

Mit seiner Last wankte Alessandro zurück zu dem Ort, an dem er Virgilio gelassen hatte. Die entstellte Fratze des alten Priesters, in der nur mehr die Augen lebendig wirkten, blickte ihm entgegen und versuchte sich in einem Lächeln. Alessandro schauderte. Als er dicht neben dem Mann stand, blickte er auf ihn hinab wie aus großer Höhe. Sein Begleiter nickte leicht, erwartungsvoll.

Alessandro schloss die Augen. «Ich kann es nicht», murmelte er.

«Dein Versprechen.» Mehr brachte Virgilio nicht mehr heraus.

Alessandro presste Lippen und Lider zusammen. Eine Träne löste sich und fiel auf Virgilios Stirn. Sie dachten es beide im selben Moment: Dies war seine Letzte Ölung.

Mit einem verzweifelten Schrei stemmte Alessandro den Stein noch einmal hoch und ließ ihn dann mit voller Wucht hinabkrachen. Virgilios Arme und Beine zuckten einmal und entspannten sich dann. Alessandro starrte die Glieder an. Er blickte nicht dorthin, wo der Kopf des Priesters gewesen war; er rollte den Stein nicht fort, wollte es nicht sehen. Eine Weile hockte er dort und wippte vor und zurück, vor und zurück wie ein Kind, das in sein Spiel vertieft ist und die Welt um sich herum vergessen hat.

«Geh mit Gott», murmelte er immer wieder. «Geh mit Gott. Geh mit Gott.» Aber statt ihn zu beruhigen, verstärkten die Worte seine Unruhe nur, eine Unruhe, die in ihm wuchs und aufbrach, bis er mit einem Schrei aufsprang und losrannte hinein in den Wald. Er lief, so schnell er konnte, bis seine Lungen brannten und seine Augen tränten. Er brach durch das Unterholz, wurde von Zweigen gepeitscht, stolperte und fiel und hörte nicht auf zu rennen. Noch ein Schritt, noch einer und noch einer ...

Mit einem Ächzen fuhr Alessandro hoch. Neben ihm brannte ruhig das gelbe Licht der Lampe. Ringsum nichts als glatte, saubere Holzwände und sein Lager mit der Decke – es war ein Traum gewesen. Dennoch wollte sein Herz nicht langsamer schlagen, und auf seiner Stirn stand der Schweiß. Alessandro wischte sich über das Gesicht und versicherte sich, dass die Phiole mit dem Rest des Medikamentes noch an ihrem Platz lag. Er nahm sie in die Hand und ließ den Inhalt im warmen Licht aufschimmern. Ob die Albträume aufhören würden, wenn er erst einen Schluck genommen hatte?

«Geh mit Gott, Virgilio», wiederholte er seine Beschwörungsformel. «Ich hätte dir dies hier gerne gegeben. Und ich weiß, du hättest es genommen und mit Freuden deine Seele gerettet.» Er hielt inne und kämpfte mit seinen Gefühlen. «Aber ich glaube, ein Gott, der den Unterschied in ein paar Tropfen Kräutersaft sieht und nicht im Geist, der einen Körper erfüllt, wäre kein gerechter Gott.» Rasch bekreuzigte er sich für den ketzerischen Gedanken und schwang die Beine auf den Boden. Er hatte versucht zu schlafen, bis Jordanus wiederkehren würde, aber er fühlte sich zerschlagener als am Morgen. Wie spät es sein mochte?

Er trat in die Ecke des Raumes, wo eine Ritze im Gemäuer es ihm erlaubte, einen Blick auf den Himmel zu werfen. Zwischen bröckelndem Putz erahnte er einen Streifen hellen Blaus und seufzte beruhigt. Es war noch Tag. Da hörte er auch schon Schritte.

Erleichtert lief Alessandro zur Tür. «Jordanus!», rief er und schlug einmal mit der flachen Hand gegen das Holz. «Jordanus, bist du zurück?»

Zu seiner Überraschung antwortete ihm eine Frauenstimme. «Nein, ich bin es, Maria.»

Alessandro prallte zurück. «Maria?», fragte er ungläubig. Nach einer Weile fügte er hinzu: «Was willst du hier?»

Auf der anderen Seite blieb es still. Alessandro legte das Ohr gegen das Holz und glaubte, ein Schluchzen zu hören. «Ich ... Ich weiß es nicht», vernahm er schließlich. «Es ist alles so ...» Wieder verstummte sie.

Alessandro biss sich auf die Lippen. «Maria», sagte er dann, «Maria, geh nach Hause. Es wird alles gut. Du bist gesund.»

«Das sagt Mama auch. Arrrgh!» Es war ein Aufschrei. «Aber sie hat nicht gesehen, was ich gesehen habe, und sie fühlt nicht, was ich fühle.» Maria brach ab. «Dottore», begann sie dann schüchtern, «wollt Ihr nicht herauskommen? Bitte.»

Alessandro schlug mit dem Kopf gegen das Holz. Das hatte ihm noch gefehlt. Nun würde er erklären müssen und erklären und erklären.

«Es geht nicht, Maria», begann er mit mühsam bezähmter Ungeduld. «Ich bin eingesperrt. Siehst du das Schloss am Riegel? Aber mach dir keine Sorgen», fuhr er rasch fort, um ihren Fragen zuvorzukommen, «es hat alles seine Ordnung, es ist nur ...» Er wurde unterbrochen vom Klacken eines Schlüssels. Dann hörte er, wie draußen der Riegel beiseitegeschoben wurde, und beeilte sich, seinerseits die auf der Innenseite angebrachten Riegel und Sperren zu lösen, mit denen er sich in Mondnächten vor der Welt verbarrikadierte. Als die Tür aufschwang, stand Maria blass und mit verweinten Augen vor ihm. Sie hielt einen Schlüssel hoch.

«Den hat Euer Freund verloren, als er die Treppe runterkam», sagte sie. «Beinahe umgerannt hätte er uns. Ich hab ihn aufgehoben, ohne mir was dabei zu denken.»

Zerstreut strich Alessandro ihr über den Scheitel. «Du bist ein gutes Kind, Maria.» Er bemerkte nicht, wie ihr Gesicht erglühte. Seine Gedanken arbeiteten fieberhaft. «Mein Freund, weißt du, wo er hin ist?»

Sie schüttelte den Kopf. «Nein, er war zu schnell fort, als dass wir ihn hätten fragen können. Und in Eure Wohnung trauten wir uns danach nicht mehr.» Sie verstummte, in Erinnerung an die Szene. «Meine Mutter hat Euch einen Schinken eingepackt.»

Alessandro war an die Ladentür seiner Praxis getreten und blickte die Gasse hinauf und hinab. Von Jordanus war keine Spur zu sehen. Verdammt! Er hatte eine vage Idee, was den Mönch in seiner Wohnung so erschreckt haben könnte. Aber falls er auf Valeria gestoßen war, was war geschehen? Hatten sie miteinander gesprochen? Hatte der alte Gärtner etwas verraten? Und hatte sie ihn – Alessandro wagte kaum, daran zu denken – verwandelt?

Er hieb mit der Faust auf den Türrahmen. Er saß hier fest! Wenn er fortging, um Valeria zu befragen, würden er und Jordanus sich womöglich verpassen. Und wenn Jordanus ihn hier nicht vorfand und die Türe offen war, würde der Mönch jedes Vertrauen zu ihm verlieren. Alessandro fluchte leise.

Maria war hinter ihn getreten und legte ihm schüchtern die Hand auf den Arm. «Dottore», versuchte sie es erneut. «Ich hatte einen seltsamen Traum.»

Alessandro fuhr sich durch die Haare. «Das vergeht, Maria, glaub mir, das vergeht.»

«Ich weiß aber gar nicht, ob ich will, dass es vergeht.»

Zum ersten Mal wurde Alessandro aus seinen eigenen Sorgen gerissen. Er löste den Blick von der Straße und starrte das Mädchen an, als sähe er es zum ersten Mal. Sie senkte die Lider, aber nur für einen Moment. In ihren Augen sah er dann die Bilder der Nacht aufzucken wie in einem fernen Spiegel ... Erschrocken fuhr er ihr mit der Hand übers Gesicht. «Es sind nur Träume, Maria. Du darfst nicht mehr daran denken. Geh in die Kirche.»

«Das habe ich getan», antwortete sie jammernd. «Ich ging nach San Cosmedin und betete am Seitenaltar vor der Heiligen Jungfrau.» Ihre Stimme wurde ein Flüstern. «Aber sie trug einen Hundekopf.»

Alessandro stöhnte. Jordanus, dachte er, wo bist du? Und was hat Valeria vor? Maria zog an seinem Ärmel. «Hervé!» Es war das erste Mal, dass sie seinen – vermeintlichen – Vornamen benutzte. «Was war das, was so süß durch meine Glieder strömte, wie ein Strom von Honig und doch so wunderbar? Ich habe so etwas noch nie zuvor gespürt.»

Er schüttelte den Kopf. Aber sie insistierte. «Was ist das, dass ich nun durch die Welt gehe und das Gefühl habe, ich blicke auf eine grobbemalte Leinwand und das eigentliche Leben stecke erst dahinter?»

«Maria!» Er stöhnte.

«Und warum denke ich, da gibt es mehr zu sehen, mehr zu riechen, mehr zu schmecken, ganz nahe, nur einen Lidschlag entfernt, wenn ich mich nur rasch genug umdrehe, nur schnell genug die Luft einatme, die Zunge nur ein wenig fester gegen den Gaumen presse. Aber ich verfehle es jedes Mal. Und etwas in mir weint, Hervé.»

«Maria ...» Endlich wandte er sich ihr zu. «Es tut mir leid», sagte er und nahm ihre Hände. «Aber du wirst es niemals mehr spüren. Und danke Gott dafür», setzte er nach kurzem Überlegen hinzu.

Nun war es an ihr, den Kopf zu schütteln. «Ich weiß nicht, ob ich das kann.»

«Denk an den Schmerz», schlug Alessandro ihr knapp vor, denn im gleichen Moment glaubte er, Jordanus erspäht zu haben. Schon neigte er sich vor und hob den Arm, um zu winken. Im Kopf legte er sich bereits die Entschuldigungen dafür zurecht, dass er nicht mehr eingesperrt war.

«Was ist Schmerz?» Maria zuckte mit den Schultern. «Schmerz hat mich mein Leben lang begleitet. Aber dies ...»

Es war nicht Jordanus. Mit einem Fluch wandte Alessandro sich nach drinnen. Er überflog die Tiegel und Töpfe, die kalte Feuerstelle, die Futterale mit seinen Instrumenten. Es war schon nach Mittag. Selbst wenn Jordanus jetzt noch kam, würden sie keine neue Menge des Elixiers vor dem Abend herstellen können. Er griff sich an die Brust und spürte erleichtert das Knistern des dort verborgenen Rezeptes. Und was, wenn Valeria Wind von der Sache bekommen hatte? Wenn sie es war, vor der Jordanus so kopflos flüchtete?

Ohne auf Marias Redeschwall zu achten, ging Alessandro zurück in sein Verlies und nahm die Phiole. Nachdenklich betrachtete er die Menge, die zurückgeblieben war. Maria war ihm nachgekommen und musterte den seltsamen Raum mit den aufwendigen Riegeln an der Innenseite.

«Was ist das hier?», fragte sie und ging herum wie eine Schlafwandlerin, die Mauern mit den Händen streichelnd.

«Das zu wissen bleibt dir erspart», beschied Alessandro sie knapp. Sein Entschluss stand fest: Er würde den Palazzo Sforza aufsuchen. Falls alles in Gefahr war, blieb das vordringlichste Ziel, Sforza unschädlich zu machen. Von Erlösung sprach er in dem Fall des Kardinals nicht. Alessandro gab sich nur ungern Rechenschaft darüber, warum das so war. Er rechtfertigte sich damit, dass Sforza der einflussreichste seiner Artgenossen war, die größte Gefahr für die Menschen wie für diejenigen, die in seine Fänge als Inquisitor gerieten. Er war es, der seine Macht am meisten missbrauchte. Sein Umgang mit Alessandro, sein Vernichtungszug gegen Ascolte, sein Eifer bei der Durchsetzung seiner persönlichen Interessen, all dies hatte gezeigt, wie skrupellos er sein konnte. Schon als Mensch war er ein Monster, sagte Alessandro sich, als Werwolf aber ein Sakrileg.

Aber so wahr das alles sein mochte, so wusste Alessandro doch im Grunde, was ihn eigentlich zu Sforza trieb: Er sollte Valeria nicht mehr haben. Allein der Gedanke, dass sie die letzte Nacht bei ihm gewesen sein mochte, quälte Alessandro mehr, als er sagen konnte. Nein, es war Sforza, den er aufsuchen würde. Entschlossen packte er die Phiole ein und griff nach seinem Umhang mit der Kapuze.

«Wo wollt Ihr hin?», fragte Maria verstört.

«Ich muss los.» Alessandro schenkte ihr ein unverbindliches Lächeln und drängte an ihr vorbei.

«Ich komme mit Euch.» Maria hielt ihn am Arm fest.

«Das geht nicht», fertigte Alessandro sie ab und packte ihr Handgelenk. Sie ließ sich jedoch nicht abschütteln. Und er fragte sich mit leiser Besorgnis, wie lange es dauern würde, bis das Mittel in ihrem Körper die letzten Reste des Wolfes aus ihr vertrieben haben würde.

«Bitte», flüsterte Maria.

Er lächelte gezwungen. «Na gut, ein Stück kannst du mich begleiten. Ich muss auf die andere Seite des Tiber, der Spaziergang wird dir guttun.» Er bemühte sich, wie ein Arzt zu klingen. Dabei dachte er, und schämte sich zugleich dafür, dass er mit ihr am Arm auch noch wesentlich harmloser aussehen mochte für alle, die in Sforzas Nähe nach Alessandro, dem Mönch, Ausschau hielten. «Aber nur bis zum Tor, in Ordnung?»

14.

Es ging hoch her in dem kleinen Ausschank an der Via Cacchiatore. Obwohl Mittag lange vorüber war, trugen die Schankkräfte noch immer Schüsseln voller Grütze und Platten mit billigem Fleisch herum. Viele Arbeiter und Handwerker verkehrten hier, seit der Papst begonnen hatte, die Heilige Stadt umzubauen zu einem Abbild seiner Herrschaft. Auch die Wachen aus den nahen Palazzi stillten hier ihren Hunger. Im ersten Stock wurde in einer Reihe enger Kammern ebenso fleißig ausgeschenkt wie drunten in der Stube. Hier kamen alle die zusammen, die ihre Mittagspause nicht alleine auf einer Liege verbringen wollten. Von Zeit zu Zeit hörte man ein Kreischen von oben und eifrige Schritte, die die Treppe herunterpolterten und vom lauten Gejauchze der Wartenden in der Schankstube begrüßt wurden.

Die Kleine, die den Weinkrug zu dem seltsamen Gast in der Nische gebracht hatte, drückte sich verschüchtert wieder heraus. «Sein Essen kann ihm bringen, wer will», verkündete sie angewidert und verzog das Gesicht. «Er stinkt wie ein Haufen faules Fleisch.»

Die Wirtin zog sie an ihren Zöpfen. «Du tischst ihm

auf, oder du kannst nach oben gehen. Alt genug bist du mit zwölf Jahren.»

«Ja», rief einer der Stammgäste begeistert und prostete ihr mit seinem Holzbecher zu. «Ich warte schon lange auf dich, Elisetta.»

Das Mädchen erschrak heftig, streckte dem Mann jedoch die Zunge heraus und verschwand in der Küche.

«Geh», keifte die Wirtin den Gast an. «Als ob wir ihre Jungfräulichkeit an einen wie dich verschwenden würden. Da wird einer kräftig für zahlen!» Sie machte eine vielsagende Geste mit den Fingern, bis ein Ruf aus der Nische sie unterbrach.

«Elisetta», kreischte die Wirtin. «Ich hab dir doch gesagt, du sollst auftischen.»

Der Gast brummelte etwas Unverständliches, als die junge Bedienung wieder an seinen Tisch trat und mit so großem Abstand wie nur möglich die Platte mit den Schweinespießen zu ihm hinschob. Dann lachte er, langte herüber und zog Elisetta mit einer Bewegung an sich. Ihr Kreischen wurde erstickt von dem Kuss, den der Fremde ihr gegen ihren Widerstand aufzwang. Fast verschwand sie dabei unter dem Schatten seines breitkrempigen schwarzen Hutes, den er auch im Inneren der Schankstube nicht abgesetzt hatte. Sein dreckiges Lachen folgte ihr, als sie schreiend flüchtete.

«Ah, gut so.» Innocento wischte sich den Mund und prüfte den Sitz seines Hutes. Er trug ihn tief in die Stirn gezogen, da die Spuren seiner Krankheit bereits begonnen hatten, sich von den Schläfen auszubreiten und sein Gesicht mit hässlichen Wundmalen zu überziehen. Nun konnte er es sich nicht mehr leisten, seine schönen Locken zur Schau zu stellen. Und auch seine einstmals so gepflegten Hände verhüllte er stets mit Handschuhen. Er langte in seinen Beutel und warf eine großzügige Handvoll Kupfermünzen auf den

Tisch. Niemand sollte sagen, dass er sich lumpen ließe, niemand, nicht einmal die Huren. Auch wenn es immer mehr kostete, ihre Abscheu zu überwinden. Auf dem Landgut, auf das della Rovere ihn verbannt hatte – damals, nachdem er aus dem Wasser gezogen worden war und wider alle Erwartungen doch überlebt hatte –, auf diesem Landgut gab es keine mehr, die nicht vor ihm geflüchtet wäre. Und als er es einer dieser schreienden Mägde dann doch einmal besorgt hatte, tobte ihr Mann, dieser Bauer, und hätte ihn beinahe erschlagen, ehe die Wachen eingriffen und ihn ins sichere Haus zerrten. Ins Herrenhaus hatten sie sich dann doch nicht gewagt, diese Sklavenseelen! Allerdings, was war das für eine jämmerliche Hütte gewesen!

Wie ein hochgeschätzter Gast sollte er dort leben, hatte della Rovere gesagt, nachdem er ihn besucht und eingehend befragt hatte. Ein geehrter Gast, umsorgt und verwöhnt, ein Gast, dem es an nichts fehlen sollte. Aber was war er gewesen? Ein Gefangener war er, nichts weniger! Und gefehlt hatte es ihm an allem, was ihm lieb und teuer war: an Weibern, an Gefährten, am vergnüglichen Leben in Roms Schenken ... Ah, wie hatte er das alles vermisst!

Noch einmal nahm er einen tiefen Schluck. Sogar der Gestank des Tiber in den Sommermonaten hatte begonnen, ihm zu fehlen, ihm, der anfangs geglaubt hatte, er würde den Geruch nach Fisch und Schlingpflanzen nie mehr aus seiner Nase bekommen.

«Da zieht er mich aus dem Wasser, nur um mich anschließend lebendig zu begraben», brummelte Innocento und hob seinen Becher, um ihn sich von der Wirtin persönlich füllen zu lassen, die eilfertig herbeiwieselte. Na bitte! Hier gab es wenigstens keine Diener, die sein Essen bemaßen, niemand, der ihn tadelnd anblickte und ihm seine Verachtung zu verstehen gab. Hier war er der Herr, zu dem er berufen war, jawohl! Er war Sohn eines Papstes und nun Günstling eines Papstes.

Als Kardinal della Rovere zum ersten Mal in seinem Refugium aufgetaucht war, hatte Innocento Piccolomini sich noch gratuliert. Kaum war der eine Gönner gestorben, schon tauchte der nächste auf, und auch der schien es nicht unter einem Papsttitel machen zu wollen. Allerdings hatte Innocento ihm in seiner ersten Wut und Verwirrung vielleicht ein wenig zu viel erzählt, ja, das konnte sein. «Ich war eben zu offenherzig», beschwerte Innocento sich bei niemand Bestimmtem, da er alleine trank. «Ich hätte jedes einzelne Wort teuer verkaufen sollen, für jeden Satz einen Ring, ein Juwel verlangen.»

Aber immerhin schien sein neuer Förderer so interessiert an dem, was er über die letzten Minuten von Pius III. zu erzählen hatte, dass er ihm dafür eine lebenslängliche Apanage in Aussicht stellte. Er brauchte nur alles, was der Sekretär mitgeschrieben hatte, zu beglaubigen und zu unterschreiben, hieß es, dann hätte er für sein Leben ausgesorgt.

«Auf einem armseligen Bauernhof in der Campagna!», rief er empört. Innocento grölte seinen Trinkspruch so laut, dass einige der Handwerker an den anderen Tischen aufschauten, ehe sie sich kopfschüttelnd wieder ihren Schüsseln widmeten.

Für einen Moment lehnte Innocento sich zurück und schlug den Kragen seines Umhanges hoch. Er war nicht bei Nacht und Nebel geflüchtet und hatte zwei Männer erwürgt, um sich nun in einer heruntergekommenen Schankstube fangen zu lassen, nicht, bevor er das Leben nicht ausreichend gekostet hatte.

Als der Bote gekommen war, um sich nach seiner Gesundheit zu erkundigen – der erste nach all den Monaten! –, da war er hellhörig geworden. Della Rovere fragte nach ihm?

Der Kardinal brauchte ihn also, das hatte Innocento mit sicherem Instinkt erkannt. Und wer gebraucht wurde, der konnte auch Forderungen stellen. Wenn er jetzt aus seinem Gefängnis ausbräche, wie er es sich schon lange vorgenommen hatte, wäre er nicht mehr bloß ein mittelloser Flüchtling, ein Schicksal, vor dem er bislang zurückgeschreckt war, sondern er könnte seinen Preis in die Höhe treiben. Mit diesem Gedanken war Innocento ans Werk gegangen. Er hatte die ahnungslosen Wachen aus dem Weg geräumt, alle Münzen zusammengerafft, die er finden konnte, und ein Pferd gestohlen, das er die ganze Nacht angetrieben hatte, bis es an einem Weiler kurz vor Rom zusammenbrach. Den Rest war er zu Fuß gegangen. An seinem ersten Morgen in Rom war er zunächst noch vor dem Vatikan herumgeschlichen, ohne eine klare Idee. Doch dass er als Erstes auf diesen Sforza stieß, bleich wie ein Stück Käse, das hatte seinen Verdacht bestätigt: Sein Wissen war kostbar, irgendetwas ging hier vor, wusste der Teufel, was, es war ihm egal. Aber es würde ihm, Innocento Piccolomini, zum Vorteil gereichen.

Ja, er würde dem Papst zur Verfügung stehen. Aber zu seinen Bedingungen. Und die, Innocento lachte, würden horrend sein. Erst einmal aber wollte er das Leben genießen.

«He, Wirtin!», rief er angeregt. «Wie steht's jetzt mit ein wenig Süßspeise? Haha ...» Da erblickte er über ihre Schulter hinweg einen Mann und erstarrte.

Die Kupplerin bemerkte seine Reaktion nicht; sie nickte nur und verschwand in der Küche, wo Elisetta, in Tränen aufgelöst und inmitten ihrer aufgeregt tuschelnden Genossinnen, auf einem Schemel hockte. Die Kleine hob den Kopf, als ihre Herrin eintrat.

«Was soll das Getue?», fragte die Wirtin und kam näher. Sie klatschte in die Hände. «Er will ein Mädchen, los, los.»

Eine nach der anderen schüttelte zögernd den Kopf und

suchte sich unsichtbar zu machen. «Was ist das, was redet ihr hier, Elisetta!» Die Wirtin packte sie grob.

«Er hat keine Nase, ich schwör's bei meiner Seele!» Die Kleine jammerte auf wie ein Tier. Ein Raunen ging durch die Versammlung. Die Wirtin ließ ihr Opfer los.

«Er hat keine Nase ...», wimmerte Elisetta und wischte sich zum wiederholten Male den Mund. «Wo sie sein sollte, ist nichts als ein Loch, das Fleisch wie erstarrter Brei. Und er stinkt.» Sie hielt mit weitaufgerissenen Augen inne. «Wie der Leibhaftige.»

Ein paar der Umstehenden bekreuzigten sich. Die Wirtin überlegte.

«Holt Vanozza», beschied sie dann. «Die treibt es mit jedem für ein gutes Essen und etwas Wein, wenn sie nüchtern genug ist. Falls sie nicht ansprechbar ist, steck ihren Kopf in einen Eimer Wasser.»

«Vanozza, genau, die soll es machen», erklang es im Chor.

Erleichterung machte sich hinter der Wirtin breit, als sie hinaustrat, um dem Gast die gute Nachricht zu überbringen, dass ein Mädchen für ihn gefunden war. Aber auf halbem Weg zu der Nische hielt sie inne. Der Fremde war fort.

15.

Kardinal Sforza lehnte sich in seinem Sessel zurück und hielt inne. Stunden hektischer Aktivität lagen hinter ihm. Er hatte diverse Wechsel ausgeschrieben, Briefe diktiert und alles getan, um sein Vermögen nach Mailand zu transferieren. Denn Mailand war sein Ziel, dort war seine Familie, seine Heimat. Er teilte nicht die Ansicht Julius' II., dass sein Bruder sich pragmatisch verhalten würde. Er wusste es besser, denn sie waren die Söhne des gleichen Vaters, sie hatten ihr Blut füreinander vergossen. In Mailand würde er sicher sein.

Dann hatte er, bei der Sichtung seiner wertvolleren Schätze, bemerkt, dass ein paar kostbare Ringe abhandengekommen waren. Als er seinen Haushofmeister deswegen zur Rede stellen wollte, musste er feststellen, dass auch dieser Mann nicht mehr da war, ebenso wie der Koch, der Kommandant der Wache und einige der Mägde. «Schlechte Nachrichten reisen schnell», hatte er zwischen zusammengebissenen Zähnen gemurmelt und angespannt nach dem Sekretär ausgeschaut, den er mit seinen Papieren zu den Geldhändlern geschickt hatte. Erst als dieser wiederkam, atmete Sforza auf. Aber sofort packte ihn die nächste Angst: Was, wenn der Papst recht hatte? Was, wenn seine Familie ihn nicht aufnahm? Sein Bruder war zwar sein Bruder, aber auch ein strenggläubiger Mann mit engen Ansichten. Wie würde er auf die Gerüchte reagieren? «Wenn es nur Gerüchte wären, verdammt!»

Sforza hieb mit der Faust auf den Tisch, wo er seinen Schmuck und die leichter transportablen Wertgegenstände versammelt hatte. Lange hatte er in Vorstellungen geschwelgt, wie er seinen Gegnern gegenübertreten würde, wie er seine Verleumder mit donnernder Rede in Grund und Boden stampfen, jeden Verdacht von sich weisen und die Existenzen seiner Ankläger mit einer Sottise, einer einzigen, frechen Bemerkung vernichten würde. Aber im Laufe des Nachmittages war er müde geworden. Und mit dem allmählichen Untergehen der Sonne sank auch sein Elan. Er hatte nicht mehr die Energie, sich etwas vorzumachen: Er konnte an diesem Abend nicht im Vatikan erscheinen. Es gab keinen Weg. Keine Macht der Welt konnte die *transformatio* verhindern, die ihm bevorstand.

Bis zu diesem Tag hatte Ascanio Sforza nie Grund gehabt, das zu bedauern. Heute bedauerte er es unendlich. Vierundzwanzig Stunden, sagte er sich und wütete stumm im Inneren. Lächerliche vierundzwanzig Stunden. Was waren sie angesichts der Ewigkeit? Aber seine Existenz könnten sie vernichten. Zuerst hatte er sich vorgenommen, die Sache auszusitzen, sich einfach in seinem Palast zu verschanzen oder auf einen seiner Landsitze auszuweichen, bis der Zeitpunkt verstrichen war, und sich dann der Anhörung zu stellen. Aber im Grunde wusste er, dass das unmöglich war. Nicht nur barg es die Gefahr, dass man ihn danach einen weiteren Mond lang festhalten würde, um ihn dann erneut der Probe zu unterziehen. Sondern es war auch zweifelhaft, ob er überhaupt noch die Autorität hatte, eine solche Belagerung auszurichten. Schon jetzt liefen ihm ja die Untergebenen davon. Schließlich hatte er von dem wahnwitzigen Gedanken Abstand genommen. Niemand konnte ihm die Gewähr geben, dass am Abend nicht eine Drohung oder ein rasch den Besitzer wechselnder Beutel mit Münzen ausreichte, die Tore seiner kleinen Festung zu öffnen, um ihn auszuliefern. Und dann wäre seine Schande für die ganze Welt offenbar. Nein, er durfte bei Einbruch der Dunkelheit nicht mehr in Rom sein. Er musste es halten wie all die Monate zuvor und mit der Abenddämmerung vor die Tore der Stadt treten.

Nach der ersten Verwandlung hatte er es stets so gehalten, hatte sich unerkannt und in einfachen Kleidern auf den Weg gemacht, war mit den letzten Reisenden aus Rom herausgewandert, hatte die Wagen an sich vorbeifahren lassen, die Bauern in ihre Dörfer heimkehren sehen und sich, wenn es still wurde auf den alten Zufahrtswegen, zwischen die steinernen Grabmale am Wegrand gesetzt, die verwitterten Reliefs und das im Abendwind zitternde Gras betrachtet und auf den Aufgang des Mondes gewartet, einsam, erwartungsvoll, glücklich. Doch so würde es heute Nacht nicht sein.

Er würde die Stadt verlassen, um morgen nicht wiederzukehren. Mit diesem Vorsatz hatte er zu packen begonnen. Diese Entscheidung bedeutete viel für den stolzen Kardinal. Es hieß, sein Amt, seine Titel und seine Beziehungen zurückzulassen. Es bedeutete, seinen guten Namen aufzugeben. Aber am Ende tröstete er sich damit, dass schon andere große Männer darauf hatten verzichten müssen, für eine Weile jedenfalls. Denn es gab nichts, was ein entschlossener Mann sich nicht zurückerobern konnte. Und hatte er nicht alle Zeit der Welt?

Der Kardinal lachte so laut auf, dass die Diener, die draußen in den Gängen umhereilten, erschrocken wieder an ihre

Arbeit liefen. Dann, mit einem Mal, verstummte der Kardinal. Er durfte keine Beweise zurücklassen.

Das Erste, was ihm einfiel, war jenes Buch unter seinem Kissen, von dem er sich nicht mehr trennen mochte. Er lief zu seinem Lager, noch unschlüssig, ob er es mit sich nehmen oder besser verbrennen sollte. Noch hatte er keine Entscheidung gefällt, als er mitten in der Bewegung erstarrte: Das Buch war fort. Vareses Aufzeichnungen waren verschwunden!

Sforza wurde mit einem Schlag heiß, Schweiß trat ihm auf die Stirn, während er heftig und mit wachsender Ungeduld Kissen um Kissen zu Boden warf, die Decken hinterher und die Laken. Er zog und zerrte alles vom Bett, so rücksichtslos, dass die feine Seide riss und Federn zu fliegen begannen. Am Ende sah es aus, als wäre ein wilder Hund in einen Hühnerhof eingebrochen. Selbst die Matratze lag auf dem Boden, doch es blieb dabei: Das rote Büchlein war fort.

‹Ich habe etwas gegen Euch in der Hand ...›, hallte es in Sforzas Kopf. War es das? Konnte der Papst jenes Buch gemeint haben? Nein, beruhigte er sich dann, und wenn schon, es erwähnt meinen Namen nicht. Und was wäre natürlicher, als dass ein Inquisitor sich über sein Fachgebiet informierte? Allenfalls der Fundort sprach gegen ihn. Und Sforza wäre nicht der Erste, der über den Besitz einer verbotenen Schrift stolperte. Verwirrt hielt er inne. Er kam zu keinem Schluss. Aber dass etwas verschwinden konnte aus seinen Räumen, aus seinem Bett sogar, das jagte ihm Furcht ein.

Und mit der Furcht kroch ein zweiter Gedanke in ihm hoch. Es gab einen weiteren Beweis, klarer, verfänglicher und grässlicher als jener. Er hätte ihn niemals unter sein Dach lassen dürfen. Und nun musste er fort.

Mit einem Fluch auf den Lippen öffnete der Kardinal die Tür zu seinem Schlafgemach. Er musste den Schlüssel zweimal umdrehen.

«Was glotzt ihr so?», brüllte er die Pagen an, die unschlüssig im Gang gewartet hatten und ihm nun die Köpfe zuwandten. Er wedelte mit den Armen. «Raus, alle raus! Verräterisches Pack. Ohne euch bin ich besser dran. Raus, habe ich gesagt.» Mit jedem Schritt scheuchte er die Männer vor sich her. Erst als er sich allein glaubte, wandte er sich der kleinen hölzernen Treppe im Seitenflügel zu und schritt die Stufen hinauf bis unter das Dach. Vor jener kleinen Pforte, die seit einem Jahr niemand mehr geöffnet hatte, blieb er stehen und atmete tief durch. Er konnte es riechen, selbst durch die Eichenbalken hindurch, und er erbebte. Hastig schlug er das Kreuzzeichen. Seine bleichen Lippen bewegten sich. Und zum ersten Mal seit seinen Kindertagen betete der Kardinal Sforza mit echter Inbrunst.

«Und?», fragte Maria, als Alessandro zurückkam, «habt Ihr in dem Lokal etwas Wichtiges erfahren, Dottore?» Sie rümpfte ein wenig ihre kleine Nase, um ihre Meinung über die Wirtsstube kundzutun, in der er zu verkehren schien. Alessandro nahm sie am Arm und zog sie mit sich in die Straße, in der Sforzas Palazzo stand. Ihm war es vor allem darum gegangen, festzustellen, ob unter den Wachen jemand war, der ihn von früher kannte. Daher war er einem der Männer vom Tor dorthin nachgegangen, hatte zu seiner Erleichterung in der Wirtschaft aber kein bekanntes Gesicht entdeckt. Somit bestand wohl kaum die Gefahr, dass jemand ihn schon kurz hinter der Schwelle erkannte, dachte er und hatte daher beschlossen, wie ein einfacher Besucher dort zu klopfen.

«Nein», beantwortete er nur knapp Marias Frage, da er keine seiner Überlegungen mit ihr erörtern konnte. «Hör mal», wandte er sich dann der Kleinen zu. «Ich habe hier drinnen etwas zu erledigen, und ich möchte ...»

«Hier?», unterbrach ihn Maria und starrte die prachtvolle

Fassade hinauf. «Einer Eurer Patienten?» Ihre Stimme klang andächtig, aber nach einem Moment des Staunens fügte sie hinzu: «Das Haus macht mir Angst. Darin ist etwas Ungutes.»

«Ja, ein Patient.» Alessandro bemühte sich, freundlich zu klingen. «Und du verstehst, dass ich dich nicht mitnehmen kann, nicht wahr?»

«Ich werde warten.» Ihre Antwort kam prompt.

Alessandro seufzte. «Etwa hier?», fragte er mit einem bemüht spöttischen Unterton und hob eine seiner Brauen. «So nahe bei diesem Anwesen, das dir so viel Angst macht?»

Maria schüttelte den Kopf. «Ich werde genau hier warten», sagte sie und trat einen Schritt zwischen zwei Säulen, die den Seitenflügel des Palazzo schmückten. Ein Baugerüst schirmte die Stelle vor Blicken von der Straße ab. «Wenn mich jemand fragt, sage ich, ich warte auf den Dottore Lupone.»

«Das tu du nur.» Alessandro lachte bitter. Andererseits, dachte er, was konnte es schaden? Sollte sie doch warten; es gab schlimmere Dinge, die sie in ihrem verwirrten Zustand tun konnte. Er überlegte kurz, dann nahm er seinen Mantel ab und legte ihn in ihre Hände. «Bewahr das für mich auf», sagte er, und nach einem Moment fügte er hinzu: «Und falls ich in einer Stunde nicht zurück bin, dann geh nach Hause und bleib dort, ja?»

Sie machte ein besorgtes Gesicht. «Und Ihr kommt dann nach?», fragte sie ängstlich.

Er lächelte und strich ihr übers Haar. «Ich muss doch meinen Mantel wiederholen.»

Tapfer erwiderte sie sein Lächeln. Dennoch hob sie die Hand, als er sich schon abgewandt hatte, und winkte ihm nach, bis sie ihn nicht mehr sehen konnte. Sie seufzte. Nun war er in dem riesigen Haus verschwunden. Maria drückte ihr Gesicht in den Mantel, als brächte das seine schützende

Anwesenheit zurück. Der Stoff roch überwältigend nach ihm, und ohne weiter darüber nachzudenken, zog Maria sich das Kleidungsstück über. Sie schlug die Kapuze über ihren Kopf und kuschelte sich ganz hinein. So konnte sie sich beinahe fühlen, als läge sie in seinen Armen. Und ihr war, als wäre sie für den Rest der Welt unsichtbar, geborgen bei ihm, bei Dottore Hervé Lupone. Deshalb sah sie auch den Stoß nicht kommen, der sie gegen die Wand schmetterte. Mit einem Seufzer verlor sie das Bewusstsein und sank zu Boden.

16.

Alessandro straffte sich, als er auf den Eingang des Palazzo zuschritt. Im Geist ging er die kleine Ansprache nochmal durch, die er den Wächtern halten wollte, damit sie ihn einließen. Für den nicht unwahrscheinlichen Fall, dass man ihn abweisen würde, ließ er seinen Blick über die Fassade schweifen, um einen Weg zu entdecken, der ihm das heimliche Eindringen ermöglichte. Einmal an dem großen Eingangsportal angekommen allerdings sah er, dass das Tor offen stand. Kein Wachposten war weit und breit zu sehen. Niemand behütete die schattige Tordurchfahrt, die den Ausblick auf einen marmorgepflasterten Innenhof freigab, in dem sich einige Palmen im Wind wiegten. Wasser plätscherte in eine Brunnenschale, Vögel zwitscherten. Der Patio schien friedlich. Nur manchmal drangen leise Stimmen und rasches Stiefelklappern von den Galerien herab.

Alessandro hob den Kopf und roch die Erregung, die dort oben in den Räumen herrschte, auch wenn ihm der Grund unklar war. Er zögerte einzutreten.

«Hallo?», rief er und tat den ersten, vorsichtigen Schritt. Da wurden seine Arme nach hinten gerissen und er selbst mit einem Stoß gegen die Wand des Durchganges gepresst. Er spürte den heißen Atem eines Mannes in seinem Nacken. «Was habt Ihr vor?», keuchte der Angreifer heiser. «Sagt es mir!»

«Ich wollte nur ...» Noch ehe Alessandro sein Anliegen vortragen konnte, fühlte er, wie sich der Griff plötzlich lockerte. Er wurde wieder losgelassen und wandte sich um.

«Jordanus!», rief er erstaunt. Er wollte die Hände heben, doch es gelang ihm nicht. Etwas hielt sie unerbittlich fest und bohrte sich, als er daran zog, mit einem Schmerz in seine Haut, der kaum zu ertragen war. Ihm war, als schmölze das Fleisch von seinen Knochen.

Jordanus bebte am ganzen Körper. «Das ist Silber», stieß er keuchend hervor. «Silber, Alessandro.»

Der junge Gelehrte biss die Zähne zusammen. «Das spüre ich», brachte er heraus. Dann blinzelte er den Schweiß fort, der ihm in die Augen tropfte. «Was soll das, Jordanus? Ich dachte, wir arbeiten zusammen?»

«Erklärt Ihr es mir», stieß der Mönch hervor und trat einen weiteren Schritt zurück, bis er an die gegenüberliegende Wand stieß. Seine bebenden Finger tasteten an dem Mauerwerk nach Halt. «Ihr wolltet auf mich warten. Stattdessen finde ich die Türe geöffnet und Euch verschwunden!»

«Das war Maria.» Alessandro suchte eine Position, in der der Schmerz erträglich war. «Sie fand den Schlüssel auf den Stufen unseres Hauses, nachdem Ihr von dort wie ein Wilder geflüchtet wart. So drückte sie es aus. Ich wusste nicht, was geschehen war, ich wusste nur, etwas war passiert. Und ich wollte es nicht hinter geschlossenen Türen abwarten. Ich wusste ja nicht einmal, ob Ihr ...» Er hielt inne.

Jordanus schüttelte bleich den Kopf. «Ich bin noch ich», sagte er.

«Dachte ich mir schon», gab Alessandro zurück und

erlaubte sich ein Stöhnen wegen der Silberkette um seinen Händen. Dann hob er wieder den Kopf. «Ich wollte ohne Euch tun, was wir besprochen hatten, ich wollte den Kardinal aufsuchen, ihn zuerst. Dafür hätte das Mittel auf jeden Fall gereicht.»

«Ihr habt es bei Euch?» Jordanus trat einen Schritt vor. Er folgte Alessandros Blick und tastete dessen Gewand ab, bis er die Phiole spürte.

«Glaubt Ihr mir jetzt?» Alessandro versuchte ein Lächeln. «He, was habt Ihr überhaupt getrieben in all der Zeit?»

Jordanus wurde bleich wie ein Toter. Er dachte an Alessandros Heim und das, was er dort zurückgelassen hatte. Er dachte an sein Kloster, das es nicht mehr gab, und wie sehr er es bedauerte, nicht mit den anderen unter den Trümmern begraben zu liegen. Dann hätte er vieles nicht erfahren, das er gerne wieder vergessen würde. Dann hätte er vieles nicht getan, was er jetzt nicht einmal zu beichten wagte. Er hätte im Tod seinen Frieden gefunden, den er nun niemals wiedererlangen würde, wie auch immer er sich entschied. «Ich habe die Kräuter gekauft und mehr von dem Trank hergestellt, als wir ausgemacht hatten.» Seine Stimme war kaum zu verstehen. «Ich tat all dies, nachdem ich bei Euch war.»

«Großartig, ganz großartig.» Noch immer bemühte Alessandro sich um gute Stimmung. «Und nun sind wir hier, Ihr und ich, Jordanus, weil wir auf derselben Seite stehen. Wir haben denselben Plan.» Auffordernd wandte er sich halb um und hielt Jordanus, so gut es ging, seine gefesselten Hände entgegen.

Der alte Gärtner presste die Lippen zusammen. «Sicher», brachte er heraus.

«Dann macht mich los.»

«Alessandro, mein Freund.»

Schritte erklangen hinten im Hof. «Beeilt Euch, Jordanus», flüsterte Alessandro heiser. «Und löst um Himmels willen die Kette. Rasch!»

Jordanus hob die Phiole erneut hoch, seine Finger bebten so sehr, dass Varese fürchtete, er könnte sie fallen lassen. «Alessandro, ich werde Euch jetzt diese Tropfen einflößen.» Jordanus' Stimme war spröde von Tränen. «Dann wird alles wie vorher sein, und Ihr werdet sie vergessen haben.»

Ungläubig lachte Varese auf. «Wovon redet Ihr?», fragte er und schaute nervös zwischen dem alten Mönch und dem Innenhof hin und her. Jemand an einem Fenster rief etwas, und die Schritte hielten für einen Moment inne. Alessandro atmete unwillkürlich auf. Dann fielen ihm Jordanus' seltsame Worte wieder ein.

Der Alte las in seinem Gesicht und nickte. «Sie hätte sich niemals verwandeln lassen, Alessandro. Sie war anders als Ihr. Ihr seid ...» Er schluckte mühsam, «Ihr gehört zu uns, trotz allem.»

Alessandro schlug vor Ungeduld mit dem Kopf nach hinten gegen die Wand. «Dann macht mich los, sage ich, Herrgott nochmal. Es geht hier nicht um Valeria und mich, begreift Ihr das nicht? Es geht ...» Da hielt er inne. «Hätte?», fragte er langsam. Das Wort hallte in der Einfahrt nach. Seine Gedanken rasten, ihm wurde schwindelig. Um wieder zu sich zu kommen, schlug er seinen Kopf noch einmal gegen die Mauer, und noch einmal, und noch einmal. Er konnte gar nicht mehr damit aufhören.

Jordanus blieb stumm. Die beiden Männer standen so dicht beieinander, dass sie das Herz des jeweils anderen schlagen fühlen konnten.

«Was habt Ihr getan?» Es war das erste Wort, das nach langer Zeit fiel.

«Sie ist ...» Jordanus' Stimme versagte. Er leckte sich

über die aufgesprungenen Lippen. «Sie wird sich niemals mehr verwandeln, Alessandro.»

Der junge Gelehrte versuchte noch immer zu begreifen. Da erblickte er über die Schulter des Mönchs einen schwarzen Umriss, der sich langsam in das helle Viereck des lichterfüllten Patios schob. Ein Ruck ging durch seinen gefesselten Körper. Hastig begann er zu sprechen. «Jordanus, bitte», flehte er eindringlich. Egal, was geschehen war, egal, was geschehen würde, er wollte jetzt nicht gefangen genommen werden. So durfte er nicht enden. «Es kann alles noch gut werden!»

Alessandros Augen wurden groß, als er zusah, wie der alte Mönch unschlüssig die Phiole hochhielt. Langsam griff er nach dem Korken, der sie verschloss.

«Jordanus, uns läuft die Zeit davon.» Alessandros Stimme war nur mehr ein heiseres Flüstern. Aus den Augenwinkeln beobachtete er die Gestalt, die langsam näher kam. Noch hatte der Mann, geblendet vom Licht des Hofes, sie nicht bemerkt. Aber es war nur eine Frage von Augenblicken. Alessandro holte ein letztes Mal Luft. «Vertraut mir, Bruder!»

Einen endlosen, atemlosen Moment starrten sie einander direkt in die Augen.

«Bastard!» Zufrieden gab Innocento der am Boden liegenden, in ihren Mantel verhedderten Gestalt noch einen festen Tritt. Er legte all seine Wut hinein und war zufrieden, als er Rippen krachen hörte. «Dieses Mal werdet Ihr mir nicht davonlaufen wie vor einem Jahr, nicht wahr?» Noch einmal trat er zu; es war ihm eine Wohltat, all die Enttäuschungen und Demütigungen der letzten Monate lagen darin. Bei ihrer letzten Begegnung hatte er für einen Moment sein günstiges Schicksal in den Händen gehalten. Damals war es ihm entglitten, und er hatte schwer dafür gebüßt. Diesmal würde er zupacken, bei Fortuna auf ihrer rastlos rollenden Kugel. Er würde das Glück erzwingen. Und alles würde gut. «Es gibt auch weit und breit keine Brücke zum Runterschubsen.»

Innocento wollte sich herabbeugen, um seinen Gegner am Kragen zu packen, geriet aber ins Taumeln. Mit der Hand nach dem Gerüst tastend, richtete er sich wieder auf und bemühte sich heftig atmend, sein Gleichgewicht und die Übelkeit, die ihn überfallen hatte, wieder in den Griff zu bekommen. Er vertrug nicht mehr so viel wie früher. Ein paar Becher Wein, ein paar rasche Schritte in der Mittagshitze, und schon war der goldene Knabe von einst, der hitzigste Kämpfer ganz Roms und Liebling der Kurtisanen außer Gefecht gesetzt. Er grinste gequält. Als wäre dieses alte Leben bereits eine halbe Ewigkeit her und er ein hinfälliger Greis!

Keuchend stand Innocento da. Er hasste sich, hasste seine Schwäche, hasste, was aus seinem Körper geworden war. Er war ein Wrack, elender, als sein Ziehvater, der alte Päderast, es am Ende seines Lebens gewesen war, und um nichts weniger ekelerregend. So hatte der Fluch, den Francesco Piccolomini über seine Kindheit geworfen hatte, ihn am Ende doch noch eingeholt.

Mit einem wütenden Fluch hieb Innocento die behandschuhte Rechte gegen seine welkenden Schenkel. Nein, er würde nicht aufgeben, noch war er am Leben, noch war es nicht zu spät.

«Ich bin jung!» Er brüllte die Worte mit in den Nacken gelegtem Kopf in den Himmel. «Ich will leben!»

«Das wollen wir doch alle, mein Freund», antwortete ein Mann und ging kopfschüttelnd vorbei, ohne die zusammengesunkene Gestalt zu Füßen des Schreihalses zu bemerken.

Innocento kam wieder zu sich. Er schickte dem Unbekannten einen lautlosen Fluch nach, erinnerte sich dann endlich seines Opfers und wandte sich um.

«Heute seid Ihr nicht so schnellfüßig», kicherte er. «Und Ihr habt keinen Kardinal, der Euch behütet. Hier gibt's nur Kalkstaub.» Er hustete und bückte sich dann, um die Kapuze zurückzuschlagen. «Wisst Ihr, dass Ihr mich damals beinahe ersäuft hättet? Häh?» Mit geballter Faust wartete er darauf, dass sein Gegner sich rührte, um ihm seinen Hass einzubläuen. Aber der rührte sich nicht.

Innocento blinzelte gegen Staub und Schweiß an, um ihm ins Gesicht blicken zu können. Und erstarrte. Vor ihm lag nicht Alessandro Varese, wie er erwartet hatte, sondern ein ihm völlig unbekanntes junges Mädchen. Mit einem Fluch fuhr er zurück.

Hatte er sich getäuscht? Hatten seine Augen ihm in der Schenke einen Streich gespielt und ihm nur gezeigt, was er hatte sehen wollen? Sie waren nicht mehr die besten, Innocento wusste es; die Welt verschwamm ihm nicht mehr nur nach ein paar Gläsern, schon des Morgens zeigte sie sich wie hinter Schleiern, und auch die Brust eines Hirsches würde er auf fünfzig Schritt verfehlen. Aber all dies konnte sich ändern, es würde sich ändern. Es lag in der Hand jenes Fremden, den er damals aus dem Vatikan heraus so verzweifelt verfolgt hatte und dessen Gesicht ihm heute mit einem Mal wie eine Offenbarung, wie eine Antwort auf all die Fragen, die ihn nach seiner planlosen Flucht überfallen hatten, in all dem Qualm und Gossenschmutz jener Schankstube erschienen war. Und darin hatte er sich nicht getäuscht: Dort war Alessandro Varese gewesen! Er, Innocento, hatte nicht geträumt! Seine Augen hatten ihm nicht übel mitgespielt! Es war derselbe verdammte Mantel gewesen! Derselbe verdammte Mensch! So er denn überhaupt ein Mensch war.

Voller Hass packte er die Kleine an den Schultern und hob sie an. «Beiß mich!», rief er und schüttelte sie rücksichtslos. «Los, tu es schon. Du kannst mich nicht täuschen. Ich weiß, dass du es bist.»

Mit einem Stöhnen öffnete das Mädchen die Augen. Es dauerte eine Weile, ehe sie zu sich kam. Und was sie sah, als sich der Schleier vor ihren Augen hob, ließ sie aufschreien. Eine Fratze neigte sich über sie, wie aus dem Fresko eines Höllensturzes. Nichts hätte verschiedener sein können vom vertrauten Gesicht des Dottore, das sie erwartet hatte. «Wer bei allen Heiligen ...»

Innocento schlug ihr heftig ins Gesicht. Nun öffnete und schloss ihr Mund sich lautlos. Angespannt studierte Innocento die verzerrten Züge dieser Gestalt. Aber es gab kein Zwinkern des Einverständnisses, nicht das leiseste Zeichen eines Erkennens. Dies hier war tatsächlich nur irgendein Backfisch. Angeekelt ließ Innocento das Mädchen fallen. «Du bist es nicht.» Wütend kickte er gegen eine der Säulen und dann gegen eine zweite. «Du bist es nicht, verdammt.»

Hilflos vor Zorn und Enttäuschung wandte er sich nach links und rechts. Schließlich zog er sein Schwert. «Aber du hättest es sein müssen!» Er wusste selbst, wie sinnlos das alles klang. Wie sinnlos es war, und es nährte die Glut in ihm noch mehr. Mit einer heftigen Bewegung holte er aus. «Und du hättest mich beißen müssen!»

«Wirklich?» Die Stimme, die das fragte, klang ruhig und ein wenig spöttisch. Sie wirkte auf Innocento wie eine kalte Dusche. Er hielt in der Bewegung inne und schaute auf. Vom untersten Brett des Gerüstes schwang sich jemand herab. Es geschah mit einer derart lässigen Eleganz, als hätte diese Person nie etwas anderes getan. Wie ein Tier, das auf Bäumen lebte, glitt die fremde Gestalt herab und stellte sich direkt vor ihn. Sie neigte ihren Kopf, um ihn eingehend zu mustern. «Und woher», fragte sie dann mit demselben milden Spott, «weiß ich, dass du das verdient hast?»

Einen Moment lang war Innocento zu verblüfft, um zu reagieren. Dann aber wurde ihm klar, wen er vor sich hatte. Es war eine Frau, und sie war keine einfache Hure und keine Kuhmagd, das erkannte er sofort, sondern ein Geschöpf, wie man es selten fand: schlank und biegsam, mit langen kupferfarbenen Haaren und einer Haut wie Sahne. Sie war das hübscheste Weib, das er je gesehen hatte.

Innocento Piccolomini ließ sein Schwert sinken und lächelte.

17.

Kardinal Sforza stemmte sich gegen den Schrank, der sich knarzend in Bewegung setzte. Er dankte seinen Werwolfkräften erneut; ein normaler Mann alleine hätte das massive Möbel keinen Handbreit von der Stelle bewegt. Doch ihm war es leichtgefallen; sein Herz schlug aus anderen Gründen schneller, und es schmerzte ihn, wenn er an sich hinabschaute: Der Staub des Dachbodens hatte seine purpurnen Strümpfe grau gefärbt, alte Spinnweben zogen sich über sein Brokatwams, und sein Gesicht wies dunkle Schmutzstriemen auf, wo er sich den Schweiß abgewischt hatte. Es schien, als sollte offenbar werden, dass er alle Würden seines bisherigen Lebens zu verlieren drohte. Aber nun war es beinahe geschafft.

Der Schrank stand unmittelbar unter einer Dachluke, die er nun mit einer langen Stange aufstieß. Hier würde der Rauch des Feuers abziehen, das er gleich zu entfachen gedachte. Er hatte bereits alte Lumpen, Möbeltrümmer und umherliegende Bretter aufgeschichtet.

Sforza drehte sich noch einmal zu dem dunklen Schrein, um tief Atem zu holen. Er streckte die Hand aus, legte sie auf das Holz, als könnte er durch die Maserung hindurch ein letztes Mal diejenige berühren, die dahinter begraben lag. Nicht, dass er sich an ihren Namen erinnerte. Sie war eine der vielen Mägde gewesen, die im Palazzo zugange waren, und er war sich nicht sicher, ob er sie nicht zuvor schon einmal in sein Bett geholt hatte, wie er es bisweilen tat, wenn eines der Mädchen ihm zum rechten Zeitpunkt über den Weg lief. Er wusste nur, diese war ihm im falschen Moment begegnet.

Sforza schloss die Augen, als er an den Schmerz jener ersten Wandlung dachte, dieses Gefühl, als brächen sämtliche Knochen, dieses Brennen in den Eingeweiden, als bohre sich etwas hindurch, um ihn zu zerfetzen, dieses Stechen und Sirren im Kopf. Er erinnerte sich an die Blindheit, Taubheit, den Schwindel und die Bodenlosigkeit, als Oben und Unten ihren Platz verloren und die Welt sich auflöste und er sich in ihr. Dann mit einem Mal hatte ihn die Flut überrollt, übermannten ihn die Geräusche, Lichter, Formen und Linien. All das strudelte plötzlich auf ihn zu und stürzte donnernd in ihn hinein wie ein Wasserfall in einen Abgrund. Und dieser Abgrund, dieses schwarze, bodenlose Loch war er selbst gewesen.

So überwältigend war es gewesen. Nichts wollte sich zu den gewohnten Umrissen sortieren, nichts sich ihm ordnen. Er war getaumelt durch einen Tanz des Chaos, trunken, überwältigt, hungrig, ja hungrig nach all dem. Er hatte vor Begierde geschrien, es in sich aufzunehmen, mehr und noch mehr wollte er, und wenn es ihn tötete. Die Leidenschaften zerrissen ihn, namenlos, riesenhaft. Dann tauchten Worte auf, Namen, Bedeutungen. Er jubelte. Er stand auf, taumelte vorwärts, schnüffelte, leckte, spürte Stein, Holz, Glas und die überwältigende Vibration von Gerüchen, Licht und Gesang. Und dann war da dieser besondere Geruch gewesen, anders und doch vertraut, der alle seine Sinne wachrief: Schweiß, Haut und endlich auch der Duft einer Frauenscham. Es traf ihn brennend, stechend, wie eine Wolke von Pfeilen.

Und Sforza hatte jeden Einschlag in seinen Sinnen gespürt. Sein Körper schrie und bebte, Funken liefen seine Nervenbahnen entlang. Ehe er nachdachte, lief und sprang er schon. Ehe er es begriff und bevor er wieder zu Bewusstsein kam, hatte er bereits seine Zähne in ihre Kehle gegraben und die Beute in sein Versteck geschleppt, wo er sich in ihrem Fleisch vergrub, mit seinem Geschlecht, mit seinen Zähnen und Klauen, sich in sie vergrabend und dabei ihr Blut schlürfend, bis ihre Zuckungen endeten. Und selbst dann noch knurrte er und wühlte und zerrte, um etwas zu erlangen, was er nicht fand.

Als es Tag wurde und Sforza erwachte, hatte er ein menschliches Herz in seinen Händen gehalten. Er hatte es mit beiden Händen umklammert und sein Ohr daran gepresst. Geronnenes Blut hing in dicken Klumpen an seinem Gesicht und seinen Haaren. Entsetzt hatte er sich aufgerichtet und um sich herum Fetzen von Fleisch, Haut, Gewändern entdeckt, die Reste eines Menschen, der bis zur Unkenntlichkeit zerstört worden war. Stotternd, zitternd war er davon fortgerobbt und hatte sich gefragt, welches Untier hier gehaust hatte, und kannte doch die Antwort bereits.

Damals war er im Zuber baden gegangen, würgend ob des Blutgeruches, der nicht von ihm weichen wollte. Doch wie viele Kannen Wasser er auch über sich schüttete, der Geruch blieb. Danach hatte er die Überreste in einer Decke gesammelt. Seine erste Regung war gewesen, sie nachts in den Tiber zu werfen. Dann wieder war er vor dem Gedanken zurückgeschreckt, aus Angst, dabei ertappt zu werden, und hatte sie auf seinen hintersten Speicher getragen und in diesem Schrank verschlossen, der groß war und massiv.

Wie um sich selbst zu beruhigen, tätschelte Sforza jetzt erneut das alte Holz. Es trug das Wappen seiner Familie, dessen Anblick eine beruhigende Wirkung auf ihn ausübte. Was immer er zuvor getan hatte, er hatte es für den Ruhm der Sforza getan, um ihnen Mailand zurückzugeben und die Position, die ihnen gebührte. Dieses Opfer war das erste gewesen, das er seinen anderen Plänen gebracht hatte. Und doch, war nicht auch dies, wie alles, was er tat, eine Folge seines Bestrebens, die Seinen an die Macht zu bringen? Im Grunde unterschied er sich nicht von dem Landsknecht, den er vor Mailand geschlachtet hatte. Für die Familie, nur für sie, hatte er alles getan, als er noch ein Mensch war, und nun auch als ... Er brachte es nicht über sich, das Wort auch nur zu denken. Aber was immer er auch war, er war und blieb in erster Linie ein Sforza.

In diesem Gedanken fand Ascanio Sforza Trost. Er atmete tief ein, griff nach der Fackel, die er mitgebracht hatte, und hielt sie an den Haufen, den er rings um den Schrank herum aufgetürmt hatte.

Die ersten Flämmchen knisterten bereits, als er die Schritte hörte und herumfuhr. Es dauerte einen Moment, bis er die Gestalten sehen konnte, die auf ihn zukamen. Kurz hielt er inne. Im Fackelschein sah er das Gesicht Alessandro Vareses, und Erinnerungen, die er gerne verdrängt hätte, wollten wieder ans Licht: Tage der Unruhe, des Wartens, verschwiegene Treffen mit verschwiegenen Männern, die er erst bezahlt und dann ermordet hatte, damit ihre Lippen wahrhaftig versiegelt blieben.

Als der letzte Zeuge seiner Machenschaften tot war, hatte er sich sicher gefühlt. Bis zu diesem Morgen, bis zu diesem Augenblick, in dem ihm schien, als wollte die Vergangenheit gegen ihn aufstehen. Aber dann hörte er die Flammen in seinem Rücken knistern.

«Es ist zu spät!», rief er triumphierend und lachte wild auf. «Ihr könnt es nicht verhindern!»

Alessandro warf Jordanus, der neben ihm ging, einen raschen Blick zu und nickte aufmunternd. Zu seiner Erleichterung erwiderte der Mönch die Geste und zog zwischen seinen Fäusten die Silberkette stramm. Erst wenige Momente zuvor hatte er sie Alessandro abgenommen. Beide zitterten noch von der Erregung ihrer Auseinandersetzung. Aber sie waren entschlossen.

«Zu spät!», wiederholte Sforza mit einer Stimme, die überzuschnappen drohte. «Ihr werdet mich nicht vor die Kongregation schleppen.» Wieder lachte er wie von Sinnen. «Nun durchschaue ich überhaupt erst Euer Spiel, Varese. Ihr wollt Euch an mir rächen, ja? Ihr habt Eure Aufzeichnungen zurückgeholt, um Eure eigene Spur zu verwischen, und mich dann denunziert, nicht wahr? Damit ich das Schicksal Eurer Genossen erleide.» Er deutete eine höhnische Verneigung an. «Ein subtiler Plan, mich mit den eigenen Waffen schlagen zu wollen, meine Hochachtung. Aber er wird nicht gelingen.»

Alessandro lauschte mit wachsender Verwunderung. «Aber ich habe nicht ...», begann er.

«Alessandro?» Das war Jordanus' fragende Stimme. Sie klang dringend und verwirrt.

Der junge Gelehrte wandte sich ihm zu. «Ich weiß wirklich nicht, wovon er redet, Ihr müsst mir glauben!»

Im selben Moment schleuderte Sforza ihm die Fackel entgegen und stürzte sich auf ihn. «Ich bring dich um», keuchte er, als er seine Hände um Alessandros Hals schloss. Die beiden Männer wälzten sich über den Boden und krachten gegen den Schrank und die morschen Balken, was einen Regen aus Splittern und Staub verursachte.

Unsicher folgte Jordanus dem zuckenden, um sich tretenden Bündel in einigem Abstand.

«Du Elender!», fauchte Sforza, holte zu einem Fausthieb gegen den sich aufrappelnden Alessandro aus und fegte ihn damit wieder von den Füßen.

Der junge Gelehrte wurde gegen den Eichenschrank geschleudert und sackte auf den Boden. Einen Moment hielt er inne. Blut quoll aus seiner Nase, dann versiegte der Strom. Alessandro hob den Kopf und sah Sforza auf sich zukommen, die vorgestreckte Hand zur Kralle verkrümmt, bereit, ihm die Eingeweide aus dem Leib zu reißen. Er holte mit den Armen aus und rettete sich mit einem Satz auf den Schrank. Sforzas Hand durchschlug die massive Eiche und blieb inmitten der Splitter stecken. Er blutete, als er den Arm herauszog und vorsichtig bewegte. Fast lautlos landete Alessandro in seinem Rücken, umschlang ihn und rief: «Jordanus, jetzt!»

Ehe der Gärtner sich aber besinnen konnte, hatte Sforza die Umarmung wieder gesprengt und sich mit einem heftigen Stoß des Ellenbogens von Alessandro befreit, der zurücktaumelte und sich an Jordanus' Schulter fing. «Seid Ihr verletzt?», fragte der Alte besorgt.

Alessandro nickte. «Die Rippen», stieß er knapp hervor und klopfte auf die rechte Seite seines Brustkorbes. Jordanus blickte hin und erschauderte. Ihm war, als nähme er unter dem Stoff eine Bewegung wahr, gerade so, als säße dort ein Tier. Doch langsam bildete sich die Mulde zurück, die Alessandros Brust verformt hatte. Der junge Gelehrte grinste. «Aber nicht lange.» Und übergangslos stürzte er sich wieder auf seinen Gegner.

Sforza prallte mit einer Wucht gegen den Balken hinter sich, der jedem normalen Mann das Rückgrat gebrochen hätte. Doch er holte nur einmal Atem, um ein wütendes Brüllen auszustoßen, und schloss kurz darauf seine Finger wieder um Alessandros Kehle.

«Was ist?», fauchte er in das rotanlaufende Gesicht. «Habt Ihr es Euch anders überlegt? Wollt Ihr der Kongregation die Arbeit abnehmen?» Er drückte mit aller Macht zu.

Alessandro hielt die Handgelenke seines Widersachers gepackt und wehrte sich nur wenig. Mit den Augen versuchte er, Jordanus ein Zeichen zu geben, dass er sich von hinten an den Kardinal anschleichen solle.

«Ich weiß nicht ...», presste er mit Mühe hervor.

Jordanus gelang es, in den Rücken des Kardinals zu schleichen. Dort verharrte er einen Moment, noch unschlüssig, ob er die Kette um den Hals oder die Beine des Mannes schlingen sollte, der Alessandro nun so wild schüttelte wie ein Beutetier.

«Ihr habt diesen Brief geschrieben, gebt es zu!» Mit einem Ruck hob Sforza Alessandro von den Füßen.

«Nein! Das hat er nicht getan. Ich war es.»

Als die fremde Stimme erklang, fuhren die drei Männer herum.

Valeria schwang sich durch die offenstehende Dachluke und sprang auf den Schrank. Von dort oben betrachtete sie mit geneigtem Kopf die Szenerie. Sforza hatte Alessandro sinken lassen, die Hände noch um seinen Hals. Mit ungläubiger Miene betrachtete er die Frau, die an diesem Morgen noch in seinen Armen gelegen hatte.

«Du?», flüsterte er. «Aber, aber ...» Weiter vermochte er nichts zu sagen. Das Buch fiel ihm ein, das nach ihrem Besuch gefehlt hatte, und er begriff, dass sie es gewesen sein musste, die es fortgenommen hatte. Sie hatte die beste Gelegenheit dazu, und sie war auch diejenige, die am besten wissen konnte, was er eigentlich war und dass also alle Anschuldigungen gegen ihn richtig waren: Sie hatte ihn verraten. Und doch begriff Ascanio Sforza es nicht.

Alessandro schnappte nach Luft. Er starrte Valeria an

wie eine Erscheinung. Nach allem, was Jordanus ihm gesagt hatte in seiner raschen und hastig geflüsterten Beichte in einem Gang von Sforzas Palazzo, und nach allem, was der Alte auf ihrem Weg hierher unter Tränen und Qualen bekannte, musste sie doch tot sein. Zwar hatte Alessandro es erst nicht glauben wollen. Werwölfe ..., hatte er wieder und wieder gesagt und seinen Kopf dabei vor Kummer gegen die Wand geschlagen, bis Jordanus ihn festhielt und an seiner Brust barg. Werwölfe starben nicht so rasch. Doch der junge Gelehrte hatte sich an den Alten geklammert und seinen Kummer in dessen dunkle Kutte gekeucht. Aneinandergekrallt waren sie durch die Gänge getaumelt wie ein ungeschicktes Liebespaar und schließlich in die Knie gesunken. Alessandro hatte hemmungslos geschluchzt. Am Ende starben sie doch; er wusste es; er hatte es mehr als einmal gesehen. Und nun Valeria.

Es hatte lange gedauert, bis er wieder zu sich gekommen war, bis er das heiser geflüsterte «Vergebt mir, vergebt mir, vergebt mir» des Mönches überhaupt wahrgenommen hatte und dessen Aufstöhnen, als er sich endlich aus der Umarmung gelöst und die knochigen Hände gepackt hatte. Gemeinsam hatten sie gebetet, ehe sie aufstanden, um schließlich zu tun, weswegen sie gekommen waren. Und Alessandro hatte sich leer gefühlt dabei.

Noch immer, selbst jetzt, da sie vor ihm stand mit ihren blitzenden Augen und den fließenden Haaren, auf die von oben das Licht fiel, sodass sie schimmerten wie ein Heiligenschein, selbst in diesem Moment spürte Alessandro in sich nichts als diese taube Leere.

Jordanus war in die Knie gesunken. Er hatte die Hände gefaltet wie vor einem Altarbild. Seine welken Lippen bebten. Er war kein Mörder, er war kein Mörder. Gott hatte ihm vergeben. Immer wieder wiederholte er in seinem aufgewühlten

Inneren dieselben Worte. Über sein Gesicht rannen stumme Tränen, solche der Freude. Und zugleich der Furcht.

Valeria sah die drei Männer der Reihe nach an und hob eine Braue. «Wie rührend», sagte sie. Dann legte sie den Kopf zurück und lachte.

18.

Unten vor dem Palazzo hatte sich eine kleine Menschenmenge angesammelt. Die Neugierigen standen um ein Baugerüst herum, unter dem ein Paar Beine hervorragten. Den Rest des Körpers verdeckte ein Kapuzenmantel.

Es dauerte eine ganze Weile, bis jemand in der Menge sich traute, die reglosen Füße nicht nur anzustoßen und «Heda!» zu rufen, sondern auch daran zu ziehen. Ein Wächter, der vom Haupttor herbeigelaufen kam, war schließlich beherzt genug, sich gemeinsam mit einem aus der Pause zurückgekehrten Handwerker zu nähern. Alle hielten den Atem an. Kaum jemand bezweifelte, dass die beiden Männer eine Leiche hervorziehen würden, aber auf den Anblick, der sich ihnen dann bot, waren sie doch nicht gefasst. Frauen schrien auf und bargen ihren Kopf an der Schulter eines Begleiters, Männer ächzten und bekreuzigten sich. «Jesus!»

Der Arbeiter trat einen Schritt zurück und starrte auf das blutende Stück Fleisch vor sich. «Das muss ein Raubtier gewesen sein.»

«Vielleicht ein streunender Hund», kommentierte ein Umstehender.

Der Wächter schluckte trocken und nickte. Er hatte schon Schlachtfelder gesehen, an deren Leichen sich Füchse, Krähen und wilde Hunde gütlich getan hatten. Aber noch nie war ihm so etwas in den Straßen Roms begegnet.

«Ich weiß, wer das ist», erklang da eine helle Stimme. Elisetta drängelte sich durch die Neugierigen hindurch bis ganz nach vorne. «Der hat vorhin bei uns getrunken. Dann verschwand er plötzlich.» Sie schob den letzten Schaulustigen beiseite, der ihr im Weg stand, und warf einen letzten Blick auf Innocento. «Die Nase hat schon gefehlt, das schwöre ich.» Sie rümpfte ihre eigene Nase, ein keckes kleines Exemplar, das trotz des schaurigen Anblicks jetzt frohgemut aufwärts in den römischen Nachmittagshimmel wies. «Aber er ist wahrhaftig nicht schöner geworden.»

«Da ist noch etwas!» Ein Aufschrei ging durch die Menge, und alles wogte einige Schritte zurück. Dort hinter dem Gerüst scharrte und raschelte es. Der Wächter wurde nach vorne geschoben und brachte seine Hellebarde in Position.

«Vorsicht! ... Vielleicht hat er Tollwut!» So ertönten die guten Ratschläge der Schaulustigen, als jetzt unter den erwartungsstarren Blicken der Menschen die Lumpen, die das Gerüst verhängten, in Bewegung gerieten. Heraus kam eine von Kalkstaub gepuderte Gestalt.

«Ein Mädchen!» Die allgemeine Erleichterung war so groß wie die Enttäuschung, keine Bestie mit triefenden Lefzen und rotsprühenden Augen vor sich zu haben. Die Allermutigsten sprangen vor und zogen das junge Ding an den Ellenbogen hoch und in ihre Mitte. Der Wächter trat nach einem letzten misstrauischen Blick auf die Kleine hinter das Gestänge und begann, dort in den Winkeln herumzustochern, ob sich nicht doch noch etwas darin verbarg. Er fand jedoch nichts als eine große Lache Blut, die ihm die Stiefel beschmutzte.

Vor den Säulen des Palastes blinzelte Maria in die Sonne, deren Licht schon dem Goldton des späten Nachmittags entgegenreifte. Ihr war seltsam zumute, schwindelig, ungewiss. Es schien ihr, als lösten sich ihre eigenen Umrisse auf, und sie umschlang sich fest mit beiden Armen, um sich ihres Körpers zu vergewissern.

«Sie ist ganz verwirrt, die Arme! ... Ist sie auch angegriffen worden? ... Hat die Bestie sie verletzt?» Das Interesse der Umstehenden überschlug sich. Maria wurde betastet und befühlt, man zog an ihr und reichte sie herum.

«Sie ist unverletzt», stellte eine Frau erleichtert fest. «Ja, aber was hat sie da an der Hand?»

Hilflos ließ Maria alles geschehen. Erst als die letzte Frage erklang, zog sie die Hände fort und verbarg die kleine Wunde daran unter den Achseln.

«Es geht mir gut», stammelte sie, ohne recht zu wissen, ob es stimmte. «Es ist ... bitte ...» Sie wich vor den Leuten zurück.

«Hat das Vieh dich auch angegriffen?», fragte der Wächter, der von seiner Erkundung zurück war.

Maria blinzelte, noch nicht ganz bei sich. «Ich wurde geschlagen», flüsterte sie. «Dann fiel ich hin.»

«Armes Ding», konstatierte eine Frau. «Nun bedrängt sie doch nicht so.»

Der Kreis um Maria wurde ein wenig weiter. Sie drehte sich um sich selbst, als wüsste sie nicht, wohin. Wie eine Blinde wagte sie einige erste, torkelnde Schritte und verharrte dann wieder, als lausche sie auf eine innere Stimme.

«Sie war es jedenfalls nicht, so viel steht fest.» Über diesen letzten Umstand waren die Anwesenden sich einig. Zustimmendes Gemurmel erscholl.

Maria öffnete den Mund, als schnappe sie vergeblich nach Luft. Sie machte eine Bewegung, hielt dann wieder inne.

Auf einmal starrte sie in den Himmel, danach in die Gesichter ringsum, die sie zum ersten Mal wirklich zu bemerken schien. Dann auf die Schatten, die langsam über die Straßen wanderten. Im nächsten Moment lief sie los, wie von Furien gehetzt.

«Was ist los? Was hat sie?», fragte jemand.

Der Arbeiter zuckte mit den Schultern und spuckte aus.

«Hat jemand verstanden, was sie gesagt hat?» Die mitleidige Frau wandte sich an ihren Nachbarn.

«Keine Ahnung», antwortete der Mann und kratzte sich am Kopf. «Es klang wie ‹Gularith›.»

«Und was soll mit der Leiche werden?» Diese Frage fand schließlich das größere Echo. Der Wächter wurde bestürmt, den Kardinal zu verständigen, vor dessen Haustür das Ganze doch schließlich passiert sei. Und über der Frage, ob dies nötig wäre oder nicht, vergaß man bald das seltsame Mädchen, das im Gewirr der Gassen verschwand.

19.

Es war der Kardinal, der seine Sprache zuerst wiederfand.

«Warum?», stammelte er. Er ließ Alessandro los und trat auf den Schrank zu. Seine Fäuste öffneten und schlossen sich hilflos.

«Warum?» Valeria warf den Kopf in den Nacken und lachte erneut. «Das fragst du?», fauchte sie dann und fixierte ihn. «Du, der du all meine Mitbrüder in Ascolte geschlachtet hast?»

Von Alessandro ertönte ein Schrei. «Du wusstest das?» Endlich schüttelte auch er seine Erstarrung ab. «Du hast es die ganze Zeit über gewusst?» Fassungslos starrte er sie an. «Und trotzdem konntest du ...» Die Stimme versagte ihm.

Valeria musterte ihn mit einem mitleidigen Lächeln. «Armer Alessandro. Das ist es also, was dich am meisten quält? Dass ich mit ihm geschlafen habe?» Sie neigte anteilnehmend den Kopf. «Du bist und bleibst doch der liebe kleine Mönch, der du warst.» In ihr freundliches Lächeln mischte sich langsam Verachtung. Schließlich löste sich ihr Blick von Alessandro und wanderte weiter zu Sforza. «Ja, ich war mit ihm im Bett», bekannte sie, und ihre Augen begannen zu glitzern. «Und ja, ich habe gewusst, wer er war und was er getan hat. Und es hat meine Lust nicht gemindert, im Gegenteil.» Sie verzog die Lippen, als sie sah, wie Sforza in einem Anfall von Wut zuckte. «Es hat mir gefallen, mir vorzustellen, dass derselbe Leib, der sich in meinen Armen vor Lust wand, bald unter der Umarmung der Foltergeräte zucken würde. Und dass er dann brennen würde.» Sie erhob ihre Stimme, als sie fortfuhr. «Denn du weißt es vielleicht nicht, da du nicht persönlich dabei warst, als du meine Brüder auslöschtest, Kardinal, aber Werwölfe brennen lange.»

Ihr Lächeln war bestialisch, als sie sich so weit zu Ascanio Sforza vorneigte, bis sie sich mit den Händen abstützen musste. «Ich rate dir, stell dich jetzt der Kongregation, solange die Sonne noch am Himmel steht und du mehr zu deiner Verteidigung tun kannst, als wie ein Wolf zu heulen!»

Mit den letzten Worten jaulte sie laut auf, so echt und gellend, dass alle drei Männer zusammenzuckten. Valeria lachte erneut herzhaft angesichts ihrer Reaktion, wurde aber von Sforzas Wutschrei unterbrochen.

«Das werde ich nicht!», brüllte er und machte sich bereit zum Sprung.

«Das müsst Ihr auch nicht.» Endlich hatte Alessandro seine Geistesgegenwart wiedergewonnen. Er stürzte sich auf Sforza und hielt ihn fest. Mit einer Hand nestelte er die Phiole hervor und hielt sie seinem Gegner hin. «Trinkt das», raunte er ihm hastig zu, «und werdet wieder ein Mensch.»

Instinktiv schoss Sforzas Rechte vor und schloss sich voller Gier um das Glas. Erst dann verdüsterte sich seine Miene. Er zögerte. Sichtbare Zweifel stiegen in ihm auf.

«Ich habe niemals von einem Heilmittel gehört», murmelte er nachdenklich. Er blickte Alessandro forschend an, hin und her gerissen zwischen Furcht und Hoffnung. «In Euren Aufzeichnungen stand nichts davon.»

«Trinkt», drängte Alessandro. «Ich schwöre Euch, es ist ...»

«Ja, trink und stirb», rief Valeria dazwischen. Als Sforza zu ihr aufsah, sprang sie vom Schrank und trat auf die beiden zu. «Oder glaubst du, er hat weniger Grund, sich an dir zu rächen, als ich?» Sie wiegte sich anzüglich in den Hüften. «Er hat sogar mehr.»

Sforza tat einen Schritt zurück. «Gift?», fragte er zweifelnd und blickte von einem zum anderen.

Alessandro wich seiner Geliebten nicht aus, doch er zitterte. «Christen rächen sich nicht, Valeria», sagte er ernst.

«So?», fragte sie verdächtig sanft und kam noch ein wenig näher. Er konnte sie riechen, ihr Duft überflutete ihn und mit ihm die Erinnerung an alles, was sie verband. Es schnürte ihm die Kehle zu. Valeria hob die Hand, als wollte sie ihm über die Wange streicheln.

«Dann bist du wohl kein Christ, Alessandro? Oder was ist das, was du hier vorhast?»

Er schloss die Augen, konnte aber nicht verhindern, dass die Röte ihm in die Wangen stieg. Er spürte die Hitze seiner Scham. Mühsam brachte er hervor: «Ich ... bin nicht hier ... wegen ... Rache.»

«Das kannst du dir vielleicht selbst einreden.» Noch immer klang sie sanft wie eine Liebende. «Weil du glaubst, du willst ihm weniger rauben als ich. Weil du immer noch glaubst, ein Werwolf ...» Ihre Stimme versagte. Mit einem Mal erfasste sie rasende Wut. Sie fuhr zu Sforza herum. «Weißt du überhaupt, was er dir wegnehmen will?»

Sforza und sie starrten einander einen Wimpernschlag lang an. Im selben Moment erkannte Valeria ihren Fehler. Sie hatte sich verraten.

In Sforzas Augen glomm es, dann hob er die Phiole. Als er sah, dass sie sich auf ihn stürzen wollte, schlüpfte er eilig hinter Alessandro, in dem er nun seinen Retter erkannt hatte.

Lauernd duckte Valeria sich. «Er nimmt dir deine Kraft», rief sie laut. «Deine Männlichkeit. Er nimmt dir die Fähigkeit, die ganze Schönheit der Welt zu sehen.» Sie warf ihr Haar zurück über die Schulter und machte sich daran, Alessandro zu umkreisen, der sich ihr zugewandt hielt. Sforza in seinem Schatten wich jeweils mit zurück. «Er verwehrt dir die Macht, sich mit der Welt im Einklang zu fühlen, wie kein Mensch es vermag.»

Valerias Stimme hatte etwas Sehnsüchtiges, Drängendes bekommen. Alessandro spürte, wie sein Körper darauf ansprach. Er fühlte in diesem Moment nicht nur den Boden unter seinen Füßen, die stickige Staubluft, die sie umgab, sondern auch die Wärme der Sonne auf dem Dach, die besonnten Ziegel und ihren Duft, den Schlag der Tauben, die darüber hinglitten, das Leben der Stadt, das sie in tausend fernen Geräuschen umgab, die Höhe des Himmels über ihnen. Und er spürte, er war hier. Gegen seinen Willen strömte das alles durch ihn hindurch, und seine Brust weitete sich. Valeria, Sforza, er selbst, sie drei erschienen ihm wie ein ewig um sich selbst kreisendes Sternbild.

Jordanus, der hilflos etwas abseits stand und nicht völlig verstand, was vorging, brach den Bann und rief dazwischen: «Ich schwöre bei Gott, dass dies kein Gift ist!»

«Hör auf zu schwören, Mönch», blaffte Valeria. «Gott bedeutet diesem dort zu wenig.»

Im selben Moment ließ Sforza sich vernehmen. «Mir hat es genügt und wird es immer genügen, die Macht der Sforza zu spüren und zu wissen, dass Mailand das Zentrum der Welt ist.» Damit hob er die Phiole an die Lippen.

Valeria stieß einen Schrei aus und sprang.

Gleichzeitig stürzte Jordanus vor, um sich ihr in den Weg zu werfen. Er duckte sich bei dem Zusammenprall, rollte sich wie ein Embryo ein und spürte nur noch den Windstoß, mit dem sie über ihn hinwegflog. Alessandro, der sie mit geöffneten Armen auffing, wurde umgeworfen von der Wucht des Aufpralls und stolperte rückwärts. Valeria umklammernd, fiel er direkt gegen Sforza. Der Kardinal verlor das Gleichgewicht, kam nicht wieder auf die Beine und ruderte vergeblich durch die Luft. Seine Augen wurden groß, als er sah, wie sich der glitzernde Inhalt aus der Phiole löste und von seinen eigenen Bewegungen geschleudert in die Luft erhob.

Sforza öffnete den Mund, als könne er die Flüssigkeit noch zu sich saugen. In seinen Ohren gellte ein Schrei, er wusste kaum, dass es sein eigener war, als er endlich Halt fand und sich sofort wieder abstieß, um dem verlorenen Trank hinterherzustürzen. Seine Augen folgten der Flüssigkeit, die jetzt auf den Dielen aufkam, zerspritzte und über Holz und Spinnweben floss. Er sah die letzten Tropfen noch, wie festgefroren in der Luft, jedes einzelne Glitzern, und ihm war, als hätte er die Hand danach ausstrecken können wie nach einem Gemälde. Dann erklang das Splittern der Phiole, und das Bild zersprang.

Alessandro ließ Valeria los, die heftig auf ihn einschlug und ihm mit einem letzten Hieb ihrer Krallen die Brust zerschnitt. Blutend rappelte er sich auf. Er reichte Jordanus die Hand. Stöhnend zog sich der alte Mönch daran empor. Beide wandten sich Valeria zu, die mit höhnischer Miene beobachtete, wie Ascanio Sforza auf allen vieren auf dem Boden entlangkroch.

«Du wirst immer ein Tier sein!», rief sie ihm zu. «Niemals Mensch und niemals mehr als beides. Verstehst du mich? Und heute Nacht noch werden deine Knochen brechen.»

Sforza hörte nicht auf sie. Sein Kopf war erfüllt vom stechenden Duft der Medizin, der ihm, nun, da sie verloren war, verlockender schien als nichts sonst. Er senkte das Gesicht auf den Boden, beschnüffelte ihn, leckte daran, erst vorsichtig kostend, dann immer heftiger, immer mehr. Er schmeckte das Aroma der Kräuter und nahm es mit seiner Zunge auf, ohne auf den Schmutz oder die Splitter zu achten. Er spürte, dass etwas von ihm Besitz ergriff, sich seiner bemächtigte, ihn mit brennendem Schmerz ausfüllte, an seinen Eingeweiden riss – und dann wieder nachließ.

Und er begrüßte es mit verzweifelter Gier. Ja, jubelte es in ihm. Er flehte, heulte. Ja, ja, komm, zerfleische mich, verbrenne mich, verwandele mich. Als er ahnte, dass die Wirkung nachzulassen drohte, verlor er fast den Verstand.

Jede Zurückhaltung aufgebend, hieb er nun seine Zähne in das Holz, bis die Splitter sein blutendes Zahnfleisch durchstachen. Er zerrte daran wie ein hungriger Hund an seinem Knochen, zermalmte es, kaute es, schluckte den Brei aus Holzstaub und Blut, schluckte selbst den Zahn, der ihm brach. Er hätte die ganze Welt verschlungen.

Valerias schrilles Lachen gellte in seinen Ohren, doch es bedeutete ihm nichts. Mit tränenden Augen schlang er Schmutz und Holz herunter. Und endlich, endlich geschah es. Auf einmal war ihm, als risse die Welt entzwei. Mit einem Ächzen ließ er von dem Flecken ab und sank auf die Seite. Das Lachen über ihm verstummte.

«Was?», hörte er Valeria ausrufen, dann vernahm er ihre Schritte. Doch sie gelangte nicht zu ihm. Sforza hatte nicht mehr die Kraft, nachzusehen, warum das so war. Denn was nun geschah, lag jenseits seiner Kraft. Er schloss die Augen und gab sich hin. Das Letzte, was er hörte, war ein gellendes «Neeiiiin!».

20.

Im Hof des Palazzo herrschte ein nicht geringer Aufruhr. Der Wächter, der Innocentos Leiche entdeckt hatte, war vor dem Tor auf eine Abordnung aus dem Vatikan gestoßen. Ein Prälat war vorsorglich in Begleitung eines Dutzend Gardisten gekommen, um Sforza das Geleit zu seiner Befragung zu geben. Die Kongregation hatte von den Geldgeschäften des Kardinals erfahren und war nicht gewillt, etwas dem Zufall zu überlassen.

Von dem Geistlichen wurde der Wächter nun streng befragt über die Gründe, warum er seinen Posten verlassen hatte und stattdessen den Aufruhr des Pöbels anführte. Der Mann erstattete ausführlich Bericht darüber, wie er in einer Seitengasse eine übel zugerichtete Leiche gefunden habe, die nur den einen Schluss zulasse, nämlich dass sie von einer Bestie angefallen worden sei. Sogleich sandte er einige der Schaulustigen zurück, das Beweisstück zu holen.

Der Prälat, der an seinen Auftrag dachte, bekreuzigte sich und erschauerte. Als er die Wunden sah, die herausgerissene Kehle, das zerfetzte Fleisch, schloss er für einen Moment die Augen. Ein Hund, dachte er, gut möglich, dass es ein streunender Hund gewesen war. Oder aber ein Wolf. Angesichts der Bewaffneten in seinem Rücken jedoch ermannte er sich und gebot, den Toten vor die Kongregation zu schaffen – als ein mögliches weiteres Beweisstück. Unverzüglich verlangte er Eintritt.

Eskortiert von einer begeisterten Menge, die stolz auf die Wirkung war, welche ihr Fund hatte, wurde der geschundene Körper Innocentos fortgebracht, um ein letztes Mal in die Obhut des Papstes zurückzukehren.

Der Prälat und seine Eskorte betraten den Palazzo Sforza und blickten sich um. Auf den ersten Blick sah es friedlich aus in dem stillen Innenhof, auf den zweiten wurden Anzeichen von Aufbruch und Niedergang deutlich: Dienstboten, die nicht antworteten und nicht gehorchten, offenstehende Fenster, aus denen der Wind die Vorhänge wehte, ein Häufchen Kupfermünzen lag verstreut herum, nicht weit davon ein Silberpokal auf den Fliesen, offenbar von einem eiligen Dieb fallen gelassen. Laut klirrend rollte der Becher über den Boden, als der Anführer der Eskorte zweifelnd mit der Stiefelspitze dagegenstieß. Er kullerte bis zu dem Stamm einer Palme und blieb an einem Haufen eilig zusammengeraffter Wedel hängen, unter denen sich beim näheren Hinsehen die Umrisse eines Stiefels abzeichneten. Der Prälat bekreuzigte sich und hieß seine Männer nachsehen.

Die Abordnung legte den Körper eines Wächters frei, der allerdings zu ihrer Erleichterung weitgehend unversehrt war und mit einigen Güssen Wasser aus dem Brunnenbecken wiederbelebt werden konnte. Als er sich aufrichtete, redete er in wirren Worten etwas von Eindringlingen. In dem noch recht jungen Prälaten erlosch jede Hoffnung, dass dies ein Amt wie jedes andere werden könnte. Er suchte Kraft im Gebet. Danach richtete er sich auf und nickte den Gardisten zu, die zu ihren Waffen griffen.

«Silber?», fragte er flüsternd mit einem Blick auf die Arkebusen. Die Kongregation hatte Silberkugeln gefordert, und er hatte gehorcht, ohne zu fragen. Auch das Kreuz um seinen Hals war aus dem Edelmetall gefertigt, und er umfasste es nun mit beiden Händen. Es gab ihm ein Gefühl von Sicherheit. Der Anführer nickte. So machten sie sich langsam daran, in das Gebäude einzudringen wie in eine umkämpfte Stadt.

Valeria wand sich so heftig in Alessandros Griff, dass er sie schließlich losließ.

«Lass gut sein», meinte er, als er sie freigab.

Beide starrten sie Sforza an, der nach den Konvulsionen der *transformatio* in Bewusstlosigkeit gefallen war. Jordanus ging hinüber, um ihm den Puls zu fühlen und ihm beizustehen. Vorsichtig löste er die verkrampften Glieder aus ihren unbequemen Stellungen und brachte den Ohnmächtigen in eine angenehmere Lage. Er flüsterte beruhigend auf ihn ein, während er ihm den Schweiß von der Stirn tupfte.

Alessandro flüsterte: «Es ist geschehen, Valeria. Lass gut sein. Hast du nicht selbst gesagt, ich habe ihm mehr genommen, als du es je könntest? Mehr als der Tod?» Er streckte die Hand nach ihr aus.

Einen Moment lang wurde Valerias Blick weich, dann aber schlang sie die Arme um ihren Oberkörper und wandte sich von ihm ab. «Als ob du selber glauben würdest, was du da sagst.» Sie klang bitter.

«Nein», gab Alessandro zu. «Aber ich verstehe es zumindest. Ich weiß, dass du so fühlen musst.»

«Du ja», murmelte sie, und es schien, als gingen ihre Gedanken auf eine lange Wanderung, weit fort von ihm und dieser Dachkammer, in eine Vergangenheit, die nur sie kannte. Alessandro wartete geduldig, bis sie wieder bei ihm war.

«Der dort niemals», fuhr sie endlich fort. Sie lachte höhnisch auf. «Dem wäre Gularith nicht in tausend Jahren erschienen.»

Da war er wieder, dieser rätselhafte Name, der Alessandro bereits in seinen Träumen begegnet war. Und wieder schwieg sie.

Endlich wagte er es, zu ihr zu treten. «Valeria», begann er, «wenn du mich hättest teilhaben lassen, wenn du mir erklärt hättest ...»

«Was?», fuhr sie herum. «Wie man uns noch effektiver abschlachtet? Erst mittels silberner Kugeln und dann mit ...» Sie fuchtelte mit den Händen und wies vage in Sforzas Richtung, «... mit dem da?», vollendete sie ihren Satz. «Ich bin nicht sicher, auf welcher Seite du stehst, Alessandro. Ich weiß nur, du warst eine Gefahr für unser Volk. Oder willst du leugnen, dass du als Nächstes versuchen wirst, mir deine Medizin einzuflößen?» Ihre Stimme brach fast vor Abscheu.

Alessandro biss sich auf die Lippen. Abwechselnd schaute er zu Valeria und dann zu Jordanus, der neben Sforza kniete und nun langsam zu sich kam. Der alte Mönch schaute auf und blickte ihn intensiv an. Alessandro ertrug den Blick des einen wie des anderen nicht. Er glaubte, den Druck ihrer Erwartungen fast körperlich zu spüren, und es schnürte ihm den Brustkorb ein und nahm ihm den Atem. Er holte so tief Luft, dass er glaubte, seine Rippen krachen zu hören. Er verschränkte die Arme hinter dem Kopf, um sich zu dehnen, legte den Kopf in den Nacken und betrachtete das kleine Stück Blau, das durch die Dachluke leuchtete und sich langsam rosig verfärbte. Das Licht war dick wie Sirup und ließ die Welt in die Ferne rücken wie eine alte Miniatur.

Herr, mein Gott, betete Alessandro still, was soll ich nur tun? Gib mir doch ein Zeichen. Wenn eine Wolke vorbeizieht zum Beispiel, wenn der Flügelschlag einer Taube erklingt, dann weiß ich, was dein Wille ist, und ich werde ihn erfüllen. Aber nichts störte die Ruhe des aufziehenden Abends.

«Alessandro, besinnt Euch!» Das war Jordanus' drängende Stimme. «Es liegt in Eurer Hand, dieses schreckliche Leiden, diese Pest für immer von der Erde zu verbannen. Rettet sie, oder wenn Euch das schon nicht gelingt, dann rettet Euch selbst. Denkt an Abelardo.»

Kopfschüttelnd versuchte der junge Gelehrte, den Bann zu brechen, der sich über ihn gelegt hatte, und die süße Traurigkeit aus seinem Körper zu vertreiben. Er öffnete den Mund, um zu antworten. Doch wusste er nicht, was er sagen wollte, vielleicht: Ja, Jordanus, Ihr habt recht, ich kehre heim ins Licht der Gerechten, zu meinen Büchern, meinen Gebeten, zur Tradition meines Lehrers und Vaters und zu der Ruhe meines Gewissens. Fort, nur fort aus der Dunkelheit, die mich überfordert.

Aber war es denn so? Erklang da in ihm nicht noch eine andere Stimme, die zögerte, die zweifelte, die sich widersetzte und sprach: Nein, das werde ich nicht. Verzeiht mir, Jordanus, aber Ihr müsst es verstehen. Sie sind nicht böse, nur anders. Anders, als ich je sein könnte.

Da hörte er ein ersticktes Röcheln.

Verwirrt fuhr Alessandro herum. Es dauerte einige Momente, bis er begriff, was er da sah: Sein alter Freund Jordanus kam mit ausgestreckten Armen auf ihn zugetaumelt, seine Augen waren auf einer ziellosen Wanderschaft, und aus seinem Mund floss blasiges rotes Blut.

«Was ist mit Euch? Was ...», stammelte Alessandro.

Im selben Moment wurde es auf der Treppe laut. Das Getrappel vieler Stiefel und ein verräterisches Klirren verrieten, dass Bewaffnete unterwegs waren.

Alessandros erster Gedanke war: fliehen! Die Dachluke! Er spürte den Drang zur Flucht in allen Gliedern zucken.

Aber er bezwang sich, trat vor und fing den sinkenden Jordanus in seinen Armen auf.

Gelassen richtete Kardinal Sforza sich auf und wischte seinen Dolch an dem Gewand ab, den er kurz zuvor dem alten Mönch in den Rücken gejagt hatte. «Für das, was hier geschah, gibt es besser keine Zeugen», erklärte er und nickte, wie um sich die Wahrheit seiner eigenen Worte zu bestätigen. Langsam schritt er in Richtung Tür. «Und Ihr beide solltet lieber sehen, dass Ihr verschwindet, wenn Ihr mich nicht zur Kongregation begleiten wollt.»

Alessandro, durch den Körper Jordanus', der schwer gegen ihn sackte, zur Hilflosigkeit verdammt, starrte ihn an und begriff noch immer nicht ganz. Valeria hatte sich bereits mit einem Sprung auf den Schrank gerettet.

«Das hat der getan, den du erschaffen hast», rief sie Alessandro zu.

Erschrocken blickte Alessandro auf Jordanus' Gesicht, das sich im Schmerz verzerrte. Zärtlich legte er dem Alten die Hand auf die Wange.

«Und dich», fuhr Valeria lauter fort und wies mit dem Finger auf Sforza, «werde ich verfolgen, solange ich lebe!»

Der Kardinal deutete eine belustigte Verbeugung an. «Und ich werde meinerseits danach streben, diese Zeit nicht zu lang werden zu lassen.» Das Messer vor sich haltend und sorgsam auf Distanz zu den Werwölfen bedacht, öffnete er die Tür und rief ins Treppenhaus hinab: «He! Hierher! Es sind Mörder im Haus!»

«Alessandro?» Valeria war bereits zum Sprung geduckt. Doch noch war sie da. Alessandro suchte ihren Blick, in dem er mehr las, als er in dem Jahr ihres gemeinsamen Lebens je von ihr erfahren hatte. In einer heftigen Aufwallung holte er Luft. Er wollte etwas sagen, als jemand seine Hand packte.

Jordanus hatte seine letzten Kräfte zusammengerafft.

«Mein Bruder», stieß er hervor. Weitere Worte erstickten in blutigem Schaum. Aber er schaffte es, in den Ausschnitt seiner Kutte zu fassen und etwas daraus hervorzuziehen, was er um den Hals getragen hatte. Als Alessandro danach griff, stellte er fest, dass es eine weitere Phiole war. Erstaunt blickte er den alten Gärtner an. Der verzog sein Gesicht im Versuch eines Lächelns.

«Ich hatte schon ... Experiment», brachte er mit Mühen heraus. Noch einmal hob er die Hand und schloss Alessandros Finger um das Glas, das so warm war wie seine Haut. «Genug für dich.» Er drückte so fest zu, wie er konnte, sein ganzer Arm zitterte. «In Christi Namen. Rette deine Seele.» Er betete stumm weiter, mit bebenden Lippen. Sein Blick hing flehend an dem jungen Gelehrten.

Alessandro schaute hilflos zu Valeria hinauf, die ihre Hand nach ihm ausstreckte.

«Alessandro!» Ihre Stimme war nur mehr ein Flüstern. Schmerzvoll presste er die Augen zusammen. Da hörte er, wie sie mit einem Mal zu reden begann, er hörte die Worte, auf die er all die Monate vergebens gewartet hatte: «Gularith war die Erste», begann sie zögernd, dann mit wachsender Sicherheit, ja Begeisterung. «Sie stammte aus Babylon. Vielleicht kam sie auch erst in die Stadt, keiner weiß das mehr so genau, wenn man es denn jemals wusste. Aber die Menschen dort erkannten in ihr eine Göttin, verehrten sie und brachten ihr Opfer dar. Der König baute ihr ein heiliges Haus und verneigte sich vor ihr ...»

Alessandro war, während er lauschte, als beginne er zu schweben. Der staubige Speicher um ihn herum verschwand, riesige Mauern wuchsen auf, blau und golden, von Palmen umgeben. Eine Prozession bewegte sich darauf zu und brachte ihm die Bilder seiner Träume zurück.

«Die einfachen Menschen glaubten, sie verschlänge, wen

sie auserwählte. Aber so war es nicht.» Valerias Stimme hallte in Alessandros Kopf und untermalte stockend und leise die Szenen, die dort schon so lange gelebt hatten und die er seit jeher gekannt hatte, als hätten sie auf dem Grunde seines Blutes gewartet. Doch waren sie gut oder böse? Riefen Engel oder Teufel nach ihm? Wem gehörte er?

«Sie tötete die Menschen nicht, sie nahm sie vielmehr auf in ihren Orden und machte sie zu ihresgleichen. Machte uns zu dem, was wir sind, jeder Einzelne ist auserwählt.» Ohne es zu sehen, wusste Alessandro, dass Valeria lächelte. Sie klang so glücklich, als sie fortfuhr: «Gemeinsam lebten sie im wunderbaren Garten eines Tempels, o Alessandro. Sie waren dort! Sie haben das Paradies gesehen!»

Nun hörte er sie die Tränen weinen, die auch ihm über die Wangen liefen. Sie fielen auf seine Hände, die Jordanus noch immer fest umklammert hielt. Da öffnete Alessandro die Augen und blickte in die des Mönches. Dunkel waren sie vor Hoffnung und Furcht, und auf ihrem Grund schienen die Flammen zu flackern, die das Kloster verzehrt hatten.

«Nicht auch du», flüsterte Jordanus mit der Kraft der Verzweiflung. «Lass mich nicht alleine.»

«Alter Freund», flüsterte Alessandro und schlug über der runzeligen Stirn des Alten das Kreuzzeichen, so sanft er es vermochte.

Dann hob Alessandro die Phiole und setzte sie an die Lippen. Mit dem letzten Atemzug glitt ein seliges Lächeln über Jordanus' Züge.

21.

Kardinal Sforza schien wieder im Vollbesitz seiner Kräfte zu sein. «Endlich», herrschte er die Wachen an, die mit klirrenden Waffen die Treppen heraufhasteten, «es wurde auch Zeit. Ich glaubte schon, ohne Begleitung in den Vatikan gehen zu müssen.»

Der Prälat war auf Widerstand oder Ausreden, ja, nach den letzten Erfahrungen selbst auf brutale Angriffe, wenn nicht auf Hexenwerk gefasst. Er blinzelte Sforza unsicher an. Mit einer Geste wies er die Gardisten an, auf Abstand, aber wachsam zu bleiben. «Ihr widersetzt Euch nicht?», fragte er erstaunt.

Sforza winkte gelassen ab. «Ganz gewiss nicht, ich brenne darauf, dem Papst und der werten Kongregation meine Argumente darzulegen.» Er trat einen Schritt nach vorne, ergriff den Lauf einer auf ihn gerichteten Arkebuse und schob ihn so zur Seite, dass er in den Speicher hineinragte. Alle zuckten zusammen, als dort im selben Moment der Schrank glimmend zusammenbrach. Aschewolken quollen auf und brachten die Männer zum Husten.

«Wenn Ihr für Eure Waffen eine sinnvolle Verwendung

sucht», keuchte Sforza, erholte sich aber rasch und fand seine Würde wieder, «dann richtet sie auf die Eindringlinge, die mein Haus anzustecken und mich zu ermorden versuchten.»

Der Gardeoffizier betrat den Raum und runzelte die Stirn. Was er dort sah, war die Leiche eines alten Mannes und den Körper eines jüngeren, der nun langsam aufstand und zurückwich. Er trug schlichte, aber anständige Kleidung, keinerlei Waffen und wirkte wenig bedrohlich. «Sind das die Männer, die Euren Wachposten überfallen haben?», fragte er zweifelnd.

«Ganz gewiss», trompetete Sforza. Auch er suchte rasch den Raum ab, entdeckte Alessandro und Jordanus, von Valeria dagegen war keine Spur mehr. Er schloss daraus, dass sie sich aus der Luke gerettet haben musste. Nun sprang sie vermutlich schon über die Dächer, unerreichbar für menschliche Kletterer. Schade für dieses Mal, dachte er. Aber es würde andere Gelegenheiten geben.

«Doch für den da», sagte er und wies auf Alessandro, «spart Euch die Silberkugeln lieber. Es wäre schade drum.» Er sandte Alessandro einen letzten, triumphierenden Blick und zwinkerte dann dem Prälaten, der sich ertappt fühlte und heftig errötete, anzüglich zu. «Wir wollen doch, dass die Bücher auch bei der nächsten Rechnungsprüfung stimmen, nicht wahr?»

«Wie konntet Ihr wissen ...», hauchte der Prälat unangenehm berührt.

Sforza legte großmütig den Arm um ihn und zog ihn aus dem Raum. «Vergesst nicht, mein Lieber, dass ich der Schöpfer unserer Organisation bin. Ich habe die Regeln gemacht, an die auch Ihr Euch haltet. Und es freut mich zu sehen, wie gewissenhaft Ihr es tut.» Im Weggehen wandte er noch einmal den Kopf zurück. «Tja», meinte er, an Alessandro gewandt. «Wie man es macht, macht man es verkehrt, nicht wahr?» Dann verließ er die Dachkammer. Man hörte seine befehlsgewohnte Stimme noch auf der Treppe.

Alessandro wich vor den nachdrängenden Männern zurück. Valeria, dachte er, Jordanus, es tut mir so leid. Alles in ihm fühlte sich wund an. Schritt für Schritt wurde er in die Ecke gedrängt. Ein weiterer Schritt, und etwas knackte unter seinen Füßen. Er sah nach unten und bemerkte die Knochen, die dort auf dem Boden lagen und schon ganz geschwärzt waren. Ein Schrei des Entsetzens und der Qual stieg aus dem armseligen Häuflein auf und fuhr durch ihn hindurch, stieg aufwärts in seinen Körper, spülte grausame Bilder darin hoch und suchte einen Ausgang. Alessandro öffnete die Lippen. Er würgte. Und was aus seinem Mund hervorquoll, wischte er mit dem Stoff seines Ärmels ab, als er energisch darüberwischte. Er würgte erneut und spuckte, bis nichts mehr da war von dem, was aus seinem Innersten herauswollte. Einen Moment lang war ihm, als zöge sich die Haut über seinen Knochen straff und drohe sie zu brechen. Die Welt bewegte sich wie bei einem Blick durch Wasser, als wollte sie sich auflösen. Doch alles um ihn herum fand schließlich wieder zu seiner alten, festen Gestalt.

Als Alessandro zu sich kam, war alles noch an seinem Platz. Der Schauder mochte keinen Wimpernschlag gedauert haben.

Der Gardeoffizier, etwas verunsichert ob Sforzas letzter Bemerkung, hob die Arkebuse und krümmte den Finger um den Abzug. Er schien nicht länger zu zögern, seine kostbare Munition notfalls auch zu verschwenden. Denn der schweigende Mann vor ihm, der sich so wenig um ihn und die Gefahr, in der er schwebte, zu bekümmern schien, wurde ihm mit jedem Moment unheimlicher.

Alessandro blickte in die schwarze Öffnung der Waffe,

die ihm eine Silberkugel entgegenschleudern würde. So gab es also immer noch ein Drittes: Valeria, Jordanus und den Tod. Er lächelte leicht, was die Männer, die ihn angespannt beobachteten, mehr erschreckte als alles bisher. Dann holte er plötzlich mit beiden Armen aus, ging in die Knie und stieß sich mit aller Kraft ab. Leicht wie eine Feder schnellte er hoch und verschwand durch die Dachluke.

Die Bewaffneten schrien überrascht auf. Sie liefen zusammen und starrten hinauf zu der Öffnung, die sich über zwei Mannslängen weiter oben auftat. Was sie gerade gesehen hatten, das war jedem Einzelnen schmerzhaft klar, konnte ganz einfach nicht gewesen sein.

«Das ...», brachte einer der Männer schließlich stotternd heraus, «geht nicht mit rechten Dingen zu.»

Als im selben Moment eine Taube mit klatschenden Flügeln vor ihren aufgerissenen Augen davonflog, ganz so, als hätte der Flüchtling sich verwandelt, um ihnen endgültig zu entkommen, bekreuzigten sie sich, ehe sie eilig davonstürzten aus diesem verfluchten Palast, von dem sie sich innig wünschten, ihn niemals betreten zu haben.

Ascanio Sforza erreichte den Vatikan mit der aufziehenden Dunkelheit. Nachdem er in den Audienz-Saal eingetreten war, ging er statt einer Begrüßung direkt zu den Fenstern und zog ohne weiteren Kommentar die schweren Brokatvorhänge beiseite. Alle sollten den dunkler werdenden Himmel sehen und die schimmernde Kugel daran, die so dicht über den Dächern stand, übergroß und leuchtend, dass sie magisch wirkte. In ihrem Licht wandte er sich den Anwesenden zu. Er drehte sich einmal, langsam, mit leichten Schritten, und hob die Arme.

«Das ...», begann der Kardinal und warf einen nervösen Blick zur Seite, wo er eine spanische Wand bemerkte. Und aus der Ehrfurcht, mit der alle Blicke sie streiften, schloss der Vorsitzende der Kongregation, dass sich dahinter nur einer verbergen konnte: Julius II. höchstpersönlich, der sich diskret überzeugen wollte, wie sein Verbündeter sich schlug. Dass der Papst hier anwesend war, nahm Sforza als Zeichen, dass er noch nicht verloren hatte. Zuversichtlich erhob er seine Stimme und setzte den begonnenen Satz fort:

«Das beweist ohne Zweifel eines: dass die Anschuldigung, die Ihr gegen mich zu erheben sucht, gegenstandslos ist.» Er wies auf den Mond, dann auf sich. «Ich verwandle mich nicht in einen Wolf, wenn der Vollmond scheint», fuhr er mit gelassener Ironie fort, «was ja wohl die Grundbedingung dafür ist, ein Werwolf zu sein, wie Ihr es mir vorwerft. Oder täusche ich mich da?»

Als er sah, wie die Anwesenden unter dem Klang des Wortes allein zusammenzuckten, erlaubte er sich ein wenig Spott: «Offensichtlich trage ich keinen Gürtel und keine Salbe, die mir der Teufel zu diesem Zweck verlieh. Und Ihr werdet in meinem Heim auch keinen Sukkubus, keinen weiblichen Dämon, finden, der mir die Geheimnisse der Verwandlung eingeflüstert haben könnte, zu der ich, wie Ihr seht, gar nicht in der Lage bin. Es tut mir leid, den einen oder anderen zu enttäuschen.» Er schoss einen schnellen Blick auf diejenigen seiner Untergebenen ab, die er im Verdacht hatte, die anonyme Anzeige mit Freuden aufgenommen zu haben. «Aber um ganz sicherzugehen», tastete er sich weiter voran, mit zunehmender Sicherheit, da es in den Reihen seiner Gegner still blieb, «solltet Ihr mich mit einer Silberklinge schneiden. Ich biete Euch hierfür diese an, die ich immer bei mir trage, eben zu dem Zweck, Werwölfe erkennen zu können.»

Er zog den Dolch, mit dem er kurz zuvor Jordanus ermordet hatte, und hielt ihn dem Vorsitzenden mit dem

Griff nach vorne hin. «Damit Ihr seht, dass mein Blut rot fließt wie das jedes Menschen, dass mein Fleisch sich nicht windet und auch nicht heilt, zumindest nicht eher, als es bei uns Sterblichen üblich ist.»

Sforza blieb aufrecht stehen, bis man ihm die Klinge abgenommen hatte. Dann schlug er seinen purpurnen Umhang zurück und begann, das reichgefältelte Leinenhemd aufzunesteln, um einen Arm freizulegen. «Aber bitte schneidet nicht zu tief. Die Probe aufs Exempel meiner Sterblichkeit hoffe ich zu einem späteren Zeitpunkt zu bringen.»

Danach war es eine lange Weile still. Die Klinge schwebte in der Luft, gehalten von zitternder, unschlüssiger Hand, und näherte sich der sonnengebräunten Haut des Kardinals nur langsam.

Hinter der spanischen Wand hockte Julius II. und dachte nach. Er hatte wahrhaftig genügend verwirrende Geschichten dazu gehört. Neben ihm aufgebahrt lag der Leichnam Innocentos, des Mannes, dessen Aussage Ascanio Sforza endgültig hätte zu Fall bringen können. Er wäre der wichtigste Zeuge gewesen, wenn der Kardinal nicht erschienen wäre. Wenn er Mühe gehabt hätte, einen Wolfsschwanz unter seinem Ornat zu verbergen.

Gegen seinen Willen musste der Papst lächeln. Was für ein Aberglaube, welche Kindereien! Er hatte bislang nie verstanden, warum Sforza sich mit diesem Gerede über Werwölfe und mit der Kongregation abgegeben hatte. Bis zu dem heutigen Tage, an dem er begriff: Die Verdächtigungen verliehen ihm Macht, Macht gegenüber jedem, den man fällen wollte.

Noch einmal streifte der Papst flüchtig den erbärmlichen Anblick seines toten Zeugen.

In den Fingern hielt er die schriftliche Aussage Innocentos, die er mitgebracht hatte. Es war wirres, gänzlich albernes

Geschwätz, das er im Zweifelsfall dennoch, ohne zu zögern, genutzt hätte, um es gegen Sforza zum Einsatz zu bringen.

Es gilt, den zu stürzen, den man stürzen will, dachte er. Venedig hatte einen Boten gesandt. Erstmals war die Republik bereit, über eine militärische Beteiligung für die Interessen Roms zu reden, noch sehr unverbindlich, noch war alles vage. Es würde eines guten Diplomaten bedürfen, um diese Gespräche zu führen. Es würde eines Mannes bedürfen, der glaubwürdig vertreten konnte, dass Venedig nicht die einzige Macht im Norden Italiens war, die auf der Seite des Vatikans stand. Es würde Zeit und Geschick brauchen.

Julius II. starrte vor sich hin. Dann hob er die Hand und hielt das Dokument an die Flamme einer der Kerzen, die neben ihm in einem Leuchter brannten. Das Papier flammte auf, die Worte darauf erglühten und erloschen. Wenig später war alles Asche. Als er in die Hände klatschte, damit die spanische Wand beiseitegeschoben würde, schwebte die Klinge bereits dicht über Sforzas Arm.

Der Papst winkte gnädig. «Ihr könnt gehen», sagte er nur. Unausgesprochen schwebte störrisch das ‹Aber› für einen Moment in der Luft, das keiner der Versammelten laut auszusprechen wagte. Doch der Heilige Vater blieb regungslos, keine Geste, kein Stirnrunzeln deutete an, dass er seinen Worten noch etwas hinzuzufügen wünschte. Da verneigten sich endlich alle. Es war eine Geste ehrfürchtiger Kapitulation, und einer nach dem anderen ging mit raschelnden Kleidern und schweigenden Gesichtern hinaus. Nur Sforza und der Papst selber blieben übrig, die einander gegenüberstanden. Julius II. nickte anerkennend, als der Kardinal sich den Ärmel wieder herabkrempelte. «Es gibt viel zu tun», sagte er.

22.

Alessandro Varese hockte auf einem Kahn, der langsam den Tiber hinabglitt. Er war alleine an Bord, saß im Heck und lenkte das Boot mit leichten Bewegungen um die Flussschleife herum, die an der Engelsburg vorbeiführte. Der allerletzte Sonnenstrahl brach sich auf der vergoldeten Statue auf ihrem Dach wie ein letzter Gruß aus einer Welt, in der es Engel gab. Alessandro richtete das Boot neu aus, bis Rom ohne sein Zutun an ihm vorbeiglitt, und rutschte vom Sitz auf den Grund des Bodens, wo er sich ausstreckte. Sein Gepäck lag um ihn her, wohlverstaut, auch wenn es nicht üppig war, was er in sein neues Leben mitnahm. Er hatte bei sich, was er benötigen würde: seine Instrumente, seine Medizinen, das Rezept, das Jordanus in seinem Hemd geborgen hielt und das er bei seinem Abschied von dem Alten an sich genommen hatte. Es war nicht viel, gemessen an der Ewigkeit. Doch ihm genügte es.

Verzeih mir, Jordanus, sagte er sich still, während er beobachtete, wie die Umrisse der Kirchtürme Roms in der wachsenden Dunkelheit verschwanden. Zuerst verschwommen die Kreuze, sodass man nicht mehr sicher sein konnte, ob es nicht doch die alten Tempel waren, deren Steine dort überall wie die Knochen geopferter Tiere im Boden lagen, dann die Mauern, die Dächer. Mein guter Jordanus, ich habe dich getäuscht, aber enttäuschen wollte ich dich niemals. Ich hoffe, du findest deinen Frieden dort, wo du bist.

Alessandro lauschte in die milde Dunkelheit, die um ihn herum wuchs in dem Maße, in dem Roms Lichter zurückblieben. Bald gab es nur noch die Nacht und ihn.

Verzeih auch du, Valeria. Ich wünschte, du wüsstest, wie es in meinem Inneren aussieht. Doch du warst fort, ehe ich nur ein Wort zu sagen vermochte. Vielleicht hättest auch du nicht begriffen. Aber ich wünschte, du könntest verstehen, dass ich meinen ganz eigenen Weg finden muss.

Als der Kahn hinaustrieb in die Felder Kampaniens, als der Wind in den Bäumen rauschte und die leisen Schellen der Schafherden erklangen, als die Sterne heller funkelten und hie und da das Feuer eines Hirtenlagers flackerte, da stand der Mond mit flirrender Macht über allem, wie ein riesiges, magisches Auge. Und Alessandro ergab sich ihm. Unsichtbar wandelte er seine Gestalt, ein schwarzer Schatten in der Schwärze.

Das Boot glitt wie ein Teil der Nacht dahin, unbeachtet. Nur einmal erklang, wie aus der Mitte des Flusses, ein langer, klagender Ruf, der die Schafe dazu brachte, ängstlich die Köpfe zu heben, und die Nachtvögel unruhig werden ließ.

«Seltsam», sagte ein Hirtenknabe und spuckte den Strohhalm aus, auf dem er gekaut hatte. «Fast könnte man meinen, der Wolf sehnt sich nach etwas.»

«Vielleicht weiß er, wie es ist, zu lieben», erwiderte einer seiner Gefährten und warf einen schrägen Blick über das Feuer zu dem Mädchen hinweg, das dort mit angezogenen Knien hockte.

«Das muss aber eine unglückliche Liebe sein», meinte der Erste und grinste mit blendend weißen Zähnen in dem schmutzstarrenden Gesicht. Anzüglich kratzte er sich an der Fellhose.

Da erklang der Ruf erneut. Und irgendwo, aus den Hügeln Roms, kam eine Antwort. Eindringlich stieg sie auf und vermengte sich mit dem Sirren der Zikaden, mit dem Flirren der Flammen, dem Beben der Nacht. Erst war es nur eine Stimme gewesen, doch dann, ein wenig später, folgte, ein wenig leiser, eine zweite. Die Stimmen erhoben und vereinigten sich, klar und süß, verloren und weit fort, vibrierend wie das Blinken eines endlos fernen Sternes. Die erste Stimme schien den Gruß zu erwidern, als würden sie sich umeinanderschlängeln, auf- und abschwellend, bis sie schließlich in der Stille versanken.

Und man wusste nicht zu sagen, war es eine Begrüßung oder ein Abschied.

Blutige Riten, mysteriöse Morde

Gregory & Tintori
Das Buch der Namen

Ein uralter Papyrus mit einer Namenliste – nach jahrelanger Suche hält Sir Rodney ihn endlich in den Händen. Wenige Minuten später ist der Archäologe tot. Damit nimmt eine rätselhafte Mordserie ihren Lauf. Auf der ganzen Welt werden Menschen getötet, die bestimmte Namen tragen. rororo 24481

Eric Giacometti/Jacques Ravenne
Das Schattenritual

Bei einem Empfang in der französischen Botschaft wird eine junge Frau ermordet. Antoine Marcas, Kommissar und Freimaurer, beginnt zu ermitteln. Schon bald erfährt er von weiteren Morden, die alle nach demselben, jahrtausendealten Ritual begangen wurden ... rororo 24335

Juan Gómez-Jurado
Der Gottesspion

Der Papst ist gestorben, und in Rom treffen Kardinäle aus aller Welt zur Wahl des Nachfolgers ein. Doch dann werden nacheinander vier Kirchenfürsten auf unmenschliche Weise abgeschlachtet. Die Tat eines Geisteskranken? Oder will jemand das Konklave beeinflussen? rororo 24358

BW 141/1

Weitere Informationen in der Rowohlt Revue *oder unter* www.rororo.de